第99次回眸

王新雷 著

北方文艺出版社

图书在版编目（CIP）数据

第99次回眸 / 王新雷著. -- 哈尔滨 : 北方文艺出版社, 2021.10
ISBN 978-7-5317-5205-9

Ⅰ. ①第… Ⅱ. ①王… Ⅲ. ①长篇小说－中国－当代 Ⅳ. ①I247.5

中国版本图书馆CIP数据核字(2021)第163821号

第 99 次 回 眸
DI JIUSHIJIU CI HUIMOU

作　者/王新雷
责任编辑/王　爽　　特约编辑/陈长明
装帧设计/汇蓝文化

出版发行/北方文艺出版社　　邮　编/150008
发行电话/（0451）86825533　　经　销/新华书店
地　址/哈尔滨市南岗区宣庆小区1号楼　　网　址/www.bfwy.com

印　刷/济南精致印务有限公司　　开　本/787×1092　1/16
字　数/336千字　　印　张/20.625
版　次/2021年10月第1版　　印　次/2021年10月第1次印刷

书　号/ISBN 978-7-5317-5205-9　　定　价/48.00元

序

如果说故事中的主人公是一种突围，那么写出这个故事对我来说也是突围。

对于琐碎安逸得有些封闭的日常，我没有什么不满。阳光照进窗子，窗子里的我工作，喝茶，业余写些自己喜欢的文字。

突围只是内心，只为儿时那依然鲜活的梦。

我不知道该庆幸还是忧伤。

霸道总裁一类的网文自有它的市场并且不乏精品，但严肃和深沉的传统文学不应该被忽略，即使它们一次次被流量摁在了河底，它们依然应该有自己的空间。

哪怕惨淡经营，也应矢志不移。文学自有文学本来的样子。

钱穆说暗夜是星光的背景，茫茫夜色中星光才更显出它们的光辉。浮嚣的浪花来了又去，当那叠叠浪花打过，人们并没有忘记大海。

我努力用自己笨拙的笔给大家讲一个完整的故事，关于小人物群体的生命故事。突围是他们的梦，重重包围他们的不光是穷困和封闭、人性的狭隘和丑陋，还有原生家庭带给他们的痛苦和怨恨，他们要做的不过是努力跳出井底去看外面风景，去过自己想要的生活，做心目中最好的自己。

小人物的悲欢折射的是那个特定的年代，有人执着追梦而发疯，有人被逼换了亲，有人为了一纸指标而失身，也有人几经波折贩粮食、学厨师、摆小地摊做生意……

文中的小人物似乎都有自己的“心魔”。岳芳有，樊川有，韦一巧有，辛梦远何尝没有？他们的心魔是什么，如果说驱除心魔无异于自我救赎，那么他们是否完成了救赎?

成长必然伴着阵痛，一个人如此，一个国家、民族的发展何尝不是如此?

小人物的梦想很卑微，可这卑微的梦想他们追寻得很认真，泥水里，汗水里，泪水里，一次次跌倒，一次次挣扎，一次次挺直身子。

坚韧地活，活出自己，用成功报复命运的打击。

人们常说故事是小说魅力的脊椎，尤其对长篇小说而言，讲一个好故事当然是件最重要的事。但脊椎不是灵魂，好的小说更应该藏着灵魂。

把故事讲好并不是一件容易的事，我只敢说努力讲，好与不好，评判的权力在大家手里。

故事以男女主人公的爱情为主线，从十七八岁的情窦初开到不惑之年为爱追寻，浪漫、忧伤和迷茫都是爱情的馈赠。但生命不止于爱情，观尽千帆再回眸，爱情只不过人生故事里的小章节，更多的是如何活，活得有色有味，活出梦中的样子。

故事有你，有我，也有他。每个人都会找到自己的影子，但又似乎不应该仅仅关注自己，因为他们始终无法脱离于时代，无法摆脱生存的环境，他们的故事其实也是时代的故事。

我曾经为故事里的他和她痛苦，也曾经为他们的新生而欣喜万分，即使凡庸的生命也应该有他们的梦想，即使泥水里挣扎也可以站出优美的姿势。

有人习惯问故事的受众群。这很有意思。每个故事当然有它特定的年代，有过特定经历的人当然更容易成为作品的拥趸。在市场主导的今天，作品迎合受众已经成为成功的南山之径，与时俱进没有问题。

可文学毕竟是文学，它不会也不应该单纯地为了市场而迷失自己，该坚守的坚守，该摒弃的依然应该摒弃。

就在我敲打如上文字的时候，吸入鼻孔的气息来自四面八方，我不清楚它来自何年何月，也不知道它最终会到哪里。

照入窗子的阳光也许曾照过秦汉唐宋，也许还会照到我们的子孙后代千世万世，但并没有哪个人会因此拒绝阳光。

还有那月，那风，那雨……

王新雷
2020 年 10 月 21 日

目录

楔子：初恋重逢，内心涌惊涛骇浪

人最尴尬的事情大概是最尴尬的时候偏偏遇到熟人。

“五一”小长假的第二天上午，天空干净得藏不住任何故事，我溜达着去菜市场买菜。

老婆成天笑话我书呆子买东西不知道讲价，我不屑地反驳男人买东西不都这样吗，相中了付钱，拿起来就走。她“喊”了一声满脸鄙夷。所以今天买菜，我想起了她的嘲笑，试着讨价还价。

“老板，芹菜多少钱？”

“一块六。”

“这么贵！一块五毛八？”我小心翼翼地试探道。

“嗬！哪有你这样还价的，毛儿巴的，俺都不在乎，三分两分你倒看在眼里！”老板抬头瞧我一眼。

我被她奚落得脸上发烧，手里拿着菜，窘在那里。

“老师——”身后传来一声甜甜的招呼。

我扭过头，亭亭玉立的刘小凤像晨光中的一株小树，笑吟吟站在那里。

“哟，大学生啊，你不好好地在大北京待着，怎么跑回俺这小县城来了？”

我丢下菜，兴奋地站起来，像以往一样开起了玩笑。

“啥时候成了你的小县城，也是俺的好不？”小姑娘头一歪，嘴角旋起一弯浅浅的笑涡，脑后的马尾辫甩出一道黑色弧影。

对我来说，刘小凤这个学生很特别。她似乎有种天然的神秘力量：难以言传的亲切，似曾相识的熟悉，还是一种毫无来由的亲人般的错觉？

我说不清楚。

难道我前世和她有着什么纠葛？

刘小凤身高大约一米六五，身材微胖，看上去匀称，白白净净的鸭蛋脸，淡青色的眉毛弯弯细细，眸子像山间的两汪清泉，于纯净中藏几分笑意，习惯性上扬的嘴角露出几分淘气，脑后高高的马尾辫释放着女孩子的青春气息。

我是语文老师，她当了两年的语文课代表，如愿考到了北京外国语大学。

她喜欢我的课。大家的喜欢很矜持，唯独她的表达很放肆，不加任何掩饰。她调侃我上课就像评书与小品的结合，小丑在戏台子上闪展腾挪，大家在欢笑中领悟到书本里有或者没有的东西。

“说他小丑没有丝毫的不敬，每想起他的课，在满心的欢快中，总涌着暖暖的东西。我们真幸运！”在作文的最后，她这样总结。

因为打交道多，我们之间说话就少了师生间的拘谨，更多的倒是调侃，甚至有些随意。

“你说的是普通话吗？”

“怎么？当然了，标准普通话！”

她一撇嘴：“‘乡普’标准，满是泥巴味儿。”

我在板书的时候有时会出现错别字。往往是这边刚写完，她那边就叫了起来：“少了一横，又写错字！”

我一愣，偶尔还急中之智为自己掩盖，次数多了，她也就识破了真相。

“还语文老师呢，真丢人，小学时是谁教的你，找他去！”

她一边整理着作业本，替我整理桌子，一边放肆地嘲笑我。

“这辈子找不到了，下辈子吧，早成土了。”

我已经习惯了她的嘲讽，坐在椅子上喝茶，头也不抬，没好气地回答她——连办公室的老师们都习惯了我被嘲讽。

“这孩子！”他们看一眼刘小凤，嘴里抱怨着小凤嘴巴尖刻，办公室里充满了快乐的气氛。

刘小凤每次来取作业本就顺便替我收拾杂乱的办公桌，一边收拾一边絮叨，嘴里絮叨着给我倒上茶，也给其他老师杯子里续上了水。

课代表、秘书、大管家外加督军——这就是刘小凤。

同事们取笑着：“唉，这暖心的小棉袄……咱怎么就没这样的福气……”

“妈，这是我老师。”

我这才注意，刘小凤身旁的小摊前蹲着一位专心挑菜的中年妇女。

那妇女站了起来，扭过身子，笑盈盈地准备和我打招呼，可她一看到我，整个人像触了电猛地一抖，原已备好的笑容一下子凝在脸上，泥雕一般。

“你……怎么会……是你……”

一看到那张脸，我先是一愣，接着整个人像遭了雷击，万千个念头霎时间攻陷了我的大脑。

虽然二十年的风霜将她的面容改变了许多，但那眉眼和我心版上的少女模样瞬间重叠。

我盯着那张脸，心尖似乎被细线猛地扯了一下，不由地浑身一震。

“巧……你……你是韦一巧？”

“怎么是你……真……是你？”

她盯着我，双眼空洞而茫然，挑好的菜散落在地上。

没有风，我心里却涌起滔天的浪。

有种思念叫作魂牵梦绕，可我怎么也想不到重逢竟然是这样猝不及防！

她站在那里，一遍遍地撩着额前凌乱的发。

更大的疑惑在我心底升腾：这里离我们老家五六百里，她怎么跑到了这里？

刘小凤惊疑地看着我，又看了看她妈，我们三个人，都傻了似的，愣在那里。

“你们……认识？”

我使劲地点了点头。

“不……不认识！”她却摇头，语无伦次，脸色苍白如纸。

“韦一巧……我的刷锅中学……”

一个声音响了起来，震荡着我的灵魂。

黑色的海浪涌过来，裹着墨色的油污。前腿搭在围栏上，时时准备蹿出圈的黑猪。阳光下东躲西藏的老鼠。仓皇远遁的受伤的兔子。暗夜照进白昼……

我痛苦地低下头，转眼间竟过去了二十多年。

我们，何止认识！

第一章 奇葩名字，学校竟是养猪场

我与刷锅中学的缘分其实很短，总共不到一年的时间。而这短暂的缘分，也是我与娘哭闹争取来的。

“他根本没有考学的命。我早就说了不上，可你鬼迷心窍似的……”

爹娘又一次激烈交火。

我已经数不清这是因为我上学而爆发的第几次战争。

那是一九八七年，我们村虽然基本解决了温饱问题，但生活依然非常贫困，尤其是挣钱特别困难。那年我十九岁的哥哥投靠大姨，在内蒙古鄂温克旗建筑队干活，一年带回家一千块钱，全村人羡慕得眼珠子几乎掉到地上。

娘把一千块钱数了一遍又一遍，然后用手绢包得方方正正，放在了扣着大铁锁的柜子里。

“过了年，老二不上学了，你们兄弟俩踏踏实实干上两三年，咱家就能盖上红砖到顶的新屋子。盖上新屋子，三年两年就能把媳妇娶进门！”

娘最大的心愿就是盖上新屋子，给她的两个儿子都娶上媳妇——这几乎就是她的宗教。

可她没想到我坚决不同意。我要上学，考中专。

“看看和你一般大的，谁还在上学浪费钱？”

娘几乎是咆哮。在她心里，我早就不该上学了，应该像她大儿子一样，像街坊邻居家的男孩子一样找活挣钱，攒钱盖房子——这才是正事！她不明白我为什么哭闹着要上学，十七八岁的半大男人了，还背着书包去读书，这让她很丢脸。

娘先是劝，苦口婆心。

我不反驳，不回答，不松口。

她恼得破口大骂，忍不住拿起笤帚疙瘩朝我身上抡来。我一动不动咬紧牙关任她打，直到她打累了扔掉笤帚疙瘩气哭为止。

她怀疑我着了魔道撞了邪，专门请来了李神汉，那神汉子东瞧瞧西望望，闪转腾挪，终因为法力有限无功而返。

她硬拽着我跑了二十多里地，跑到了她的姥姥家找到了她的瞎子表哥。

“你表舅算卦太准了，十里八乡都信他。”

我不吭声。

见了面，娘自然先是给她的表哥诉了半天苦。

“别急别急，我掐算掐算……”

表舅问了我的生辰八字。

屋子里安静下来。他把右手蜷成鸡爪样，大拇指在几个手指间算来算去，嘴里念念有词。半晌，他停下手：“二小子命相不错，能过上好日子。他适合做生意，命中旺财呢！”

表舅铁口钢牙。

“哥，你给他算算婚姻，能不能娶上媳妇？”娘急切地问。

“能！他会娶个西北方向的媳妇，姑娘应该人高马大红脸膛！”

“呸！”我愤怒地吐着唾沫，转身跑了出来。

瞎子还给别人算卦，算算他的瞎眼吧！我当然不敢骂出声来，只能把咒骂藏在心里。

走出院门，我破口大骂。我从就没想过不上学的事儿，更不会娶什么赤脸女子，我喜欢的女孩子应该白白净净。

娘忍不住又揍了我一顿，骂我最不是东西，说我“哑巴狗”攥着拳头让人猜，全部主意都在肚子里，然后又把火发在了爹身上，骂爹窝囊废，从来不顾家不管孩子。

爹不说话，静静地抽他的老旱烟。爹想让我上学，但他拧不过娘的性子。

最后，还是爹破解了僵局。他偷偷地跑到了娘的娘家，请来了我大表哥，也就是娘的娘家侄儿。

大表哥是老大队书记，和乡里县里都能说上话。娘对他几乎言听计从，那简直比皇帝的圣旨都管用。

“姑啊，老二愿意上就再上一年吧，穷也不是穷一天了，再熬一年，最后别落抱怨。”

“就上一年？只上一年？”娘重复着，怕我不明白似的。

娘最后答应让我再读一年，考中专，考上就上，考不上就断了上学的念头，我赌咒发誓考不上再也不闹她上学。

表哥在他们乡里给我联系了复习班，于是，有了我在刷锅中学的求学经历。

我一直不明白，好好的学校为什么要起这么一个怪怪的名字！

有人说当地最有名的一个进士乳名叫刷锅，那进士后来当了很大的官，出了进士的那个村后来就变成了刷锅村，村子中间有个古老的土台子叫刷锅台，村子后面有个刷锅林，石碑石马石山羊不说，墓道两旁还立着文武石人，气派得很。据消息灵通的人士说，这个乡最后很可能改名为刷锅乡。

奶奶的，什么狗屁进士！我暗骂，幸亏他不叫狗屎，不然，这所学校可能就叫狗屎中学了。

我们都不太愿意说自己的学校。这个学校的前身是乡里的养猪场，养猪场的院墙外就是坟地。筹建乡中心学校的时候，不知哪个领导相中了这个地方，就将养猪场原有的两排瓦房当了教室和办公室，稍加改造，招收了一个初三复习班——我就是刷锅中学的第一批学生。

整个学校只有一个班，七十多名学生挤在三间瓦房里，学生大多来自本乡镇，但也有几个附近乡镇的外来户，通过这样那样的关系来到这里。

墙壁刷了一层厚厚的白石灰，墙上被钉满了钉子，挂着学生们红红绿绿的网兜子和书包，里面装着吃饭用的茶缸子、饭盒子、干粮袋子。腌咸菜的不同味道飘浮在教室里，让人总想打喷嚏。

虽然学习很紧张，但几乎每个下午，我们都会参加劳动，拔草搬石头，平整操场，挖坑运土方，我们都是农村孩子，年龄最小的十六七岁，最大的二十一二岁，干这些活儿肯定没问题。

我们的铁锨经常会挖出一截一截朽烂的棺材板子，甚至平时，我们在校园里，有时候走着走着一脚踏出一个坑，拔出脚来就发现坑里面朽烂的棺材板子。

没有一个女生晚上敢单独出教室，她们去厕所也总是成群结队，一闪一闪的手电筒乱晃，远远望去像鬼火……

我们的伙房是原来的饲料室，宿舍是在猪舍的原址上建起的小平房，伙房的大师傅有一些是猪场的饲养员——他们倒省了事，养猪场没了，他们原地不动就找到了工作，只不过每天面对的不再是黑的白的花的猪。

管后勤的副校长竟然就是养猪场的一把手。这让我们很不舒服，好像自己真的成了猪。

我们三番五次去找副校长。

"菜怎么有股子猪食味儿？"我们七嘴八舌发着牢骚。

"瞎说！我怎么就没吃出猪食味，一个锅里出来的。"

"宿舍里全是猪的尿臊味儿，墙上、墙根、床底下……"

副校长"嘿嘿"地笑着，脸上堆起大大小小的褶子："你们不想着好好学习，怎么成天琢磨猪的事？"

全乡统考的时候，其他学校的学生见了我们便满脸坏笑："你们，养猪场的？"

"你才是养猪场的，你们全家是养猪场的！"我们瞪眼，撸袖子亮胳膊，急赤白脸，要打架的样子。

他们便笑，笑得我们气鼓鼓的。

可回到宿舍里，我们自己也忍不住取笑自己："原来喂猪的现在给我们做饭，原来猪睡觉的地方现在睡着我们，原来的猪场负责人成了我们的副校长，人家说咱身上有一股子猪味儿也不算耻笑，谁让咱在养猪场里刷锅呢。"

第二章 天命相克，师生初见便交火

我的插班生活开头很不顺，似乎连宿舍的蚊子和臭虫都欺生。一晚过后，觉没睡够，倒收获了满身的红包，像数不清的小虫在身上爬，越挠越痒，让我坐立不安。

我的手伸进衣服里不停地挠着痒痒，胳膊上、腿上、肚子上挠出了一道又一道的血印子。我一边挠一边骂脏话，骂蚊子、骂虱子、骂臭虫、骂床……妈的，没一个好东西。

这些先来的同学似乎有一种先天的优越感，他们下意识地对我保持着某种矜持和疏远，眼神里流露出居高临下的意味。

我像一只小小的刺猬，不自觉地立起了浑身的刺。内心的小兽出自本能地露出獠牙，随时准备战斗。

天性敏感的我那年已经十七岁，当然能感觉到这种疏远。后来我才得知班里的大多数同学都来自本乡镇的各个联中，他们中的很多人是转战多处又聚到一起的，同学是老同学，老师也大都是熟悉老师，而我却是一个彻头彻尾的外来户，贸然进入他们的领地。

最让我无法忍受的是老吕，他对我的成见似乎很严重。

老吕到底是叫吕文忠还是吕光忠，我记不大清楚，只记得他个子挺高，整个人粗粗拉拉像秋天路边的红高粱，脸黝黑，腰挺直，头发乱蓬蓬的，像是从来不梳洗，更放肆的是胡子，溃散的土匪队伍般，几乎侵占了五官的位置。

我很怀疑他的教师身份，他不应该站在讲台上拿着粉笔画图，我觉得他应该挽着袖子口里衔尺长尖刀，一刀子捅进猪脖子，然后欣赏那喷涌出来的血沫子。

难道，他也是养猪场里留下的职工?

第二次上他的课，我们就发生了一次冲突。

那天，他在黑板上写了一道题，写完后，他在讲台上踱了几步，目光转向大家。

"新来的，你说怎么做。"

新来的？我有名字啊。我立时有点不高兴，坐在座位上装呆。

“新来的，你说怎么做！”老吕的语气明显重了许多。

“喂，说你呢。”同桌扯了下我的胳膊。

“我有名字，我叫辛梦远。”我依然坐在那里，头也不抬。

教室里一阵骚动。

老吕没想到被我噎了这么一下，他愣了愣，扫视了大家一眼，最后直直地刺在我身上。

“辛梦远！”他叫我的名字，语气似乎有些恼。

我站了起来，如实回答：“老师，我近视，看不见黑板上的字。”

教室里一阵哄笑。

“不会就老老实实说不会，说什么近视远视，看不见黑板还上哪门子学？当兵的不会打枪上战场，找死啊！”老吕说话很冲。

教室里的笑声更响了。

我内心的火气腾的一下就冒起来了：“我去黑板上做。”

我抬起头，脱下笨重的棉袄，准备离开座位。

“在座位上不会，你以为在黑板上就会吗？”

我在心里骂了一句最粗俗的话，气得浑身发抖，这大胡子，宰猪也不能这样吧？

我仰着脸，眼睛几欲喷火。如果目光能杀人，我相信我此时的目光一定能扎得他全身都是窟窿眼子！我直直地盯着讲台上那张模糊的脸，足足盯了两分钟，然后重重地往后拉了下凳子，凳子发出刺耳的尖叫。我一屁股坐在座位上，双臂抱在胸前，根本没经他的同意，大家都吃惊地望着我，我瞪着眼睛，迎着每一个人投来的目光，最后将目光定格在老吕身上……

回到宿舍，我依然没从愤怒中挣脱出来，眼前一直晃荡着老吕那张带着不屑表情的脸，耳旁回响着他那生硬的声音。

“别理他，他就这熊样，一句话能砸死个人。”我旁边的舍友小声劝我。

我重重地点了点头，报以感激的微笑。

我们很快成为兄弟。他叫我呆子，我喊他老牛，好像生下来就认识。

“什么老吕，活生生就是一头驴，动不动就撂蹄子！”我满嘴里没好话，眼前晃着老吕乱蓬蓬的胡子、冷冰冰的脸。

“哈哈，你说对了，兄弟，我们都叫他老驴，典型的顺毛驴！”老牛笑嘻嘻地说，黝黑的脸上反射着金灿灿的光，正午的阳光透过窗棂，照在老牛和我的脸上。

“我会让他难堪的！”不知怎的，那时的我充满了可笑的自信，甚至盼望早一天进行全面的考试，好像一次考试就能证明我很厉害似的。

但我又不得不承认，从村办联中出来的我和班里的大多数同学相比，全方位存在差距。来到这所学校后，我听到了太多新鲜的知识，遇到了太多陌生的题目，学会了太多从不知道的方法……

我觉得自己就是那只井底的蛤蟆，突然跳出了井底后被外面的阳光晃花了眼。

我每天都在激动和兴奋中度过，这种兴奋和激动让我暂时忘却了插班生的所有烦恼，我像乞丐闯入了金库一般，一天到晚不停地记啊算啊，甚至睡梦中都会醒来。

我在小本子上记着自己插班后的第一次成绩，除了语文之外，各科几乎都倒数！

不怪人家老吕看不起自己，也不怪同学们脸上有那份优越感和不屑！

你以为自己是谁？联中第一是个屁，井底的蛤蟆见过多大一片天，没有本事，你屁也不是！我一次次嘲笑自己。

一个多月后，终于盼来了我在刷锅中学的第一次正式考试。

大家都急切地算着自己的成绩，打听别人的成绩，尤其是班里常考前几名的同学，关心别人似乎超过关心自己。

当然没多少人注意我，除了老牛。

“呆子，怎么样？”

我摇头，咧着嘴，几乎想哭。

我不知道别人，光数学、化学两科，老牛就超我三十多分。

我把头深埋在书本后面，两手不停地撕扯着头发。

最后一年！这样的成绩！我的天黑了，眼看着要塌了！

我靠在教室的后墙上，头低低地垂着，沮丧，懊恼，羞愧，无来由地暗骂，泪水不自觉地流出眼眶，我赶紧擦干了泪。

成绩很快出来了，我是全班第九名。

但这个成绩已经让老吕改变了许多，他对我的态度明显好了起来。后来听老牛说，当初老吕对我反感，除了对插班生有成见外，还由于我是被校长硬塞到班里的关系户，当时班里已经满满的，老吕坚决不要，但他又没法违抗校长的命令，不敢反抗校长，就把怒火发泄到我的头上。

“他刚在办公室里骂完娘，你就被人领进了教室，他会给你好脸子？”

“为什么骂娘？”

“教室里塞不下了啊，你看不到吗，再说了，如果不是出了名的尖子生，哪个老师愿意多要学生，出力不讨好的事。”

我点了点头，内心稍微平复了一些。

老牛似乎比我大一点，瘦瘦的，个头不高，脸色暗淡，好像害过病似的。他的成绩比我好很多，每次都在前五名之内，尤其是数学，简直让我崇拜得五体投地。

我们很谈得来，任何话题都能让我们莫名快乐，我们很快就成了掰不开的兄弟。

我们一块儿玩，一块儿回宿舍，吃饭也一块儿吃。

所谓一块吃饭，就是把每星期回家后带来的干粮合在一起，把咸菜合在一起，把可怜的零用钱也合在一起，然后统一谋划如何度过这一星期的日子。

我家很穷，老牛家似乎更穷，班里的同学几乎都很穷，可在当时，我们俩无疑是整个班里最穷的组合。

我那年是第三年复读，老牛是第五年，班里复习最久的据说是八年，我们复习只奔着一个目标，考中专跳出农门，拿到自己的铁饭碗。

“别管三年五年，老天总会有开眼的那天。”老牛经常这样安慰我。

“如果今年考不上，你还考吗？”我们已经不避讳这样的话题，所谓死猪不怕开水烫，我们这些一年年碰一鼻子灰的活猪们，也已经有了强大的内心。

“五年都等了，还怕六年七年，只要坚持，一定会有考上的那天。”

“就咱这熊样子，考不上学想混个媳妇都难，你看咱兄弟俩连发霉的煎饼都吃不上，谁家闺女瞎了眼？”

老牛的脸色一下子变了，整个人似乎都萎了下去。

我不由想起了娘的咆哮，想起那个瞎子给我算出的前程和婚姻。娘才不管什么赤脸女子还是黄脸女子，只要有人愿意跟着他儿子，她就算完成了一桩大事。

我常常想，如果真考不上，自己能找到个头发长长、脸庞白净的女子吗？如果真有赤脸的女子穿着水桶一样粗的老棉裤当我媳妇，我敢拒绝吗？我边想边摇头，泪水落了下来，打在布满了霉点子的薄饼上。

老牛的情况似乎更糟，他一共兄弟八个，他出生没几天，他的老爹就撒手归西，一个寡老婆子拉扯着七八个儿子长大，媳妇没娶上几个，倒是把她的眼窝熬得深陷了进去。三间破草屋，挤着大大小小几个老小伙子，前面的几个哥哥早过了娶媳妇的年龄，哪怕是不健全的姑娘，也没有一个愿意上门。

我耳边又一次响起了娘常说的那句话：“不挑啊，儿子，咱可不能挑，只要女的愿意，咱就愿意。”

我伸出手，重重地摁在老牛的手上。我们把包袱里仅有的三张薄饼撕成六小份，由于天热，薄饼上布满了青的、红的、黑的霉点子，我们说那黑点子是青铜器，红点子当然就是氧化铁，每次吃这些家伙之前，我们都要用手擦去这些点子，嘴里还自嘲地说考不上学，老天都不会原谅，光古董就被我们兄弟俩糟蹋了多少！

说实话，那东西不要说吃到嘴里，只要一打开包袱，就透出一股刺鼻的怪味儿。但就是这样的薄饼，我们兄弟也要节省着吃，还有三顿饭呢，离回家的日子。

我们什么也不说，老牛把茶缸子的热水倒在咸菜瓶子里，咸菜早已吃光了，但还有些油星子挂在瓶壁，他使劲地晃了晃，生怕有一点油还挂在瓶子里，分开倒在我俩的碗里。我们各自拿出一份饼，把那遍布青点子、红点子、黑点子，散发着怪味的薄饼狠狠地摁进碗里。我分明看到，摁进碗里的，还有老牛偷偷流下的泪滴……

第三章 要钱受挫，小妹偷给五毛钱

每到星期六，教室前面的空地上自行车明显多了起来。车子大多是老旧的横梁高架“大金鹿”,几辆半新不旧的“永久”或者“凤凰”夹在里面,明晃晃的车把闪着银光，真好比凤凰混在了鸡群里。几乎每一辆车的车把上都挂着瘪了肚子的布书包，后座上还捆着木头箱子或者纸箱子——这些都是学生们装运干粮必不可缺的工具。

上午第四节课的下课铃一响，教室便像早晨农妇打开了门的鸡笼子，原本安静的校园一下子喧闹起来，扑腾起的烟尘里弥漫着一种难以言说的快乐。

按照学校的安排，每个星期六下午，就是学生的自由支配时间。这倒真不是说学校多么人性化。从学校的角度说，如果时间真像海绵里的水，学校恨不得把每一块海绵抓过来拧成绳子，直到把最后一滴水拧到教室里，拧到课桌上，拧到一摞摞的资料和卷子里——因为这是建校后的第一批学生，学校当然想用这些学生打开局面，何况乡里还有另外两个学校呢，三所学校之间早就暗中较上了劲。

“放屁就添风，锯响就有沫！”

这是学校领导的原话。在学校的教师会上，校长手指反敲着桌子，话语掷地有声：“没有时间就没有成绩，没有成绩学校就撑不下去！

“别抱怨！失败者没资格抱怨！没有时间你就挤，就算老天爷给你把沙子，你也得给我攥出水！”

说这话的校长简直在咆哮。

“小火慢炖，功夫里熬呗。”老吕领悟了什么似的低声嘟囔着，“还有煮不透的滚刀肉？”

按老吕的规定，不论家离学校远近，所有的学生星期天早七点必须按时到教室上自习——星期天不像平常那样正常上课，学校只安排相关老师轮流值班，清点人数，监督自习纪律，处理突发事件。凡不能按时到校的学生，值班老师会把名字记下来交给老吕。按照学校的说法，这叫“歇人不歇马”。

老吕很认真，他不光熬学生，也熬自己，听人说他的两个孩子也都上小学了，可他几乎连周末也没回过家。

老吕拿到缺勤学生的名单，会一趟趟地往教室跑，直到等来了缺勤的学生，把他们请到办公室里。

“这都火烧眉毛了，你还不急不慌的，自己干什么吃的不知道？”

“轿子都抬到大门口了，你大小姐就是装也得装出个模样来啊，你倒好，还有心情在家里偷懒！”

“你以为你是什么香饽饽啊？白吃白喝白拿钱，养猪还能给家攒粪，考不上学，你能给家什么？”

我慢慢发现了，我们背后叫他老驴还真有道理，个头高，黑脸长，脾气暴，说话直，凶起来骂人不会拐弯。日子久了，接触多了，习惯了他的臭嘴，慢慢发现他的诸多优点，难怪有人说他是“臭豆腐”，闻起来臭，真吃起来倒挺香。

他讨厌一切不学习的学生，恨不得把学生的所有时间都挤在教室里，挤在试卷上。如果哪个学生不能按时返校，他会急得咬牙切齿，好像自己丢了多少钱。

虽然下午不用上课，但老牛和我基本都是熬到天快黑的时候，才推起破自行车回家。我家远一些，大约得骑一个多小时才能到，所以我一般赶第二天的早读。而老牛几乎没在家里过过夜，往往是第一节晚自习下课的时候，他就赶了回来。

后来老牛告诉我，那时候，他是一分钟也不敢多待在家里。每次都是老牛刚回到家，他那熬瞎了两眼的老母亲就摸摸索索地给他装满了干粮，甚至不等儿子坐下来喝口水，就急急地撵他：“走吧，儿啊，咱在家闲不起，回去写字，啊！”

老牛的老娘不认字，她只知道这天底下唯一有可能改变她小儿命运的就是写字。这个家穷得快散架了，儿子快在苦水里淹死了，她除了一遍遍地抹那凹陷的眼窝子里的泪之外，没有任何救儿子的办法，而写字可能就是那根把儿子拖出苦水的最后的稻草。

老牛什么也不说，提起书包，推起自行车，又走出家门——如果不是桌子上的干粮没有了，甚至看不出老牛回过家。

老牛每次离开家，走出家门的时候，都会不经意地呆在大门前，望一望低矮的院墙，望一望送出大门、倚在门旁的老娘，长长地叹一口气。

对我来说，回家是必需的，尽管我不愿听娘那永远不变的唠叨。说真话，家最多只是一个供给点，然而这个供给点又那么穷，整个家就像用久了的麻袋包，随便一戳，到处是窟窿。

想一想这周又得张嘴要钱，我更不由地内心发怵，唉！

回到家，娘刚从地里回来，坐在椅子上浑身散了架似的，很疲惫。如果是平时，我也许会识趣地推起车子离开，可今天不行啊，我磨磨蹭蹭地装好干粮，捆好，又怯怯地返回屋，站在她的面前。

娘当然知道我等什么，她不说话，从口袋里掏出卷成蛋蛋的两张纸币：“一块钱，拿去！我和你爹、你妹妹在家里一星期都舍不得花一块钱。”

我的头低得更深，觉得自己简直就是罪人，他们都辛苦地劳作，披星戴月，出力流汗，只有我，晃着一米七十多的大个子，还在上学糟蹋钱。

不知道如何开口，但钱又必须要，我低着头，站在那里，不动，不说话，泪快要流出来了。

“怎么？还要钱？”娘的脸色一下子阴沉了下来。

“学校要求买本资料……”我嗫嚅着。

娘腾地站了起来：“资料，资料，这简直是造孽！你说你哭着闹着上的什么学啊，你看人家小杰，人家比你小两岁，孩子满地跑了，你看看和你一般大的，哪个还在伸手要钱！人家往家里挣钱，你倒好，一包一包的干粮白搭着，还天天往外花钱……”

我低着头，瑟缩着身子，倚在门后的墙上。

娘一边唠叨着，一边在抽屉里翻：“你哥哥马上要娶媳妇了，人家女方要求有三间新屋，不盖上屋子怎么娶？盖屋不需要钱？娶媳妇不需要钱？”

我知道娘说得对，学可以不上，但媳妇不能不娶，我懂。可是……

小妹也从地里回来了，她才十三岁，看娘生气的样子，她一会望望娘，一会望望我，什么话也不敢说，可她的眼里分明含着泪花。

娘说的是实话，盖屋子娶媳妇是天大的事，别的可以耽误，盖屋娶媳妇这样的大事不能耽误。我也知道，家里不会一点钱没有，但所有的钱都被娘串在了她的肋骨上，她要把一分分的小钢镚攒成毛票，把一张张毛票攒成一块、两块、十块存起来，准备着盖房子，为他的大儿子娶媳妇。

盖房子、娶媳妇是娘的宗教，她迷信一切，唯独不信我上学能带来什么好处。也是，瞎子舅爷不是早就给我算了命，我应该老老实实攒钱娶一个赤脸的女子。

娘终于把钱气呼呼地扔在了桌子上，一转身去了厨房，忙活一家人的晚饭。我从桌子上拿起钱，装在口袋里，低着头，推起车子，像做了什么错事似的走出家门。

“哥——”小妹跟出屋门，跟出大门，“二哥，拿着……”她偷偷地塞给我五毛钱——这五毛钱不知是她什么时候攒下的私房钱，“你拿着……”

我的泪当时就流下来了，我什么也没说，抹一抹泪水，骑上车子，逃离了家。

“陪我请个假，咱们到李村去一趟吧？”

第二天，我正坐在教室郁闷的时候，老牛走了过来，对我说。

“行，去干什么？”

“听说那个村里有个老中医，我想去看看。”

老牛经常头疼，我亲眼见他疼得厉害的时候，躺在床上两手捧着脑袋，眉头皱成核桃的样子。他热衷于打听各种偏方，打听医生。所以附近哪个村里如果有个老医生，他肯定会知道，只要知道了，他肯定会去看一看他的头疼病。

不论自己多节省，但有一件事老牛毫不马虎，那就是买药，一种治头疼的药。

他有时候会拿出那个褐色的玻璃药瓶，目光里有一种难以言传的东西：这个药管用，我吃了就顶事，做起题来好像反应也快了许多。

我接过他递来的药瓶儿，“脑灵素”三个字映入我的眼帘。

“脑灵素？吃了这个脑子灵吗？”我的心猛地一动。

“灵吗，这药？”

“得灵。”老牛的手指敲着太阳穴，笑了笑。

“哦，如果真灵，我也买点。”

他嘿嘿笑着，把药瓶拧好，对待宝贝儿似的，放在书包里：“你又不头疼，吃什么药啊！”

“我愿意吃，哪怕有毒呢，只要能让我脑子聪明，让我考上中专，我愿意吃。”

“我也是，只要能够考上中专，逃离那个村子，少活三年我也吃！”

我们骑了一个多小时，来到了李村，几次打听，终于找到了姓李的老中医。

“你是典型的神经衰弱，营养不良，外加精神紧张，需要调养啊。”慈祥的老中医拈着银白的胡须，对老牛说。

“我呢，医生，你给我也瞧瞧？”

老中医给我搭了脉，观了舌苔，问了我俩的情况，摇了摇头，叹息说：“你们最主要的问题就是缺少营养，焦虑。”

老牛买到药，心情很高兴，话也比平常多了许多——他每次从医生那儿回来都是这样，心情轻松了，脸色活泛了，人也变得有点贫嘴。如果隔了一个月没去医生那儿，他就感觉头疼得厉害，整个人蔫蔫的，做什么事都没精神。所以我喜欢陪他去，我因此知道了不少村庄，如果中考考乡村地理，我可能很有优势。

“老牛，光听说女生一个月来那么一回，你简直比女生都女生！”我开着老牛的玩笑。

老牛一时没明白，望着我。

“来医生这儿啊，这一个月要是不来医生这儿一趟，你过不下去……”

“你个熊！”老牛终于明白了我的话，推着车子就撵我。

我撒腿就跑，两个人撵一阵子，最后都喘成被赶乏了的猪，我们在路边坐下来。

“这样多好！”老牛喘着粗气感慨着。

“嗯？”我疑惑地望着他。

“跑啊。想跑就跑，大街上，阳光下，麦地里，想跑就跑……”

“嗯！”我重重地点头，想起了那些前腿搭在栅栏上企图逃出圈的猪。

“呆子。老实交代，那个韦一巧怎么回事？”老牛冷不丁问我这么一句。

“什么怎么回事，韦一巧？”我转头看着他，“她怎么了？”

“装迷糊，跟你老哥哥还装？”他笑，笑得我莫名其妙。

我疑惑地看着他，他却立起身，一搭腿骑上了车子，不再说话。

我“咔”地把车子横在他面前，两腿夹着车子，抵在他的面前：“你老家伙到底想说啥，快点！”

“不正常，你们的眼神……”他蹬起车子，“嗖”地从我旁边蹿了出去。

我像做贼的被人抓住了，心跳突然加快了许多，快得呼吸都急促起来。

“什么呀，你简直放狗屁！”我蹬上车子追赶老牛，有点羞，有点恼，却又隐隐甜蜜。

“说中了吧，踩着你的小尾巴根儿了……”老牛把车子骑得飞快，还不忘扭过头来嘲笑我。

“你满嘴里没有好屁！”

我嘴里嘟囔着，追赶他，没想到这家伙看起来病病歪歪的，骑车快得像兔子的老祖宗……

第四章 大雨倾盆，韦一巧带我回家

“这节课考试，加上课间操正好一小时！”

“这节课考试，不交卷子不能出教室！”

语文、数学、英语、物理、化学、政治、历史、地理……

各科老师变着法子竞赛似的，考试、考试、考试。

老师们一个个像拧紧了发条的钟表，任何学科的上课模式几乎是一样的：课前发卷子，课上讲错题，讲完做卷子。

学生们则像一条条灰色的蚕，一次次地被桑叶覆盖，完全看不见头和眼。笔尖与纸张展开了热情而持久的接触。叶吃光了，蚕抬起了头，等待着新的桑叶。

老师在讲课的时候，几乎连卷子都不看，在讲台上来回踱着步。

“这是个必考题，年年考！”老师语重心长地说。

“这个题是大路边上的送分题，送分不要是憨子，傻蛋都会做的题你还错？”老师疾颜厉色。

“上次刚考了这题，刚考了，刚讲了，还错？长脑子了吗，把脑子放家里睡觉呢，说的就是你，牛波，还有辛梦远！”老师恨铁不成钢。

“这个题用脚丫子想都不应该出错，多简单！”这简直就是恼羞成怒了！

老师的唾沫星子乱飞，两臂不停地挥舞着，偶尔还会手握成拳，重重地砸在讲桌上。更厉害的是老吕，有一次他纠正错题的时候慷慨激昂，手掌不停地拍着黑板，由于用力过猛，竟然敲掉了黑板的一个角，他的手掌也滴着血！

一周一小考，一月一大考，每学期两次全乡中学的集中考，还会有规模不一的抽考。真应了那句话："考考考，老师的法宝。分分分，学生的命根！"

我发现老师甚至比学生更重视分数，每次考完，每位老师都会把卷子整理好，把分数抄下来，然后笔走龙蛇地算啊算，平均分、及格人数、优秀率，最高分比上次升还是降，尤其对那些尖子生，升了一分就喜形于色，脸上笑开了花，每降一分就阴云密布，眼看着就会电闪雷鸣……老吕就更不用说了，一科一科问过去，一科一科的成绩加起来，然后对着学生的总成绩单发呆，有时脸上笑成花，有时眼里冒出火。

三次全面的考试，我的名次分列第九、第三和第二，虽然还没回到原来在村办联中的名次，但我知道那一天不会太远。

第二次考试过后，老吕就给我调了座位，从最后一排调到了教室中间第三排。

我不想去，我想拉着老牛。没想到这家伙头摇得像拨浪鼓："不去不去不去……"

“为什么啊？离黑板近了，听得更清楚啊！”

老牛笑着："那是疙瘩地、精华区、唾沫星子、眼珠子。不去，不去！"

“啥跟啥呀，疙瘩地？”

老牛指了指那儿的人头："你看，一头一头的，都是宝贝疙瘩！"

老牛说话有点闷。一听他说话，我就自然想起他的厚嘴唇。这家伙蔫坏，话音里总藏着挖苦味儿："人家提拔你呢，让你‘上吊’呢，我可不去！"

“三皮是得道高僧，清心寡欲。倒是你辛梦远，这么快就成了老班的红人，很牛。”

说这话的樊川是个胖子，这家伙成绩一般，成天油嘴滑舌，俏皮话几乎掉不到地上。我和老牛有时叫他“樊胖子”，有时就骂他“死胖子”。而他一直叫老牛“三皮”，称我“呆子”或者“秀才呆子”。

“寡你个屁，滚你个死胖子！”老牛骂了一句。

“呆子，你说老吕要是知道那事是咱三个干的，他还会提拔你‘上吊’吗？”

上个星期六晚上，老吕好不容易回了家，老牛、樊川怂恿我从窗子里钻进老吕宿舍，偷了半瓶子猪油、两棵白菜和一把面条——我们学校前面不远就有农户，老牛和他们混得很熟，有时馋急了就借人家的锅灶炒点带油水的菜吃。

我本来想把屋里的面条都拿光，一想老吕课堂上难为我的屠夫脸，再想一想他少了东西暴怒的样子，心里非常解气。

“别！他也得吃饭，别真把他惹急了！”

第二天整个学校就都知道这件事了，有人传言学校要报警，也有人说老吕会对班里男生一个一个查到底。

我心里很忐忑，上课的时候总忍不住偷偷看老吕：这家伙脸似乎更黑，看不出一丝笑意，不会真因为半瓶子猪油就翻个底朝天吧，那也太没意思了！

“这个星期回家吗？”老吕问我。

我心一惊，以为查到我头上。

“不要动不动就往家里跑，老牦牛耳朵离家近，没出息！这点你得学老牛！”

我暗暗松了一口气。

“时间是挤出来的，学习是熬出来的，受不了的时候就得咬咬牙！”老吕两眼盯着我，像非要从我脸上找到什么答案。

老牛瞧了瞧四周，低声骂樊川：“你这破嘴娘儿们似的，不打自招吗？”

老牛不光不往前，反而主动要求往后坐。

“离敌人越远越安全。”他说。

谁是敌人？我一时没弄明白，于是我又找老吕，要求也调到后边，与老牛搭同桌。

“怎么？你也想像老牛那样当高人啊，一个就够了！你不是‘进士’（近视）吗，再往后躲，难不成还想当状元？”

老吕竟然也喊老牛，这让我惊讶。

我前边是个头发长长的女生，眉弯目长，眼眶里似乎含着两汪清水，纯净而又清爽。

“两汪清水？”老牛的声音蹿得很高，生怕别人听不到似的。

我和老牛吃着饭扯淡的时候，我随口评论了一句——我不是什么正经人，我和其他男生一样常常对班里的女生品头论足。

“你老小子声音小点，个子不高，动静不小！”我笑着骂了一句。

老牛笑了：“哪里是什么清水，兄弟，那是火，惹火烧身，万劫不复，你小子小心！”

那个女生就是韦一巧。她各科成绩很均衡，没有明显的强项，也没有明显的弱项，名次一直稳定在前十名之内。

突然想起了那天老牛路上的问话，我的心莫名跳得快了许多。

从哪一天和韦一巧熟悉起来的？我真说不出哪一天。她问过我物理题，我借过她的东西，没什么特别的。如果非要说特别，就从那天回家说起吧。

那天天气不好，好像随时要下雨的样子，我没敢熬到天黑，从宿舍里推出车子，看了看昏黄的天空，就急急忙忙地往家赶。

天越来越暗，西边的云赶集似的压过来，路边的树头哆嗦着，好像被云压弯的样子。我没有雨衣，甚至连块塑料布都没有准备，如果半路下起来，那可就惨了。我把车子骑得飞快，两边的树躲我似的纷纷向后退去……

天越来越暗，云越来越低，云团和云团碰撞着，挤压着，摩擦着，似乎再也兜不住重重的水，眼看着就要劈头泼下来。

我低头弓腰，屁股离开了车座子，拼了命地往前蹬。

“还骑？快找地方避避雨！”

“别骑了，快下来躲躲！”

在于家圈村边，女孩子的尖叫声从前面传了过来，我抬头一看，原来是王利、岳芳和韦一巧。她们已经到了村边，下了车子站在路边，招着手，尖叫着。

我没心思答理她们，只顾低着头拧着身子往前骑——我觉得她们是在嘲笑我。

“辛梦远！”她们尖叫着。

“淋死你个狼熊！”韦一巧骂了一句。

就在我冲过她们的队伍时，雨劈头盖脸地下了起来。

女孩子们纷纷往自已家里跑去。

白昼黑如夜，大雨似倾盆。

“跟我来！”韦一巧的语气不容人拒绝，我不敢再逞能，跟着她，推着车子往村里跑。

她家就在村边，穿过一座小桥就到了。即便如此，进她家门的时候，我们也已经落汤鸡似的狼狈。

她家里的人见了我，愣了一下，但什么也没说。

韦一巧忙着去里屋换衣服，我站在屋门外，头上的雨水滴滴答答往下流，她母亲给我毛巾，我接了过来，但没好意思用，只是用手反复擦头上的雨水。

“都湿透了，先换这件吧，她大大的。”韦一巧的母亲拿出一件大人的衣服，我连忙拒绝。我当时的脸一定涨得通红，紧张得连话都不知道怎么说，我还没跟着这么大的女生进过人家家门呢。

看着门外盆泼似的大雨，我不敢想象不避雨会淋成什么样子。

“你家在哪里？”她母亲问，顺手递来一个毛巾，我接过来，擦头上的雨水。

“北苑村。”

“哦，还有十多里地呢。”

韦一巧换好了衣服，手拧着辫子从里屋走出来，雨水从她辫梢上往下流，这雨可真大！

她瞧了我一眼，淋湿的辫子披散开来，像一条黑色的瀑布泻到双肩。

门外是另一条瀑布，屋檐上扯起白色的瀑布，院子里到处“噼噼啪啪”响，石头上溅起朵朵浪花，那浪花似乎一朵一朵地砸在我的心上……

我浑身不自在，只盼雨赶紧停，可雨没有停的意思，我坐在座位上，就像坐在炭火盆上烤，头上冒出细密的汗珠。

我不停地擦汗，反反复复擦，可不论怎么擦，却总擦不掉眼前晃着的瀑布的影子。

雨终于停了下来，我推起自行车就往外跑，甚至连句谢谢都忘了说。

从于家圈到我们村还有十多里，更要命的是有一段泥巴路，每回下雨，泥都特别黏。我先是骑，后是推，不时停下来用木棒、用手不停地抠车圈里的泥，最后实在抠不动了，鞋也被泥粘得特别笨重，走一步就掉了下来。我把车子扛在肩上，一手提着泥鞋，光着脚一步步往家挪，终于看到村了，终于进了家，我瘫了似的坐在椅子上，大口大口地喘着粗气，像一头被撵乏的猪。

也就是在那天，我知道了韦一巧和王利、岳芳都是于家圈村的，我们回家同路。

我对韦一巧很感激，不知从哪一天开始，她秋水寒星般的眸子亮在我的天空……

“想什么呢？这是你该想的吗？”一个声音提醒我，我耳边清楚地响起那天晚上与老牛的对话，“就凭咱这熊样子……”

我摇头叹气，恶狠狠地嘲笑自己。可就在嘲笑声中，那道黑瀑布却完完全全地挂在我眼前。

“飞流直下三千尺，疑是银河落九天！”我恼怒于自己被这黑瀑布完全打败了，突然没来由地吼出这么一句，边吼边用两手狠狠地击打脑袋。

韦一巧的座位就在我正前方，三间屋的教室装了七十多个学生，拥挤的程度可想而知。我埋头做题的时候，韦一巧的身子只要稍微往后一撤，她那长长的头发就会侵犯我的边界，扫到我高高摞起的课本上，扫到我低头沉思的前额上，一种很奇妙的感觉就会电一般地击中我，有点酥，有点痒，有点期待，有点兴奋，还有一种莫名的甜蜜。

“你别弄我！”

“弄你什么了？”

“辫子，别弄我辫子，烦人！”

韦一巧头也不回，嘟囔着。

我根本没弄她什么辫子，明明是她的头发挂到了我的书夹子上，侵略者倒成了受害者，天底下哪有这种道理？

我气鼓鼓地坐那里，恨不得拿剪刀把她侵略过来的头发铰了去。

“你烦？我才烦呢，题都做不下去。”每当她的长发扫到我前额，我心里似乎都有一只小虫子在拱，拱得我满心痒痒。

一次物理小考，我早早地做完了卷子，在座位上百无聊赖地玩铅笔，她的头发又侵犯过来了，深入我的腹地，我突然觉得那根根柔丝就像林中的小鹿似的，温顺地支着耳朵，等待我的手去抚摸去亲近。我捏住几根头发，快速地挽成一个扣，把我的铅笔拴了进去，我的心跳得很快，不由地坏坏地笑出了声。她好像察觉了什么似的，坐正身子时甩了甩头，我的铅笔“啪”的一下被甩在了前边的地上。

她惊讶地回头看我，我一脸无辜地望着她，指着地上的铅笔:“我没弄……我的笔。”

她不明白我的笔是怎么跑到前面去的，但那节课，她的头发非常老实。

“辛梦远，你收拾好了吗，磨叽！”

我正在教室收拾书包，窗外传来岳芳的声音。我往窗外一瞧，王利、岳芳和韦一巧推着自行车等我呢。

“比女生都磨叽，扎耳朵眼子了吗？”说这话的当然是韦一巧。

我胡乱应了句，卷起书包便推自行车 :“走走走，看看谁磨叽！”

自打那天雨中相遇，我和她们三人很快熟悉起来，由于回家同路，我们便常常结伴而行。

说笑，嬉闹，唱歌，谈男生女生的趣事，我们都很快乐。

可不知怎的，后来王利和岳芳回家的时候再也不等我了，她们甚至也不喊韦一巧。

“怎么回事，她俩？”我问韦一巧。

“我还想问你呢，怎么回事？”韦一巧反问我。

我没得罪她们啊，我一头雾水。

“我也没得罪……也许……人家就是不愿意和你一块走……”韦一巧这话怪怪的。

“喂，呆子！”快吃晚饭的时候，韦一巧回过头来，“帮我看看这个题。”

呆子是老牛喊起来的，不知什么时候开始，韦一巧也跟着叫了起来，就像叫我的学名。

“数学啊？白搭，你找老牛吧。”

“老牛？”韦一巧愣在那里，一时没反应过来。

“就是三皮，牛三皮啊。”

“哈哈，你说牛波啊，人家都不愿意理你。”

我瞪她一眼 :“谁说的？”

“你想和人家同桌，人家都不愿意搭理你，嘻嘻……”

“你怎么知道？”我气鼓鼓地瞪她一眼，最终也没看她的题。

“我当然知道……嘻……”

你还知道什么？什么都知道？我很心虚。

难道她知道我玩着她的头发拴铅笔了？该不会连我内心那条黑色的瀑布都知道了吧？我赶紧低下了头，把自己藏在书后面的卷子里。

第五章 刮目相看，牛三皮球场发威

每天下午上完第三节课，同学们自由活动，这几乎是我们最快乐的时光！

我们把那段时光称为“放风”。这个词还是从课文《挺进报》学过来的。我们不是犯人，但和犯人的日子一样规律。

“放风啦，放风啦，老呆，走了，跟上！”

“你先走，我马上就去！”

学生们陆陆续续地离开教室。自由活动加上晚饭时间差不多两个小时，绝大部分学生都是拿着政治、历史一类的教科书逛到校外，找个安静的地方坐下、躺下，背一会书，扯一点闲话，甚至随手扯一根草衔在嘴里，嚼着草看天上的鸟或者云。

在教室里做题的当然也有，比如余夫子——这老兄的屁股就像焊在座位上了，除了打饭、睡觉、去厕所，他似乎永远待在教室里，埋在高高的书墙后面。

说校外其实并不准确，因为刷锅中学根本就没有完整的围墙，所谓学校不过就是孤零零的几排房子。

出了教室就是田野，放眼望去，一片绿色，田间小路如鱼肠，路边散着杂色的花草，远处稀稀落落地立着几棵杨树、柳树，风吹过来，树叶子、草叶子、庄稼叶子哗啦哗啦响……

学校后面有条小河，细如带子，水不深，但经年不断流，河底水草软软地招摇，水面波纹细密如丝，偶尔会有几条小鱼跃出水面，“啪”的一声打出小朵水花。河边小树林倒也不密，树很杂，杨树、榆树、椿树都有，杨树最多。夕阳的光斑稀疏地印在地面上，我们就踩着光斑嬉戏。

大家很喜欢到那儿去散步，三三两两坐在树荫里背书，两个人还会相互提问，相互纠正，我觉得这是最好的背书方法。

我特别喜欢落日的余晖给小树林“镀金”的那种感觉，总想拉着老牛出去逛逛，可他满脑子都是篮球赛。

“不去，得打球，这会儿哥哥属于篮球。”他咧着厚嘴唇笑。

篮球有什么好玩的？一群人光着膀子在尘土飞扬的操场上傻傻地跑，那么激烈野蛮，还经常有人受伤。我不会打篮球，我以前所在的学校没人打篮球，每次体育课，老师把我们带到操场跑上两圈三圈，就放鸡一样任由我们散开。

那天我去操场的时候，他们打得正激烈，场边还围了不少人，男的女的，欢呼雀跃。

“哟，竟然把大秀才招引到这里，难得，难得！”樊川看到我就开涮。

“樊胖，这篮球到底有什么好玩的，老牛成天说起打球来就像吃了还魂草。”我好奇地问。

“勇敢者的游戏，男子汉的运动。你不懂！”樊川讥笑道。

“谁说勇者就一定是男子汉？有句话叫巾帼不让须眉！花木兰、穆桂英，得臊死多少男人？”

一听这话头，不用回头便知是岳芳。樊川马上瘪了嘴，老牛不止一次嘲笑樊川，说他见了岳芳就像老鼠见了猫。

“做贼心虚。这死胖子肯定有什么把柄落在岳芳手里。”我看着樊川，“你小子到底是对人家做过坏事，还是起了贼心，胖子？”

“天地良心！”樊川当然一口否定。可他怵岳芳也是事实。

我这才发现，围着看球的还有不少女生。江燕子、岳芳、余小红、孟蝶等几个女生看得甚至比男生都投入。每投入一球，她们就发出一阵尖叫，甚至跳着脚拍着巴掌。

原来是几位老师在和学生们打比赛。

我顿时来了兴趣，想看看把魂丢在操场上的那位打起篮球来是个什么样子。

老牛满场飞跑，在人缝里钻来钻去，鲇鱼似的。队友每抢到一个球，总是很自然地交到他的手里，而他带着篮球就往篮下钻。他拿到球的时候，对方几乎就放开了其他人，两三个人围在他身边，挡在他身前，可他总能找到防守的漏洞，要么投到筐里，要么把球扔给其他同伴——其实他个头并不算很高，更算不上壮！

我真没想到这个蔫蔫的家伙竟然有如此大的能量。

脑灵素，难道也能让动作更加流畅吗？看着老牛深蓝的背心满场飞奔，时不时把球扔进篮筐，每投进一个球都会招来大家欢呼，女生们的尖叫声格外响亮，手里的衣服被高高扔起，我突然很自卑，十七岁了，竟然连篮球都没摸过。

“得防三皮，防死牛三皮！”打球的老师竟然这样称呼老牛，我忍不住一乐。

“这个牛三皮，简直泥鳅一样滑。”防他的人不住地埋怨。

“老牛，这里！”同伴们扬着手，向老牛招呼。

“给老牛！”

“哎呀，卡不住他啊，这家伙简直……”

“夹他！截他，包夹，两个人夹他！”

场上的人叫，场下的人也叫，校园里似乎充满了男男女女的欢叫声。

满场上都是老牛的影子，夕阳的余晖笼罩老牛瘦弱的身子，他黑黑的脸上披了一层金色的光辉。

我有点酸涩，有点骄傲，为老牛，也为自己。

“你很厉害啊，看不出来。”吃晚饭时，我由衷地赞叹。

男生吃饭的地方很自由——教室、宿舍、大树下的石台子，都是我们的餐厅，不像女生全在宿舍里。

我和老牛坐在树下的石台子旁，坐在自己搬来的石头块子上，石头块子上架一块平点的大石头，这就是我们的饭台子。时间长了，每个石台子也就有了固定的主人。

“老虎不发威，你以为是病猫啊？要说打篮球，哥是这个！”老牛得意地伸着大拇指。

“你的名字起得真好。”老牛没想明白我怎么突然来了这么一句，他嚼着煎饼卷子，疑惑地看着我。

“牛三皮，多牛皮，小牛不大抱着吹呗，反正不收吹牛税！”

“哈哈，你这小子，憋不出什么好屁！”

他端起茶缸子，半缸子水一口气喝光，“咕嘟咕嘟”，发出响亮的声音。他的头仰着，喉结突出，一上一下地动。

“你为什么不和我同桌？为什么要坐后边？”我又想起了韦一巧的话，耿耿于怀。

“嘿嘿……”他咧着大嘴笑，不说话，我感觉他的笑里藏着说不出来的坏。

“你笑起来很丑！”我嚷。

老牛谦虚道：“远不如你，兄弟。”闹够了，他开始正经起来，“我不往前面去，自然有我的理由，同桌不同桌的有什么区别？”他又笑起来，“我们都钻一个被窝里了，同桌不同桌的还重要吗，嘿嘿！”

确实，天冷的时候，我们俩经常把两个人的被子压在一起，钻进一个被窝里取暖，忘了对方的臭脚丫子。

“我不愿意坐前排。我喜欢找个被人忽略的角落藏起来，到考试的时候才让他们发现自己。唉——败军之将，何以言勇啊！”他的神情暗淡下来。

我的心也不由一沉，我想不出明天的自己到底是什么样子：我的明天在哪里，明天的我又在哪里？

我深深地叹了一口气，想起了老牛的诗：

青春的伤痕
是一条寂寞的毒蛇
阳光下蛰伏

暗夜里凶

我的泪很丢人地流了下来。

“我不想和你同桌，是不想当灯泡子，这么大这么亮的灯泡子。”他没有安慰我，用手比画着灯泡的模样。

“就你这张脸，比黑夜都黑，还灯泡子呢！”我不由地骂了一句。

第六章 红颜祸水？黑瀑布挂我心中

“你们郎有情妾有意，我在那儿算老几？嘿嘿……”

我虽然骂着老牛，心里可甜滋滋的，眼前浮现出韦一巧含笑的双眸、上翘的嘴角和铺泻开来的黑瀑布。

我们收拾好碗筷，溜达到田野的小路上。

“可不敢误了大事啊，兄弟，红颜祸水！”老牛言有所指。

我像被他戳中了什么，心里一颤：是啊，我怎么就想到了韦一巧！我有什么资本想什么韦一巧或者韦二巧？

“我们来是干什么的？可不敢！考不上中专，咱算老几？”我的心情突然就灰暗起来。

“算老几？屁都不是！”老牛恨恨地骂着。

我哭着闹着要复习，如果灰溜溜回去，那可得让村里人当话柄笑半辈子。

我苦恼地摇头，想起了娘拉长的黑脸，想起当初为了上学的哭闹，想起了每次回家背干粮时的埋怨。

“背水一战，无路可退！”我攥起了拳头，恨恨地说。

“兄弟啊，我们都是在赌博，赢了我们就能逃出去，别管五年八年。可要是输了呢？”老牛既像在问我，又像在自言自语。

“输不起啊！输了，我们什么都不是，更别说什么一巧二巧。”

在地堰的斜坡，我们坐了下来。

“要么疯，要么死，要么胜利！”老牛的目光里有种可怕的决绝的东西。

“什么是胜利？”我问。

“胜利就是突围，从黑暗的昨天和今天里突围，从家门口那雨水混着猪、牛、羊粪便的胡同里突围！”

老牛咬牙切齿。我又一次看见那头猪，前腿搭在猪圈的栅栏上，随时准备出逃。

“我过够了这种日子，一天也不想再忍受这种日子，一眼几乎就可以看到头，这样活有什么意思？”

老牛痛苦地扯着嘴角。我心里一酸，紧攥的拳头重重地落在他的肩膀上。

他说他的三哥从十五岁就跑到关外，二十多年了，生不见人，死不见尸。他的六哥和七哥去山西小煤窑背炭，准备盖房子娶媳妇，他们过的是一种比老鼠还悲惨的日子，成天像土里的蜘蛛在那小煤窑里钻来钻去，钱挣来了，房子也盖好了，终于有姑娘答应做新房的主人了，他的七哥却被砸死在窑洞里……

“我能过这样的日子吗，呆子，你说我能过这样的日子吗？”老牛哽咽着，泪流满面。

“不能，哥，我们不能！”我揽着他的肩膀，紧紧地攥着他的手。

明天在哪里，我们的明天在哪里？

我不由地想起土里刨食的爹娘，想起一次次失败却又一次次挣扎的自己，内心充满了忧伤。

“我不知道想过什么样的日子，但我坚决不想重复爹娘他们这种日子。你知道吗？我曾经跟着娘挑着两只水桶到二十里铺去贩鱼，起得那么早，三十多里地，走到鱼市的时候天刚刚亮！天一热，鱼卖得稍微慢一些就发臭，别说挣钱，连本钱都得亏进去。

“我曾经和哥哥一起拉着地排车到老城贩土豆和洋葱，夜里三点就出发，别说人困，连那星星都懒得眨眼睛。装完货，人家城里人们才起床，三四百斤土豆、洋葱卖光了，挣不到二百块钱，得走街串巷卖三四天！饿了啃口凉饼子，连口热汤都不舍得喝，那是一种什么样的日子！

“我跟着爹贩过地瓜干子，骑着洋车子，拉着地排子，东南西北十里二十里。我贩过苹果，就放学吃饭的空儿，我还挎着个篮子沿街去卖葱。有一天下雨，我给人家称错了分量，被一个老娘儿们骂得狗血淋头，一路哭着回到家……

“我为什么哭着闹着要上学？只有上学才可能让我逃离这种日子！”

我仰面朝天把自己整个地扔在地上，越说越伤心，泪水顺着腮边滴到野草上。

老牛呆了似的坐在那里。他搂着我的肩膀，一句话也说不出来，不停地摇着我的膀子。

天完全地黑了，月亮爬上了天空，晚自习早就开始了，我们没有回教室的念头，去他娘的！老吕？管他呢，大不了被他踢几脚！

“韦一巧可是很漂亮，兄弟，就是为了她，你也得拼！”老牛转换了话题。

我眼前马上浮现了那双弯弯的眉毛，春水般的眼睛，白净的脸庞，高挑的马尾辫。

我心里一阵甜蜜，可紧跟着一阵酸涩:韦一巧，会是我的韦一巧吗？我们会有未来吗？如果我们不能考上，等待我们的会是什么结局？

“我们没什么，真的，没什么的。”我连忙否定。虽然我只有十七岁，但我清楚喜欢是一回事，生活是另一回事。

“呆子，你能说她不漂亮？你敢说你没动什么坏心思？”

“我不知道……但我确实愿意看她，看不见她会心慌，觉得像丢了什么东西……这不骗你。”我顿了顿，“有什么用呢？一切的决定权不在你我，在于考试。”

“明白就好。咱走，老吕估计要骂人了。”老牛爬起来，拍了拍身上的草屑。

我和老牛并排走着，谁也没再说话。

天上一弯月，月边几颗星，月光淡淡的，星儿懒懒的。

我抬头望月和星，低头叹了一口气。

“你们干什么去了？班主任找了你们三次，快去办公室！”

回到教室，还没坐下，韦一巧扭过头来，瞪着我。

我放下手中的书本，对着老牛扭了扭头，我们走出了教室。

“干什么去了？”

走进老吕的办公室，人还没站稳，屁股上就重重地挨了一脚。

我们低着头，不多说一句话——他在气头上，任何解释都只能惹出他更大的火气。

第七章 桃色事件，江燕子被遣回家

踢了两脚之后，老吕看我俩低着头揉着屁股龇牙咧嘴的样子，火气渐渐消了——这就是他的脾性。

别跟他对着干，他越生气的时候，你越要嬉皮笑脸——这是老牛对付老吕的经验，还真对症。

我暗笑。

“一节课马上就完了，你们去哪逛了？”老吕黑着脸，站在办公桌前，随时要踢人的样子。

老牛的黑脸上叠起层层笑，不说话。

“你说！”老吕知道从老牛这里问不出什么，便把脸转向我。

“我……我们……没逛什么……”我低着头。

“你再踢两脚吧，解解气，屁股越踢越结实。”老牛嘴里嘟囔着。

“这才几天的工夫，你们两个倒熬成了六十年的狗肉汤子，有点老滋味了！”

“鱼找鱼，虾找虾，乌龟找王八，对上眼了！”

老牛要起了贫嘴，还没忘了暗中给我使眼色。

我心领神会，便也放开胆子和老吕胡扯。

“孟不离焦，焦不离孟，不都得跟着杨六郎，包公再厉害，不也有王朝马汉张龙赵虎……馍馍再大，还能出了你这笼……”

老吕忍不住笑了，他这一笑，胡子和鼻子挤在了一起。

“滚，你俩立马给我滚，滚回教室！”

老吕气得笑出声来，挥了挥手，像撵蝇子似的把我们撵出办公室。

“你这一招真管用，不愧是老油子！”我偷偷给老牛竖起大拇指。

“独家定制。你小子嘴皮子比我都溜，行啊！”

“跟着好人学好人……”

星期三晚自习，校园里笼着一种诡异的气息，有点紧张，有点压抑，仿佛是风暴来临之前的天空。

下了课，三三两两的人影聚在一起，嘀嘀咕咕说些什么。

我问韦一巧发生了什么，她脸猛地一红，往地上啐一口，什么也不说。

“怎么了，老牛？”

老牛说是班里一对男女同学犯了事。

“什么事？”

“那事……”

那事是什么事？我想问仔细一些，老牛却摇头。

我这才发现，老吕竟然整个晚自习都没露面，这绝不是他的风格。他一节课要不在后门或者透过玻璃窗子往里边瞧三遍，大家都会觉得不正常。

一定是出了什么乱子！

直到下了晚自习，回到宿舍，我才从别人的七嘴八舌里知道个大概。

原来是班里的女生江燕子。

这江燕子长得丰满，整个人简直就是一个熟透的水蜜桃。除了鼻翼两侧有几个暗灰的雀斑，整张脸非常俊俏，最吸引人的还是她的眼睛，不论哪个人看过去，那眼睛都好像在对着你笑，似乎热情地给你某种美好的暗示——有人说这是典型的“钩子眼”，抓心勾魂。不知怎的，她和学校伙房里的某位工人建立了友谊。吃完晚饭该回教室，她却没回教室，而是和那小伙子钻进学校食堂旁边的杂物间幽会，被抓了现行，直接被送到了校长办公室。

“听说校长都出面了，老吕一直黑着脸。”

“肯定得开除，传出去太丢人……”

也有人抱怨食堂工人多事，人家又没偷食堂的东西。何苦呢？

后面的议论渐渐放肆起来，说什么的都有。

事实上，我和韦一巧已经很熟，在某种程度上，我们已经超过了“红线”——有人把男生和女生经常说话叫作超红线，有人把男生女生经常缠在一块叫作超红线，有人把男生女生牵牵小手叫作超红线，还有人把偷吃禁果叫作超红线……

除了不敢吃禁果，我们确实越过了红线。

王利、岳芳她俩不再和我、韦一巧搭伴同行，我曾经纳闷了一阵子，也问过韦一巧。记得当时她什么也不说，还反过来问了我一句。

一次与王利迎面碰上，我终于逮着机会问她原因。

王利只是笑了笑：“别问我，问你家韦一巧。”

“啥，还俺家韦一巧？”

我一头雾水，只能努力地想，回放和她们三人交往过程中的一幕幕。

最后，我似乎找到了答案。

那次骑车走到半路，岳芳的自行车掉链子，我们的自行车几乎都是古董级，掉链子、断链子的事经常遇到。作为唯一的男生，我当然得冲锋向前，这样的活怎好意思让女孩子动手？

不过，岳芳的车链子卡在了轮盘里面，卡得非常结实。一开始我还以为用小棍一挑就能出来呢，结果都亲自下手了，链子依然紧紧地卡在那里，我不光弄得满手油，脸上也急得全是汗，她们三个在旁边干着急，小声嘀咕着什么。我怀疑她们在笑话我——这点小事都干不好，三个女生看着呢！

我一屁股坐在地上，用双脚夹住车子，小棍别在轮盘和链条间，双手抓紧链子，两脚猛地往前一蹬，“啪”的一声，链子终于出来了！

“你可真笨，爪子笨得像蹄子。”韦一巧放肆地嘲笑我。

我用手臂抹了一把脸上的汗，长长地呼出一口气：“总算没丢人！”

她们三个哈哈大笑。

“笑什么？”

“笑你……哈哈哈哈……”

韦一巧用手指着我的脸，笑得弯下了身子。

擦汗的时候，我手上的油污抹得脸上一片黑。

岳芳从口袋里掏出手绢递了过来。那个年代的小女孩口袋里都会有小方手绢。女孩的手绢我可不敢接，在我们村里人的谈论中，似乎男女只有相亲才会换手绢。我下意识地摆了摆手，把手在土里搓了搓，摇着头说:“不用不用，用土搓一搓，油就掉了，回家洗。”

“就是，手本来就不干净。”韦一巧站在我身前，笑着挡住了岳芳递过来的手绢，却把她自己的手绢塞到我手里，“你擦完扔掉就行……”

我当然舍不得扔掉，那可是韦一巧的手绢，带着她体温的小手绢！

也幸亏没扔。有一天她找我后账：“我的手绢呢，还我！”

从那以后,岳芳没再和我俩结伴同行过。她和韦一巧似乎也疏远了许多,每次回家，她都喊上王利。

真正超过“红线”是在那个早晨。

第八章 猝不及防，初吻就这样丢失

“哎，呆子！”我正为一道二次函数题烦恼，韦一巧回过头来，敲打着我的课本。

我抬起头，没好气地回了句：“干吗？烦死了。”顺手把圆珠笔扔在桌子上，圆珠笔在桌子上弹了几下，滚到了桌子边上，很无辜的样子。

“做不出题来怪笔芯啊。看看几点了？”

我抬头看墙上的石英钟，六点多了，放学好长时间了啊！我扫了眼教室，教室里并没几个人，那些人也没在学习，而是三三两两围在一起闲聊。

“都成第一了，还这么拼，你让别人怎么活？”

我苦恼地摇头：“狗屁第一。数学太差了，一脚天上，一脚地下，唉！”

“哈哈，一张一弛嘛，老师的教导你忘了？考你一下，知道席慕蓉吗？”

韦一巧歪着头，嘴角扯出调皮的弧线。

我摇头，有些鄙夷地说：“不会又是琼瑶之类的作家吧？”

我知道小女生们都喜欢什么《窗外》《幸运星》之类的言情小说，即使在这个复习班的高压环境中，依然有人偷偷摸摸地迷这类东西。

她们闲下来的时候，经常交流类似的话题：“《窗外》看过吗？”

“看过，我还看过《烟雨蒙蒙》。你没看过吧？”

“嗯，没看过，但我看过《鬼丈夫》《水云间》。”

另一个声音加入进来："我看过《一帘幽梦》呢。"

所以，当韦一巧问我，我也就不屑地摇头。

"什么呀，席慕蓉是个画家，也是诗人，出过一个集子，叫《七里香》。里边是自己的画，自己的诗，不知道吧？"

"不知道，我只知道保尔·柯察金、高尔基，人最宝贵的是生命，让暴风雨来得更猛烈些吧，哈哈！"

我的话语里充满了嘲笑的意味。

"你看看这首诗。"她顺手把日记本递了过来，特意嘱咐一句，"不能乱翻，光看这首诗。"

我从她手里接过日记本，故意前后乱翻。

"不许乱翻！"她一巴掌印在了我的胳膊上。

"好狠，疼！"我夸张地抚着胳膊，龇牙咧嘴。

"装什么装？快读诗！"她笑着叫喊，声音大得让前面那几个同学都回过头来。

韦一巧羞涩地摆了摆手，一抹红晕从面颊飞过。

"一棵开花的树"，我念出了声。

"你认真读，我给你打分，快点！"

如何让你遇见我
在我最美丽的时刻
为这
我已在佛前求了五百年
求佛让我们结一段尘缘
佛于是把我化作一棵树
长在你必经的路旁
阳光下
慎重地开满了花
朵朵都是我前世的盼望
当你走近
请你细听
那颤抖的叶
是我等待的热情
而当你终于无视地走过
在你身后落了一地的

朋友啊

那不是花瓣

那是我凋零的心

我一下子就喜欢上了这首诗，不由地又读一遍。韦一巧微笑着坐在那里，嘴角漾起一弯甜美的月牙。

“诗打一百分，你打三十分，简直浪费粮食。”她伸手把日记本抽了回去。

“什么破诗，酸酸的。”我故意摆出不屑一顾的样子。

“还破诗？有本事你读几首试试，可笑！”

“生当做人杰，死亦为鬼雄。至今思项羽，不肯过江东。”

“此地别燕丹，壮士发冲冠。昔时人已没，今日水犹寒。”

“欲哭闻鬼叫，我哭豺狼笑。洒酒祭英雄，扬眉剑出鞘。”

我一口气给她背了三首，挑衅地看着她：“知道这些诗是谁写的吗？”

她摇头：“第一首好像以前见过，但不知道是谁写的，后面两首就不知道了。”

我得意地看着她，心里有一种说不出的快意：“不知道吧？第一首作者是李清照，‘才下眉头，却上心头’，大才女；第二首作者是骆宾王，初唐四杰之一，不可能不知道吧；第三首是1976年清明节青年学生为纪念周恩来总理而写的……”

我眉飞色舞地卖弄。她脸上浮起崇拜的表情，我特别享受。

“交给你一个任务，明天检查你背诵这首诗。”

“凭什么啊，没工夫，把日记本给我，我背！”

她转过了头，脑后飘过来一句话：“想得美！”

“《一棵开花的树》，听说过吗？”吃饭时，我问老牛。老牛很喜欢写诗，惠特曼和聂鲁达是他的偶像。

“当然知道，席慕蓉的，怎么了？”

我把韦一巧抄给我的诗交给他。他笑了笑，没说什么。

转眼又到了星期六，我正向老牛问一道数学题，韦一巧走进教室：“辛梦远，坐你的顺风车行吧，我的车子坏了，没修好。”

“王利、岳芳她们不是有车子吗？”我随口说了一句。

韦一巧噘起了嘴：“这么自私，捎带着都不行啊，她们早走了，不带拉倒！”

我尴尬地挠了挠头，我其实很愿意干这活，可她在班里这么叫，当着老牛还有其他同学的面，我像做贼被人逮住了似的，一时不知怎么回答。

“君子成人之美，助人为乐是中华传统美德。呆子，你的政治怎么学的？”老牛的黑脸开成一朵花，几个同学也跟着笑了起来。

“他不带你，我带你，韦一巧。我樊胖子亲自送你好不好？”樊川一边笑着对韦一巧说话，一边却把眼珠子咕咕噜噜转向我。

“你老小子想挨揍？”老牛伸手就要抓樊胖子，大家笑成一团。

我带着韦一巧，一路骑着车，倒也没觉得累。韦一巧坐在后边，当年正流行苏红的《我多想唱》，她也不管跑调不跑调，忘情地唱着：

我想唱歌可不敢唱，
小声哼哼还得东张西望，
高三了还有闲情唱，
妈妈听了准会这么讲
……

唱够了，她就开始闲扯，一路上几乎没有住嘴。她说女生宿舍的一些趣事，说老吕以前留下的著名典故，说我与老吕的那次冲突，说她村边的这条河是大清河的支流，最后流入了东平湖，甚至说到了她有一个哥哥早就参加了工作……

我真没想到她竟然跟我说这些，纳闷当初为什么会觉得她很安静。此时的韦一巧，话多得简直就像风中的高粱叶，“哗啦啦，哗啦啦”，根本停不下来。

“你的名字倒很好，你爹娘挺会起名。”

她嚷了起来：“什么呀，这是我自己改的，他们才不会起名呢。”

“那你原来叫什么名字呢？”

“不告诉你，凭什么要告诉你？”

“不告诉我也知道，不过是三妮四妮或者什么花妮臭妮。”

我真不是胡说，在我们农村，哪家如果女孩子多，爹娘图省事，经常起这样的名字。

“俺是老二好不？”

“哦，韦二妮，你给自己起名韦一巧，这不是大了一辈吗？”

说着笑着，快到她家所在的村子了，她跳下车子：“我走回家，你走吧，明天别忘了来这里带我！”

好家伙，她把我当成专职司机了。我没理她，心里像灌满蜜的花驻进了阳光。我爽快地应了声，把车子蹬得飞快，她的声音从后面追了过来。

第二天，我比平时起得要早，赶到她们村口时，她背着书包正慢慢地往前走。

“嗯，不错，不算迟到。”她笑着就跳上了车。

车把上挂着沉重的干粮，那本来是应该捆在后座上的，可为了韦一巧，只能挂在车把上，车把变得不如以前好指挥。

本就破旧的自行车猛地多了这么些重量，发出吱吱呀呀的抗议，我慢慢地往前骑着，清晨的微风拂在脸上，依然带着丝丝寒意，小路两边的麦苗已开始返青，田野里少有行人。

“你们男生宿舍里也很热闹吧，我们女生可热闹了。”

我们男生宿舍当然很热闹，晚上放学了，总会有几个家伙脸几乎贴在窗户上，往前排的女生宿舍看，说什么精彩不能错过。

这事我当然不能告诉她，要是跟她说了，男生们再也看不到风景，他们不揍死我才怪。

“我们瞎聊，什么都聊，老牛做着梦也会写诗，嘿嘿。”

青春的伤痕
是一条寂寞的长蛇
阳光下蛰伏
暗夜里凶

我又想起了老牛的那首诗，想起老牛满是坏笑的黑脸，心里暖意升腾。

“你不知道吧，你和牛波被我们女生称为‘刷锅二宝’，哈哈哈！”

韦一巧边说边笑，笑得很放肆，整个自行车都晃荡起来。

“‘刷锅二宝’？”我扭过头，好奇地看着她。

“一个黑，一个怪。”

啊，竟然如此！我愤愤不平：“韦一巧，猪再笨也不会咬喂食的手指头，你坐着我的车，还在这里败坏我的名声！”

我故意把车子往不好走的路上骑，想颠一下教训教训她，可车把实在不听指挥，只听“啪”的一声，我们连人带车摔到地上。

她倒是没什么事，迅速从地上爬了起来，拍着衣服上的草沫和泥土。我却没有那么幸运，膝盖磕到了地上，又被车子砸了一下，疼得我直咧嘴。

我坐在地上，挽起裤腿，膝盖已经渗出了血，胳膊肘也掉了一层皮。

“你没事吧？”韦一巧两手抓住我的胳膊拉我起来。

我龇牙咧嘴地站了起来，她抓着我的胳膊，看我那渗出血的胳膊，很着急。

此时，她离我那么近，连她呼吸的声音都清晰地传入我的耳朵，我似乎嗅到了某种芬芳，十七八岁的女孩子特有的幽香。

这股幽香让我心头千万只小鹿乱撞。

我突然疯了似的，一伸手就把她揽在怀里。

她“啊”了一声，本能地在我怀里挣扎。在她挣扎的时候，碰到了我刚刚受伤的胳膊，我不由地“哎呀”一声。她抬头看了我一眼——她脸色绯红，柳叶似的眉毛下，两汪清泉般的眸子俨然巨大的旋涡，把我的心完全地卷了进去！

我的手紧紧地箍着她，再也顾不得她的反抗，把我火热的印章紧紧地盖在了她的唇上……

她抓住我受伤的胳膊，一动也不动，任我揽着她的腰。我清楚地感觉到她的心跳。

微风拂过田野，天上挂着红红的太阳，麦苗早已返青，小溪里的水在哗哗流淌。

我突然涌起一种莫可名状的冲动，手也似乎不听使唤。她拼命地往外拉我的手，恼怒地用胳膊肘子捣了我一下。她终于挣开了我，抽出我的手，嘴里恨恨地说：“你个坏熊！”

我不敢再放肆，松开她扶起车子。我呆呆地望着她，早晨的阳光一片娇羞。

她低着头坐上车子，嘴几乎贴着我的耳朵，恨恨地骂着：“怎么不摔死你！”

她不说话，我一时不知道该说什么，世界突然那么安静。

到了学校，下车的时候，她用力地拧了一把我的胳膊，开口说了一句话，声音很轻，却那么真切：“辛梦远，你是个坏熊！”

第九章 疑惑从生，女见父冷若冰霜

一连两三天，韦一巧没和我说过一句话，我每次看她，她的脊背都前倾着，就连她常常摇摆的发梢也被关了禁闭似的。

我有些失落，有些忐忑，又隐隐有些气。

我故意把圆规、三角板、圆珠笔之类的文具在桌子上弄得“啪啪”作响，我希望她能听见，或者心烦，然后扭过头来瞪我一眼，甚至咬牙切齿地骂一句“无聊！”可她身子前倾在课桌上，木头似的，毫无动静。

我想着法子和她左边的同桌说话，和她右边的同桌打闹，整节自习课都没有一分钟安生。可韦一巧半点反应也没有，倒是我旁边的几位嫌弃地给我白眼，我甚至听到余夫子指桑骂槐——这老夫子课上听不得别人一点动静，他说过一句话：“凡是影响学习的，都是死敌。”

她真生气了吗？她从此就不理我了吗？

可是，我如此急切地想和她说话，除了做贼心虚，我确实还有件事问她，这事憋在我肚子里两天了！

那天中午，很多同学都在宿舍里休息，我从厕所回教室的时候，遇到一位矮墩墩的中年汉子，手里提着小布兜，兜里似乎装着几本书。中年汉子在教室前徘徊，伸长了脖子透过窗户往里瞧，似乎在找谁。

“你找谁？”

“我……找岳芳，她……她在吗？”男人说话吞吞吐吐，说着话，眼睛却四处张望，像是在找谁，又像是害怕什么。

我走进教室，岳芳的头埋在书本后面，只露出黑黑的后脑勺。

“岳芳。”我叫了一声。

岳芳没听见似的，我又叫了一句。

她依然没有抬头。

“岳芳，有人找！”我走到她桌子旁边，敲了下她的桌子，提高了声音。

“叫什么叫，烦人！”

她的头扬了起来，给我一个白眼，怪我多事儿似的，然后才慢腾腾起身，紧抿嘴唇，磨磨蹭蹭往外走。

这个岳芳怎么回事？那个男人应该是她爹，可她怎么这副样子？

好奇心让我的耳朵格外警醒。望着岳芳走出教室，走向那男人，我把耳朵靠近窗户。

“妮儿……”

“你来干什么？谁让你来的？没事别来。”

岳芳的声音压得很低，语气生硬而冷漠。

“你的书……落家里了，我刚回家……怕误你的事……”男人把布兜递了过来，声音虚弱无力。

岳芳没伸手，男人递过来的兜尴尬地停在半路。

“拿着，里面有刚烙的饼，你娘早晨烙的，白面饼，还热乎呢，拿着……”

岳芳最终接过了兜。

“你走，你们谁也别来，我一不死，二不跑，尽管放心！”

岳芳转身，风一样进入教室。

进门的时候，她剜了我一眼。

我装着没看见，目光透过窗子，望着外面。

男人缩着身子，呆在那里，嘴张了好几下，向窗子里望了好几次，但终于什么也没说，转身走了。

为了两本书、一张饼，大清早走了十多里地。可岳芳，怎么能这样对待自己的爹呢？

不是她爹吗？应该是。

我想韦一巧当然知道，可这妮子不理我！

我烦恼地叹了口气，不由地拍了下脑袋。

岳芳似乎不是这样的姑娘啊。平日接触，这个圆脸微胖的姑娘不像今天这样不通情理啊！

唉，韦一巧，两三天过去了，难道你真的不理我了吗？

这熊妮子！我不由地暗骂一句。

课外活动的时候，她终于扭过脸来，打开的习题本子“啪”的一声扔在我眼前：“看看这题！”

“好好好，我看！”我答应着，心里一阵狂喜。

我三言两语讲完了那道题，她便要扭过头去。

“哎！”我敲了她胳膊一下。

“哎什么哎！”她面无表情地顶了一句。

“也不知道感谢啊，没礼貌。”

她转过身来，眼睛对着我的眼睛，话里似乎藏着话：“哦，我还得感谢你啊！”

一抹粉红云漫上她的面颊，我的心瞬时融化了似的，漾起一股暖暖的甜蜜：“嗯，得谢得谢……”

“这几天很欢乐啊，和谁都聊，人缘真好！”

这明显是挖苦，可从韦一巧嘴里出来，我怎么嗅到了甜蜜的味道？

“树不过来，风就得一直刮呗。”我说了句俏皮话。

韦一巧笑了，我的整个世界一下子明亮起来。

“你得老老实实的……”

“俺一直老实，祖祖辈辈老实。”

韦一巧白了我一眼，放下书本，把整个身子转了过来。

教室里人越来越少了，我环视四周，除了余夫子，几乎没有别人。

“岳芳她爹前天来过，找岳芳，你知道吗？”

韦一巧摇头：“她没说。我没看见。怎么了？”

我简单地描述了一下，然后把我肚子里的疑惑和不满说了出来。

“她怎么能这样呢？那是她爹吧？”

“当然！个子不高，有点胖是吧？”

我点头。

“你怎么不去拯救全人类？”

韦一巧说完这话，就把身子扭了回去，扔下低低的骂声：“坏熊……”

转眼间，时间滑进了三月，形势骤然紧张起来，整个校园被一种潮湿而又黏稠的气氛包裹着，每一个人都清晰地感受到了大战在即的气息。

一场场烈度不等的考试像年关将近的债主堵住了大门，每天还没睁眼，它们已经摆着狰狞的脸子等待你的答复。

各科的模拟卷子雪花般地落满了每一张桌子，教室里永远是“哗啦哗啦”令人窒息的声音——发卷子，收卷子，发卷子，前面的一套还没做完，后面的一套又逼了上来，而我们，就淹没在这白花花的卷子里，像溺水的人拼命地扑腾着……

所有的老师像被钉在了教室里，他们把讲台当成了寸土必争的阵地。上课前早来三分钟，下课后晚走三分钟，下课的铃声简直就是个摆设。他们恨不得每一堂课都能像弹簧一样自由延长，似乎听不见下课的铃声，这可苦了我们，好不容易熬到下课，我们只能一路小跑去厕所。

“物理课没有一次不拖堂的，真烦死这老头子了！”

“哪个不拖？不捡钱就是掉钱，不拖才是傻子！”

大家骂归骂，跑归跑，生怕跑慢了看老师的白眼。

男生还好，女生去厕所似乎更麻烦。经常是老师正讲题呢，她们才气喘吁吁地跑进教室。

老师无奈地摆摆手，让她们进来，嘴里埋怨着：“上节什么课？天天拖堂！”

每一位老师都成了演说家。我们头发昏，眼变红，耳朵里嗡嗡一片，全是热血沸腾的激励。

老吕更不用说了，学校没有安排老师的宿舍，只有几个单间供值班的教师休息，他也不管人家愿意不愿意，把自己的铺盖搬了进去，原本轮流值班的宿舍变成了他的家。

每一节课，我都能看到老吕贴在后门玻璃上的黑脸，或者一扭头就看到他站在窗台前的影子。

学生在哪里，他就在哪里。

“你上课别东瞧西望的，有什么可瞧的！”老吕把我揪到办公室里，搜肠刮肚地找着词数落我。

“你别以为拿几次全乡第一就坐稳了，一不小心就被人夺去！”

“你得学学人家余子夫，看人家学习那个劲儿，再看看你自己！”

老吕掰着手指头给我数着刻苦学习的典型。

“你不稳，别说余子夫，就连牛波都比你要稳，考中专就是过独木桥，每年就要那么几个人，要么自己挤过去，要么就被别人挤到水里……”

我承认老吕说得对，承认老牛比我稳，但老吕要让我学余子夫，没门儿。

第十章 谁是犹大，出卖兄弟“福利”？

“距离预选还有两个月，是骡子是马也该拉出来溜溜了，是龙还是虫，战场见分晓！”老吕的手指使劲地敲着桌子，乱蓬蓬的头发和胡须像风中的乱草，屋梁上积年的尘土震得乱飞……

“中考就是战场，淘汰就是你死我活，千军万马过独木桥，我们被人挤下过一次又一次，今年，能不能把对手挤下去，这就看你的本事了！”

“命运从来不同情弱者，胜利永远只属于敢于胜利的勇士！”

讲台上慷慨激昂，座位上咬牙切齿，一个个青筋暴突，热血沸腾。

每一个人都知道预选意味着什么，预选过不了，就连参加中专考试的资格都没有，更别谈什么跳过龙门上中专了。

老牛又开始偏头疼，他吃药的次数明显增加了许多，好像忘记了篮球赛。

“只要还喘气，必须在教室。”老牛对我说，我被他说得浑身发毛，一股寒意从心底升起。

“只要学不死，就往死里学！”

我分明感到身后是悬崖，前面却是攀云梯，要么爬上天，要么摔下去，粉身碎骨。

我似乎比他更紧张，只要一合眼，几乎全是梦，醒来全身汗，枕头都是湿的。

老牛考上了，大红榜上第一个就是他的名字。韦一巧考上了，高兴得手舞足蹈。那个复习了八年的余子夫也终于考上了，对着红榜号啕大哭，然后又跳又笑，把大红榜看了又看，恨不得把自己粘在红榜上。马上校也考上了，眼里全是老子天下第一的狂气。几乎所有的同学都考上了，他们拿着鲜红的通知书，兴高采烈地坐上了通往城市的客车，挥着手，唱着歌，甩下一路尘土和站在路旁发呆的我。

唯独我一人，搜遍了大红榜，就是没找到自己的名字。我愤怒地把红榜撕下来，团成一团，又撕成碎片，碎片在飞，泪在飞，灵魂在飞，只留下我空洞的躯壳，在飞扬的碎片里孤独地站着，站成笑柄和话题。

“你表舅早就给你算过，你不信，你争，现在信了吧，你还能争过命？”娘开始了新一轮的埋怨。

我灰溜溜地扛起锄头，恨不得把脸完全藏在大草帽里。

韦一巧牵着马上校的手，两个人并肩，她的长发拂在马上校的脸上……

“呆子，呆子！你怎么了？”

老牛使劲晃着我的肩膀，宿舍里黑漆漆的，除了咬牙声、鼾声，就是我的抽泣声。

“又做恶梦。”老牛同情地拍拍我。

“我又没考上，只剩下我……一人……”

我满头冷汗。

“梦是反的，梦都是反的，笨蛋！你考不上，那谁也考不上，你现在是第一！”

我不敢再睡了，穿衣起床，老牛也跟着我起床，他跟着我悄悄地溜出宿舍。

月在中天，月亮周围有几颗寒星，怜悯地看着这对可怜的兄弟。

“谁？”我突然发现宿舍旁有一个黑影，大半夜，难道这穷宿舍还招贼?

“我。你们不好好睡，怎么跑出来了？”老吕走了过来。

“老师，你还没睡？”

“睡不着，过来看看。这么晚了，赶紧睡，明天还要考试！”

老吕的影子渐渐远去，我和老牛望着他的影子，感慨万千：“唉，你别说，老吕也真够拼！”

在这个班里，要说最拼命，没有谁比得上余子夫。

余子夫是个特殊的存在。刷锅中学的所有老师都认识他，包括几位不教课的副校长和校长。

教我们的好几位老师是余子夫的同学，有的老师甚至年龄比余子夫还小，听说他们背地里从不喊什么余子夫，而是“老余”。

据了解内情的同学说，余子夫的父亲是村里的会计，算盘打得远近闻名，他对儿子说：“别说八年，就是十年也行，考上就赚了一辈子！”

今年是余子夫复习的第八个年头，别的不说，单这韧劲和意志力就无人能比。但我不喜欢余子夫，一看到他木木的脸，我就想到课文里中举发疯的范进，就想到那提着大肠骂得他狗血淋头的胡屠夫。

我总觉得余子夫有点走火入魔了，除了吃饭、睡觉、去厕所，其余时间他都在教室里，你很少看见他的脸，能看到的永远是埋在高高的课本后面的，比常人大一圈的脑袋。

他脾气很古怪。

谁在教室里乱走动，他骂；谁在座位上小声说话，他骂；谁要是想和他扯点闲篇，他还是骂；时间长了，大家都怕他，躲他。没人喊他余子夫，都偷偷地叫他迂夫子。

他眼里只有书，只有名次，只有他的中专。

老吕却经常表扬他，把他当作刻苦认真的榜样，时不时拿他来激励我。

宿舍里只有一个灯泡，而这灯泡由学校统一控制。放学半小时准时熄灯，这是纪律。余子夫不理解，不止一次地骂，他枕头下藏着蜡烛，熄灯后总要点上蜡烛继续学习，为此，不少同学和他吵过，可他根本不听："你们全他娘的没好心，想耽误老子考中专，没门儿！"

后来，他看书的时候大概太累了，蜡烛烧焦了他的头发，要不是附近有同学，很可能发生大事。

老吕终于出面了——他其实早就知道，但可能因为余子夫八年坚持的经历，他始终睁一只眼闭一只眼——他狠狠地数落了余子夫一顿，从此以后，宿舍里才没有了几乎通宵燃烧的蜡烛。

除了余子夫，我还有一个特别不喜欢的人，那便是马上校。

有人称他为道长，也有人称他为探长，更多的人称他为上校。其实，别说他本人，查遍他的祖宗十八代，好像也和上校搭不上半毛钱关系。

其实他叫马尚啸，叫着叫着便成了上校，这很正常，但称他为道长和探长的原因，我花费了很长时间才知道——我的好奇心很强，尤其是对上不了台面的八卦。

他坚决不和任何一个女生同桌，如果条件允许，他和女生永远保持两米左右的距离。

"孟蝶的身材真好！"

"好什么好，屁股那么大！"

"江燕子肯定会出事，昨天不出，今天也得出，你看她那眼睛，水里包着火，火里漾着水……"

"哈哈，你可真会说，还火里漾着水，要说漾着水，那是韦一巧……"

老牛用几声猛烈的干咳打断了那个话头。说话的似乎意识到什么，嘿嘿笑了几声，没再往下说。

每晚回宿舍，睡觉之前，总有一段这样的讨论，好像没有这段讨论，这一天就没过去一样。

男生大概都是这德性，聊起女生来神采飞扬。

聊着聊着就偏了道，偏着偏着就越发放肆。

"无聊，无耻！"

就在这当口，马道长勃然大怒，眼里全是愤怒和鄙夷。

"卑鄙！你们还他妈是不是人！"

在班里，如果哪个男生和女孩子黏黏糊糊，他老先生肯定义愤填膺，对那男生充满了憎恨和敌意。

正襟危坐，道貌岸然，一副永远不食人间烟火的样子——这就是道长。

而我，恰恰是轻浮而又吊儿郎当的样子，自然为他所不容，所以我在刷锅中学的唯一一次打架就是拜马上校所赐。

“天渐渐热了，女同学进了宿舍也要注意一下，这不是你家，别忘了关窗子、拉帘子，当心蚊子和蝇子。”

有一天晚自习前，老吕说了这么一句，从那以后，男生宿舍再也看不到任何风景。为此，我内疚了好几天，以为是我说漏了嘴告诉了韦一巧，后来才知道是马上校无法容忍宿舍男生如此下作的事，他告诉了老吕。

第十一章 三观不合，打一架顺理成章

和马上校打的那一架，发生在返校归来的那天晚上。

我这次回家本想在家睡一夜，给自己放个小假，可天都黑透了，娘的叨叨根本没有停下来的意思。我实在待不下去，推起自行车悻悻地摸回学校。

从我们村到学校，小山子是必经之地。据说那个地方“鬼打墙”。听老辈人讲，我们村最有名的李大胆因为和人打了一包烟的赌，几乎吓个半死。

我不知道那晚是怎么走过那段路的，一向胆小的我怎么突然就胆子大了。

返校后，我的心情非常郁闷，本想在家里睡上一晚，暂时离开书本和习题，在自己的小床上踏踏实实地做个梦，可没想到，此时的家根本就不是我待的地方，我觉得自己就像流浪狗，夹着尾巴找不到自己的家……

我坐在床头，满脑门子烦恼和忧伤，没有一点好心情。

宿舍的过道很狭窄，马上校的床在我的床里面，他从我身边走过时，话也不说，踢着我耷拉在床下的两腿，横冲直撞的样子。

“你干什么？”我随口回了一句，带着火气。

“过去！”他看也不看我，整个人横冲直撞，又要踢我。

我勃然大怒，腾地起身扯住了他的衣领：“过！让你过！”

我们迅速撕扯在一起，从床上到地上，滚成一团，嘴里骂着脏话。

所有的不服、不满和不愤都在撕扯和翻滚中释放出来。

我的鼻子和嘴角淌血了，上衣的扣子被扯掉了一颗；他的眼角和嘴角变得青紫，半只袖子被我拉扯下来。

“住手！干什么吃的！”

老吕一声厉喝如惊雷，也不知谁把消息捅到老吕那里。

“不想上学就滚蛋！什么玩意儿！”

我们终于放开了对方，从地上爬了起来。

“去办公室，没打够继续打！”

我用纸团塞住了流血的鼻子，擦拭着嘴角的血，用手指头拢了拢额前的头发。马上校嚷嚷着找他的近视镜，最后还是同学帮忙在床缝里找到了他的眼镜，眼镜已经没法戴了：镜片碎了一个，还断了一条腿。他一手拿着眼镜，嘟嘟囔囔往外走，走几步就把眼镜放眼前——看来这家伙高度近视。

怎么不瞎了你！

我恨恨地骂着，也跟着老吕去了办公室。

“什么时候了，还有闲心打架！”老吕非常生气。

我的鼻子还在淌血，马上校也用手不停地擦他的嘴角。

老吕让我们洗了洗脸，骂骂咧咧地教训了足足半个小时，才押着我们走回了宿舍。

“你不会打架啊，呆子。”

后来老牛笑话我：“打架不能让对方靠近你的身子，你们这种打架是典型的老娘儿们打法，撕扯在一起，你掐他一把，他拧你一把，谁也占不了谁的便宜。”

我承认老牛说得对，如果把我换成老牛，凭他在篮球场上的身手，打起架来一定很威风。

“老娘儿们打架也得打，就算谁也占不到什么便宜！”

第二天，韦一巧便知道了我打架的事。想想也是，男女生宿舍前后屋，老吕在办公室里吼我们的声音，隔壁的女生宿舍不可能听不见，而且好事不出门，坏事传千里。

“你打架了？”韦一巧问。

“嗯。”

“挨了一阵骂，嘻嘻。”韦一巧嬉笑着，满脸幸灾乐祸的表情。

“狗咬都不怕，还怕打架？”我伸出胳膊，坏坏地看着韦一巧。虽然已经过去了一星期，当初韦一巧挣脱我胳膊的时候，使劲拧我胳膊留下好大一片瘀青，现在那片青紫淡了许多，可依然能够清晰地看到。

“活该，怎么没掐死你！”她脸上飞过一抹绯红，嘴角扯出一道优美的弧。我看着那道弯弯的弧形，心里充满了甜蜜。

“笑什么笑！”她那美丽的眼睛瞧着我，又甩过来一句，“像个奸臣！”

时间一晃进了四月，复习的节奏明显加快了许多，蔓延开来的焦虑让整个教室变得格外压抑——三间屋的教室明明挤满了人，那种沉寂却像无人的旷野似的。

几乎所有的课都连排，发卷子，做卷子，收卷子，批卷子，讲卷子……刷锅中学的日子完全淹没在散着油墨味道的卷子里。

这节课考物理。发下卷子后，老师就急匆匆地离开了教室。

说句良心话，我们考试累，老师比我们轻松不了多少，他们像我们一样淹没在卷子堆里。他们通过各种渠道到不同的学校去找题，选题，编题，刻蜡纸，然后利用简陋的油印机印题，他们的两手几乎天天都沾满油墨，身上散发着油墨混着肥皂的气息。

卷子、卷子、卷子，卷子俨然成了老师们的命根子。每当哪个老师通过自己的关系找到一份新卷子，其他老师都会兴奋地从各自的办公桌前站起来，围拢在一起欣赏一番，然后迅速分工，把这份卷子印发到我们手里。

我们早已经习惯了这种方式。教室里有没有老师完全一个样子，除了钢笔与纸张摩擦的"沙沙"声，没有任何杂音。

"我老孙，一个筋斗十万八千里！"突然，教室里爆出一声响亮的怪叫，像戏台上唱出的京剧。大家都抬起头，惊奇地寻找声音的来源。

竟然是余夫子！

平日里几乎听不到他任何声音的余夫子从座位上站了起来，手里举着卷子，高高地扬过头顶，他高高地仰着头，不停地用嘴吹着那卷子，卷子便在他的手里波浪般起伏。

"玉帝老儿，哪里走！"

他拉长的声音猛地提高，挥来挥去的卷子猛地一收，像孙猴子收起金箍棒离开天庭一般，那滑稽的样子，像极了街头艺人在得意地耍着皮影。他的手挥舞着，嘴里发出"哗哗哗"的声音——看来这夫子真把自己当猴孙了。

"老孙去也！"

教室里炸出一片轰笑，这夫子今天怎么了！

大家谁也没想到夫子会来这么一出。倒也不错，他老先生闹的这个小插曲让同学们的紧张情绪一下子缓解了不少。

三五分钟过后，夫子安静了下来，恢复到原来的样子。大家也就埋头做自己的题目，没人把这事放在心上。

离预选考试的时间越来越近了，大家心头的压抑和沉重就像一天天垒起的石堆越来越高，我真怕哪一天这石堆轰然倒塌。

大家的笑声越来越少，每个人都神色凝重。

我的梦做得更频繁了，几乎夜夜都是相似的内容：发下来的卷子上字迹模糊，一个也看不清楚，或者干脆半页全是空白，我喊老师，可他们根本不理我；交上卷子才知道自己少做了一面的题，大家在笑，我在哭；大家都考上了，兴高采烈地坐上了客车，奔赴不同的学校和城市，只有我灰溜溜地背着书包回到家里，迎接父母和邻居那异样的目光……

我们站在悬崖边上，只有通过一条木桥才能突围，大家都安全走到了对岸，可我刚走上木桥，那木桥就发出“咔吧咔吧”的声音，刚走了一半，木头朽了，桥断了，我哀号着摔下悬崖……

我最怕黑夜，每当忍不住乱想的时候，就狠狠地拧自己的胳膊和大腿，身上一片片的瘀青。

我和韦一巧之间似乎有了某种默契。周末返校的时候，我约了她两回，让她在远离村口的桥边等我，我们一同返校。她没有拒绝，每当我骑过她的村口，抬头远望的时候，差不多都能在桥边的小路口看到她的影子，桥头，那个影子，成了我青春时代唯一的温暖和甜蜜。

我们见了面便迫不及待地拥抱。我拥着她，扳着她的脖子，握着她的马尾辫，吻她那温热的嘴唇。她迎上来，像温顺的小猫。

一番热吻过后，我们安静下来，静静地依偎着。在这无人的清晨，安静的田野里，我们能够清晰地听到对方的心跳。

阳光那么好，世界那么静，似乎连风也忘记了流动。

连我自己大概也没想到，几十年后，我不止一次地寻找我们走过的路，站在那小桥上，回想当时和韦一巧相拥相偎的情景，我忍不住热泪潸潸。

哦，我的青春！

哦，我的爱情！

我的永远无法往回走的人生！

“《南京条约》的内容是什么？”我愉快地骑着车，向她提了一个问题。

她一条一条地背着。

“割地，赔款，开放口岸。先记纲，再分条，这样不容易混。”我提示她，她点头。

我们笑着，闹着，迎着清晨的阳光，感受着拂面的微风。

“哎，跟你说个事。”韦一巧的语气变得一本正经。

“嗯，什么事？”

“你不能乱说……我们宿舍里这几天丢了不少东西……”她欲言又止。

“丢东西？什么东西？”

“也没啥……小衣服……”她吞吞吐吐。

“小衣服？”这回轮到我迷糊了，我没听明白她的意思。

“就是女生的小衣服……”看我愚钝的样子，韦一巧脸一红，不再往下说。

这东西也丢，谁这么缺德，偷这东西？我心里想着，嘴里便不自觉地溜出一句：“那当然是你们女生，男生谁拿这东西……”

“哎呀，女生谁拿……”

韦一巧满脸怨色，好像气我不明白她的意思。

我决心探个究竟。

可惜，这个侦探当得很没意思，还没开始就已经结束。真的，我觉得还没进入角色呢，事情就有了结局。

我更没想到，拿这些小东西的竟然是他，这件事竟然会以如此悲怆的方式结束……

第十二章 精神崩溃，余子夫惨烈发疯

谁会偷女生的小衣服呢？会不会是附近村里的光棍汉子？如果不是，那又是什么人？他们偷这个东西又是为了什么呢？

这几天，我一直在想这个问题，白天的课间，我会没事似的逛到老吕的办公室——女生宿舍紧挨的老师们的办公室，然后偷偷打量周围的环境，想着是些什么人在什么时候下手作案。

对了，是不是伙房的工人闲着无聊偷这些东西？

我仔细地观察过，再加上韦一巧吞吞吐吐的提示，女生们的这些小衣服很少晒在宿舍外面，虽然宿舍前就有一排大杨树，杨树上也被她们扯起了晒衣裳的绳子，但除了极个别不讲究的女生，很少有人把如此私密的内衣晒在外面的绳子上——她们宿舍的窗子里面上上下下拴了两条绳子，她们一般把内衣晾在窗子里面，要想偷这些，这贼必须打开窗子伸进手去，而且白天几乎是不可能的，只有夜晚才有机会，极可能是我们上自习的时间！

我觉得自己的分析很合理，这个义务侦探做得也非常投入，为此，我还在晚自习的时候溜出教室，藏在黑暗的角落里蹲点，试图抓住那个可恶的贼，但我一无所获。

我一无所获倒也罢了，可丢人的是就在我贴着伙房窗台偷偷往屋里瞧的时候，脖子被一只大手紧紧地拎住了！

“干什么呢？”那家伙恶狠狠地问。

“我……我……没干……啥……”

“没干啥？那你趴在窗台上干啥？过来！”

他像提溜一只鸡似的把我拎到宿舍，几个人问了一阵子，我支支吾吾什么也说不出来。于是他们把我交给了老吕。

老吕惊讶地望了我一眼，又狐疑地看了看押我来的那几个伙房工人，嘴还没张，就一脚踢在了我屁股上。

“他？就他自己？他拿了你们什么？”

老吕以为我偷了伙房的东西。

“东西倒没拿，就是趴在窗户上，肯定不是干什么好事。”

老吕从抽屉里拿出烟，散给他们每人一根，笑着说：“他肯定不是什么贼，放心，交给我好了！”

那几个人似乎不太放心。

“他是咱学校的第一名，在全乡镇都排前三名，肯定不是贼！”

听老吕这样一说，工人们没再说什么，扔下我走了出去。

“刚才干什么去了？”老吕把我叫到远离教室没有灯光的地方。

“没……没干什么……憋得慌……”

“憋得慌就跑伙房乱窜！”老吕显然不信我的理由，但似乎也不想再往下问。

“这事传出去可不好听，一到人嘴里，偷不偷都是贼……”老吕说这话时很严肃。

“我……我……”我几乎要说出真正的理由来，但结巴了一阵后，还是咽到了肚子里。

老吕烦了似的一挥手：“少给自己惹乱子，什么时候了，滚回去！”

“又少过东西吗？”我问韦一巧。

“少了啊，昨晚王……”她下意识地顿了顿，咽下那个女生的名字，“昨晚她就少了呢。”

变态！我不由地在心里骂了句。

“逮着这样的贼，你们女生可不能饶他，骂他个狗血淋头，喷他个满脸唾沫，挠他个满脸血花花！”

“恶心，谁挠他，躲还来不及！”

“俺们男生从来没丢过什么小衣服。”我自豪地说。

韦一巧嘴一撇：“谁稀罕……”

几天后的晚自习，第三节快要结束的时候，夫子从外面走了进来。他的装扮和举动让大家吃了一惊！

“小的们，大圣来也，玉帝老儿拿命来！”他手里挥舞着“旗子”——那是什么啊！一根树枝上挂着一条白中泛黄的卫生带，一副软塌塌的乳罩，还有几个花花绿绿的小内裤。他挥舞着旗子，那长长的卫生带和乳罩在空中摆来摆去，整个教室弥漫着一种令人恐慌的气息。

而他的脖子里围的东西更让人发毛：几条红的、白的、黄的小内裤和小背心被他连在了一起，像一串项链似的围在那里——夫子走进教室，舞着小旗子，蹦蹦跳跳，念念有词，从门口走到讲台上，在讲台上来回摇摆……

全班一下子乱了，女生们先是一阵尖叫，她们面面相觑，双手捂脸，把羞红的脸深深地藏在书后面，低着头叽叽喳喳地说着什么，有人大声骂了起来。就连最爱热闹的男生一声惊呼之后也不知所措，呆在那里。

夫子挑着旗子，嘴里念念有词，在教室里来回走动。

“大鬼小鬼，拿命来，爷爷在此！”

“我是大圣，我是玉帝，我是南海观音，我是如来佛！”他一边念叨着，一边把旗子挥舞得越来越有气势，花花绿绿的布条子仿佛利刃，刺红了整个教室的脸。

似乎此时活着的，只有夫子，在讲台上走来走去的神情激昂的夫子。

终于，几个女生跑出了教室去找老吕，几个男生走上讲台，大家围住了夫子，试图把他拉下讲台，试图去夺他手中的东西，去扯他脖子里围着的东西。夫子拼命地挣扎，与几个男生缠在一起。

夫子兴奋、激动、癫狂，东奔西窜，试图挣出人们的包围。男生们夺下他手中的东西，摘下他的“项链”，可又不知道该把那些东西交给谁，拿在手里如火炭，扔也不是，不扔也不是……

几位老师也跟了过来，几个男生紧紧地夹抱着夫子，把他拉到了办公室，老吕嘱咐班长收拾一下夫子的书包。不一会儿，夫子的书桌上干干净净，好像没有人在那里待过似的。

老吕用学校唯一的电话叫来了出租车，当破旧的面包车停在办公室门前，几乎所有同学走出了教室。

值班的副校长闻讯赶过来了，办公室里还没回家的老师们全都赶过来了，人们围在面包车前，似一个圈，又似一道不透风的墙。

癫狂的夫子是被人硬塞进面包车的。当车子停到教室前面的时候，他似乎明白了什么，好像一下子清醒过来，他拼命地往后挣着身子，四五个人抱着他，可此时的他力气变得格外大，他拼命地挣扎，挣开人们的胳膊，转身就往教室跑。众人赶紧围住他，他张嘴就咬伸过来的手，众人吓得一躲，他一下子滚在地上，一个翻身爬起，像一支利箭似的从人们的腿间向外冲。大家谁也不敢相信此时的夫子竟然能爆发出如此大的能量，赶紧都俯下身子，扳着他的双臂，夹住他的身子。众人的手绳子似的把他捆绑成大闸蟹模样，终于把他架到车前。他两手死死地扳着车门，满头满脸都是汗，眼睛瞪着，嘴张得特别大，好像把腔子里的那颗心吐出来似的。他的哭声如此凄厉，似乎每一个字都能把心撕裂——

“我不走，我要考中专！”

夫子终于被架上了车，车子发动了，掉头了。

夫子的哭叫声从车子里钻了出来：“别挡我，谁也别挡我！我要考中专！”

已经是夜里十点了，原野里没有任何别的声音，整个夜空回荡的，只有夫子扯长的哭喊，如受伤的狼嗥，那么凄惨，那么悲凉……

我心里突然涌起一股深深的悲哀，喉头一阵酸，眼里蒙上一层雾——此时，我对夫子没有丝毫的愤怒和鄙夷，我突然又看到了那头蹿出圈的猪，不论如何挣扎，还是被堵回了圈里，或者摁到屠宰台子上。

女生们忘了骂，车已经走远了，在暗夜里拖着长长的明亮尾巴走远了，她们还站在原地，好几个人在悄悄地抽泣。

哭得最厉害的是岳芳，回到教室后，这个平日里看起来很开朗的姑娘不知怎的，再也憋不住了似的，头埋在课桌上，号啕大哭，谁劝也劝不住。

岳芳，夫子，难道？不可能……

有人在哭，有人在劝，有人在默默地发呆，此时，所有人似乎忘记了试卷，忘记了考试，被掏空了一般……

夫子的课桌还在，只是那课桌上高高的书堆消失了，那躲在书堆后边黑黑的脑袋消失了，我的心突然空空荡荡。

我眼前又一次浮现夫子的影子，浮现蜡烛烧焦的夫子的头发，浮现夫子挥着卷子如孙猴子腾云驾雾的样子……不知怎的，夫子他爹那句话突然在耳畔响起：“别说八年，就是十年十五年，只要让考，只要能考上，你就赚了一辈子！”

夫子走后的那几天，我的情绪很低落，我的目光总会不经意地落到夫子的座位上。属于他的空桌子早已经撤走了，但没有人愿意把自己的桌子补到那个位置，拥挤的教室很突兀地出现了一片空地，煞是刺眼。

其实，失落的不光是我自己。一种可怕的气氛弥漫在整个教室里。

老吕已经好久没开过班会了，都说班主任天生一张老婆嘴，每天不絮叨几句就像丢东西，但老吕不是这个样子。他的嘴就像一张滤网，好多内容都被他截留在自己的肚子里，他只布置必须做的具体事，即使偶尔开个班会，也是三言两语就结束了。但是夫子的事情发生后，他给我们开了一堂终生难忘的班会。

那是什么样的班会啊！

“没有谁的成功是白来的，想看更美的风景，你就必须走更多的路，吃更多的苦。登高才能望远，要想看得远，你就必须得爬高，爬高就意味着汗水和泪水，甚至是血！

“别眼馋人家收获了什么！在你眼馋之前，你必须知道人家付出了什么，那是苦，是累，是一天又一天的自我折磨！”

真没想到老吕还有这么好的口才。

“离预选不到一个月，大家已经坚持了一年，马上就要摘果子了，到底谁能摘得最后的甜果，那就得看你们哪一个更强大！更重要的是内心，是历经百难而不折的雄心！唐僧师徒四人取得真经，经历了九九八十一难，我们大家都是唐僧，要么取到真经，要么就奔跑在取经的路上！”

老吕慷慨激昂，唾沫星子乱飞，最前排的同学都恨不得撑起雨伞，挡住老吕乱飞的子弹。

“人最悲哀的不是没能成功，而是倒在冲锋的路上！余子夫同学的情况大家都已经知道了，大家目前情绪很不对头，一个个像霜打的茄子。这很不好，很没志气，很丢脸！什么叫行百里者半九十，这就是！大战在即，死得最早的都是怕死的人，未战先怯叫什么？叫逃兵，在战场上是要被枪毙的！”

说到激动处，老吕的手掌狠狠地拍打着桌子。

“为什么人们喜欢把考学说成鲤鱼跳龙门？那是因为龙门很难跳！跳过去就成了龙。人们只关注结果，没有人嘲笑你跌倒了多少次，我们大家现在就好比一条开口向下的抛物线，要做的就是寻找生命的最高点，创造属于自己的最大值！”

老吕终于露出了数学老师的本色，很自然地扯到了二次函数图像上，同学们笑了起来。

大家被老吕说得热血沸腾，我再一次对这一头乱发、满脸胡须的老吕刮目相看。

不少同学紧紧地攥起了拳头，内心充满了冲刺的激情。

“根据去年的情况推断，咱乡今年的预选指标大概有二十五人，三所中学，接近四百名学生，都眼睁睁地看着这二十五个指标，我们能争到几个？能抢几个就抢几个，坚决不客气！抢到是你的本事，抢不过人家就是无能！这二十五人里到底能不能有你的名字？

“没有人听你诉苦，没有人可怜失败者，人们只崇拜英雄，只羡慕成功！别给我耷拉头，耷拉成霜打的茄子！泥水里扑腾的蚂蚁只能不停地爬，而不是哭泣！”

教室里鸦雀无声，大家脸上都很激动。

“老吕把所有的才华都展现在这节班会课上了。”老牛对我说。

“有两把刷子……”我由衷感慨。

晚自习结束后，老吕把我留在办公室：“怎么回事？”

他不紧不慢地从挤瘪了的烟盒里抽出一根弯弯曲曲的香烟，“砰”的一声用打火机点着，深深地猛吸一口，吐出了浓浓的烟雾，然后平静地对我说：“你最近不大对劲呀！”

我心里一惊，以为他发现了我和韦一巧的事情，一下子紧张起来。

“走，去外面走走，透透气。”

我跟着老吕，来到了操场上。

月光显得十分无力。我不敢说话，心里打着鼓。

他并没有提韦一巧，这让我放下心来。

“作为农村的孩子，走每一步都不容易，不能自己泄气。”

我叹了一口气，脸前又一次浮起夫子的影子——说实话，夫子在的时候，我和他的关系特别不好，但不知道为什么，自打他走了之后，我心里始终塞着一股悲凉的情绪。

“改变自己的唯一出路就是考学，尤其对咱这些爹娘都在土里刨食的农村孩子来说。我家里弟兄四人，我和三弟都是通过考中专当上了老师，虽然我的工资不高，虽然这活也挺辛苦，但是和那两个兄弟相比，我的日子已经算好得不得了了！”

“余子夫怎么样了，老师？”我不禁问了一句。

老吕叹了口气，满脸可惜的神情：“他太可怜了，被家人送到了医院，不过好像现在有好转，他爹昨天还给我打了电话，问余子夫还能不能回来参加预选考试。我当然希望他能回来，可是，人都这样了……”老吕忍不住摇头，发出一声长长的叹息。

那晚，老吕说了许多，我感动得要哭，没想到这个接触不到半年的班主任竟然如此坦诚。

“考学就是突围，突出苦难与愚昧的重重包围，你改变的不是你自己，从更长远的角度说，它可能改变你的家庭结构，你的子女。”

我狠狠地点头。

老吕用一句很励志的话结束了我们的谈话：“生活很不易，你可以抱怨，但你决不要忘记努力！”

“嗯！”我再一次点头，脑子里想象着在美丽的城市，在中专的校园里，有散发着幽香的紫藤花架，有假山和小巧的亭子，亭子周围是静静的流水，我和韦一巧牵着手踱在幽静的花园里。韦一巧穿着洁白的长裙，长长的辫子在风中摇晃，夏夜的星光那么亮，月光那么柔，我们依偎在紫藤花下，切切私语，拥抱，接吻……

“又发什么呆？”几天后的下午，当我在座位上发呆的时候，韦一巧把我拉回现实。

“我在想嫦娥。”我那轻浮的本性又暴露出来了，油嘴滑舌地回了一句。

“癞蛤蟆想吃天鹅肉，净想好事。”

“那你的意思是，我这只癞蛤蟆只能想另一只癞蛤蟆？”

韦一巧脸一红，转了话头：“呆子，背首诗，我教你一首新歌交换。”

“背什么诗？”

“随便吧。”

我给她背陈毅的《梅岭三章》:“断头今日意如何？创业艰难百战多……”

我刚背了两句就被她打断了：“谁让你背课文了，背首课外的啊！”

“大风起兮云飞扬。威加海内兮归故乡。安得猛士兮守四方！”我又背起了刘邦的《大风歌》。

“什么呀，换！”

我最终给她背了那首《一棵开花的树》，她出神地听着，脸上是陶醉的神情，嘴角挂着甜甜的笑意，满意地点了点头:“这还差不多，我教你一首歌……程琳的《秋千》，听过吗？”

我摇头。

她坐在自己的座位上，半拧着身子，低着头，轻轻地唱了起来：

树上有个童话在摇呀摇
树上有段记忆它飘呀飘
树上有个秋千在睡午觉
树上有个知了在叫呀叫
让我为你轻轻地唱首歌
让你为我再把这秋千摇
虽然往事已经是那样缥缈
那片阳光依然在蹦蹦跳跳
尽情地摇尽情地笑
秋千上的岁月在拥抱
尽情地摇尽情地笑
秋千上的夏日在燃烧
……

似乎有一道幸福的闪电击中了我的心灵。二十多年后的某一个星期日，我偶然又听到了这首歌，刹那间我像被什么定住了似的迷失在那里。我拿起儿子的吉它，胡乱地拨着弦，嘴里一遍遍地重复那首歌，我的泪水唰的一下蒙住了双眼，涌出了眼眶，糊住了面颊。我边唱边哭，边哭边唱，最后泣不成声，闻声而来的妻子看我失神的样子，吓得一个劲地问我：“怎么了？你怎么了？”

“没什么，我只是想起了青春……”我喃喃地说。

“有病！”她骂了我一句。

我是有病，我在心里默念着，无药可治。

我老老实实地当起了她的学生，韦一巧唱一句，我跟着唱一句，很快我就学会了。

“还不算很笨，有前途啊，小伙子。”

“再有前途也是只癞蛤蟆，唉，也只能想另一只癞蛤蟆了！”

“去你的！”韦一巧把头往我这边伸了伸，压低了声音骂了我一句，“你就是个坏熊！”

我心一动，如果不是在教室，我肯定会把她紧紧地搂在怀里。我突然想起了什么，随手撕下一张纸片，写下了生命中的第一首情诗：

土在路旁，水在河里
我们俩玩起了泥巴
水不见了水，土变成了泥
我是你的我
你是我的你

我把那纸片递给韦一巧，她的俏脸抹上了一缕绯红，两汪清泉般的眼睛静静地看着我。她拿出日记本，把那纸片郑重地夹在了本子里。

第十三章 未雨绸缪，我无奈送礼

离中专预选的日子越来越近了，教室里的气氛变得越来越压抑。

一进教室，只见一排排桌子上码得高高的“长城”，抵在城墙后面的是黑乎乎的脑袋瓜子，几乎没有谁抬起头来，即使有人偶尔抬头，那呆滞的脸上也全无半点表情，如锈住了似的。

偌大的教室里只回荡着笔摩擦纸张的声音，偶尔夹杂着拍脑袋的声音、叹气的声音……大家恨不得把自己变成题目的粉碎机，一下子把所有的题目塞进嘴巴撕碎、嚼烂，咽到肚子里。

可能是过分焦虑的缘故，这几天经常有同学请病假，教室里露出成片的“空白”：桌子上的书码得很高，书墙后面甚至还摊着未做完的卷子，卷子的主人却离开了这里。“空白”的座位笼罩在沉重、伤感、孤寂的氛围中，教室里陆陆续续有新的“空白”出现。

临考前几天，我紧张得饭都吃不下去，老牛用他自己的经验开导我："人很多时候不是病死的，而是吓死的。伸头一刀，缩头也是一刀，你盼的不就是考试吗，怎么考试来了反倒怕了呢？"

"我怕，怕有什么意外，我怕万一……"

"没有什么万一，预选都过不了，还谈什么中专？你见过不上战场的将军吗？"

他端着大茶缸子，扬起脖子，"咕咚咕咚"喝了一气，然后抚着肚子笑着说："你就想着自己是常山赵子龙，于千军万马之中取敌人上将首级，何等豪迈，兄弟！"

我的心一下子安稳了许多。

"好了，你放心，我们一定行！"我长长地吁出一口气，似乎把所有的郁闷全都吐了出来。

老牛嘿嘿笑着，伸出手，我也伸出手，两只手紧紧地握在一起。

岳芳的状态很不好。她的成绩一般，最好时也就在班里排到二十名，她的语文和英语都很不错，可数理化瘸腿非常厉害。虽然她很努力，但成绩并无太大的起色，这显然给她极大的压力。

我觉得岳芳似乎有很多难以说出的苦衷，我一直忘不了那天她与她老爹的对话，那情景，那语气——"你们谁也不要来看我，我一不死，二不跑"，我不知道她和家里人有什么矛盾，但明显感到她有太多的烦恼深埋在心里。还有夫子被送走的那个晚上，她在教室里失声痛哭的情形一直浮现在我眼前，我不知道是什么触动了她的忧伤……

我问过韦一巧，但她也许真不知道，也许明明知道却不想说，也许我根本就不该问她关于岳芳的问题。

"泥菩萨过河，管住自己就不错了，你有病！"

她撇着嘴，白了我一眼。

"我是有病，病得还不轻，奶奶的！"我不明白，天底下的女人为什么常骂这句话。

"她怎么还没来？"樊川朝岳芳的位置努着嘴。

"我他妈怎么知道！"我没好气地骂了一句。

"问问你家那个谁……"

"要问你问，老子刚挨了顿骂！"

樊川终于还是问了韦一巧，甚至还问了王利，可最终还是一头雾水。

岳芳的座位一直空着。我每次抬起头，眼睛总是不经意地往那空白处扫一扫，那个座位似乎成了某种神秘的暗示，空白总是令我揪心。

第三天，岳芳终于出现了，脸上虽然看不出什么表情，眼睛却像阴云笼罩的窗口，透着一种说不出来的灰暗。

我强迫自己静下心，把精力完全投入备考中去。

令人期待而又惶恐不安的中专预选考试在那年的五月十六号进行。全乡参加预选考试的学生集中在乡驻地的联中。

那天一大早，全校的老师早早地赶到了学校，七十多名学生，十多名老师，神情庄重地排成一个小小的队伍。校长发表了慷慨激昂的战前动员令，然后大家宣誓，鼓掌，喊口号。出发前，学校放了一个大大的“雷子”，说是什么“一炮打响”，紧接着一挂长长的鞭炮炸响，红红的纸屑混着浓浓的硝烟味弥散在空气里，校长说这叫“开门红”。

在老师的掌声里，我们骑着自行车出发，刷锅中学第一批学生的中专预选就这样拉开了大幕。

当我们赶到考点，其他学校的考生已经早早地来到那里，看着来来往往的黑压压的人群，我心里突然生出一种从未有过的紧张——这么多人抢那可怜的二十五个名额，我真的行吗?

考点大门口拉着一条长长的大红幅，“迎接挑战，考出佳绩”八个大字非常耀眼。校园的墙壁上到处张贴着红纸标语：“严肃认真，作弊可耻。”“为自己拼搏，向人民汇报！”“严肃考风考纪，违规作弊可耻！”

进入考点，置身于这庄重严肃的氛围里，饶是老牛这种久经考验的老战士，脸上也笼罩着一种无法掩饰的紧张。

“越是老兵越怕死，因为他们不止一次地经历死亡。”后来，再次谈起预选考试的时候，老牛这样跟我说。

我信，惊弓之鸟嘛，受过伤害的人才更怕伤害，那些潇洒自如谈论人生的更多是些乳臭未干的小子。

陌生的考点，陌生的监考老师，陌生的人群，甚至连空气都有一种异样的气息。

考试持续了三天。这三天里，我只和老牛在一起，考完一科，我们就找个僻静的角落，看一会儿书，扯几句闲话，你来我往地吹牛皮，绝不开口谈考试。

这三天，我没和韦一巧说过一句话，甚至我连她的身影都没有见过一眼。

交上最后一科的考卷，我长长地吐一口气，走出教室，太阳白花花的，有些刺眼，我站在空地上，竟然有种恍惚的感觉。

韦一巧远远地走过来，我从她脸上看不出什么内容，我扬起胳膊打招呼，张嘴想问她什么，却又不知该问什么。我们对望了一眼，竟然什么都没有说，像陌生人一样擦肩而过。

十天左右，成绩才能出来。漫长的等待，每一天都是痛苦的煎熬。

除了等待，我又能做些什么？什么也不能做，只能把命运交给阅卷的老师裁决。

学校放了两天假，学生们各自回家。

我跟着爹娘，把自己种在麦垄里。穿种玉米是一种特别苦的活，麦子已经满了仁，麦芒变得很锋利，那麦叶子划过汗涔涔的皮肤，让我浑身刺痒。不大会儿，我的腿上、胳膊上便被麦芒和麦叶子划满了红道子，如火烤，似盐渍，越挠越痒！

头顶是毒辣辣的太阳，五月的太阳！

爹在前面刨坑，娘在爹身后撒种，而我就跟在娘的后面，用脚把刨起的土填到坑里，把种子埋严实。爹弯着腰刨坑，生怕弄倒了麦子。正是麦子易倒的时候，一旦弄倒了，割麦变得困难不说，麦子还会减产。娘一边下着种子，一边回头嘱咐我别弄倒了麦子。

我不吭声，这枯燥的活让我厌烦。但更厌烦的是如果考不上，那我可能就要像爹娘一样天天忙碌在庄稼地里：种麦，割麦，挖地瓜，砍玉米，拉着地排车送粪，光着脚丫子在泥水里浇地……这不是我要的生活！

我想要一种什么样的生活？我的明天在哪里？

我真不清楚，但我不想像爹娘那样把自己变成庄稼，终日泡在粪水和泥水里。

大表哥突然来到我家，问我考得如何。我觉得应该没什么问题，可又似乎没有什么把握，只含糊地应了声："还行吧。"声音那么轻，那么浮，突然间没有任何底气。

"姑啊，按老二的成绩应该没什么问题，他平常几乎都是第一。可是……"表哥话题一转，"为了保险，咱是不是托托关系，别瞎等着吃了暗亏，真到张榜可就晚了，每年都有这样的事，这可是一辈子的大事。"

大表哥见多识广，经常与乡里的领导打交道，和他们比较熟悉，了解其中的很多道道。

"找谁啊，咱没有认识的人，就是烧香也得找到庙门。"

爹在一旁叹气。那一刻，我的内心满是悲哀。

"找俺表姑夫啊！"大表哥倒是气定神闲，胸有成竹，"他现在是乡里的文教助理，正好管这一块，大权在握，不找他找谁？"

他一句话提醒了娘，娘有个远房表姐，听说她对象在乡里当着不小的官。

屋里的气氛一下子活泛了起来，我的心像风雨中挣扎的小船突然看到了海岸一样，整个心一下子亮堂起来。

"表姑夫？我还有个当官的表姑夫？"我惊喜地问。

"你得叫表姨夫。"娘在一旁纠正。

"咱怎么找人家去，平常没上过门，也不知道给人家买点什么东西。"

"虽然算亲戚，但咱不是走亲戚，姑。"表哥对娘说，"你可不能心疼钱，这可关系到老二一辈子。听说表姑夫比较贪财，小打小闹恐怕不顶什么事。"

娘不由地哆嗦了一下："得多少钱？要不花上一百买点好东西给他送去？"一百块钱在娘眼里绝对是大钱，平常亲戚来往的礼物虽然花花绿绿很好看，其实也就七八块钱的东西。

“要想真保险，最好一次砸结实，五百块钱吧，姑？”

娘的脸当时就白了，她惊得几乎跳了起来。走什么样的亲戚会花这么多钱，那足够用来买一车东西！

“五百块！几乎顶上一头牛了！”娘嘴里嘟囔。

五百块钱，那几乎可以买三间屋的红砖了！花钱买红砖，盖上三间亮堂堂的大屋在那里，给儿子娶媳妇自不必说，得招来多少人羡慕的目光！

表哥当然看出他姑的心思，笑着说：“老二要是真考上中专，还用你操心盖屋子吗？也用不着你烦心托人说媒找媳妇了，姑，你得想开点！”

“咱该有那样的好命啊，你大表舅给他算过，说他根本就没考学的命……”

轻易不说话的爹发话了：“先把这事办了吧，别人想花这钱还没机会呢！”

娘白了爹一眼：“你不是有本事吗？你有本事挣钱给你儿子盖上房子！”

娘走进了里间屋，好大一会儿，哆哆嗦嗦地数出了三百块钱，递到表哥手里，犹豫了好一会儿，又从口袋里摸出二十块加上：“家里就这些钱，要不咱先试试？”

大表哥没再说什么，领着我，趁着晚上到了我那远房表姨夫家里。

表姨夫姓骆，人长得白白净净，满脸笑，一看就是公家人。当我走进骆助理的小院，我怀疑自己走进了另一个世界：葡萄满架，红砖铺地，满院子花草。走进屋，里面的摆设我做梦也没见过。

我像个呆子似的一动也不敢动。表哥笑着对骆助理说：“这就是我姑家的老二，腼腆，不懂什么事。老二，过来倒茶！”

骆助理微笑，瞥了我一眼，一副很体谅的样子。

“姨夫，姨……”按照在家反复练习的动作，我颤抖着双腿，给他以及我那从未见过的表姨倒上茶，又从桌上拿起表哥放下的烟盒，抽出一支烟，颤颤巍巍地给骆助理点上。

“他今年刚参加完中专预选，平时成绩几乎全是乡里第一，姑夫你得操操心，这可是咱正儿八经的亲戚，全仗着你哩！”

“我姑家比较困难，也不知道给你买点什么，就算买瓶酒喝吧，别嫌少，姑夫。”表哥起身，把钱塞到我表姨手里，表姨推让了两句，便也收起了钱。

“赛赛没在家啊？”表哥问我表姨。

“他哪有什么正事，天天到处瞎逛！”表姨笑着回答。

“预选没问题！都是亲戚，放心吧，预选没问题！”骆助理微笑着站起，表哥便也站起，领着我走到了夜色里……

“你安下心来学习就是了，他说没问题就一定没问题！”路上，我和表哥骑着车子，表哥对我说，“唉，要是咱一次给他五百块钱，就再没什么挂心的了。”

十天之后，预选成绩出来了，刷锅中学一共争到了十四个名额，我、老牛还有韦一巧都通过了预选，岳芳落榜。

我特别激动，为自己，为老牛，当然还有韦一巧。

老吕很高兴，刷锅中学只有七十多名学生，真正参加中专预选的不足五十人（有一部分同学是准备上高中的），和其他两所联中三百多名学生竞争，竟然抢来了超过一半的名额，他没有理由不高兴！

“真没想到，养猪场竟然教出了这么多学生！”当地的老百姓还是习惯称养猪场，对刷锅中学的官名倒没怎么放在心上。

开门第一炮，放了“雷子”！校长们扬眉吐气。

可高兴了没有几天，不好的消息很快传来了。

“听说今年查复习生，不允许复习生考中专，复习生只能考高中，人人都可以举报！”这消息无异于一声炸雷，把我们这些通过预选的小鱼儿一下子炸蒙在水面，一个个“翻白”了。

人心惶惶，个个如热锅上的蚂蚁。

老吕也很着急，他那胡子拉碴的嘴唇上满是水泡，校长们更是天天骑着自行车跑乡里打探消息，回来之后就是一个接着一个的会，开会的办公室窗户，飘出呛人的烟雾……

拼死拼活地挣扎了一年，眼看就要成功了，却传来了这样的消息，难道到头来真是竹篮子打水一场空？

我们就像溺水的人好不容易抓到了一根救命的稻草，眼看着就要挣扎着上岸，却又被突然袭来的巨浪打倒在水里，眼睁睁地被水呛死……

校长亲自到班里安定军心，他说通过预选的二十四个人没有一个应届生，该学习的还是学习，当然，有关系的最好还是要托托关系！

校长一边安抚，一边却也在暗示我们。

老吕分别和我们谈话，暗示我们要想保险最好找找关系。

好几天不见韦一巧了，她已经两天没在教室里了，估计此时的她可能为同样的事情焦虑着。

我只能去找大表哥。表哥听我说完，推起车子就离开了家。出去了好久，表哥神情黯然地回来，进门就叹气：“我刚刚问过表姑，她光摇头说这样的事太难办，给表姑夫打电话，他一直没接。”

我颓然坐在了椅子上。

表哥小声地骂着什么，然后推起自行车：“还是钱的事，唉，当初俺姑要是听了俺的……”

一番开导，一番叨叨，最后，娘哆哆嗦嗦地拿出三百块钱，表哥花自己的钱又买了两盒好烟，我们再一次到了骆助理家里。

骆助理正巧在家，依然一副微笑的样子，可当我们坐定，听我表哥说了意思，他摆了摆手，一副犯难的神情："太难了，不是不帮忙，可现在全是这样的事，唉！难啊！"

听他这样一说，我当即觉得整个世界塌了一般，什么话也不说，咧着嘴要哭……

表哥和骆助理谈了好长时间，又和我表姨推让了一番——说实话，他们谈了什么，我一点也没听进去，我脑子里只有一个念头：完了，完了，我的中专……

"唉，我尽力吧，太难了，涉及的关系太多了，各方面的关系都需要照顾，我真的没法保证……"骆助理依然是满脸的难色。

我不解，悲凉，最终归于愤怒，但什么也不敢说，这些念头和考点庄严肃穆的氛围裹在一起，翻涌在我的心里。

表哥倒笑了："放心吧，老二！"

我惊疑地抬起头，不相信似的看着大表哥。

"你别听他嘴上说，这事准成了！只怕送不出钱去……"

我眼前猛地一亮，明明是没月没星的夜晚，却陡然觉得太阳好像犯了晕，洒下万道金光。

当我真正静下心来，回到教室，才突然发现一件更令人吃惊的事：夫子不知什么时候又回到了教室——看他的神情，好像很正常的样子，又如他平时一样，满脸的冷漠与呆滞。

他又来干什么，根本没有参加预选考试，难道复习了八年的老夫子会上高中？

"人家老爹有本事，弄到了考中专的指标！"

我内心一凛。我不由地又想起了韦一巧，她到现在还没有回来，在哪里呢？她办得怎么样了呢？

我不由地为她担起心来。

第十四章 难以置信，十七岁岳芳成新娘

教室一下子变得开阔了许多，开阔得甚至有点空旷，让我们一时很不适应，原本挤着七十多人的三间屋，现在只剩下三十八人。其中，十五人通过了预选考试考中专，

其余二十三人当中，有十六个根本没参加中专预选——人家复习是为了考高中，还有七人则是预选失败才考高中的。

在我们这个复习班，只有少数年龄较小或者家庭条件比较好的孩子，才敢做考高中上大学的梦。对我和老牛来说，那简直就像拉着地排车奔月球一样荒唐。

当年的中专可了不得，考上了就端上了铁饭碗。正如老吕说的那样，中专就是我们这些人命运的分水岭，一边是穿着黄胶鞋扛着行李卷子四处流浪，一边是安稳地坐办公室里喝茶看报。

那些预选没有通过的同学，各自黯然地回到教室和宿舍，捆绑好自己的课本，收拾好被褥以及碗筷，默默地从墙上摘下用来装咸菜的罐头瓶子。他们把罐头瓶子拿在手里，脸上现出复杂的表情，摇头，叹气，最终还是低着头，把那咸菜瓶子扔到外面的垃圾池里——也许，以后再也不用这样的罐头瓶子装咸菜了，再也不会坐在教室里捧着课本读书或者埋头做题了！

王利就是准备考高中的一个，她比韦一巧小两岁，第一年复习。在我们这些“老油子”内心百味杂陈的时候，她一直很平静地坐在座位上做自己的题。

大概是预选结果出来后的一星期吧，王利突然发布了一个爆炸性消息：“岳芳结婚了！”

“什么？”我不相信似的，又问了一句，“王利，你说什么？”

“岳——芳——结——婚了！”王利既像回答我，又像是告诉大家，一字一顿地重复一遍，然后又补了一句，“就在昨天。”

教室里一片哗然。

“你亲眼见了，她结婚？”有人追问。

王利摇头：“我下午到家的，怎么能见她出嫁的场面？我听家里人说的。”

“我见了，亲眼见的，我还喝了她敬的喜酒呢！”闷闷的声音从门外传来，继而这个背着书包的人加入讨论的人群，是樊川。

“岳芳嫁的男人是我表哥，我昨天去喝喜酒。”

“岳芳，那不是死胖老鼠的猫吗？”我心里咯噔一下，眼睛一动不动地盯着樊川。

我这才突然想起那天樊川去老吕办公室请假的事。为此，老吕还嘲笑了樊川几句：“你大表哥结婚关你什么事？你爹娘去喝喜酒就行了，你跟着瞎掺和什么！这都火烧眉毛了，还有心思办这闲事！”

“这事你早就知道，胖子？”

樊川摇头：“我哪知道！”

这才几天啊，好像几天前，岳芳还和我们一起坐在这个教室里做题呢，谁能想到昨天她已经成了别人的新娘。

“唉，我表哥配不上岳芳，哪方面都配不上。昨天她给我敬酒的时候……没法提！”樊川一边说，一边不停地摇头。

“你们不知道当时什么场面，从岳芳脸上完全看不出任何喜悦的表情，她竟然连件新衣服都没换，你们信吗？她穿的就是平常在学校那件衣服！她给我敬酒，我要叫她嫂子……嫂子！”

“嫂子。”我盯着樊川，想着他平时看岳芳的样子，内心充满了怜悯。

“我叫……唉，不说了……”

“她才多大啊，最多也不到二十吧。”

“这才几天啊，刚离开学校半个月啊，这么急！”

“从来没听她说过这事啊，什么时候定的亲？”大家你一言我一语地发表着感慨。

“她还有三天才满十八呢，比我正好大两岁，我们同一天生日。”王利说。

“听家里人说，岳芳的婚事，从开始到结婚不到五天的时间，特别快！没走定亲这一步，相亲之后直接就定下了出嫁的日子……”

这样的事在农村也有，但并不常见，大多是男方家里有危重病人要“冲喜”，或者是几家“转亲”怕夜长梦多，再不就是男方轻易不在家，急着结婚后带着新媳妇到远方干活……总之，这种一步到位的娶亲都不大正常。

大家越听越迷糊，岳芳在校的时候挺开朗的，但她从来没对任何人说过家里的事，大家实在想不通她为什么这么急着出嫁。

我突然想起了岳芳与她爹那次对话：“你们都不要来看我！我一不死，二不跑！”说这话时，岳芳的脸上满是冷漠，满是怨气。为这事，我还不止一次地对韦一巧抱怨岳芳拿她爹太不当回事。

我又想起了夫子发病被学校租车送回家的那个夜晚，岳芳趴在座位上失声痛哭的样子……

“她是‘转亲’，‘三角媒’。我表哥至少要比她大六七岁。”

“她有个哥哥，二十五六岁了，说话不利索……”王利印证了樊川的话。

哦，原来如此！

所谓“转亲”——这大概是贫穷的农村才会有的名词吧——也叫“换亲”，两家直接对换的极少，那样太尴尬，总得拐个弯，所以更多的时候是三家转，有时是五家，这一切就看说媒人手中的资源和组织能力了。“三角媒”“五角媒”说的就是这种事。

谁家的男孩子模样太丑或者个子太矮，身体有这样那样的残疾，或者是家里太穷，没办法通过正常的途径找到媳妇，正巧家里又有没出嫁的女儿，就会有热心的媒人上门，张罗着转亲的事。当姐的给弟弟换个媳妇，或者当妹妹的给哥哥换个媳妇，解决了爹娘的大问题。

我有个邻居也是聋哑人，在我们伙伴中年龄最小，却最早娶媳妇，就是因为她姐姐比他大五六岁，爹娘为了给小儿子娶上媳妇，硬是把早过了出嫁年龄的闺女强留在家里。

教室里议论纷纷，大家似乎突然忘记了自己的处境，又好像从岳芳身上看到了自己。除了余子夫和马上校，都叽叽喳喳地感慨着。

“吵吵什么呢，马蜂炸窝了！”老吕黑着脸子进了教室。

“老师，岳芳结婚了，昨天，‘三角媒’，嫁给了樊川的表哥……”

“大她七八岁……”

老吕身子一震，嘴角扯了一下，但很快又恢复成原来的样子。

“所以就义愤填膺，你们的议论能救她还是能救自己？”老吕从鼻子里哼了一声，厉声喝道，“都给我滚回自己座位上，闭上嘴，做题！”

大家都回到了自己的座位，韦一巧低声嘟囔了一句：“无情！”

老吕显然听到了这句话，他说了一句许多年后我才慢慢品出味儿的话：“整个天空都在下雨，没有哪个翅膀能晒到太阳。”

但岳芳结婚的事，我一直无法忘记，后来在王利、樊川和韦一巧的琐碎补充里，大体弄清楚了岳芳的故事的梗概。

岳芳刚上初中那会，也就十二三岁，其实早就被人们划进了换亲的圈子。岳芳只有一个哥哥，人长得一般不说，说话像一百个舌头在嘴里打架，村里人称之为“半哑子”。再加上家里光景稀松，除了用岳芳换个媳妇几乎没有别的路。

娘经常对着闺女念叨，人的命，天注定。落在鸡窝里，就得一辈子安心在粪堆里刨食找虫子，母鸡下蛋，公鸡打鸣，这就是命，人不能跟命争。

云有云的命，花有花的命，泥有泥的命，岳芳的命就是给她的哥哥换一个媳妇。

可岳芳不信命，偏偏咬着牙想着跟命争一争：很多和她一样大的女孩子早就不上学了，可她执拗地上完了初中，上完了初中还不算，还要复习考什么中专。村里人都撇嘴，女孩子长成了就得定亲出嫁，尤其像岳芳这样情况，她就应该顺着爹娘的意愿找个人嫁了，生孩子过日子。

可她不干，寻死觅活地挣扎……唉，什么样的妮子啊，怎么越上学越不懂事理了呢，一年年的书都念到狗肚子里了吗?

岳芳十六岁那年刚读完初中，家里人就张罗着她和哥哥转亲的事。后来为了这事，岳芳寻死觅活地喝过一次农药，还偷偷地跑过一次，最终家里人拧不过岳芳，又怕好不容易养大的姑娘真出点什么事，鸡飞蛋打一场空，才把这事拖到现在。

“芳啊，你看你哥也不小了，咱家的光景什么样，你自己知道吧，差不多咱就帮着哥哥把事办了吧？”她娘说着软话，跟她商量。

“不，我得上学。”岳芳一口回绝，没有半点商量余地。

“你上什么学！”她爹发脾气了，“你哥哥二十多岁的人了，早该娶媳妇了！”

“娶啊，我又不是不让他娶！”

“你……你……”她爹被闺女一句话呛得不知说什么好，气得嘴唇直哆嗦。

“芳啊，你看看咱村里有几个姑娘像你一样读完初中啊，看看咱周围的邻居，有几个和你一般大的姑娘还上学？”她娘温言细语地劝说。

确实，很多女孩子上完小学就不再上了，也有一些是初中上个一年半载的就辍学了，像她这样上完初中的真不算多，她娘并没说瞎话。

岳芳外表很开朗，心气高得很——她想上学，像那些考上学的姑娘一样逃出村子；如果不上学，等待她的只有一条路，那就是嫁人，用自己给哥哥换一个女人。

她才十八岁，还从来没想过嫁人的事。即使要嫁，也总得自己寻找，至少得找个自己顺眼的男人啊。可这“转亲”，明明是自己的终身大事，自己却没法拿任何主意，这令她非常反感，因而也就格外抵触。

“闺女啊，你也该知足了，咱家这么穷还供你读完初中，你说复习，也让你复习了两年，还能咋的？你也该为爹娘想想了吧？”

“和我一样大的闺女上学的多了，你到学校看看去！就说咱村吧，人家王利不也上学吗，她不也是闺女吗？还有韦一巧……”

“啥？韦一巧？”她娘一愣，没想起来是谁。

“就是二妮，桥头的韦二妮。她和我一样大，人家也已经复习一年了，还准备复习呢！”

“哎呀呀！咱能跟人家王利比吗，闺女，人家王利她爹原来就在供销社上班，现在家里又开了代销点，咱怎么敢和人家比！”

“那二妮呢？人家不一样在上学？”

“她也就是眼眶子高，女人心高可不是啥好事，闺女。鸡在泥里走，鹰在天上飞，人和人哪能一样哩！再说了，人家二妮虽然家里条件一般，可人家哥哥早在县城厂子里上班哩，没负担啊，咱能比吗？”娘说到这里，向岳芳一努嘴，“你就真不管你哥的事？”

在爹和娘轮番劝说岳芳的过程中，岳胜始终在旁边坐着。他说话本来就极不利索，越着急越说不出什么。他一会儿望着爹和娘，一会儿又望向妹妹，满脸可怜巴巴的样子。

好说歹说，岳芳就是不吐口，爹气得甚至要打她，娘的劝说里都带出哭腔。

“别逼我，信不信我死给你们看，你们不是口口声声说生了我吗，我死，我还给你们行了吧！”

“你敢！”爹气得腾地站起来，手都抖了，指着岳芳鼻子骂。

娘白着脸，一边劝着岳芳，一边又生着闺女的气：“唉，我什么命啊！我上辈子作了什么孽啊，这样的儿女……”

第二天，在她爹娘又为这事纠缠的时候，岳芳真的喝药了！

谁也不知道这妮子在哪找到的农药，不知道这妮子什么时候把农药瓶子藏在了口袋里！

全家人哭成一团，乱成一团。

幸亏跟前有人早早地抢走了瓶子，幸亏救得及时，一阵子惊叫和忙乱后，半盆子肥皂水灌下去，岳芳吐了半天，终于被救了回来。

不过经岳芳这一闹，她爹娘好长时间没敢再逼她，可也坚决不放她出去，更不让她上什么复习班——他们真怕这姑娘飞远了找不到影子，那这个家可真就塌了。

眼看着复习班开学了，人家复习的也都背着书包上学了，岳芳被爹娘看得死死的，他们闭口不提上学的事。岳芳觉得自己的天塌了，再也看不到盼头了，她不说话，不吃饭，不论爹娘怎么劝怎么骂也不回口，整个家愁云惨淡，没点活气。

倒是哥哥不忍了：“娘……让……让……让妹妹……上……上……咱……不……不……娶……”

岳芳哭了，被子蒙住头，嘴抵着枕头，在被子里面哭了半天。

“由着她？反了天了！不娶媳妇也不让她上！”爹一句话堵死了岳芳所有的出路。

瞅准空子，岳芳终于从家里跑了出来，什么也没带，跑出村子，几步钻到高高的玉米地里，无头蝇似的往前跑。

岳芳越跑越悲哀，越悲哀越跑，抬头四望，满眼只有密密的玉米棵子，宽宽的叶子如刀片遮住她前后的路，划着汗水浸透的衣衫，划得脸上、胳膊和小腿上全是红红的血道子。

哪里是她该去的方向？没有方向。

天下这么大，却没有一个地方能够让她安安静静地成长，长成她自己想要的模样。岳芳越想越悲哀，一路抽泣，泪水不停地流淌。

家里人慌了神，发动了本家近门的几户，四散寻找，河里，井里，塘坑里……

爹一边找着人，一边骂着岳芳，骂岳芳白眼狼，骂岳芳丢了全家人的脸，让村里人笑话。

娘一直哭，她怕自己的闺女真的想不开寻了短见，只骂自己命苦，儿子不成器，闺女不听话，简直要了她的老命啊。

岳芳终于没跑多远，天黑的时候，跑得披头散发的她被家人押了回来。

岳芳的脸上被玉米叶子划得满是红红的血道道子，披散的头发结成了一绺一绺，遮住了大半张脸，整个人像从野坟里跑出的鬼一般。

岳芳回家了，人们劝了一阵，安慰了一阵，也就陆续回了各自的家——这样的事，谁又管得了谁，说多了不行，在那里坐着还让人家更尴尬，多一事不如躲一事。

爹的脾气即使再坏，他一时也不敢说什么——从这一刻起，他怕起了自己的闺女，即使后来脸面上依然凶狠，他也知道儿子真想娶上媳妇，就全靠这死倔死倔的闺女了。

娘一边抹着眼泪，给岳芳做好了饭，端到她面前，像哄婴儿似的哄着闺女吃点东西。

岳芳真饿了，接过碗就吃，爹娘对望了一眼，暗暗松了一口气。

夜深了，整个村子都睡着了，连爱叫的狗和那天上的星，也都睡着了。

岳芳昏睡到半夜，睁开眼，爹娘都还在自己床前坐着，什么也不说，只是时时地叹着气。

哥哥在远处的椅子上坐着，整个家都醒着，除了岳芳。

岳芳心里一阵难过，泪珠子扑簌簌地落了下来。

“又怎么啦，闺女？”娘压着声音。

岳芳只是哭。

“你到底想干啥？说说吧，今晚咱全家人都在这里。”爹的语气虽然和平常一样凶，但话音里透着妥协的意思。

“我……想……上学！”岳芳终于说了出来，“我就复习一年，我想再考一年试试！”

爹气得跺脚，可最终也只长长地叹了一口气，又坐了下来。

“考中专、考中专，孩子啊，你是被鬼迷住了心窍吗？这中专是咱能考的吗，四村八乡打听一下，有几个人考上了？做什么梦！”

娘始终没搞明白，女孩子大了不就是嫁人生孩子，守着男人过日子吗，一辈一辈不都是这样传下来的吗。

“我就是想做梦！这一辈子我就做这一个梦，不行吗？”岳芳大声喊着。

“考不上是我的命，我不怨你们，可不让我考就是你们的事，我恨你们一辈子。”

“可是——”爹说到这里不由地停了下来，“你要是真考上了，你哥怎么办？”

是啊，万一这妮子真的考上了，那谁给儿子换媳妇啊！真考上了，闺女飞远了，她倒是享福了，可最终不还是人家的人，儿子如果找不上媳妇，这家日子还怎么过下去？

岳芳真不知道她哥怎么办。

“如果真考上，我愿意养你们一辈子，养我哥一辈子。”

老两口你望我，我望你，一时不知道怎么说，最后，他们的目光都落在了椅子上。

岳芳的哥哥带着哭腔：“让……让……考……”

他心疼妹妹，又恨自己，可越急越不知道如何说清楚自己的意思，他脸憋得通红，最后竟然抡起巴掌狠狠地打起了自己的脸。

“我……我……哥……恨……自己……”

岳芳一阵心酸，不由地大哭起来，突然又觉得自己太过自私，欠了哥哥太多东西……

还是爹最后拿了主意:“咱今天把话说结实，妮子，你可以考一年试试，只一年！”

岳芳使劲地点头：“只一年！”

“考上是你命好，可你要是考不上，得有个说法吧？”

“考不上也是我的命，如果考不上，我全听你们的，想让我什么时候嫁就什么时候嫁！”

“好！妮子，这次就听你的，可不能反悔。”

岳芳点头：“就这样，一年！我保证，既不死，也不跑。考不上就嫁人，你们让嫁谁就嫁谁，绝不反悔！”

第十五章 五味杂陈，同一天儿娶媳妇、女嫁人

和所有没通过预选的学生一样，岳芳脸色灰暗，眉眼间锁着一种难言的失落。韦一巧和王利帮着她收拾好课本，又陪她去了宿舍，帮着她捆扎好被褥，把零碎的碗筷、缸子、牙刷、毛巾一类的东西装进网兜。

一切东西收拾好了。岳芳站在自己睡了一年的床铺前，往四周望了望，和在宿舍里的几个女生简单地道了别——她们都知道，从今天起，她们就各奔东西了，下一次再相遇，可能是在打工的地方，可能是在赶集买菜或者卖菜的摊子上，有些人可能还会遇到，有些人可能一辈子再也遇不到了。走出校门便散了，像屋顶从一个烟囱里冒出的烟，袅袅地弥散在天空里，再也没有重聚的日子……

王利推着岳芳的自行车，韦一巧提着岳芳的网兜子，姐妹三人慢腾腾地走出校园，走上那条熟悉的田间土路。麦子已经黄了梢，有些早熟的麦子已经炸了穗，整个田野黄灿灿的一片，眼看就到了收麦季节。

“唉，忙活了一年，到头还是一场空……”岳芳在两个姐妹面前，终于忍不住想哭。

韦一巧把岳芳搂在怀里，扳了下她的肩膀：“谁也不知道明天。芳，至少咱们试过……”

快到大路口了，岳芳从王利手中接过车子，执意让她们回学校。

“回吧，利。回吧，二妮……我们都要……好好的……”

岳芳搂着王利，拍着王利的肩膀，声音颤抖:“姐真羡慕你啊，利，一定要好好的，给咱们挣出个样子。”

王利不停地点头，明明想说点什么，可又不知该说什么，只是拉着岳芳的手，不停地摇晃。

可是，扭过头来和韦一巧告别的时候，岳芳完全控制不住自己，紧紧地搂着韦一巧，姐妹两人肩膀抵着肩膀，脖子挨着脖子，再也压制不住的哭声突然从岳芳心腔里爆发出来。

也许此时的韦一巧和王利懂得岳芳梦碎后的痛苦和失落，但她们并不知道这失落和痛苦后面还隐着更大的酸涩和悲伤。

能说什么，谁又能真正懂得谁的悲伤。唉!

韦一巧和岳芳是同年出生，王利比她们小了两岁，而这两岁的差距似乎让岳芳在王利面前有所克制，可在同年出生的韦一巧怀里，她却再也克制不了自己：委屈、失望、苦恼和无助等情绪像决堤的洪水似的泛滥开来，除了趴在姐妹的肩膀上痛哭一场，她再也找不到宣泄的地方。

“我这是什么命啊！我……”岳芳倚在韦一巧的肩头，整个人瞬间崩溃了，号啕大哭。

没有人知道此时的她到底在哭什么。

她再也不能像她俩一样上学了！她恨自己不能像韦一巧那样通过预选；她恨自己爹娘铁了心要把她推入火坑……可是，爹娘又有什么法子呢？难道自己就真能狠下心来对哥哥不管不顾吗?

韦一巧揽着岳芳的肩膀，王利也紧紧地拉着岳芳的手，三人都是满脸泪花，那泪像断线的珠子似的，从眼眶里滚落……

“二妮……我真羡慕你……恨我自己……”

许久，岳芳终于平静下来，抹了把脸，再一次与小姐妹告别。

岳芳终于推起车子，踏上了回家的路。王利和韦一巧也转身，慢腾腾地向学校走去，两个人都沉默着，心情像打翻的五味瓶，有种说不出来的复杂滋味。

“你怎么在这儿？”

韦一巧和王利看到路口不远处站着的樊川，惊讶地问。

“走了？”

“走了。”

“他非拉着我一路过来，我让他过去，他不敢，一直在这里……”我指了指樊川，可怜的胖子咧着嘴，脸上满是泪痕。

傍晚时分，岳芳终于回到了家，表情如常，没有人看出她哭过。

“回来了，妮儿。”娘笑吟吟地走过来，准备替岳芳解捆在车子上的书本和行李。

岳芳摇着手，制止了娘：“别动，我自己来。”

岳芳解下挂在车把上的网兜，把里面的东西一一拿出，摆放在自己床前的小桌上，解下被褥，拍了拍上面的尘土，轻轻地叹口气，放在床上。最后，她提着捆得结结实实的书本，站在车子前，把书本抱在怀里，望着灰蒙蒙的天空发起了呆。

爹和娘看着她，谁也不敢问她，任她在屋门前的空地上，抱着书本，仰着头，呆呆地望着天空。泪水终于还是流过了脸庞，滴在怀抱着的书本上……

岳芳终于回过神来，抱着书本走进屋，把书本放到床底，把那捆扎得结结实实的书本推到床底最里面。不看了，再也不用了，以后她应该像周围绝大多数的女人一样扛起锨和锄下地，回到锅灶前生火煮饭，然后喂一群鸡，养一头猪，生几个孩子吧。

“我回来了。”她淡淡地说了声，语气轻飘飘的，麻木的脸上看不出悲，也不出怨和伤。

其实，家里人都知道，岳芳那句苍白的“我回来了”隐藏的意思。

“回来了好。”全家人不再说什么，空气中透着说不出的诡秘。

第二天，媒人上门了，爹娘围着媒人转，听媒人眉飞色舞地说着什么。

岳芳坐在床沿上，似乎这一切和自己没有任何关系。

后来，进来了一个男人，怯怯地，被媒人推到岳芳面前。

岳芳没有细看男人模样，也没和男人说几句话，懒得说。全家人偷偷地盯着岳芳，心里如细麻绳挂着重石磙，悬得高，揪得紧，大气不敢多喘一口。

男人尴尬地退出，媒人送男人出门了。爹娘凑到岳芳面前：“咋样？”

“你们想怎样就怎样。”

岳芳谁也不看，呆呆地坐着，最后又不耐烦地补了一句：“就这样吧……”

爹娘揪得紧紧的心一下子松弛下来。他们对望一眼，屋子里突然就有了说不出来的喜气。

媒人进来了，听到岳芳的回答后，也高兴地和爹娘摆着功：“好啊好啊，这样三家都没意见了，西村的姑娘也见了你家胜，没说出什么不是，就这样定下来，咱说说彩礼的事，赶紧把日子定下来，对吧？”

“对哩对哩，赶早不赶晚，说得对着哩！”岳芳娘高兴地给媒人换了一杯茶。

商量彩礼的时候，岳芳说话了：“我不要嫁妆，也不要彩礼，哪边的东西我都一点不带！”

媒人听得愣了，说了这么多年媒，哪有姑娘家不要彩礼的，这又不是嫁给王公贵族攀高枝！平头百姓娶媳妇，哪有不花彩礼的事哩，坏了规矩。

“我不要嫁妆，一根布丝子也不要！”岳芳脸色冷冷的，铁板似的，“不要彩礼，一分钱也不要！”

“那怎么行哩，闺女，你哥也得给人家彩礼呢！”不说媒人惊讶，张着大嘴愣在那里，她爹娘不愿意了。

“再穷也是嫁闺女，怎么能不要嫁妆哩！娘知道已经屈了你，谁让当爹娘的没本事。妮儿！”娘一边说着，一边就要抹泪儿。

“我不委屈。说过的话我认！”

爹在旁边劝，媒人也在旁边柔声细语地开导。

“我再说一遍，我不委屈。我说过的话我认，你们要是不听，这事算完！”岳芳站了起来，甩着胳膊要出门的样子。

娘和媒人赶紧走了过来：“好好好，听你的，等我一天，我和另外两家通通气儿，不要彩礼。都不要彩礼！也是新风俗，好着哩！”

媒人的两片薄嘴唇确实好使，正面反面都能切东西。

这种转亲运作起来很麻烦，三家联动，一动百枝摇，媒人得三家来回跑，通信安抚，最终取得意见统一，看来这说媒人“大鲤鱼”也不容易吃。

终于说好了，三家都省下了彩礼钱——其实也谈不上省不省，即使要也只是三家之间转个圈，都不要了倒减了程序。

日子很快定下来了，五天后，阴历四月十六，阳历的五月二十九日，有六有九，不看黄历也是好日子，三家办喜事。

家里自然忙成一团。虽然岳芳不要嫁妆，不需要准备陪嫁的东西，但儿子要娶媳妇了，各种家具只能去县城买，另外还有烟酒糖茶和各种小物品。虽然忙得焦头烂额，但爹娘脸上全是喜气。

确实是喜事，同一天里既嫁女儿又娶儿媳妇，双喜临门，怎能不喜。

这种“三角媒”涉及三家，任何一个环节都有可能出岔子，从相亲、定亲，到给彩礼，到最后娶进门，三家六个男女，哪一个临时变卦都会全盘乱套。因此，能组织起三角媒的都是老媒人。办事这一天，就连三家姑娘什么时辰发轿都提前约好，只有保证同一时辰出门，才能避免出差错——以前出过这样的事哩，这家的闺女送走了，可等了半天，儿媳妇就是没进门。怎么了，临阵反悔了，闺女死活不同意了，半路偷偷溜了……最后怎么样，那就再把送出去的闺女要回来呗，拜了天地怎么了，进了洞房又怎么了，只要找不回你家的闺女，你什么也别想！

四月十六那天，岳芳家里挤满了人，除了按风俗请来的亲友外，进来出去的还有帮忙的邻居。

街筒子里早早地挤满了人——老人、大人和孩子，那天正好是星期六，孩子们都不去上学，挤在大人中间看热闹。

迎亲的花轿进村了。送亲的鞭炮响起来了，“噼噼啪啪”的鞭炮声中腾起阵阵烟雾，众人挤在路两旁，小孩拉着大人的衣角，大人牵着孩子的手，大家伸长了脖子，等待岳芳从家里出来，走上花轿的那一刻的到来。

“花轿”其实只是一个习惯的说法，当时早就不用花轿迎亲了。以前用的是马车，现在马车被淘汰了，都用带斗的拖拉机——用芦苇席子搭起封闭的篷子，席子外用吉祥的花布蒙着，在斗的后方拉上红色的布帘，新娘子就从这布帘子里进去。

新娘子岳芳终于出来了，一步一步地走向花轿。人群的议论声如滚开锅的水。村里人爱热闹，宁可不吃饭不干活，也不能错过婚丧嫁娶看热闹，再加上人人都知道岳芳心里不乐意，人们更关心她上轿时会不会加场戏。这场戏给嚼着咸菜疙瘩啃红薯的日子平添了一些滋味。

“这新娘子怎么连身新衣也没换？”

“就是啊，就穿这样的衣服上花轿？”

“大姑娘上轿一辈子可就一次，怎能不穿新衣服，唉……唉……”

岳芳像没听见似的，只管自己往前走。

“就要上花轿了，总要挤一把离娘泪，怎么没有哭的样子？”

确实，岳芳只管往前走，脸色木然，不回头，不停步，似乎听不见任何声音。

一直走到花轿边，岳芳始终没哭，连象征性的样子也没有。她在众人的簇拥下走出家门，几个人在她旁边，试图做出搀扶的样子，可她不用任何人搀扶，摆着手，阻挡着别人的搀扶，径自走向街口的花轿，再也没有回头看爹娘一眼。

“唉，养个女儿什么用，临上轿了连泪都不掉！”

“还识文断字呢，白上了这几年的学！”

爹早早地转身回了家，娘还跟着女儿，望着闺女的背影，她今天是不能抹泪的——虽然嫁女儿总有些伤感，但一会儿，她的儿媳妇就要进门了，她又怎么能抹泪儿呢。

轿帘掀开了，岳芳就要上轿了。

这时，岳芳扭转身子，从口袋里掏出一个纸包，递给娘，娘连连摆手，岳芳把纸包扔在地上，一扭头就钻进了花轿。

娘赶紧捡起纸包，那可是临出门前爹娘硬塞给闺女的钱。泪还是从娘的眼眶里挤了出来，她连忙拭去了泪，生怕别人看见。

没有人知道岳芳在想什么，即使后来人们发现岳芳从来没回过娘家，也不会有人知道当时上轿的她在想什么。

岳芳上了轿，篷子里除了送亲的一个本家亲戚，还有一个陌生的女人。

岳芳当然知道那个女人是干什么的——她哥哥迎亲的花轿出发时，她听到了爹娘对接亲人说："一定要看紧，要机灵些，一定要接到家来，可不能半路出了岔子。"

轿慢慢地出了村子。但看热闹的人群没散，一会儿，新媳妇的花轿也该进村了吧，岳胜娶进来的是个什么样的媳妇呢？

咱不说村里人了，还是说岳芳。

岳芳执意不要彩礼，不要嫁妆，甚至不换新娘子的衣服，她知道自己在赌气，可到底气什么？爹、娘、哥哥、自己，还是那所谓的"老天爷"？

她不知道。

她坐在花轿里，泪水止不住地流下来，她不动，也不擦那肆意流淌的泪水。

"妹妹，上了花轿可不能再哭了，应该高高兴兴地出嫁，这样吉利！"轿内坐着的两个女人劝她，本家的嫂子还替她擦去脸上的泪，可那泪擦了还有，像解了冻的春泉水似的，源源不断。

谈什么吉利不吉利！岳芳心里想着。

她突然又想起了刷锅中学。此时，王利和韦一巧也许正坐在教室里埋头做题吧，两个多月以后，她们就会走进中专或者高中的校门，开始崭新的生活了吧，可自己……

自己已经成了别人的媳妇，而娶自己的那个男人，她甚至连看都没有认真看一眼——唉，看和不看又有什么分别。

从两年前开始，岳芳就担心自己会过这样的生活，可挣扎了两年，哭也哭过了，闹也闹过了，死也死过了，跑也跑过了，又有什么用呢，最后不还是落进了别人给自己设计的那种日子。

轿上的两个女人都试图和岳芳说话，可她没听见似的，坐成雕像。

"这不是我要的生活！"一个声音在高喊。

自己到底想要什么样的生活呢？说实话，岳芳也不清楚。有时她会痴痴地想，如果能在早晨的阳光里，拉开洁白的窗帘打开一本书；如果能拉着意中人的手，在河边的柳树下散步；夕阳西下，如果能站在篮球场边看自己的男人生龙活虎地纵横驰骋，自己抱着他的衣服鼓掌欢呼；或者两个人拿起羽毛球拍，看那洁白的羽毛球在空中飞来飞去……她就满足。即使不能，至少能让自己谈一次恋爱，找个自己喜欢的男孩子结婚过日子，穷就穷吧，累也就累吧，这天底下再也没有比爱人的甜蜜更让人幸福的……

再也没有什么比眼前的一切更让她感到屈辱。她不过是个喘气的活物，而喘气的唯一价值也不过是给爹娘换来能够生儿育女的媳妇。

第十六章 谜中谜，文静淑女缘何颠狂？

那天我跟着大表哥从表姨夫家里出来，大表哥很高兴，跟我说了许多。表哥的话让我既感到侥幸，潜意识里又惴惴不安，生怕再出现什么差错。

“你只管学习，只要自己不掉链子，就什么事也没有！”

我回到学校的时候，韦一巧没有回来，老牛也没有回来。也不知道他们怎么样了，老天爷可怜一下我们吧，老天保佑！

第二天下午，老牛回来了，黑黝黝的脸上漾着灿烂的笑容，给我打了一个手势，我也举起拳头，平摆着摇了摇，然后收回，按在自己的胸口上。

可韦一巧还没有回来，我已经返校三天了，绝大多数通过预选的同学都回来了，迟迟不见她的身影。

她的座位空荡荡的，正如我此时的心。

她怎么了？该不会出了什么麻烦吧？

我坐在座位上，眼睛像被什么牵引了似的，隔几分钟就抬头往前看一看——座位上空空的，声音没有，气味也没有，更不要说那摇来摆去的马尾辫！

我等的人没有出现，可不想听的消息像庄稼地头的小飞虫似的在我耳边盘旋，撵也撵不走似的粘在脸上，钻进耳朵里，让我心烦意乱。

“乡里正组织人检查复习生的档案呢，一个人也不放过，每个人的档案都摆了出来，一点一点地检查……”

“听说这两天他们要跑不同的学校，打听这些学生是不是复习生，问老师，问学生，还要到村里询问情况……”

“我也听说了，亲戚告诉我，明后天，他们要到学校与学生面谈……”

真的吗？我的心又一次悬了起来，如果真这样，谁能保证自己不被查出来啊，我担心。

“听说要让每一年级的老师签字写保证书，要让校长签字盖章，如果查出来，校长可能也要撤了呢！”

越听越忐忑，越不想听却又听得越清楚，下了第二节晚自习，我再也坐不住了，独自去找了老吕。

“怎么了？”

我摇头：“老师，我心里乱得很，学不下去……”

我把听到的情况全部说了出来，盼着能从老吕这里得到让我安心的答案。

“没那么严重，只管学你的，年年到这时候都会有这样那样的消息，有些人唯恐天下不乱，你别自己乱了阵脚。”

老吕点着一颗烟，深深地吸一口，烟雾笼住了他胡子拉碴的长脸。

“真要像说的那样查，估计全县剩不下几个，全县有几个应届生？吓唬人哩。”

老吕立起身，缓缓地走出办公室，我跟着他，走到了操场上。

“你找人了吗？”

我点头。

“找的谁？”

“乡里的骆助理。”

“既然找到他了，那你还有什么担心的？就是他管这事哩！”

“唉，老师，说真话，我还是担心，心里总是害怕。”

“没事，很多事都这样，全在人为哩……”老吕长吁一口气，似乎他也有很多郁闷要吐出来，“生活就这熊样。有些人，有些事，你喜欢或者不喜欢，它都在那里，我们又能怎么办呢！我们可以抱怨，可以愤怒，但愤怒之后呢？抱怨不能改变什么，如果无法改变别人，我们就只能努力改变自己……我们都不过是小小的蚂蚁。沟也罢，坎也罢，泥也罢，水也罢，能爬的就尽力爬过去，爬不过去的怎么办？绕过去！我告诉你，辛梦远，不是所有真理都能写进课本……”

老吕深有感慨地说着，那语气不像是对一个十七岁的学生，倒像是对说话投机的老朋友——确实，经过短暂的接触，老吕在我的心里已经不仅仅是老师，他还是可以依赖的长者，可以信任的朋友，甚至兄弟。我又想起上他第一堂课时的情景，嘿嘿，那时的我像一只敏感的小刺猬！

我想问韦一巧的事，却不知道如何开口，可不问吧，心里又总觉得有个小虫子在那里抓挠着我的心。我的嘴张了又张，最后还是把话咽了下去。

“怎么了，你是想问牛波吗？他不是回来了吗，只要回来了，就没事了……”

这倒让我找到了话头：“老师，咱班里还有几个没回来的？”

“罗蚕，还有韦一巧。”老吕说，“罗蚕已经没事了，她今天下午给学校打电话请假，她病了，明天就回。”

“韦一巧呢？她怎么样？”

老吕摇了摇头：“她到现在还没消息，如果明天不回来，我准备去她家看看……”

老吕又补了一句，“好不容易拼到这一关，无论如何也不能让她半路出什么岔子！”

我心里不由一热，甚至为自己当初顶撞老吕而惭愧不已。为了学生，他真恨不得把热乎乎的心掏出来！在课堂上，他严厉，甚至不近人情，可在课下，在和我们交谈的时候，他却那么温暖细心。

我与老吕谈话的第二天，韦一巧终于回到了教室，我悬着的心放了下来。

“只要人来了，就没事了。”我想着昨晚老吕说过的话，韦一巧也应该办妥了吧，我偷偷地观察她的神情。

从韦一巧脸上看不出任何内容，完全没有老牛进班和我打手势的那种轻松。我刚刚放下的心又一次悬了起来。

我想问她事情办得怎么样，可又觉得多余。唉，我又能替人家做什么呢?

不管怎么说，她回来了，那个空荡荡的座位又有了温度——这是最重要的，我的心终于安稳下来，轻松起来。

夫子返校后，平静了大约三四天，可他每天都要将大把大把的药丸子往嘴里送。每次看到夫子将满把的药丸捂到嘴里的时候，我都想到老牛的“脑灵素”，内心就会涌起一股酸酸涩涩的东西。

可即便药不离口，夫子的状态并没根本性的改变，偶尔还会做出让人啼笑皆非的举动——如果放在以前，这些举动会让我们爆笑一阵，可现在，当他发作时，教室里总充满了某种令人揪心的悲怆。

几天后，夫子的老爹被老吕的电话招来了——那是一个身上散发着精明味的男人，个头不高，身材略胖，说话先有三分笑的样子。

“余子夫这个情况，最好回家调养，边调养边学习，毕竟家里条件要比学校好多了。”

“家里不是学习的地方啊，鸡飞狗跳的，怕他静不下来。”

“身体更重要，没有好身体，他怎么考试，你说是吧？”

男人点头，但依然心有不甘似的：“身体是重要，考试也重要，我多跑跑，要是有什么好卷子，老师一定要给俺留着！不用你打电话，俺打，俺村里电话就在我对面桌子上哩！”

夫子的父亲最终还是把儿子接回了家里。

我和老牛的话也少了，我们主动地把自己深埋在题海里，做题、做题、做题。

七月，那个决定命运的时刻就要到来了，我们当然知道意味着什么!

我却无法做到真正完全地投入。此时此刻，我的灵魂完全沦陷在韦一巧织就的情网里——后来我当高中班主任，针对班里出现的早恋情况，曾经不止一次痛心疾首地劝学生，再美好的爱情，若来得不是时候，也会坏了一辈子——爱情很美好，可生活中绝不只有爱情，‘人必活着，爱情才有所附丽’，我甚至想起了鲁迅的名言。不知道我的学生信不信，可我常常被自己的真诚所感动，把自己最真实的教训告诉他们。

不知怎的，韦一巧这次回来之后，对我突然冷淡了许多，我明显地感觉到了。她似乎故意不理我，刻意和我拉开一定的距离，就像我们从来不认识似的。她几乎没有正儿八经地和我说过话，更不要说像以前那样开玩笑了。

这让我坐卧不安，我不知道韦一巧经历了什么，但我怀疑，一定有什么东西侵入了她的生活，才让她变成这个样子。

“你很危险，呆子！”老牛不止一次提醒我，有一次甚至发了脾气，“飞蛾扑火，知道吗？明明知道等待你的是什么，非要往前扑，丢人！没出息！”

我知道老牛骂得对，理智也一次一次地提醒我应该做什么，可我就是管不了自己。有时我就想，如果心里下起了雨，即使撑起再大的伞，有用吗？

自作自受，怨不得别人。明明知道前面是火海，却依然义无反顾，也许只有十七岁的爱情才会让我变得如此难以自拔？二十岁，二十七岁，更成熟的年龄，我还会遇到这样的爱情吗？我痴痴地想，心里生出几分豪迈、几分悲壮，不知怎的，骆宾王的那首很有名的绝句涌上我的心头：

此地别燕丹，
壮士发冲冠。
昔时人已没，
今日水犹寒。

我完全迷失了自己，就像扑火的灯蛾，因为迷恋光和热而无力摆脱灯火的诱惑。

“你怎么了？”我忍不住用手指戳着韦一巧的后背。

她头也不回，淡淡地说了句：“我没事。”

我发现这几天，时常有一个男青年来找韦一巧，那个青年骑着崭新的自行车，穿着大方格子衬衫，梳着光滑的长发，一看就不是农家子弟。他把车子骑得飞快，即使进了校园也不减速，只把清脆的车铃按得急雨似的响，来到教室前才猛地一刹车，两腿叉在车上，右手打出响亮的响指：“韦一巧，一巧！”

韦一巧红着脸，应声出去，和那青年站在远离教室的地方，也不知道说些什么，不久又沉默着走进教室，她的眼光躲着我，低着头，坐到自己的座位上。

以前我从来没见过那男青年，为什么这几天他突然来找她？我满脑子疑惑。

说实话，我不喜欢那男青年，一看那装束就不是正经人，像传说中的流氓阿飞，吹口哨，打响指，还一口一口地喊着“巧巧”，妈的，什么玩意儿！

“那是谁？他为什么来找你？”

我一直想问韦一巧。可现在的韦一巧，虽然座位依然离我很近，但距离似乎突然间拉远了许多。

有一天，我终于没有忍住，问了她一句。

“管好你自己的事。”她淡淡地说了一句，停顿了好一会儿又接一句，“你好好学习吧。”

我能安下心来吗，韦一巧？一个流里流气的男青年天天来找你，你说我能安下心来吗？我动了气，声音不自觉提高了许多：“他到底是谁？为什么天天找你？你们什么事？”

“她是我表哥。”韦一巧压着声音，不自觉地往四周看了看，“你嚷嚷什么？”

“我烦他！别让他来找你！”

韦一巧扭过头去，不再搭理我。

可那青年还是常来找韦一巧，骑着明晃晃的自行车，叉着两腿打着响指喊“巧巧”，三天两头地找，有时候甚至一天来好几次。

我郁闷，我想骂人，我想把满心的愤怒变成贬损的语言嘲笑韦一巧。可她总是躲着我，她已经把座位移到远离我的地方，我再不能像以前那样问她什么。

日子没滋没味地过去，眼看着离正式考试就剩半个多月的时间。

突然有一天，晚饭时间，韦一巧来到我桌前，偷偷扔给我一个纸条，她自己快步走出了教室，向校外走去。

“我在校外等你。”

我一阵惊喜，心里蹿起了兴奋的火苗。

我瞧了瞧四周，没有人注意到我，大家都在低着头做自己的事。

我装着没事似的，从教室里走出去。

也就在那一晚，我见识了一个女子的疯狂。那晚的她让我惊讶，让我害怕，让我后悔一辈子……

走出校园，我远远看到，韦一巧正慢腾腾地往前走，她没有回头，只管一个人往前走。

我们一前一后走向田野，顺着田间小路向学校西边的小河沿走去。

斜阳挂在高高的树梢，橘红色的阳光卸去了夏日的毒辣，多了几分柔和的意味，天边的云霞被斜阳烧红了脸庞，傍晚的风轻轻地吹过。走在前面的韦一巧有几根脱离了队伍的散发被风吹得飘扬起来，在那晚霞的背景下，有点金，有点红，透着说不出来的淘气和娇柔。我的心被那几根飘逸的长发弄得蠢蠢欲动……

有几只飞鸟划过天空，它们震动的双翼搅得空气活泼了起来，远处散着几个人影，他们也许和我们一样，是外出散步的学生，也许是农人，踏上归家的路途。

麦田早已收割干净，穿种的玉米苗子刚刚离地，而早玉米已蹿得齐胸高，风吹着玉米的叶子，发出“哗啦哗啦”的响声——它们是在歌唱，还是在睁着好奇的眼睛，小声嘲笑田间小路上的这对男女？

韦一巧一路低着头，径直往前走。我们已经走得很远了，学校已经变成一个遥远的影子，可她完全没有停下的意思。

“太远了，我们走得太远了。”我不禁提醒韦一巧，她依然没有回头，一句话飘了过来：“这算远？今晚你敢逃课吗？”

开什么玩笑，我从四年级之后就已经习惯了逃课，钻山偷杏砸核桃，什么事少过我？要不是成绩不错，早被老师撵回家好几回了，我不禁哑然失笑。

我不再说话，跟着她的脚步，沿着小河往前走。

小河不宽，也谈不上多深，河沿上除了高而挺拔的杨树，就是灌木和野草。今年雨下得勤，草长得特别旺，我们在里边走着，只能露出两个黑黑的脑袋。

水静静地流着，不说话；风轻轻地吹着，不说话；韦一巧慢慢地走着，不说话；我紧紧地跟着，也不说话。

不清楚走了多远，远得已经看不到学校的影子；不晓得走了多久，久得斜阳已经滑下了天空。田野里已经望不到人影，除了空中偶尔飞过的鸟，一片寂静。

韦一巧终于走累了似的，找了一块宽敞的平地坐了下来。

我也应该坐下来啊，我心里积了太多太多的话要问她，问她事情办得如何，问她回来后为什么不大理我，问她到底发生了什么，问她那个表哥怎么回事——这些可是我早就想问而一直未能问的啊！

可我的身子根本就不听指挥，我一下子扑到她的身边，双手紧紧地抱住了她。

没有斜阳，没有晚霞，没有人影，没有鸟鸣；没了风，没了树，没了草，没了天空；没了昨天，没了未来，没了孕育一切又埋葬一切的世界……

我的身子在颤抖，浑身在抖，一股最原始的生命之火就像地下炽热的岩浆在奔涌，也许那岩浆一旦喷涌而出，我将再也不是我！

我真想像那拓荒的西部牛仔，架起生命的犁铧，走向旷野和荒原，去开垦属于自己的土地。

但我不敢！

倒是韦一巧，我从来没有想到一个看起来文静的女孩子竟然会如此疯狂！

她的额头和脖子上全是汗，她紧紧地偎着我，攥着我的手，似乎在引导着我寻觅更幽美的风景。

“你……杀了我……吧……，”

我觉得自己的身体将要爆裂似的，一头野兽正在醒来。

一股幸福的热流闪电般击穿了我的身体。

我颤抖着，如一条小鱼游弋在春水里。

刀枪出库，铮铮作响，露出它们锋利的牙齿，犁铧铮亮，发出冲锋陷阵的呐喊！

“拿去……都拿去……”

世界完全展开，再没有半分隐藏，鲜花沾着露水，似乎等不及绽放……

然而，刹那间，我成了可悲的懦夫。我怔在那里，一动也不敢再动。我的手，停在那最幽深最神秘的地方。

她横在我的怀里，微醺的眼神，粉白中带着潮红的面庞，长长的辫子不知什么时候散开了，从我的腿上一直披到地上。

月亮不知什么时候升上来了，柔柔的月光照着神圣的大地……

我揽着她，小心翼翼地为她系上松开的衣扣。她一动也不动，在我怀里，此时的韦一巧如同甜睡中的婴儿，我把额头紧紧地贴在她的面颊上，轻轻地吻着她，像吻一个梦中甜笑的婴儿，我的泪流了下来，滴在她弯弯的眉毛上。

她坐起，把头发拢在脑后，眼睛定定地看着我。永远忘不了她那晚的眼神，那是什么样的眼神啊……

她抓起我的胳膊，猛地送到她的嘴边，狠狠地咬了下去。我不敢叫喊，也不敢挣扎，任她那尖利的牙在我的胳膊上咬出一弧深深的紫色痕迹。

我们都静了下来。我终于还是问了她，问了我想问的一切，她微眯双眼，什么也没说，只是投过一束似怒似怨却又无法探测的目光。

我不敢再问。

如何让你遇见我
在我最美丽的时刻
为这
我已在佛前求了五百年
求佛让我们结一段尘缘
……

突然就想起了韦一巧反复让我背诵的席慕容的那首诗，我喃喃自语，一字一句，像从心底一丝一缕地往外抽。韦一巧泪眼迷离，泪水冲刷着秀美的面庞。

她又一次紧紧地抱住了我，把脸深深地埋在了我的怀里，号啕大哭，那么动情，却又那么伤心。

我紧紧地抱着她，恨不得把她的整个身体榨成一张薄薄的纸。她的哭声像一把染毒的铁锯，一点一点地撕扯着我的心灵，我也忍不住埋下头，盖在她的秀发上……

佛祖慈悲，让我们结一段尘缘，不要太久，一辈子。

我揽着韦一巧，脑子里只有这一个念头。可是我万万没有想到，我们在佛前苦苦地祈求，最后却是一个那样苦涩的结果……

第十七章 错上错，自作聪明填志愿挨批

预选的成绩出来后，各种与考试相关的工作便陆续展开了，比如资格审查、体检、报志愿，再加上紧张的复习，考试真的马上就来了！

兴奋、紧张、忐忑，隐隐的期待和恐惧。那头时时把前腿搭在圈墙栅栏上的猪，也不知道它最终是否逃了出去。

“考中专的同学明天一早不要吃饭，六点在校门口集合！”

老吕半只脚刚跨进教室，话就传了过来。

“为什么不让吃饭？”我悄声问老牛。

“验肝功，抽血。当然不能吃饭。”老牛不止一次通过了预选，对这事当然有经验。

“三十里地呢，空着肚子骑车子。”我小声嘟囔着，接着又问了一句，“体检都有哪些内容？”

老牛笑了笑：“花花肠子查个遍，查整套下水（当地对猪、牛、羊、内脏的统称）！”

我有点紧张，尤其是听老牛说不光要抽血化验，还要做透视一类的检查，突然觉得上中专是多么神圣的事，不光要查祖宗八辈，还要做什么体检——考试真的就在眼前了！

第一次听到“中专”这个词还是我在村里上联中的时候，邻村有一个叫润生的曾经在我们那个联中上学，后来他辗转复习了几年，最终考上了中专。人们说考上中专就穿四个兜的上衣，兜里插着明晃晃的钢笔……

润生是附近几个村里的第一个中专生，是从泥腿子家庭考出来的第一个农家娃，他让大字不识一个的人们亲眼看到了读书竟然真的可以改变命运！他更是与这所村联中有直接关系的第一个中专生，所以老师们上课常常提到他。他们说润生家里多么多么穷，学习多么多么刻苦；他们说无论刮风下雨，润生从来不缺一节课，下雨的时候经常提着鞋光着脚丫子赶路，进了教室才穿上鞋；他们说一年冬天下大雪，润生早晨

起来上学的时候在怀里揣了一个窝头，雪大路滑，一路跌了不少跟头，窝头也不知跌到了哪里，那天上午没窝头啃了，他竟然躲着人偷偷地吃雪疙瘩……

他成了老师口中的楷模，我们联中每一级学生心中的传奇。我们崇拜润生，向往他考上的中专。

有时我会傻傻地想：中专这么厉害，那大专呢，除了中专和大专，有没有小专啊？我考不上中专，真能考个小专也行啊！

我梦见自己考上中专了，全村人的眼睛里全是羡慕，村里出了个中专生，大队里竟然请来了公社放电影的，一连两天放电影，那简直是全村人在过年！

爹高兴得合不拢嘴，见了男人就递烟，那可是直挺挺白嫩嫩的“洋烟卷子”！

“大兄弟有福气，生了这么有出息的儿子！”

“上了中专不愁吃，不愁穿，毕业就给分工作，风吹不着，雨淋不着，多好！”

“老二的户口起走了，再也不用种地了……”

几个老娘儿们围着娘念叨：“成天犯愁找不到儿媳妇，成天担心盖不起房子，这还念叨啥，你盖再好的房子，人家也不住……”

老娘依然怕他的丑儿子找不上媳妇：“能分工作能分房，媳妇能分吗，唉！”

娘的话招来了别人的一番攻击，大家都觉得她是在给别人上眼药哩。

娘听着邻居们的笑骂，一句话也不回，嘴角咧着，像喝蜜似的。

我不止一次做这样的梦，笑醒，怅然若失。

现在，我竟然真的要考中专了，也许几个月后，我就真的像润生那样背起书包去城市里上学了，这怎能不让我激动万分！

体检在县城防疫站进行。检查的医生一色的白大褂，有很多都是戴着眼镜，耳朵上架着听诊器。他们坐在桌子后面，一个个神情庄重，学生们把袖子卷得老高，把麻杆似的胳膊伸过去，当那针头刺入血管的时候，吓得猛一哆嗦，紧张得把头扭到一边去……

来的时候，老吕就悄悄地告诉过我不用害怕，一般没什么问题，只要余子夫不出问题，其他同学都不会有问题。

可我依然担心，我想没有人能够知道中专对我来说意味着什么。

我掀起背心，医生把听诊器放在我的胸膛上，慢慢地移动。千万别出什么问题，我一遍遍地祈祷。

医生放下听诊器，用手按我的两肋，按我的肚子，一边按着一边问着什么，按了一番后抽回手，拿起笔，嘴里嘟囔着：“小孩子家，胃下垂，唉！”

医生一边嘟囔着，一边写着什么。

他在写什么？难道我真的不合格？

我的心一下子提到了嗓子眼，胃下垂是个什么东西，难道我要被刷下来吗？

我颤声问："我行吗，医生，没事吧？"

医生看我吓白了脸，脸上带几分笑意："没事，你得注意饮食营养。"

我稍微安心，站了起来，放下袖子，转身去找老吕。

"老师，医生说我胃下垂……能考试吗？"

老吕连忙说："没事，没事。"

可我依然不放心，非得缠着老吕让他去问问医生。

"你在这儿等着，我去问，什么事没有。"

老吕架不住我的纠缠，走到那个医生前面，两个人低声交流了一阵。

"我说没事你不信，真没事，医生说不影响录取！"

我的心完全放松了下来，找到老牛，老牛正好刚检查完，还用手摁着胳膊上的棉球。

"没事吧？"

老牛扔掉了棉球，笑了笑："鸟事没有，你呢？"

"我也没事。"

韦一巧也没事，余子夫也没事，阳光灿烂。在老吕的带领下，我们在路边找了个早点铺，老吕走到卖早点的面前，指了指我们一群人。卖早点的过来，招呼大家一桌坐了下来。

每人一大碗东原粥，我长这么大还从没喝过那么好喝的粥！润白，细腻，黏而不稠，入口就有一股大米的清香，沁人心脾，让人生出难以言传的幸福和满足感，难怪当地人常说"逛古大野郡，喝老东原粥"呢。除了粥之外，还有半筐子煮鸡蛋、满筐子油条放在了桌上，桌子中间还放了一碟子咸菜。

"随意吃，吃饱！可也别撑着肚子！"老吕非常豪爽。

大家说说笑笑，喝粥，吃油条。我一边剥着鸡蛋，一边四处打量——长这么大，这可是第一次和女生在一个桌子上吃饭呢，心里有一种说不出的快乐。

吃完饭，我以为各人要结各自的账，便从口袋里掏出零碎的纸票，陆续有人站到卖早点的面前。

掌柜的摆着手，嘴里不停地说："结了，都结了，你们老师一来就结了！"

十多个人，怎么能让老师结账呢？有几个机灵的同学对老吕说着感谢的话。

"我记账，以后还我，哈哈！"老吕的胡子乱颤，豪放地笑着。

当年是在中专预选通过后，正式考试前的几天里，学生先填报志愿。

老吕拿着几张盖着大红印章的志愿填报表，在讲台上给我们说着选报志愿需要注意的事项，强调正式表每人一张，不能涂抹，不能勾画，所以大家在选择的时候一定要认真。我们拿到了薄薄的志愿表，看着那右下方红色的大印章，激动得手有些颤抖。

老吕的心真的很细，他照着表格油印了草表，发给我们大家，一再嘱咐先在草表上选择，最后没问题了，才能一点一点往正式表上抄。

后来的事实也验证了老吕的先见之明，大家的草表交上后，出现了许多问题。

“这幸亏是草表，如果是正式表格，填上不能修改了，有的同学哭都找不到地方！”

一开始，我和老牛都填了师范学校，但在专业划分上有“普教”和“特教”，我自以为聪明地抠字眼：“普教应该就是普通的教育，一听就很一般啊，特教应该更高级！”

老牛也觉得对，笑着骂我：“呆子也有不呆的时候啊，好，我们哥俩都选特教专业吧！”

老吕抽出我和老牛的草表，在讲台上当反面教材：“这是牛波和辛梦远老先生的志愿，他们都选择了特教专业。辛梦远，你知道什么是特教吗？”

“特教……就是不普通的教育吧，不普通……多好！”我站起来，一脸茫然，吞吞吐吐地说出了自己的理解。

“不知道就问啊，不问就胡填，坐下！”老吕没好气地批了我两句。

“普教，通俗地说，就是面向健全人的教育，比如说我面对你们这样的学生，这就是普教！而特教是什么呢？是面向非健全人的教育，面向特殊群体，比如聋哑人。毕业后要分到聋哑学校或者特教中心去！”

我心一惊，原来是这么回事！

我和老牛一对视，老牛的目光里分明有了几分挖苦和讽刺的意味。我低下了头，幸亏是草表！

“今晚选报志愿的同学可以回家，和家里人商量一下，明天一早来上课时交上。记住，志愿表一张不多，不能涂抹，不能勾画，更无法补，你要像对待命根子一样对待它！”

这话倒不用老吕提醒，每一个拿到志愿表的同学都小心翼翼，不敢折，生怕一折那纸就会碎了。我和老牛对着那一串可以选报的学校名字，满心欢喜，那一个个名字后面，是一座座不同的城市，选择了学校就等于选择了那个可以亲近的城市，我们终于要冲出乡村，终于要投入城市的怀抱去上学，这怎能不让人欢喜？

“济南，济南在哪里？”

“济南是我们的省会呢，我也不知道在哪里。”

“泰安师范，泰安知道吧？”

老牛白我一眼：“我们都是泰安的，你不知道泰安？泰山脚下的城市，报这个吧！”

我不服气地顶他一句：“你去过泰安啊？”

老牛摇摇头。说起来惭愧，别说泰安、济南，我长这么大，就连县城长什么样都没见过！

我们兄弟俩头顶着头，几乎把每一所学校讨论了一遍——说真话，如果志愿表足够大，我真恨不得把所有的学校都填一遍！

我藏不住满心的喜悦，推起自行车，兴冲冲地赶回了家。

放下车子，我举着手里的志愿表，对着屋里的爹娘喊：“我要选志愿了，中专志愿！”

爹接过我手里的那张纸，嘴里小声念着“山东省中等专业学校志愿表”，纸在他的手里抖动着。娘不认字，却也接过那纸，盯着那红红的印章看——在她眼里，那红色的大印章是最神圣的东西。

说是商量，其实完全没法商量。爹娘他们从来没见过这样的表格，那红红的印章把他们镇住了，至于那一所所学校及其所在的城市，他们甚至连听都没听过，又能给他们的儿子什么选择！

“山东水利学校，水利是什么？就是管浇地的河水吗？”

“济宁商业学校，商业我知道，大概就是做买卖的吧，还有专门教做买卖的学校啊？”

娘听到这里插上了嘴：“做买卖还用学？你爷爷、你大爷爷不都一辈子做买卖吗？”

我只能咧着嘴笑，心想爷爷做了一辈子买卖，帮人家买牲口、卖牲口，不也就给我爹爹和叔盖起了三间小屋。到现在我还记得当初爷爷把我们一家分出来的时候，我和七岁的哥哥一人抱着一个小板凳，所谓的新家只不过是孤零零的两间屋，别说院，连个厨房都没有，就在屋前树底下垒了锅灶。这也叫做买卖？

爹看着那串学校的名字，每个学校都念一遍，然后由学校又问到城市。

“烟台粮食学校，烟台！”老爹念到这学校的时候，声音高了许多，“烟台好，烟台好啊，人们不是说北京上海，哈尔滨烟台吗，小孩子都会唱，烟台好！”

娘也附和：“嗯，泰山豆腐青岛鱼，烟台苹果属第一！烟台好啊，什么学校？”

我笑着说：“粮食学校！”

爹娘的意见出奇地一致：“报这个！上了这个学校，咱们以后再缴公粮卖粮食的时候就硬气了！”

我明白爹娘的心思，如果以后自己的儿子进了粮站，四村八乡的人听说他们的儿子就在粮站，那不得一个个赔着笑脸与爹娘说话拉亲戚，我甚至想到娘跟人家显摆的样子：“看见了吗，那个验收粮食的，就是俺儿！”

爹会坦然地接过别人递过来的烟卷子，高声地对人说：“没事，放心，一定能缴上粮的！”

我选完了志愿，爹看着我一笔一画地写好了表，看着我把志愿表折好，放到贴身的口袋里。

“呆子，选的什么？”老牛问我。

我把志愿表给他看，他笑，点头，又摇头。

“怎么了，有什么问题吗？”我紧张地问，生怕又出什么问题。

老牛吞吞吐吐，欲言又止。

“有啥屁快放，小心憋死你！”我骂。

“填的学校都很好，可这些学校的录取分数都高啊，呆子，你就真这么有把握？”

我心一沉，拿过了他的志愿表。

老牛的志愿表上全是师范学校：泰安师范、肥城师范、宁阳师范、新泰师范……

“你就这么愿意当老师？”

“哪个学校的录取分数低，我就选哪个！”老牛语气坚决，补了一句，“出去再说……”

望着老牛黝黑的脸庞，他桌洞里排成方阵的深褐色的“脑灵素”瓶子，他家那扇破烂的大门旁站着的老娘，被众人塞进面包车如狼般嗥叫的余子夫，一直把前腿搭在圈墙上准备逃出猪圈的大黑猪……前呼后拥地挤到我眼前。

我又忐忑起来。

韦一巧的志愿还没填，她走了过来：“呆子，参考下你的志愿呗。”

“你选好了吗？还没填？”我望着韦一巧的脸，柔声问道。

韦一巧淡淡地摇头。

我突然想到我最应该和她商量啊，难道我们不应该填同一所学校吗，我不是一次次地幻想和她在一所学校里读书学习吗？

“参考什么，照着报就是。”老牛咧着厚嘴唇，瞧了韦一巧一眼，坏坏地笑着。

“你个牛三皮……”韦一巧当笑骂一句。

韦一巧最终也填好了志愿。我拿过她填的志愿表，她的前两个学校和我完全一样，后面几个全是卫校。填完后，她抖着志愿表对老牛说：“看看吧，你个牛三皮，一样不？”

“我才不看呢，免得呆子不好意思！”老牛缩着脖，嘿嘿傻笑着。

第十八章 陷情网，辛梦远六神无主

复读生的资格审查终于结束了，虽然别的乡镇也有复读生被举报，最终被取消考试资格的消息，但我们乡镇没有一例，学校上上下下都长吁一口气。

体检结束了，志愿也已经填报完毕，离正式考试还有十多天，大家终于安稳下来，开足马力作最后的冲刺。

可此时的我心乱如麻，即使强迫自己把头埋在书本里，眼睛死盯着书本上的文字，脑子也不转圈似的，混混沌沌如一锅糨糊。

因为韦一巧。

预选过后，更准确地说应该是资格审查的消息放出之后，韦一巧完全像变了一个人似的，忽冷忽热，阴晴不定，刻意与我拉开了距离，这让我内心充满了伤感的情绪。

我问过她发生了什么。她板着脸，像路人一样，完全关闭了曾经向我敞开的那扇大门。

可那一晚，她又那样疯狂！每想起那晚的情景，我内心里都燃烧着甜蜜和幸福的火焰，我更加确信韦一巧是爱我的，那份疯狂就是女孩子爱的证明。

是什么让女孩子恨不得把自己最珍贵的东西完全交给一个男孩子？是什么让她如此不管不顾地扑在男孩子的怀里号啕大哭？

我实在找不出原因，为此苦恼。

更让我苦恼的，我做梦也没想到，那晚竟然是我与韦一巧的最后一次约会。

第二天早晨，当我走进教室的时候，正和韦一巧迎面碰上，我和她说话，她竟像没看见我似的把头扭到一边，和身旁的另一个女生说话。我装出平时那副大大咧咧的样子嬉皮笑脸扯她的胳膊，她甩开了我的手，那么生硬，像一块石头直直地砸在我的心上。

我尴尬地站在教室门口，傻子似的，呆成一根僵硬的柱子。

都说女孩子翻脸简直比翻书还快，还真是这么回事，只隔了一个晚上，她怎么变成这个样子？

我无趣地低下了头，突然觉得像有什么东西从我的心里抽走了似的，整个心一下子变得空落落的。

窗外阳光灿烂，每一个人都聚精会神地埋头于桌子上的书本里，只有我的天空一片阴霾，人坐在座位上，无聊而空虚。

灰色的日子总是那么漫长。在韦一巧和我中间分明有一道高墙。她用冷漠的砖石垒起那道墙，我无法逾越，更无力推倒，只能在高墙这边，黯然神伤。

我读不进一个字，再也不能像以前那样专注地攻克难题。

烦闷、委屈、无聊以及说不出来的愤怒像幽灵一样死死地缠住了我。

我会突然流下泪来，会狠狠地掐自己的胳膊，拍自己的脑袋……我像溺水的人挣扎在水里，无论怎么扑腾，怎么呼喊，可没有谁能把我拉出来，眼看着我就要永沉水底。

老牛恨我没出息，劝说了几回后，索性不再搭理我。

我“哗啦哗啦”地乱翻书，一次次“嗞啦嗞啦”地挪动凳子，把好好的橡皮撕成米屑状，把圆珠笔扔下又捡起，捡起再扔下。

“你想干什么？看看你那熊样，不学就滚出去，别影响别人！”

老牛当着全班同学的面，恶声恶气地指责我，羞辱我。我不敢看他挤成一团的眉头，无力还嘴，站在那里，像个稻草人，任东来西往的风，吹得我摇来荡去。

我颓然地坐下，泪水盈盈，在我的眼眶里晃荡。

我理解老牛的愤怒，不怪他，但我恨自己，内心涌动的是一种说不出来的憎恶——对自己的多情和执迷，明明知道自己陷入了泥潭，却始终走不出来，可恶，可恨，可耻！

我无聊地整理着书本，试图平复一下自己的情绪。一张窄窄的纸条，从我乱翻的书本里滑出，纸条上只有两行短短的字：

你依然是你！

我不再是我！

是韦一巧，不知何时，她把那纸条偷偷地夹进我的书本。

那感叹号被描得那么粗，像从阴暗的角落射出的冷箭，直直地刺入我的心脏。

我把那纸条狠狠地揉成团，恨不得一下子撕成碎沫，和着我的泪水，吞咽到肚子里。但我没有，又慢慢地把纸团展开，抚平，小心翼翼夹在书页，又拿出，放到我的口袋里。

一天。

两天。

我无聊地听着课，被动地做着题，半死不活地熬着日子。

那个流里流气的家伙依然隔三岔五地来找韦一巧，长发梳得油光锃亮，两腿叉在自行车两边，朝教室里打着手势。韦一巧脸上闪过掩不住的厌恶表情，但她还是走了出去。

两个人站在远离教室的地方，似乎在小声地争吵，那家伙拉拉扯扯，韦一巧不停地甩着手。

我恨那家伙，恨不得出去跟他打上一架，恨不得猛扇他几记耳光，可我不敢，怕万一惹出什么乱子影响考试，只能在心里一次次地诅咒，然后把这气和恨全部转到韦一巧身上，怪她为什么招惹如此可恶的家伙。

我为什么就不敢出去和他打一架？

现在想想，那时的我多么窝囊。

离正式考试还有整整一周的时候，韦一巧离开了学校。

走进教室，我一眼就看到她那个座位空空如也。我不由自主地走过去，桌面上没有任何东西，我弯下身子瞧桌洞，什么也没有。

走了，她走了，她为什么走了?

“一大早就走了，铺盖、书，全部带走了……”老牛看我失魂落魄的样子，抓着我的手腕就往外走，一直把我扯到校门口，才厌恶似的甩开我的手，眼里满是轻蔑的神情。

“你知道你在做什么吗？你来这里是干什么的，真他娘的丢人！哪还有点男人气！”

我垂头不语。

“你以为你是谁？就你这熊样，真考不上的话她会和你好下去？呸！”

我知道他说得对，可我就是走不出韦一巧织成的那张网啊！虽然蜘蛛早已不知跑了哪里，但它那网还挂在那里……

韦一巧为什么早早地就回家了呢?

“你别逼我骂人，要点男人的脸面好吧，想想当初你哭着闹着来复习为了什么？瞧你这点出息！我……我他妈的怎么就认了你这朋友！”

老牛越说越生气，恨不得踹我几脚：“你还骂人家瞎子算卦低看了你，我看你还不如人家瞎子，眼看就要考了，你这半死不活的样子还考他娘的什么学！”

看着老牛气急败坏的样子，我真希望他能劈头盖脸扇我几个耳光，也许这个时候我最需要的就是耳光。

我咬了咬嘴唇，抬起头来：“哥，我错了，从今天开始，我要再这样不死不活，我就不是人！”

老牛从鼻子里“哼”了一声，转身回到了教室。

我狠狠地向地上吐了口唾沫，用手捋了把额前的头发，猛地一甩头，跟着老牛进了教室。

第十九章 去赶考，柏油路成了赛歌场

考试在 7 月 11 日举行。

7 月 9 日那天，学校给考中专的同学放了一天假，要求这十四位同学十日上午返回学校（韦一巧的哥哥在县城的橡胶厂上班，她住在哥哥的单位，不和大家一起住宿），由老师统一带队赶往县城。这样安排一来是让学生回家换一换环境调整一下心态，从家人的期待和嘱咐中获得更大的力量；二来也是让学生准备考试用的钱和物。

带队的老师，主力当然是老吕，还有教我们化学的余老师，余老师公私兼顾，他的女儿余小红和我们一起考试。另外还有一位副校长，当然是领队。

那个年代几乎看不到家长陪考——不论是考中专、高中还是考大学，几乎看不到陪考的家长。农村的家长都忙着田里的庄稼活，即使地里没有一点活，我的爹娘恐怕也压根想不到陪着儿子到县城考试。也许他们认为，学生们考试，家长们跟着干什么呢，各人干好各人的活，你考你的试，我种我的地。

“你好好考，行不行就看这一锤子了。”爹没多说，闷着头抽烟，灰青色的烟雾从他的鼻孔里缓缓出来，盘旋在低矮的屋里，他整个人便笼在青灰色的烟雾里，旱烟卷子时而会“啪”的一声爆出一个大的烟花——劣质的老旱烟里常常会夹着粗糙的烟梗子，每爆出一个烟花，那纸卷的“大喇叭”就被截了火，爹抽出火柴，重新点燃。

娘从里间屋里走出来，手里攥着厚厚一卷子钞票，估计得有二三十块的样子：“拿好，千万别丢了。”

我小心翼翼地放好钱，对娘笑了笑：“丢不了，放心好了！”

“你路过二月二山的时候，一定别忘了跟山上的老奶奶许愿，听见了吗？”娘一再嘱咐，我点头。

每到过年的时候，院子、厨房、堂屋、睡觉的小里间屋，都被娘贴满了像，真不知道她从哪里请来的各路神灵！她在每一尊神位前烧香，磕头，一边磕着头，一边念叨着大体相似的话。

现在她的儿子就去考中专了，这可是祖坟上长蒿子冒青烟的大事，她当然不会忘了神，何况还是二月二山上的老奶奶呢。

二月二山在我们当地可是神山，那山上的老奶奶更是灵验无比，当地的老百姓一提到山上的老奶奶，就一脸是肃穆庄严。

其实，“二月二山”只是我们村人的俗称，山的本名叫白虎山，因为山石皆白，远看状似如来，又被称为“白佛山”。山阳半腰有据传隋代雕刻的大佛，佛高近七米，光伸出的手掌就足足一米多。

但这山之所以被称为神山，其实与大佛并无关系，全因为山上住着“老奶奶”——当地老人都相信，二月二山上的老奶奶与泰山老奶奶“碧霞元君”是亲姊妹，大慈大悲，祛病赐福灵验得很。

每年的阴历二月初二，山下都有大型庙会，“二月二，龙抬头”，四邻八乡的人们都会赶往这里，逛山、拜神、买卖东西，捎带着听戏还愿，热闹非凡——也许正因为这庙会，人们才忽略了山的本名，而叫起了“二月二山”吧。

我相信，娘一定会在家里虔诚地对着二月二山的方向磕头烧香，为他的儿子祈求好运，我甚至能想到娘跪在地上的样子，听到娘嘴里嘀嘀咕咕的祈祷声。

返校的时候，远远地望着二月二山，我第一次停下了自行车，站在路边，闭着眼，双手合拢在一起，模仿着娘的样子，虔诚地求山上的神仙、山上的老奶奶保佑我考试顺利，实现梦想。

七月十日上午，我们十四个学生在三位老师的带领下，骑着自行车，高高兴兴地向县城赶去。

那天很热，路边的蝉像疯了似的扯着长腔叫个不停。老师们本来在我们前面带路，可骑着骑着，我们这些孩子们便蹿到了他们前头，撒欢儿似的赛起了车子。

那个时候路上几乎看不到汽车，就连自行车也不见几辆，大热天没要紧事谁会出门！所以，老师们也便嘴里提醒着，脸上笑着，看着我们马儿似的疯。

十四个学生当中，罗蚕和余小红不会骑车子，她俩便搭男生的车子。那余小红本来是可以坐她老爹的车子的，可她更愿意混在我们的队伍里，和大家一路嬉戏。哪个男生骑累了，蹬不动车子了，她们便下来，换到另一个男生的车子上。男生都爱干这样的活，她们坐在车的后座上，背上便传过来一股神秘的力量，似乎连她们呼出的气息都沁着花儿的芬芳。

大家开着玩笑，你追我赶。不知谁开头唱起了歌，然后一个接着一个地唱下去，在学校的时候，从没想到大家都这么活泼，男男女女竟然都放开了嗓子，唱起了跑调或者不跑调的歌。

今天你又去远行
正是风雨浓
山高水长路不平
愿你多保重
记得那年初相识
也在风雨中
风浓雨浓情更浓
祝你早成功
……

罗蚕刚唱完程琳的《风雨兼程》，孟蝶便接上了，她的声音又高又细，像细铜丝穿行在风里，倒也别有一种味道：

我从垄上走过
心中装满秋色
若是有你同行
你会陪伴我
重温往日的欢乐

唱完了，大家吼一声好，然后点起了名："三皮，你唱一个，光见你打篮球，没听过你唱歌呢！"

"唱就唱，唱不好还唱不孬啊，怕你？"

于是大家喜笑："湖边长大的，唱歌也带蛤蟆音吧，哈哈……"

"哈哈，水泊梁山八百里，怕就怕蛤蟆唱出螃蟹音……"

大家一边蹬着车子，一边取笑着老牛。

老牛咳嗽一声，清了清嗓，一边蹬着车，一边便扯起了嗓子：

春天的花开秋天的风以及冬天的落阳
忧郁的青春年少的我曾经无知的这么想
风车在四季轮回的歌里它天天地流转
风花雪月的诗句里我在年年地成长
流水它带走光阴的故事改变了一个人
就在那多愁善感而初次等待的青春
……

嗬，我和老牛同吃同住近一年，从来没听过他唱歌，这家伙竟然唱起了《光阴的故事》。

余小红主动唱了一首《玻璃心》，就连马尚啸也吼了一嗓子《童年》……

这样唱着闹着，别说三十里的路，就是再远，大家也不会觉得累啊。老吕他们看着我们疯，除了偶尔提醒大家沿着咱边骑车之外，便是笑着聊天："这简直要'闹野'啊！"

"野就野吧，也好，放松放松，总比蔫头耷拉脑强。"余老师看了眼自己的女儿，她正坐在老牛的车子上，高兴地唱歌呢。

罗蚕看着余小红坐车的样子，又看了眼老师们，然后开起了老牛的玩笑："三皮三皮，你听说过猪八戒背媳妇的故事吗？"

我当然不会放过这话茬，便纠正罗蚕的话："人家不是背，是驮，猪八戒驮媳妇，哈哈哈！”

老牛扭过头，甩过一串笑声，骂我："想什么呢，呆子？"

"想嫦娥啊，可惜嫦娥不想我。"

"人家嫦娥这时候早已经到了吧？"

嫦娥指的当然是韦一巧，我装作没听明白，没接这个话茬。

余小红也是个活泼的姑娘，并没有在意大家的玩笑，"噌"的一下从老牛的车子上跳下来，一把就揪住了我的车后座："那个谁不在这儿，轮到你大胆，猪九戒？"

她一下子蹿到我的车后座上，命令道："蹬快点，累不死你，让你光嘴贱！"

"余小红，你老爹可就在前面，小心我告你黑状！"

老吕和余老师肯定听到我们在后面的打闹声了，他们回头瞧了一眼便只顾骑自己的车。

不知不觉间，我们来到了县城，老师们带着我们，推着自行车进了青山旅馆。

青山旅馆不算大，两层小楼，每层楼上大概七八个房间，但有个小院，小院里有水房、厨房和厕所——这几天，我们就吃住在这里。

依着老吕的指挥，我们放好车，锁上车锁后，跟着旅馆的人上了二楼。

我们一共要了四间房：老吕和夫子单独一间，余老师和副校长住一间，五个女生一间，而剩下的八个男生则住进了一大间。

要按现在的眼光看，那旅馆也太寒酸了，可在当时，我们依然感到新奇：老师们的房间里有个小电视，有茶几和茶壶，有两个布沙发，红色的暖壶就放在茶几旁边，显得那么整洁；老吕和夫子住的那间和其他老师的房间差不多，只是没有沙发——我一直想不明白为什么老吕非要把夫子拉到自己的房间，这规格也太高了吧，明显的偏心眼子！

我们八个男生住的可就没法提了，两小间屋里竟然没有一张床，只顺着墙根排了一溜儿八张一拃厚的床垫子，中间倒是也有两张茶几，茶几旁边也有几个红色的暖壶，没有电视。

男生们不乐意了，纷纷找老吕。

"你是来考试还是来看电视的？"老吕给了我们一句。

"那也不能没电视啊……"我们嘟囔着，气势明显弱了许多。

"全县的学生都集中到了县城里，能找到住的地方就不错了，还挑三拣四，你看还有空屋吗？"

我们没再说什么，回到了自己的房间，拾掇自己的东西。

院子里有水管，水管前有条长长的水槽，我们在大水管前洗了头和脸，然后跟着老师们去吃饭。

“明天就考试了，下午最好能在屋里静静地读会儿书，临阵磨枪，不快也光嘛！”说完这话，老吕又补了句，“如果不想学，也可以去近处逛逛，可能很多同学是第一次进县城，不会迷路吧，记住青山旅馆就行了！”

老吕说到这里便笑了，白白的牙齿闪在黑黑的胡须里，像从林里晃过猛兽明亮的眼。

下午四点多钟，老吕带着我们去看了考场，在考点逛了一圈，熟悉了学校的大体情况。我和老牛透过玻璃窗，瞧了瞧教室里的布局，然后随着大部队往回走。

天太热，回去的路上罗蚕和孟蝶招呼着要买棒冰吃，被老吕喝斥了两声：“这两天不能喝冷水，不能吃冷饮，不能吃生瓜梨桃！”

罗蚕躲过老吕的目光，向大家吐了吐舌头，两个女生便乖乖地退了回来。

回到旅馆，大家各自回屋，有的人看书，有的人睡觉，有的人在那里窃窃私语。

老吕来到我们男生住的地方，看到我和老牛正趴在床垫子上光着膀子看书，跟老牛开玩笑：“三皮，看你的脸像非洲，可这身膘倒是挺欧洲。”

老牛一个滚翻了过来，肚皮朝上，敲了下自己的肚皮，用手指着我的方向：“咱是喝西北风也上膘的命，不像呆子，典型的馋狗不肥！”

确实，这一年，我和老牛吃一样的饭，喝一锅里的水，别看他的脸瘦成黑泥鳅，身上倒是很有肉。我呢，典型的排骨身板。

吃过晚饭，老牛问我：“呆子，出去转转？”

我正有此意。长这么大，我还真没来过县城呢，虽然上次体检也是在县城，但体检完就回去了，也没有停留，县城什么样子根本没有注意，这次至少要待三个晚上，怎么能不逛一逛呢。

说起来惭愧，我家离县城并不远，大约三十里地，骑自行车最多也就一小时的路程，可是，平时没事谁会到县城闲逛呢？用村里老人的话说，不买不卖的瞎逛什么，又不是二流子。

不要说我，就是村里的大人如果谁去一趟县城，也一定会像做了大事似的跟邻居们吹上一阵子：“昨儿我进了一趟城里！”那自豪的神情就别提了。

大人们眼里只有自己那一亩三分地，只看得见地里长着的庄稼和野草，圈里的猪和鸡，他们没闲心逛城里，而我们小孩子，也就是在街上打闹，或者晚上跑到附近村里看几场电影，根本不敢想去城里的事。

在我们眼里，县城很神秘，那是城里人的地方，就好像从村里跑到县城要爬多么长的坡和梯子，从心里打鼓哩。

我和老牛沿着马路漫无目的地往前逛，看到每一个工厂的牌子都会停下来，指指点点地议论一番。

橡胶厂、面粉厂、造纸厂、服装厂、鞋厂、工具厂、农机厂……县城真好，这么多的工厂，每一个工厂都有一所大院子，大门上都会挂着木头大牌子，大门旁边都有一个传达室，我们刚一进门，门缝里就会传来威严的声音："干么呢，你找谁？"

我们不找谁，我和老牛想不起一个在县城工作的亲戚——我们的亲戚都长在庄稼地里，像玉米和高粱一样长在泥水里。我们吐一吐舌头，赶紧转身，朝前走去。

天渐渐黑了下来，路灯亮了起来，可街上的人不但没有少，反倒好像多了许多。

县城的夜晚又是什么样子呢？我们满肚子好奇。

街上竟然有放电视的。来来往往的人群，摇着扇子在散步，大街两旁的路灯照得路面差不多和白天一样。在街道的拐角，围着一群年轻人，男男女女拿着话筒，随着电视里的字幕在高声歌唱——后来我知道，那叫卡拉OK！

冷饮摊，小吃铺，大大小小的商店，一家挨着一家，全都热闹地吆喝着，忙碌着……

走了几步，我们来到了公园。

公园不大，但有亭子，有假山，有水潭，有石桥和小溪。亭子里有人坐着聊天，假山旁幽暗的地方有男女甜蜜地拥抱着窃窃私语，水潭里有荷花静静地开放，在淡淡的灯光和月光的映照下，散发着一种幽静的、温柔的芬芳。

公园里也有灯，但不像街上那么亮，宽敞的空地上，一群人黑压压地坐在那里，传来"咿咿呀呀"的二胡和唱声。我们走近，原来是一群老头，凑着电灯的光，坐在高凳子上，拉二胡，唱京剧。

在公园的另一侧，远远地就听到录音机里传出的声响：这里是一群青年，他们随着录音机的旋律，癫狂一般在跳舞——后来我才知道，那叫摇滚。

让我和老牛想看又不敢细看的是小径，会有男女抱在一起亲吻——我突然想起了韦一巧，想起她那温热的唇，可我不敢想像，城里这些男女青年怎么就这么不避人！

哦，这就是县城，这就是城里人的生活！我和老牛苦苦盼望的，也许就是像他们一样在城里的灯光下自由地生活吧！

就这样，我和老牛一路走着一路看，开始的时候还说笑着，插几句自以为高明的议论，可到最后，我们兄弟俩都闭上了嘴，也许此时的内心，都在汹涌着一种难以言传的情感吧。

县城并不大，可在当年的我们看来，那简直就是整个天下。

我们一路走着，随着人群，最后走上了盘山小路——县城就在山脚下，东面南面都是山。不知不觉走到了半山腰，我们停下了脚步，山路旁有一条人工水渠，听城里散步的人说，这条水渠围着小山转了一整圈。

我们坐在水渠旁边高高的石头上，抬头看，满天的星星如宝石，闪闪烁烁；站起来，往山下的城里看，灯火满城，高高低低，错落有致，竟也如天上的繁星……

“老牛老牛，看——”我指着山下的灯火。

“看见了，你见过这样的灯火吗？”

“没有！”不知怎的，我在说这句话时，喉头突然有种酸酸的感觉，像有什么堵在那里似的，眼里一时竟然蒙上了泪花。

长这么大，我还没见过如此繁华的街道！这只是小小的县城，如果是济南，如果是上海和北京，那又该是什么模样？

我们这群农村长大的孩子，做梦也想不到还有这样的生活。在我们村里，夜晚永远是黑的，不要说路灯，为了省电，家里的小灯也常常关着，胡同永远是弯弯曲曲如小肠，除了拉个草席或者塑料布到村口的桥头，就是躺在床上，任蚊子吃饱后进入梦乡……

我们静静地坐在那里，痴了似的，一言不发。

我想起那沿街的小铺，想起小铺前灯光下喝酒聊天的男人女人，想起下午看到的那一个个工厂，想起工厂门口挂着的大大的木牌子，想起宽阔的柏油路，想起公园里欢乐的孩子和老人，想起高高低低的楼房，想起刚在半山腰看到的如繁星一样的灯光……

此时，一个被老牛和我呼喊了好久的词又在耳边炸响：突围！突围！

当初我们说这话时，我想到的只是逃离泥水、粪水踩来踏去的庄稼活，逃离走出屋门便是鸡窝、羊圈或者猪圈的小院子，逃离一下雨就污水横流的小胡同，那污水里混着狗粪、猪粪、羊粪蛋子，漫过你的双足，打着你的小腿……

可今天，我突然想到了更多！

上小学时就学过“坐井观天”的故事，我在心里不止一次地嘲笑那只井底的青蛙，可此时坐在半山腰水渠旁高高的石头上，我突然发现自己，连同自己的爹娘，都不过是那只井底的青蛙，而那生我养我的村子就是狭窄而又封闭的井底。

我在想井筒子到底有多高，井壁到底有多厚，到底是什么限制了我的目光？

我当然看不到井壁，可我分明感觉到身体内突然涌起了一股巨大的力量，它像火一样燃烧起来，把我内心照得那么明亮——心明了，眼才能亮！一个沉睡的人，永远看不到黎明的曙光！

而明天进行的考试，是我希望看到的曙光吗？

我突然盼望着明天早点到来……

第二十章 功亏一篑，余子夫大闹考场

那天晚上特别热，空气如锅里慢熬的糨糊一般，闷闷的，泛着气泡，黏糊糊的，透着潮热，让人产生一种说不出来的烦闷。

虽然老吕反复给我们减压，自己也明白这个时候最该做的就是什么也不想，安安静静睡觉。可我就是睡不着，房间里时时传出翻身的声音，我知道此时睡不着的不只我一个。

房间里一片漆黑。我也努力地闭上眼睛，试图把脑袋变成这黑洞洞的夜，在黑暗中安然入睡。可我能闭得上眼睛，却无法阻止乱想——思绪甚至比平时更多更乱。

唉，本以为黑暗熄灭思想，谁知黑暗反而成了最好的产房。

汗津津的身子在细草编织的凉席上翻转，就像薄薄的煎饼从火候不够的鏊子上撕下一般，发出“嗞啦嗞啦”声。我索性坐了起来，烦恼地拍打着自己的脑袋。

老牛也坐了起来，悄声说：“闷热，睡不着，出去走走……”

两个人穿着短衣短裤，悄悄地走出去。

走廊里，一团黑影在房门前缩着。

“睡不着啊？”

是老吕。他坐在椅子上，身子伏在栏杆前，身后长了眼似的，低声问。

“你还没睡啊，老师？”

老吕幽幽地说：“就怕你们睡不着，在这坐一会儿，看看星……”

看星？他是在担心我们呢。

“过来吧，还有最后两签，试试运气。”

“哈哈……”老牛习惯性地咧开了嘴，嬉皮笑脸，“封建迷信这一套，误导良家子弟啊。”

吃晚饭的时候，老吕曾经对我们说，他用十二分的虔诚，替我们求了灵签，如果谁乐意，不妨为自己抽一个试试。大家只当他开玩笑逗我们开心，没有谁把这事放在心上。没想到老吕真从椅子上拿出一个信封，手递过来：“还有最后两签，抽个试试？”

我和老牛犹豫了一下，伸手从信封里抽出一张纸条，就着门缝里的灯光，我们看那纸条：自信功成，临大事必有静气！

老吕煞有介事："考试之前多读两遍，信则灵。"

我们把纸条捏在手里，长长地呼出一口气，像得到什么保证。

"相信我，相信自己，没什么大不了的，你们有这实力。"老吕的声音不高，却那么妥帖，我和老牛默默地点头。

"睡去吧，我在外面守着，放心。"

我们陪着老吕又扯了几句闲话，真的仰头看了一会儿繁星，转身回屋。

真奇怪，我们竟然安稳地睡着了。

树上的喜鹊"喳喳"地叫着，蝉比太阳起得更早，饱饮了清露的蝉，叫声此时似乎少了平日的嘈杂，多了几分清脆。一觉醒来，我浑身有种说不清楚的轻松。我们洗漱，收拾考试用的文具，然后下楼吃早饭。

"你听这大早上喜鹊叫得多欢，喜鹊登枝，那是报喜的好兆头！"

余老师接了一句："对，预选的时候，我们放了'雷子'，结果一炮打响，今天一大早又有喜鹊报喜，好运气！"

大家都笑，在老师们的带领下，走进考点。

考前半小时，老吕把大家招呼到一起："现在发准考证了，进了考场，大家只记着一句话，老子天下第一！"

同学们放好准考证，打了鸡血似的进入各自的考场。

第一场考语文，对我来说是强项，感觉和平时的考试差不多，只是刚进考场时被庄重的气氛吓得莫名地紧张了一阵子，卷子发下来答起题来，这种紧张才慢慢消失。

虽然老吕特别交代考完后不讨论，静下来准备下一场的考试，但吃午饭的时候，大家还是忍不住议论起来。

"那个默写，我明明会，背了多少遍啊，可在考场上就是没有想起来，交上卷子当时就想出来了，唉，什么脑子！于谦的《石灰吟》，要留清白在人间，多简单！"罗蚕懊恼地摇头，跺脚，恨不得掐死自己的样子。

"我的作文好像写偏了方向……"

"那个监场老师太烦人，老晃悠！"

副校长微笑地看着大家，手往下按了按："相信自己最棒，刷锅第一锅，一定最棒！你们不会的，他们也不一定会，你们出错了，他们出的错更多！"

同学们听了这话，释然的表情出现在脸上。

"五湖四海，老子天下第一。"老吕扫视着全体同学，"不要被别人吓死，毛主席说一切反动派都是纸老虎。我给大家八个字'环顾四周，高手不多！'"

"环顾四周，高手不多！"这八个字真提气，说得大家心里热热的，亮堂堂的。

下午历史、地理、生物整体属于背诵科目，没怪题，能写满，大家都没感觉大问题。

出了考场，我看见了韦一巧。

她和罗蚕、余小红几个女生边走边谈，很轻松的样子。

我喊了她一声，她像没有听见，一直往前走。

罗蚕拉了拉她的胳膊，似乎在提醒她我在叫她，可她依然没有停下来的意思，说了几句话后，快步离开了大家。

晚饭后，我去老吕的房间，老吕正提醒余子夫吃药，可看那样子，余子夫不想吃，老吕正劝他。

“按时吃药，余子夫，人家医生怎么说的，你家长怎么嘱咐的，天天都要吃，按时吃！”

夫子摇头：“不吃不吃，影响脑子，考完再吃！”

“关键时候，余子夫，咱可不能掉链子。再熬两天，考上了，你爱吃不吃。”老吕哄小孩似的劝着。

可余子夫只是摇头，紧闭着嘴唇，生怕老吕灌他似的。

老吕给我使眼色，我明白他的意思，转身把老牛叫了过来。

我和老牛凑到余子夫面前，老牛拿出一张卷子：“老余，这个题我和呆子瞎琢磨半天也想不出什么道道，解解围！”

余子夫没想到我和老牛会向他请教问题。说实话，我和老牛的成绩一直比他好不少，我们谦卑的样子让他很受用。

他暂时忘了老吕，目光集中在题上。

老吕偷偷地拿出余子夫的药，和在了水里，放在余子夫的面前。

余子夫终于解出了那道题，我和老牛把他奉承了一番。夫子很得意，端起杯子一口喝下去大半，可他最终还是觉出了水的异味，生气地把水泼在地上，咬牙切齿地抱怨老吕：“吃药坏脑子，不吃！”

我们摇头，老吕满脸忧虑。

第二天的考试是重头戏，上午考数学，下午考政治。

考完数学后，我的心情一下子变得糟糕起来。

我最害怕的二次函数和极值题竟然占了那么大的分量！后面那道压轴的大题，我完全找不着感觉，就连前面相关的选择题和填空题，我也没有多少把握——我平时就怕二次函数，尤其害怕极值问题，没想到这次考试中真出现了极值，大题和小题加起来占了二十多分！

我脑子发蒙，像被什么掏空了似的，浑身是汗，身子软得像失了弹性的皮条，没了一点精神劲儿，结果越急越想不出办法，就连其他题做起来似乎也不那么顺手了。

蝉在窗外扯着长腔叫个不停，整个世界全是可恶的蝉鸣，我恨不得蹿出考场，把那所有的蝉杀光。我一遍遍地擦汗，强迫自己把思绪放到卷子上，可是，此时的脑子似乎根本不转圈，像被什么锁住了一般。我狠狠地掐着胳膊，把两手重重地压在太阳穴上。

铃声响了，我麻木地交上试卷，木然地走出考场。天空一下子阴暗起来，我预感到某种不祥。

第三天上午考物理、化学，考试还没进行到一半，余夫子被两三个公安人员夹着胳膊，拉出了考场。

“我考上了，老子考上了！”夫子挣扎着，脖子上青筋暴出。

他竟然撕了卷子，最后还打了监考的老师，这可是让人无法想象的事情！

卷子发下不久，考试最多也就进行了半个小时，同学们都在紧张地答题，夫子突然站了起来，一手拿着卷子，试卷被他卷成了一个筒，他像巡场的领导，慢慢地踱到前边，还敲着一位考生的桌子：“好好答题，作弊可耻。”

监考老师立即走了过来：“你这同学怎么回事？抓紧回座位答题！”这当然怪不得监考老师，维护考场纪律是监考老师最基本的职责啊，何况他们哪里知道夫子的情况！

“我做完了，全对，我考上了！”夫子昂着头，梗着脖子，声音特别大。

“你先回座位，别影响别人答题！”

监考老师共三位，两女一男，过来的男老师年龄不大，也就三十左右的样子。他伸过手来，拉住夫子的胳膊，试图让他回到座位。

夫子梗着头，斜着眼盯着拉他胳膊的男教师。

“那请你交卷，离开考场！”

夫子挥舞着胳膊，卷子死死地握在手里。

“我不交，凭什么让我交卷子？我都会，都对！我考上了！”夫子挥舞着胳膊，高扬的卷子是他胜利的旗帜。

男教师拉他，想把他拉出考场，夫子使劲地往后挣着身子。另一个女教师看来比较有经验，急急地走了出去向领导汇报情况。

考场里有点乱，一些同学抬起了头，惶恐地看着眼前的一切。

男教师刚扯住夫子的胳膊，夫子猛地挣脱，接着一拳就打在男教师的脸上，男教师的眼镜被打掉在地，鼻子流出了血。他捂着脸，痛苦地蹲在地上，考场里乱成一团。

“我考上了，哈哈！我考上了！我考上了，中专！”夫子大叫，神情狂躁。

考点负责人来了，随后两位公安人员也来了，当公安人员进入考场的时候，夫子还在那里挥舞着胳膊，得意地叫喊着。

两个公安人员试图将他带出考场。

夫子死命地挣扎，已经被扯出很远，他的声音断续地传了过来:“我考上了！中专，我考上了！……”

老吕跟着公安人员，也上了车。

考场复归平静。

三天的考试终于结束了，走出考场，我抬起头，久久地呆望天空，天空什么也没有。

窗外那蝉疯了似的扯着单调的长腔，在那单调的长腔里，裹着白亮亮毒花花的太阳。

考完了，天也下起了雨，先是鞭子似的猛打了一阵，然后渐渐地消去了狂暴的气势，变成了淅沥的雨丝，可就是这一阵急雨，让路上迅速旋起了浑浊的水花。我们站在路边，任浑浊的水冲刷着小腿。

有几个同学打开了伞，我和老牛没有伞，任雨丝涤荡着我们的全身。

天空迷蒙，遍地泥泞。而我的心也是迷蒙一片，似乎这雨淋湿了我的中考，我的十七岁。

“十五天之后，去学校看榜！”老师们嘱咐几句之后，我们各自回家，我一直在搜索韦一巧的身影，可她蒸发了似的，再也没在我眼前露过一面。

“怎么样，呆子？”老牛问我。

“不怎么样，唉……”我摇头，神情黯然。

“你的成绩一直那么稳，放心！”

老牛安慰我，我内心也确实存在着几分侥幸，确实，平时的几次大型考试，最差也在全乡前十名之内，也许……行?

“我们一起去看榜，呆子？”

我点点头，老牛的手伸了过来，紧紧地攥着我的手 :“没事的，你能行，我们都行的！”

能行。我盼望着，可十五天后，那校园的红榜上会有辛梦远的名字吗?

我不敢多想……

第二十一章 名落孙山，辛梦远借酒浇愁

七月二十八日，那个令我忐忑却又隐隐盼望的发榜之日终于到了。

一大早，我头枕着胳膊，望着发黄发暗的苇子屋顶，脑子里成百上千的念头绞成一团乱麻，心脏跳得简直让我的呼吸都急促起来。我扭头，目光投向身旁暗黄色的石灰墙壁，透过窗棂的阳光照在墙壁上，俨然教室外墙上张贴的大红榜。我翻身下床，可内心的虚空让整个身子被抽去了脊柱似的软弱无力。娘的声音从院子里传了出来：“赶紧起啊，今天不是发榜吗，赶紧去看榜！”

我口里答应着，慢腾腾起身，胡乱吃了几口饭。爹还没有下地，坐在一旁的椅子上抽烟，眼睛却时时地瞧向我。我低头，躲闪着爹的目光，把头几乎埋进了饭碗里。

“去吧，早去早回。”

娘还想说什么，但她的嘴动了几下，终于什么也没说。我推起车子往外走，身后又传来娘的嘱咐：“要是真考上了，快点回来，你叔他们几个都在家里等你呢！”

他们一定会聚在家里等我的，也许爹娘早偷偷地备好了酒和菜。这对整个家族来说都是大事情，我知道。

阴天，没有风，厚厚薄薄的云把天空铺成发皱的黄纸，脏兮兮的，像被岁月糟蹋得发了霉，我怀疑今天很可能又要下雨。

我飞快地骑着车子，汗从额上、脖子上渗出，我掀起背心，胡乱地擦了把汗，继续往前骑。

离学校越近，我越紧张，忐忑、惶恐中隐藏着几分期冀，车子的速度渐渐慢了下来，我简直不敢再往前骑了。

过了这个村，就能远远地看到刷锅中学的影子了，那张红榜是贴在教室外的墙壁上吗？那张大大的红榜上，会有辛梦远的名字吗？

这时，我远远地看见了老牛，他正从学校方向骑着车子赶过来。

他来迎我？好消息还是坏消息？

老牛满脸的汗，但他的眉目之间透露的欢喜无法掩藏。

“你考上了？”

老牛点头。

我更紧张了。我呢，我考上了吗，可恶的牛三皮，你说话啊，为什么不说话！

“我呢？”

老牛神色变了，他摇头，叹了一口气。

我的心“咯噔”一下，像被重锤猛地一击。我盯着老牛的脸，怀疑他故意逗我。可他脸上的神情不像开玩笑。

但我还是不死心，又问了一句：“没我？真没我？”

老牛点头，面无表情地“唉”了一声，似乎想说什么，但终于什么也没有说。

汗一下子蹿了出来，一股凉意从腔子里向外透出来，我的身子不由自主地打起了哆嗦，脑子里一片空白，一直燃烧在心里的那把火渐渐地熄了，只留下一团灰烬堵在那里。我呆在那里，扶着车子，如一株被风揪扯着抖成一团的玉米棵子。

“几个？”

“全乡十四个，咱学校九个……”

在这九个人当中，竟然没有我！

我可是稳居全乡前三名的学生，很多时候我是第一，第一！怎么就能没有我辛梦远的名字，苍天啊！

我几乎要哭，但强迫自己把泪水挤了回去。

“她怎么样，她？”沉默了好一会儿，我又问。

老牛摇头，又是一声长长的叹息。

我的心又是一沉，像石头沉在了黑暗的大海里。我不敢想象此时韦一巧的样子，她来看榜了吗？她一定会来的，看完榜之后呢？她正躲在某个没人的地方流泪吗？她会不会在哪个地方等我？

“我去看看榜！”

“别去了，看了又怎样？万一遇到老吕，你能说什么？别去……”老牛劝我。我知道他是怕我难堪，但他又怎么知道我内心的那千种不信、万种不甘啊！

我必须去，让我亲眼看一眼榜单，亲自搜寻一下榜单上有没有我的名字。万一老师们写错了榜单漏掉了我，万一老牛看得不仔细落下了我的名字呢，不行，我得去！

我们掉转身，推着车子，谁也不说话，默默地往前走。

终于，我站到了榜前。

红红的榜，大大的喜字，下面是一长溜黑黑的名字：

牛波、孟蝶、罗蚕、马尚啸、余小红……

我一个字一个字地搜索，一遍又一遍地确认，生怕那茶碗大的字会被我漏掉哪个。

没有辛梦远，也没有韦一巧！

我站在那里，一切如往日那反复做过的梦——人家考上了，成绩和我差不多，甚至平时明显不如我的同学都考上了，而我成了最后的失败者！

然而，事实和我做过的梦又不完全一样。我没有哭，没有梦中那样激动和癫狂，没有撕红榜，更没有把它扯碎踩在地上。我只是呆呆地站在那里，眼神空洞，脑子里一片茫然，朽木似的，也许一阵风来，那朽木就会“啪”地倒下，碎成粉末，随风而去。

我的泪终于还是流了下来。老牛没有劝我，紧紧地站在我旁边，搂着我的肩膀，任凭我的泪水放肆地流淌。

耳边，中榜的同学在庆贺着自己的胜利。我脑海里没有任何声音，没有任何身影，只有那张大大的红榜，那红榜不像是贴在墙上，倒像天上脏兮兮的云摊开了一般，铺满整个天空，那榜上的每一个字、每一个名字都像山峰崩塌了似的压过来，压在我的心口，提醒着我：“没你！没你……”

老牛一步不离地陪着我，对着打招呼的同学微笑，摆手示意。他不想让我淹没在别人的欢笑里，舔着自己流血的伤口。

站了好久，我像失去了灵魂的木偶，呆呆地站在榜前，可我的眼睛时不时地四处张望。

老牛当然知道我在张望什么，他轻轻地说：“走吧，兄弟，她来过……早就走了……”

我转身，机械地跟着老牛往回走。

“找个地方，哥陪你喝点吧？”

喝点？如果能有酒，我希望能够喝个昏天黑地，哪怕喝死。

“喝！”我点头，又接着摇头，“我们没钱啊！”

“哥有！”老牛豪爽地说着，从口袋里掏出一把碎票子，我知道那是他攒下的买药钱。

“去他娘的脑灵素！”老牛仰起头，望着天上白花花的太阳，恶狠狠地骂了一句，似乎一下子把几年来所有的怨气都吐在阳光里。

我们钻进街头一个不起眼的小店。一盘水煮花生米，一盘清炒绿豆芽，两茶碗白酒——酒论茶碗卖，一碗两毛钱，这小店老板很会做生意。

我们一人喝了两碗酒，辛辣的酒穿过喉咙，像烧红的铁条捅着喉咙，直捅到心窝子里，呛得我俩一阵子颤抖。

我闷着头，端着酒碗，和着滴到酒里的泪水，一口气咽到肚里。

酒是什么滋味，我不知道；菜是什么滋味，我也不知道；一切咽到肚子里的东西，全是苦。

“唉！天啊！”我张着嘴，那喉咙里的酒味像火苗一样蹿出来，我泪流满面，但不能哭泣，在别人的饭店里，绝不应该哭泣。

“老弟，别怪哥说你，劝你多次，你最后还是……唉！”

我痛苦地摆了摆手，打断了他的唠叨，事实已经是这个样子，天底下从来就没有后悔药可吃。

如果不遇到韦一巧，我会是什么样子？韦一巧如果没有遇到我，她又会是什么样子？

我不知道。

但我在想，如果上天让我牺牲自己与韦一巧的爱情去换一个中专录取通知，我会做出什么样的选择？

我惨笑，惨笑着一次次摇头。

此时我又看到了那头猪，把前腿搭在围栏上时时想蹿出圈的那头黑猪。

但如果说今天这个结局我一点不后悔，那完全是扯淡。我后悔当初没听老牛的劝，他不止一次地劝过我，骂过我，有次骂我的时候甚至用脚踹我。唉，老牛啊，你为什么不狠狠地揍我一顿，明明知道我陷进了泥坑无法挣脱！

可是，韦一巧是我的泥坑吗？

不，她不是，相反，她是火把，是我夜空里的星月，是我痛苦里的唯一甜蜜！

我是韦一巧的泥坑吗？

似乎是，如果不是我轻浮地爱上她，她也许会像罗蚕、孟蝶、余小红一样考上中专。可她爱上了我，我给了她太多太多的苦恼——这难道是韦一巧怨恨我的理由吗？

“哥，我知道……你对……”我趴在桌上，哽咽。

我又一次端起了酒。

老牛伸手制止了我：“不能喝了！”

“我……喝！你看，哥，她就在我的酒里……”

确实，在端起的酒碗里，我分明看到了韦一巧！她的明眸，她的娇唇，她那瀑布般流泻下来的长发和那芬芳的气息！

她在哪里，此时的她在哪里？

我痛苦万分，为我最终的落榜，为我哭闹争取来的最后一次上学的机会，为我无法回家面对爹娘和等着喝我喜酒的本家叔叔，他们此时都聚在我家等我回去……

“我完了，再也不能像哥哥这样跨进中专的大门了！”我狠狠地拍着脑袋，懊恼地自言自语。

“没事，哥还准备八年抗战呢，这才五年，不就成了吗？呆子，你比哥聪明，大不了再来一年。”

再来一年？我哪里还敢说再来一年？这一年就是哭着闹着争来的，我怎么还敢提再来一年？

我摇头。

“你这才几年？拼到这个样子放弃了，你会后悔一辈子！你必须再来一年！我还告诉你，比我们复习时间长的、比我们苦的多了去了，没什么丢人的！不说余夫子，我有个同学，女的，复习了八年，教她的老师就是她同学，人家一个女的都撑下来了，难道你还不如个女的？”

我知道,我听说过。教我们政治的王老师年龄比余子夫都小,他就是余子夫的同学。余子夫来复习的第一天，王老师不是在他的单身宿舍里请余子夫吃过饭吗?

但我不是余子夫，我害怕自己最终当不成牛波，倒成了余子夫。

一想起夫子，就想起他手里举着的花花绿绿的内衣，想起考场上他挥拳击打监考老师，想起他被扭着胳膊塞进警车时的样子。

我想逃离农村，想过一种自己梦想的生活，但我不想变成夫子。

“我就不爱看你这装熊的样子。你必须上，我去劝我婶子和叔。”

不是他们的事，是我没脸再提。

老爹为了让我上学，忍受了娘多少唠叨；为了我的预选，大表哥跑前跑后费了多少周折，娘又是经过了多少内心的斗争，掏出了盖屋娶媳妇的钱，只那一次花的，就足够买来一头牛!

可这一切，都让我自己糟蹋了，我又怎么好意思再提什么上学的事!

“你以为你是谁？呆子，我们不过是一只蚂蚁，一只小小的蚂蚁，小到任何人伸出一根手指都能捏死！如果你不想在泥水里淹死，那就只能不停地挣扎！他缓了一口气，总结似的对我说，“所以啊，呆子，别摆臭脸，别说委屈，生在泥巴水里，哪个人不都有满身泥点子！”

我知道的,我们都是蚂蚁。活在泥水里的小小蚂蚁,如果不想在泥水里挣扎一辈子,那就必须拼了命地挣扎。

我辛梦远可是把读书当作唯一的出路啊，一心想打开那扇狭窄的门，然而今天，那厚厚的大门“砰”的一声关上了，我出不去!

我用力地捶打两边的太阳穴，双手捂脸，也堵住了将要爆发的哭声。

“失败也不是末日，呆子，有得就有失。相信明天吧，兄弟！”老牛抓住我的手使劲摇。

我倒是很想相信明天，可离开了学校的呆子，明天在哪里？我迷惘地抬起头，望着老牛。

“你说有得有失……你失去了什么？我又得到了什么？你至少得到了一纸通知书，中专的录取通知书！”

“是，我是得到了一纸通知，可是你也知道，我他娘的还得到了这么一堆东西！”

老牛伸手从椅子上扯过书包，“哗啦哗啦”一阵响，满书包的“脑灵素”药瓶滚了一地，那深褐色的药瓶子如一双双眼睛，尖锐地刺痛了我的心!

小店的老板走了过来，脸上满是不悦的神情。我们弯腰收拾那瓶子，赔着笑脸跟老板解释。

老板知道了情况后没说什么，宽厚地摆摆手劝我们别喝醉了回不去家。

家？此时最不想回的就是家！我的爹娘、我的本家的叔叔们一定坐在家里等着我，我没脸回家!

老牛的嘴角痛苦地扯了扯:“我失去了什么？你说我失去了什么，呆子，我吃的苦，我受的罪，我遭的羞辱……你知道个屁！为了考这个中专，我今年二十二岁了，村里和我一样大的，人家的孩子已经能提溜着瓶子打酱油了。我每次回家都不敢上街，生怕遇到孩子看我拿着书包，嘴里高声喊我大爷！你说我失去了什么？”

我被老牛的激动一下子震住了，呆呆地望着他。

老年终于平静下来，他坐下，语气中透着自豪 :“但我值了，呆子，哥哥值了!别说五年，就是十年八年也值，这一张纸，顶得上在村里混死混活一辈子！”

我又一次点头 :“我得到的只是眼泪和屈辱……”

话未说完便被老牛打断 :“不，你失去的不过是一年的光阴，得到的是别人无法体验的经历。更何况你得到了爱情，还得到了老哥我的情谊……”

光阴？我耳边又传来老牛那天的歌声 :

春天的花开秋天的风以及冬天的落阳
忧郁的青春年少的我曾经无知地这么想
风车在四季轮回的歌里它天天地流转
风花雪月的诗句里我在年年地成长
流水它带走光阴的故事改变了一个人
就在那多愁善感而初次等待的青春
……

我们踉踉跄跄地走出饭店，走出四五步，我便弯腰扶着街边的杨树，把吃的喝的全部吐了出来，我终于哭了出来……

去他娘的“男儿有泪不轻弹”！

老牛搀着我，我终于摇晃着骑上车子。

老牛非要送我回家。

我不回家，回了家我怎么开口，怎么向爹娘交代?

可现在，我空手而归。

我坚决让老牛回自己的家，他那熬瞎了眼的老娘，此时也一定守在街口等她小儿子胜利的消息。

“五年都等了，不在乎这一时半会儿，你可别做傻事。”

我突然明白了，看我失魂落魄的样子，老牛也许怕我想不开。

我紧紧地攥住了老牛的手，一股暖流涌上心头：“放心吧，哥，我不会做傻事，这个坎绊不倒我。放马过来吧，娘的！”

我急切地让老牛走，其实还有一个没说出口的原因。

我推着车子，沿着田间小路，鬼使神差似的，又走到了那晚我和韦一巧最后约会的小河边。

小河还是那条小河，河边的杨树和榆树依然像那天一样枝繁叶茂，我甚至看到了那天被我俩压倒了的那片草，可是我那个疯狂的韦一巧呢？

我又坐在了那里，那是韦一巧坐过的地方，似乎还留着她的气息。她就是在那里横躺在我的怀里，绽开了十八岁少女的所有美丽；就是在那里，她那散开的辫子从我的腿上披开，一直散到松软的土地上。

我似乎又看到了韦一巧，那弯弯的眉，那长长的眼，那微微上扬的嘴角，那娇羞得足以让我神魂颠倒的神情……我狠狠地揪着头发，泪水又一次不听话地流了出来。

如何让你遇见我
在我最美丽的时刻
为这
我已在佛前求了五百年
求佛让我们结一段尘缘
……

我分明听到韦一巧的声音，那么温柔，那么甜蜜。我四处张望，哪有什么韦一巧，只有杂乱的树、高高低低的灌木和那茂密的野草！

韦一巧，你在哪里？

老牛说他的刷锅生涯是一书包的“脑灵素”，可他毕竟敲开了中专的大门，终于如愿以偿逃离了农村。可我呢？我遇见你，爱上了你，最后却又不明不白地失去了你！

这到底为什么，到底发生了什么事？

许久许久，我怅惘地起身。我得回家了，虽然我又一次耻辱地失败，但我依然有回家的勇气。我再一次回头遥望，寻找那给了我甜蜜和忧伤的刷锅中学。

太远了，我能够望见的，只是一个模糊的影子。

别了，我的刷锅中学；别了，我的甜蜜却又苦涩的十七岁！

老牛他们就要奔向不同的城市，开始他们的中专生活。可我的下一站在哪里？

第二十二章 魂不守舍，妈妈到底怎么了？

“这是怎么了？”我看了眼怔在那里的妈妈，又狐疑地看了眼辛老师。

两个人一动不动，像深埋于地里的两根柱子，谁也没有挪动半步，谁也没说一个字，但他们的眼神从认出对方的那一瞬间起，就死死地黏在了对方身上。

那是一种什么样的眼神啊，像在荒无人烟的旷野突然遇到了故交，像寻觅半生却不经意间在街头偶遇走散了多年的亲人，那样的恍惚若梦、悲喜交加，那样的惊惶失措、患得患失，生怕一不留神又会走失，再也找不到对方……

菜市场十分嘈杂，小贩们长长短短的吆喝，来来去去自行车的铃声，电动车的喇叭，男男女女讨价还价的声音，混着孩子们的哭闹与欢笑，绞在一起传入耳朵。可此时此刻，这一切声音连同形形色色的人群都像不存在似的，于吵吵嚷嚷的声音里，于川流不息的人群中，他们两个人像站在空寂的荒漠里，全然忘记了身外的一切。

我不由地抬头望了望天空，蓝色的天空什么也没有，火辣辣的太阳烤着大地，没有风，没有云，茫茫天地间，只剩下两个呆呆的人影。

他们一定有故事，而且绝不是一般的故事。我一下子就坚定了这个判断，不需要任何理由。他们此时那失神的、迷蒙的、空洞的眼睛已经清楚地说明了一切。

“你……你……你是巧，真……巧？”还是辛老师打破了沉默，他不相信自己的眼睛似的，喃喃自语，嘴里发出的每一个音如同梦呓。

巧？这是妈妈的名字吗？我长这么大，从来不知道妈妈还有这么一个名字！

巧？这是多么亲昵的称呼啊，这样的称呼也许只能出现在父母兄弟之间，也许只能出现在甜蜜的爱情里。这么亲昵的称呼从辛老师的嘴里吐出，那么自然，好像这名字本来就长在他的心里，和他的骨肉长在一起，日里夜里，长在他的血液和灵魂里。

妈妈不应声，一动也不动，眼睛直直地盯着对面这个身材谈不上挺拔、双鬓灰白的男人。她的嘴唇不停地颤动，似乎太多的话语拥堵在那里。她脸上现出奇怪的表情，那表情让我震惊，让我忧伤，更让我担心，我不知道此时的她是想哭还是想笑。刚买好的青菜从她的手中滑落，她没有察觉似的，站在那里，像突然被抽去了灵魂的空壳。

我轻轻地扯了扯妈妈的衣袖："妈——"

妈妈浑身一抖，脸色苍白，神情呆滞，双眼空洞而迷离，被我叫醒后的恐慌闪过她的脸庞，她像刚从另一个遥远的世界漫游归来。

她忙乱地转身，扭头就走，慌乱得竟然忘记回头喊我一声，那掉在地上的青菜也完全忘了拾起。此时的妈妈，我真不知道用什么样的文字才能准确地形容：手足无措？有点，可总觉得虚浮；六神无主？像，那种惶恐与忐忑倒有几分神似……落荒而逃？对，就是这个词！

妈妈像极了田野上的兔子贪恋春光的明媚却迎头遇上了猎狗，小摊上偷食的孩子突然被主人捉住了手，那分狼狈，那分惊慌，那分困窘，那分羞惭，让她一下子变得毫无主意……

我的心一下子乱了起来，我不知道他们之间发生过什么，但强烈的直觉告诉我，他们之间一定发生过什么，而且这曾经发生的事情完全融入他们的生命，也许像一根刺，也许是一块铁，早已和漫长的日子一样连着苦乐，连着悲欢，和他们的肌体完全长在一起。

"韦一巧……"

看着妈妈慌乱离去的背影，辛老师下意识地喊了出来。可他突然意识到我的存在，一下子停下了呼喊，把余音生生地咽在了肚子里。他急急往前追了去，可又突然觉得不妥，他的脚步慢了下来，最终停在了那里。

他望着妈妈落荒而逃的背影，嘴张了张，却没有发出任何声音。然而，他那焦急中充满关切的眼睛出卖了他所有的秘密。

"妈！"我喊了一声，妈妈根本没有任何反应，她的背影已经远远地混在了来往的人群里。

一时间，我也突然傻了似的，尴尬地站在那里，走也不是，不走也不是，最后还是辛老师焦急地提醒我："跟上你妈啊，快去！"

我终于赶上了妈妈，在穿梭的人流中，我拉住了她的手。她没有任何反应，只是机械地往前走——长这么大，我第一次发现妈妈竟然如此脆弱，如此无助，如此手足无措。此时的妈妈多像枪林弹雨中逃命的难民啊，惶恐地，挣命似的闪躲，闪躲着背后的目光，似乎那每一缕目光都是一颗流弹，只要有一颗击中她，她便永远无处可逃，再也无法活下去一样。

此时的我，满脑子的疑问，但什么也不能问，也不能说，我沉默地跟着她一路往前走，一直走到自家的门前。

"妈！"我提醒妈妈到家了。可她毫无知觉，只管低着头急急地往前走。看着妈妈呆滞的背影，我突然联想到逃犯，也许，她此时唯一的念头就是跑，似乎只有跑得越远才越安全，直到跑到天涯，跑到完全没人的地方，她才敢停下来喘一口气。

“妈！”我忍不住又一次叫住了她，我心里一酸，喉头一阵发紧，泪水一下子蒙住了我的眼。

“到家了，到咱家了，妈！”

“哦，到家了……”妈妈这才停下脚步，看了眼自己家的门。她脸上的表情稍微松弛了下来，站直了身子，回过头来四处张望，生怕被人跟踪了似的。

直到此时，妈妈好像才突然意识到我的存在，突然意识到了自己的失态，一丝尴尬的神情滑过妈妈的脸，她“唉”了一声，摇了摇头，似乎想掩饰一下自己的窘迫。

在自己的女儿面前，妈妈的神情很复杂——这时，我终于明白了语言的苍白，有一些东西，再高明的语言也难以准确地描述，即使勉强描画出来，其结果可能也和内心所想完全不是一回事。

妈妈朝我笑了笑，那浅浅的笑容像极了桌上的浮尘，虚，空，没有一丝黏着力。我不知道这个笑容里隐藏了什么东西，是尴尬，是掩饰，还是自嘲，或者只是一种无奈的下意识？

我开了锁，推开大门，妈妈跟在我的身后，像小时候的我跟着她那样。进了屋，妈妈长长地舒一口气，把自己的身体完全地交给沙发，她像一只可怜的小猫，蜷缩在人们注意不到的角落里，似乎要把自己完全藏起来。

我把菜放到厨房里，一边收拾厨房，一边在大脑里回放菜市场发生的一切。两个人刚才的样子交叉着晃在我的眼前，一串串大大的问号挤在我的脑子里，他们是怎么认识的？什么时候认识的？他们之间到底发生了什么样的故事？

太多太多的问题缠绕着我，我什么都想问，恨不得一下子就能知道全部事实，但作为女儿的直觉提醒我，此时的我最该做的是沉默。

我必须把肚子里的千百万个好奇，无情地摁在心底，即使它们把我十九岁青春的心灵当作硝烟弥漫的战场，我也只能任由它们肆意施展暴力。

我给妈妈倒上一杯茶，放到她的眼前。妈妈木然地端起茶杯，她的手微微颤抖，把茶杯送到嘴边，像完全没有感觉似的就要把滚烫的茶往嘴里灌。我赶紧提醒道：“烫！别先喝，妈！”

妈像做错了事的小孩子，赶紧放下茶杯，缩回手，又把身子缩回到深深的沙发里。

我的目光偷偷地扫过妈妈的面庞，试图找到什么更有用的信息。

我似乎发现了，却又好像什么也没有发现。呆滞、震惊、伤悲、落寞……我无法判断，似乎很切近却又很茫远，很模糊却又很清晰……

我坐在妈妈旁边的沙发上，我的手轻轻地抓住了妈妈的手，紧紧地捏住她的手腕，妈妈的手那么粗糙，几十年的辛苦操劳全浓缩在这里。她的手凉凉的，她的脸白白的。此时的我，不知道妈妈正经历着什么，但我可以想象刚才与辛老师的不期而遇，在她内心激起什么样的风浪。

作为她唯一的女儿，我紧紧地偎在妈妈身边，甚至我想冲动地把妈妈揽进自己的怀里，就像以往受了委屈，妈妈揽着我一样。

可我不能。妈妈似乎全无知觉，此时的她明明离我那么近，却又分明那么远!

“秋风清,秋月明,落叶聚还散,寒鸦栖复惊。相思相见知何日？此时此夜难为情！”

看着妈妈无助的让人心疼的样子，我突然想起了李白那首《秋风词》。

我敢肯定他们都没有忘记对方，日日相思在心里，骨子里，灵魂里。虽然妈妈从来不曾对我提起，但从他们偶然相遇的瞬间，我已经感觉到两个人在彼此生命里的位置。

可他们到底是怎么认识的？又为什么分离?

我不知道他们为什么分离，但我可以用我十九岁的智慧去想象当年的分离一定像刀一样刺伤了他们的心，即使一年年时光消散，即使那伤口终于结了厚厚的痂，那刀子却还插在那里。所以今天，当他们偶然相遇时，那伤口依然让他们痛得肝肠寸断、魂散魄飞。

我静静地坐在沙发上，放出了自己所能指挥的所有侦察兵。七十二路关卡，我让它们都要不计代价地闯过去，去寻找我想要的东西。

她们肯定是恋人，这一点我毫不怀疑——看他们刚才的神情，这种爱恋绝不是什么暗恋或者单相思，他们之间肯定发生过刻骨铭心的故事，那到底是什么力量把他们阻隔，什么原因使他们劳燕分飞?

妈妈可是外地人，妈妈的故乡可是在五六百里之外的东原县啊，她怎么会想到竟然在这里遇到曾经的情人？难道真有什么所谓的上苍之手，在暗中操控着人们的命运?

如果不是因为妈妈，我甚至不知道还有一个叫于家圈的村庄。和那东原有关的印象，我能够说出的不过就是泰安，那恐怕也只是因为泰安是“五岳独尊”的泰山所在的城市。我从来没去过东原，她从来没跟我提起过，好像故意躲着什么，就连爸爸也好像没有一次提起过东原，妈妈似乎完全忘记了那个地方。倒是姥姥和姥爷，在我很小的时候，曾经颠簸了一整天，来看他们的女儿，可似乎也闹得不欢而散。我不知道为什么，也许作为小孩，我没必要知道为什么。

因为妈妈的缘故，我比别人更多地了解东原，关于那里的消息，总会清楚却又牢固地留在我的记忆里。我知道那是一片古老的土地，那片土地虽然贫穷却有着悠久的历史，那里有风光美好的八百里水泊，那片水泊的芦苇荡和河沟汊子里演绎过荡气回肠的英雄故事，水浒一百单八将、梁氏父子双状元、白佛山隋代石窟群、黄石悬崖和尧陵禅寺都在我脑子里生根发芽。我知道我还有叫作姥姥的亲人生活在那里，尽管妈妈从不让爸爸说，从不让我提关于姥姥的问题。

但是，妈妈毕竟在这里已经待了二十多年，一个遥远的外乡人，怎么会在这里遇到老相识？辛老师也是外地人吗，如果他是，难道他也是东原人？他又是因为什么来到了这里？

如果真是这样，上苍也确实够缺德，他们两个来自遥远异乡的苦命鸳鸯，在一个小小的县城生活着，竟然都不知道对方的消息，二十多年过去了，他们竟然因为买菜的缘故，相遇在菜市场，这是何等拙劣的编导才能编出的故事？

我强迫自己的脑子沉下来，顺着我的疑惑慢慢地梳理：嗯，辛老师确实是外地人，他似乎说过，似乎不止一次地在他的文字里提起。

我突然想起了那次高二的元旦联欢晚会，在大家的掌声纠缠下，辛老师唱的那首歌。那是三毛作词、齐秦演唱的风靡一时的《橄榄树》：

不要问我从哪里来
我的故乡在远方
为什么流浪
流浪远方　流浪
为了天空飞翔的小鸟
为了山间清流的小溪
为了宽阔的草原
流浪远方　流浪
……

说实话，他并不擅长唱歌，那首歌对我们来说也似乎太过久远，但他唱得那么投入，那么深情，这天底下恐怕没有什么能比用心灵去唱歌更打动心灵了吧。歌唱完了，他似乎还沉浸在歌曲的世界里，仰着头，拿着话筒，静静地站在那里，眼里似乎蒙上一层水汪汪的雾气。

“老师，你那棵橄榄树在哪里？”因为辛老师与大家的关系一直非常好，同学们有时和他说话就显得调皮而放肆。

“你也是在流浪吗？三毛是为了爱情，你呢，老师？”

“远方，在远方，你的家在远方吗？远方到底有多远，老师，是不是因为在远方，所以才无助地流浪？”

同学们七嘴八舌，围着辛老师展开了追问。每年的元旦联欢会，都是师生感情交流的盛宴，在这一晚，老师放下了课堂上的威严，学生忘记了平时的拘束，大家其乐融融。

记得当时有同学调皮地问他为什么要唱这么一首忧伤的歌，问他是在自我流浪吗，如果是，那么哪里才是安放灵魂的家乡。甚至有同学自以为聪明地下结论：心无所依，所以流浪；梦无所爱，所以流浪。

辛老师当时说的一句话让我到现在记忆犹新："正因为爱，心才更可能迷失方向，找不到安放的家乡。"

"家是什么？"记得当时我问他。

"家不止安放身体和童年，还安放着我们的回忆、悲欢……以及灵魂。"

"那离家而走的流浪，到底是一种放逐，还是逃离？"

辛老师皱了皱眉头，好像这个问题触动了他的某根神经似的。

"那你离家奔走，又是为了什么呢，你所唱的远方，到底是什么呢？"同学们穷追不舍，在座的其他老师都不禁笑了起来。

辛老师答不上来了，面对这群无赖的孩子，他一时毫无办法。

大家鼓动着，怂恿着，辛老师无奈地拿起话筒："我再给大家唱首老掉牙的歌，作为我答不上问题的惩罚，这首歌的名字叫《与我同行》！"

"奖赏，不是惩罚！"

同学们闹着，晚会似乎到了高潮。

你是行路人
我也是行路人
一条漫长的路
两颗赤诚的心
只有行路人
最理解行路人
脚下的路越长
心中的爱越深
……

"对，他也是东原人，妈妈和他是老乡！"

我几乎叫了出来。如果他们是老乡，那么他们认识的时间应该推到什么时候？我越想越乱，甚至突然害怕起来，一个荒唐而又让我恐慌的念头爬上心头——难道这辛老师和我之间会存在什么关系？

我不敢再想，我不能再想。我拍了拍自己的额头来阻止那突然袭来的荒唐念头，可事情就是这样，你越想阻止它，它来得往往越凶猛。我腾地站了起来，热血几乎一下子全涌到了脸上，我摇晃着妈妈的手，颤抖着声音问：“妈，你和辛老师……什么关系？”

妈妈看着我，似乎想从我的手里抽出手去，但终于没有抽，只是长长地叹了一口气，幽幽地说了一句：“孩子，你眼看就二十了，长成大人了。妈妈可以告诉你。他、他……他是妈妈的初恋……”

初恋，他们果真是恋人！

妈妈说出这话后，像终于突破了某个关口似的，她的神经一下子放松下来，她终于失声哭了出来：“当年……妈妈……最惨痛的错误啊……”

我的心更慌了，她的回答好像进一步确定了我的推断，我看到了答案似的呆在了那里——如果真的这样，那爸爸，家里那个安静体贴、视我如珍宝的爸爸，难道竟然和我没有什么血缘关系？

我简直要愤怒了，辛梦远的面目在我心里一下子变得狰狞起来。我甚至恨不得一下子飞到他面前，狠狠地抽他几个耳光：“浑蛋！你……你……”

一定是他，辛梦远！最终他抛弃了妈妈，让她痛苦成今天的样子！我恨恨地想。

辛梦远是我高中阶段最喜欢的任课老师，我当了两年的语文科代表。他不只是我的老师，还是我可以信赖的朋友。在我心里，他还充当着长辈的角色，也许正因为如此，我才敢在他面前说话放肆，甚至有时候根本不考虑作为老师的面子。而他呢，不仅从不生气，还总像宠溺孩子一样宠着我，每当办公室的老师们嘲笑他时，他只是嘿嘿地笑着，我知道那嘿嘿的笑声全是对我的任性的接纳、包容和宠溺。他曾经不止一次地跟我说他享受师生间这种亲情般的友谊。有时我就在想，假如我是他的女儿，他是我的父亲该多好。

可是，如果——刹那间，我的愤怒淹没了我对他的所有好感，那个原本高大而又亲切的影子，突然间变得丑陋而又狰狞。我只想冲到他的眼前，用我的脚，我的手，我的牙齿，把我的所有怒火喷射到他那里。

妈妈看着我因愤怒而扭曲的脸，害怕地摇着我的手：“怎么了，闺女？”

我甩开了妈妈的手，几乎咬着牙问了一句：“你说！你和他……我不会是你俩……”

“我那可怜的爸爸啊！”我重重地坐在沙发上，几乎要哭了出来。我的内心突然涌起了一股强烈的怨恨，怨恨辛梦远，更怨恨眼前这个曾经最亲的叫作妈妈的女人。

我觉得他们伤害了我的爸爸，而我的存在，恰恰是他们合伙羞辱爸爸的证明。

“闺女，你咋了？”妈妈惊恐地看着我，那眼神像看一个陌生的怪物。

我把刚才的话又重复了一遍。

妈妈苦笑："说什么呢，傻妮子！你说你妈妈是背着别人的布袋上了你爸的车？"真想不到，她竟然说出了一句如此俏皮的话。

"难道不是吗，你……"

妈妈不说话，把身子往后仰了仰，目光呆呆地盯着天花板……泪水又一次冲刷她的脸。

第二十三章 匪夷所思，辛老师竟是妈妈的初恋

"日子过得真快，二十五年啊，一晃就没影了，唉……"妈妈不理我的话头，自顾自地在那里叹息，"人这一辈子，总共能活几个二十五年？"

"二十五年？你们认识二十五年了？"我望着妈妈忧伤的面容，望着她盈盈的泪眼，问了一句。

"是啊，我们已经分别二十五年。那时我还没你大，一晃眼的工夫，二十五年没了，连个影也找不到了。"妈妈感慨着。

哦，这样的话，辛老师和我没有什么关系啊，我到新年才二十岁呢！

我的脑子飞速地转着，曾经高悬的心放了下来——不论辛老师多么优秀，我都不想因为他，让我的爸爸蒙受半点羞辱。

"那年我十八岁，他十七岁。"沙发里的妈妈幽幽地说，完全沉入了回忆。

我吃惊地发现，四十多岁的妈妈脸上竟然现出一抹小女孩般的娇羞。虽然她的眼角早已爬上了细密的鱼尾纹，乌黑的头发早已夹杂着根根银丝，但当她忆及当年的青春，嘴角微微上扬的时候——比如此时，那温柔中夹着甜蜜，甜蜜中混着忧伤，忧伤中带着幸福的样子，宛如情窦初开的少女！

我第一次意识到爱情既不会选择也不会排斥哪个时代，她更不是年轻人的专属品，即使在极端愚昧、落后的年代，也没有谁能真正遏制爱情的产生。而在今天以前，我一直认为妈妈这样年龄的人根本就不懂什么爱情，她们身上永远只有厨房的烟火味，琐碎的日子早把他们腌制成酱油颜色……

我为自己的感悟而激动，心里似乎有一种明亮的东西在闪耀，有一股汹涌的浪潮在翻腾——关于青春，关于爱情，关于生命……

“人生才是你最该精读的一本书。”

感谢上苍，今天，我终于有点明白这句话的含义。

读大学一年级的我，马上跨入二十岁的门槛，今天在妈妈的身上发现了一门最深奥也最有价值的学问，它们不是来源于文字，也不来自哪个圣哲贤人。

“你们是同学，对吗？”

“是的，同学。在刷锅……”

“刷锅？”我一愣，疑惑地望着妈妈，“在刷锅？”

我怀疑妈妈又陷入了恍惚，同学和刷锅能扯上什么样的关系呀，真是的，妈妈，可怜的妈妈。

“那是我们学校的名字。那年，我们在那儿复读，准备考中专。”

哦，好奇怪的名字。中专，好陌生的字眼！

“考不上高中的才分流，中专还用考？”我好奇。

“那时的中专可了不得。最好的学生几乎都考了中专，毕业就分配工作！”妈妈瞥了我一眼。

“他是插班生，插班第一天，他就和班主任吵了一架。”

第一天就和班主任吵了一架，这得是什么样的学生？这辛老师怎么从没和我们提过这事，难道他也怕遇到这样的学生吗？同时，我心里也有一种声音嘲笑着妈妈：他去了第一天的事你都记得，连细节都那么清楚，二十五年过去了，难道辛梦远和班主任吵架的情景一直留在你的脑子里吗？

“以前你们不认识吗？”

“不认识。我们不在同一个乡镇，他是插班的外来户。”

我想象不出当年的辛梦远什么样子，但我可以想象他吵架发脾气时的那种神气——他可算不上好脾气，我们大家都知道。

“什么时候你们就喜欢上了对方，妈妈？”

妈妈不语，眉目之间全是清亮的温柔，在那柔软的明媚里，含着女人最幸福的娇羞。

天哪，我从来没有像今天这样认真地观察妈妈，一直以为妈妈就是长在厨房里招呼油盐酱醋的那一个，蹲在洗衣盆前招呼一家人衣服被褥的那一个，刷盘子洗碗的那一个，擦桌子抹板凳的那一个，风里雨里摆摊与零钱碎钞打交道的那一个，伺候一家老小喂药喂饭的那一个……她是清洁工，是保姆，是警察，是医生，她几乎什么都得干，什么都能干。可我恰恰忽略了她也只是个女人，要人疼、要人爱、要人保护的女人！

直到今天，我才惊讶地发现，妈妈竟然还有如此浪漫的情怀，还有如此花前月下、卿卿我我的故事，而拥有这些故事的妈妈，原来也曾经是少女！

对，就是少女。被爱情滋润着的女子，被幸福包围着的女子，被憧憬和甜蜜宠溺着的女子，即使皱纹满面也能活成少女的样子。

“你们是怎么喜欢上对方的，妈妈？”我又一次问到。

“说不清。”妈妈摇着头，身子伸了伸，坐正之后，她的手轻轻地拍了拍我。

我还想问得更仔细一些，想问一下辛梦远当时怎么向妈妈表白的，可妈妈笑着摇头，不再接我的话头。

哼！还秘密呢，总有一天我会弄个清清楚楚。我心里想着，嘴里又问了一句：“那年你们多大？”

“我十八，他十七。”

哦，十七八岁，这正是我们上高三的年龄，那一年妈妈为备考中专复读，竟然有了刻骨铭心的爱情。

我今天才明白，她不只是我的妈妈，她和我一样，还是个渴望爱情与浪漫的女人。

陷入了沉思的我，呆呆地站在那里，那傻傻的样子一定特别滑稽！我生怕这天赐的火花会瞬间消失——妈妈是我的妈妈，但更是她自己！

像沉寂的天空一道刺目的闪电撕破了乌云，像迷茫的旷野里突然找到了前进的方向，我的心一下子亮堂起来，我的脸色也立时柔和了许多，就在刚才我还满腹怨气，想着质问、争吵，不讲理地撒野耍泼。但此时我安静地坐了下来，我有什么理由去评判妈妈的过往，我有什么理由责备辛老师和妈妈之间那份甜蜜或者忧伤的爱情？

我不是他们，我不了解他们那个时代和当时的生活，即使他们中的哪一个做错了什么，伤害了爱情，岁月已经给他们太多的安慰。

我能做的，只是作为妈妈最亲的女儿，静静地倾听——如果她愿意告诉，或者默默地等待事情最后的结局。在妈妈和爸爸之间，在妈妈与她的初恋之间，在妈妈那浪漫或者苦涩的青葱岁月里，我只是个外人！

“你怎么了，一副傻样儿？”妈妈看我发呆的样子，知道我肯定又在胡思乱想。从我小时候起，她就不止一次地笑话我脑袋瓜子分裂，大天瞎琢磨一些乱七八糟的念头。

“我在……想……你……你们……”

妈妈倦了似的伸了个懒腰，好像集市上的偶遇消耗了她很多精力。

“说说他吧，凤儿，说说他……你的老师……”

妈妈的话似乎很虚浮，却又分明带着急切和期许。

此时，我的脑海里又浮现出辛老师，浮现出菜市场他与我妈妈意外相逢的那一幕。唉，刚才还如兔子逃离猎狗似的拼了命地挣脱，这会儿又想知道他的故事……

人啊，难以解释的人啊！

辛老师是个有故事的男人，这是同学们对他的一致评价。他一定有着非常丰富的经历，一定有着令我们这些春情萌动的少男少女最感兴趣的爱情。只是即使我的想象力再发达，也从来没有想到他的爱情竟然和我的妈妈有关，更没有想到他那种令我温暖却又总觉得莫可名状的关怀，最有可能的原因竟然是我身上有着他无法忘怀的恋人的影子！

天啊，人啊，生活啊！

“他，很好，有学问，很受欢迎……”我实话实说。

“当年他就那么聪明，肯定有学问！你不知道他才入班的时候，各科成绩几乎都是倒着数，可学了不到三个月，所有科目他几乎都是第一！”妈妈的夸赞毫不掩饰，语气里透出骄傲。这让我心里又浮起一种淡淡的不快，她何时这样夸奖过我的爸爸？唉……

辛老师真正让我们折服，其实从一堂诗歌欣赏课开始。那也是他给我们上的第一堂课。

辛老师的诗歌欣赏从李商隐的《无题·相见时难别亦难》开始。大家对这首诗都特别熟悉，因而当辛老师黑板上出现诗歌的题目后，大家就不约而同地背诵起来。

辛老师微笑着夸了一句，用的是轻松略带调侃的语气：“这么熟啊，天下情种是一家，人生何处不相逢。”

大家都笑了，为辛老师这善意的幽默。

“都说诗为心声，任何作品的背后都隐藏着人生，不同的人生际遇会形成不同的命运，而这种种际遇一定会以某种方式在诗人的心里投影留念，然后诗人又会因为某种外界的触发而形成文字。所以说，我们在欣赏诗歌的时候，一定要学着去寻找诗人的影子，学着用自己的心灵去碰撞诗人的心灵，至于技法，那倒是第二位的东西。”辛老师顿了顿，扫视了大家一眼，“我这样给大家江湖卖艺似的卖膏药，肯定有些同学开始不服气，你看，有些同学已经开始放射出一种叫做‘白眼’的东西，其实我更喜欢的，是你们的‘青眼相加’。”

我当时感觉他很油滑，说话一串一串的，心想这样的人本事很可能全在嘴上，肚子里未必有真东西。

但他的玩笑还是让大家笑了起来，这一番开场白让大家领教了他敏锐的观察力，对课堂的掌控力以及言辞的战斗力。

“相见时难别亦难，我现在请大家考虑一个问题，你对这个‘难’字是如何理解的？”

大家七嘴八舌地议论了一番，然后几个同学稀稀拉拉地发言——在高中的课堂上，出现这种情况很正常。大家课下也经常说上小学和初中的时候傻小孩一个，上课时为了回答问题恨不得把胳膊举到天上，恨不得站到凳子上让老师点名，浑身冒傻气。年龄越大，年级越高，举手回答问题的越少——也许这就是成熟和矜持？

辛老师赞许地点了点头。大家渐渐地安静下来，听他有什么高明的见解。

“大家理解得不错，但并不完整，当然这和同学们的生活阅历有关，我只是提醒大家在欣赏诗歌的时候要把自己代入诗歌的情景中，把诗歌还原到特定的时代和人物的经历当中。‘难’不只是有情人相见的困难，也不只是热恋当中的难舍难分。我个人认为在这茫茫人海当中，能够相见本身就是一种缘，也许你与某个人根本就不会相见，也许你与某个人擦肩而过，也许你与某个人朝夕相处，也许你与某个人只能遥遥相望，‘相逢何必曾相识’，你与他相遇了，而在相遇的瞬间，双眸对视的刹那，内心突然就涌起一种莫名的激动，一见钟情，两情相悦，‘心有灵犀一点通’，这就是爱情的起源。所以说，这前一个‘难’首先应该是难得，于千万人中，偏偏能够遇到你，这是不是一种‘难’？也许只因为这一眼，你就俘获了一颗心；因为一个人的存在，你可能就爱上一座城市，这是不是上天赐给你的难得的福分？按目前时尚的话说，爱上一个人可能只需要一秒，忘记一个人却要耗费你的一生，这种‘难’值不值得珍惜？”

大家频频点头，深以为然。

“相爱也许很容易，但更可能很难。不是所有的爱情都有美好的结局，不是所有的真诚都会得到回报，不是所有甜蜜都能得到别人的祝福。”

辛老师停顿了一下，环视教室，教室里特别安静。

“爱一个人也是如此。爱了，却不一定最后走到一起。”说这话的时候，他的声音低了许多，语速缓慢了许多。

“陆游和唐婉的爱情大家肯定都知道，在座的很多同学可能都会背诵《钗头凤》，你能说陆游与唐婉之间不是爱情吗？可在他们之间却偏偏横着陆游的母亲，她同时还是唐婉的亲姑呢，最后怎么样？相爱的人却不能长相守，陆游被迫休掉了唐婉，眼睁睁地看着自己深爱的人被母亲赶走，这又是什么样的苦痛？‘一怀愁绪，几年离索。错！错！错！’这是何等的沉痛？”

辛老师说到此处，似乎完全陷入了诗歌的世界，似乎此时的他不再是他，而是陆游，那被拆散的爱情似乎不是发生在遥远的宋朝，而是发生在他的身上！他的脸上蒙上一层浓得让人心碎的忧伤！

我们一下子被他的神情所感染，内心里突然有一种酸酸的东西在涌动。

“爱情不能被祝福，恋人被无情地拆散，这是一种什么样的痛？没有经历过爱情的人肯定难以体会。分离七年后，两人各自成家却于沈园偶然相遇，在他们内心里又涌起什么样的悲伤和哀痛？我们也只能从他们的诗词里寻找答案。”

幻灯片上出现了陆游和唐婉的《钗头凤》，大家情不自禁地读出声来。

“大家总想问爱情是什么，我也不知道爱情到底是什么，爱情大概就是忧伤中的甜蜜，甜蜜里的忧伤。明明相爱却不能相守，明明相思却无法相见，‘悲莫悲兮生别离’，还有什么能比这种遭遇更让人心痛？唐婉死了四十年之后，陆游也已经垂垂老矣，但当诗人重访沈园，白发苍苍的他依然难以忘怀那个令他魂牵梦绕了一辈子的影子。”

幻灯片上又出现了《沈园二首》。

大家的心一下子沉静了许多，细心的同学发现辛老师嘴角痛苦地扯了几下，似乎刻意要隐藏什么，他似乎在努力平复着自己的情绪，似乎要生生地把泪花挡在眼眶里……

那一堂课，辛老师讲了许多，从李商隐的柳枝恋，陆游与唐婉的表亲恋，梁祝化蝶，焦仲卿与刘兰芝自挂东南枝，甚至讲到了神话传说中的牛郎织女，我们不光听了许多故事，记下了一首首与爱情相关的诗，更感受到了爱情的千古魅力……

那一堂课，他彻底地俘获了我们。在我们女生宿舍里，他还成了当晚夜话的主题。

“辛老师肚子里诗真多，信手拈来，侃侃而谈，当一个这样的语文老师真潇洒！”

大家点头，附和着：“确实，肚子里有货。”

说实话，作为高中老师，真正获得同学们的认同并不容易，高中生毕竟不是小孩子，两三堂课下来，一个老师到底有多少斤两，大家心里也就有数了。

“你说辛老师帅不帅？”

有时，我们女生很容易八卦，尤其对感兴趣的新同学或者新老师。

有人说帅，有人说不帅，各执一词。

“‘帅’这个字很难定义。如果单论外表，嘿嘿，我不怕得罪某些芳心乱动的美女啊，他真算不上帅，虽然个子不矮，但也谈不上挺拔，脸上肌肉太板，线条太硬，一点也不柔和，不帅！”

嗬，这简直是鉴赏家的评判。

“你这是典型的外貌协会，花痴深度患者，花心大萝卜系列，备注，女。”

另一个人不同意了，撇嘴，引起战火，整个宿舍眼看着越来越热闹。

“不能光看外表，魅力不仅仅是样子，其实更吸引人的是内涵，是只属于一个人的独特气质。你可以说他不漂亮，但我觉得这样的老师很帅！”

又是一阵子嘻嘻哈哈。

“大家难道没有注意他今天讲课很有点失态吗？就算是投入和沉醉也不至于这个样子吧？”

一语惊醒梦中人，大家恍然大悟似的若有所思。

“他一定有过非常丰富的爱情经历，你看他讲课的时候那神采飞扬的样子，那黯然神伤的样子，我不知道他曾经遇到什么样的女子。”

我默默地点了点头，赞同这句话，此时的我恰恰在想这个问题，辛老师年轻的时候曾经遭遇什么样的爱情故事，又是谁如此长久地驻扎在这个男人的心里，是他现在的妻子吗？如果不是，那又该是一位什么样的女子？

后来的一个雨夜，风、雨、雷电交加的夜晚，成为我们那一班学生无法忘记的经历。

作为班主任的辛老师正在讲台上进行生活指导，窗外突然雷雨大作，狂风骤起，“啪”的一声，全校停电，教室里顿时一片黑暗。

这种情况很少见，只有少数同学从桌洞里拿出了蜡烛，微弱的烛光给整个教室带来一种特殊的气息。

课显然是没法正常上了，于是有几个调皮的家伙在座位上提议：“讲故事吧，老师？外面雷雨交加，屋里讲故事！”

是的，我们都特别爱听辛老师讲故事，他讲的每一个故事都能给大家带来崭新的感受——他的语文课堂，充满了故事，连他自己都自嘲：“我这教语文的，怎么像江湖卖艺的呢，成天胡吹海侃，老天保佑，别把你们这些小子、妮子们带进了沟里。”

大家就笑，课堂顿时成了欢乐的海洋。

我们都欢迎他这样的“江湖艺人”，尤其喜欢他那些穿插在课堂里的故事，还有信手拈来的典故和优美的古诗词。

我们不担心语文成绩，在他的故事里，我们的成绩注定会像夏天的野草那么茂盛，一天一个样子。

“讲你的故事，老师，讲你的故事！”

“对，那天你答应了，你欠我们一个自己的故事！”

“好奇害死猫，非要讲吗？”

“讲，必须讲！”大家起哄鼓掌。

他嘘了一声，小声开了句玩笑：“小心招来校长……”

大家笑得更欢了。

“不就是想听爱情故事吗，对隐私感兴趣……”辛老师撇了撇嘴，昏暗中都能感受到他的揶揄。

“我的青春，充满忧伤。”

辛老师一开口，腔子里似乎就往外喷涌着伤感的情绪：“没有哪个人的青春会缺少故事，只是我的爱情……”他的话一下子卡在那里。

他在讲台上踱着步：“我必须先亮明自己的观点，这个观点不光代表着老师的立场，还包含我作为你们的长辈的一些认知。我希望大家能够明白，爱情美好，但它并不全是甜蜜。十七八岁的你们，我真诚希望大家不要过早地去碰触爱情，如果你真喜欢一个人，也最好默默地把这份感情种在心里，让它在未来发芽成长。

“我的初恋，概括来说就是三个短语，一首诗，一首歌，一个欧亨利小说的结局……”

那晚雨一直在下，刺眼的闪电在窗外撕扯，夏夜的响雷时时让女生叫成一团，雨点击打着窗前的树叶，“噼里啪啦”的声音，一下一下地敲打在我们这群十七八岁的少男少女的心坎上……

听着辛老师讲述，我眼前似乎出现这样的画面：男孩和女孩，共骑一辆破旧的自行车，男孩子向前倾着身努力地骑着车，而女孩子坐在车子的后座上，两腿调皮地摇摆着，嘴里唱着欢快的歌……

“每当想起爱情，我都会第一时间想起这首歌，想起她教我唱歌的样子……”

“什么歌，老师？”大家异口同声。

辛老师在讲台上竟然唱起了歌。大家既没有欢呼起哄，也没有交头接耳，整个教室如此安静，每一个人的心似乎被他的歌声带入了一个神秘的世界，一种湿漉漉的情绪升腾在每个人的内心里。窗外雷雨交加，淋湿的不光是树、山、房屋和大地，还有一群十七八岁的少年的心……

树上有个童话在摇呀摇
树上有段记忆它飘呀飘
树上有个秋千在睡午觉
树上有个知了在叫呀叫
让我为你轻轻地唱首歌
让你为我再把这秋千摇
虽然往事已经是那样缥缈
那片阳光依然在蹦蹦跳跳
……

我们恍惚了，忘记了自己置身于教室里，眼前俨然是一位顽皮可爱的少女坐在秋千架上，两手扶着绳子，两只脚不停地摇摆，明媚的不是春光，而是女孩子微笑的面庞。她唱着歌，而那个男孩子站在秋千架旁边，看着唱歌的女孩，满脸的笑意，傻瓜似的站在那里……

我似乎看到了当年的辛梦远，在拥挤不堪的教室里，在课间大家嬉戏的时候，前面的长发女孩扭过头来，顽皮的眼睛里满是笑意，一句一句地给他唱，教他……

当年的辛梦远变成了现在充满忧伤的辛老师，他心中的那位长发女孩，又去了哪里？

辛老师还在那里唱着，有几个女生几乎要哭出声来。

窗外的闪电，屋内的烛光，噼里啪啦的雨点敲打着窗子，一个四十多岁的中年男人好像忘了自己似的唱着歌……

那一夜，我的青春下起了雨。

“不可轻易地触碰爱情，可一旦爱情来临，人人都要珍惜。”

耳边又传来辛老师的叮嘱，我坐在沙发上，紧紧地挨着妈妈，而我可怜的妈妈，似乎依然沉浸在回忆里。

“相爱不容易……”我似乎看到辛老师黯然神伤的眼睛。

“妈妈，你们最后为什么……没走到一起？”我突然想哭，既不是为辛梦远，也不是为了妈妈，而只是因为内心的某种难言的情绪。

“唉，别说了，凤儿，不提这事。”

“那一定是你没有考上，然后他考上了，是不是？”

妈妈痛苦地摇头。

“不是……不是……不是你想的那个样子……”

“那是怎么了，妈妈？”

妈妈再也不说一句话，她把脸深埋在捧着的两手里，肩膀在痛苦地颤抖。

我搂着妈妈的肩膀，摇着她，安慰她。

“他也没有考上，我们都没考上……可他平时总考第一……”

第二十四章 小重逢，大人原来是孩子

第二天早晨我起得很晚。自从高考结束，我每一天都睡到自然醒，虽然妈妈喊急了也会骂几声，甚至会推开房门作势去掀我的被子。

可几次交锋下来，输的当然是妈妈。最后她也就放任我了，嘴里恨恨地叨叨着：“懒猫，真不知道你在大学里怎么混！”

我嘿嘿傻笑，故意气她：“怎么混你也管不着，反正你没那么长鞭子。”妈妈当然不会真生气，有时我甚至觉得她的所谓生气倒有点宠溺的矫情。

这不，她早早地做好了饭，忙完了自己的事之后，坐到了我床前，喊我起床。

“你们到底是什么原因分开的啊，妈妈？”我揉着惺忪的眼，还没忘昨天的话题。

“起床，洗脸，刷牙，收拾床铺！”妈妈板着脸，努力做出严肃的样子。

“你说嘛，你边说，我边起，好吧？”我撒着娇，讨价还价。

妈妈不说话，脸色木然，摇头。

我怀疑是辛梦远抛弃了妈妈，事情在这儿明摆着，妈妈没有考上学，他最后考上了，成了重点高中的老师，还用说什么呢！他一定是嫌弃妈妈，然后在大学里另找新欢了，这样的“陈世美”不是太多了吗，不然为什么妈妈一提这件事就痛苦万分呢？

“哼，一定是他丢下了你。小人，伪君子，卑鄙！”我恨恨地骂，心目中原本高大的辛老师形象轰然倒塌，变成虚伪、势利、冷酷无情的“渣男”。

“小孩子家家，胡说些什么，你什么也不知道！”妈妈看我恼怒的样子，不由地生了气。

“哼，明摆着的事，看你没考上，鬼都知道什么事。卑鄙！”我依旧恨恨的。

“根本不是你想的那样子，全怨我！”妈妈急得要吼。

我赶紧拉着妈妈的手，边安慰边道歉：“别急，妈妈，别生气！”

妈妈坐了下来，两手不停地拍打着膝盖，似乎内心有说不出来的悔：“全怨我……全怨我！”

我们母女二人坐下来，妈妈正想开口给我讲述当年的故事，我的手机突然响了起来。

早不响，晚不响，偏偏这时候响，我简直要把手机摔在地上。

是辛老师的电话！

他这个时候打电话有什么事？肯定是为了妈妈。

我捂住听筒，小声对妈妈说：“是他，他打来的，接不接？”

“接啊，什么事啊？接。”

我接通了电话，辛老师的声音传了过来，妈妈静静地坐着，半侧着身，似乎想捕捉手机里传出的所有声音。

“小凤，你妈没什么事吧？”

“她会有什么事啊，好着呢，没事。你……”我语气淡淡的，故意停了一停，把手机往妈妈脸前晃了晃，对着妈做个鬼脸，吐了下舌头。

“我想问问你妈今天忙吗，如果方便的话，我们找个地方吃顿饭吧，见个面。”电话里顿了一下，他似乎觉得有什么不妥，紧接着又说一句，“老同学了，几十年不见，想聊一聊……你也去……”

我也去？

但我一下子明白了他的意思。

妈妈有些紧张，对我摆着手。

虽然妈妈不停地摆手，但她的神情暴露了她内心的秘密，我从她的眼睛里读出了犹豫、矛盾，甚至还有隐隐的期待。

“辛老师，我一会儿问问我妈，再给你回过去，好不好？”

“好。我等你电话。”

我正要结束通话，那边的声音又从话筒里传了出来：“你转告你妈，我今天给她带个熟人。”

“熟人？什么熟人？”妈妈下意识地嘟囔一句。

我起床，洗漱，然后母女二人坐下来吃饭。

妈妈显然被这个电话搅得没了吃饭的心思。看她心神不定的样子，我用筷子不停地敲打着碗边提醒她——她是最烦敲碗边的，不止一次地对我说，女孩子一不能倚门框，二不能叉腿坐，三不能敲碗边，还说什么沿街要饭的乞丐才敲碗。

早饭吃得非常潦草，妈妈几乎没吃，馒头咬了两口，菜一点没动，只喝了一碗粥。我想劝也没用，索性没再说什么，就动手收拾碗筷。

妈妈也站起身，帮着收拾，我连忙制止了她：“你别动，心不在焉的样子，我怕你打碎了碗。”

她听出我在嘲笑她，瞪我一眼，骂道:“熊妮子，越大越不像话了，开你妈的涮！”

“你们见不见啊？”

妈不点头，不摇头，犹犹豫豫。

“算了，我给他回话，说不见，没心情！”我嘴里说着，便从兜里往外掏电话，做出要打电话的样子。

妈妈慌了，赶紧过来拉我的手：“慌什么啊，毛手毛脚，没点安稳样！”

我哈哈大笑。妈妈这才知道我故意逗她，顺手拿起鸡毛掸子，作势打我。我边跑边做鬼脸，气她。她一直撵我到门外，追不上我，无奈地站那儿了。

“打啊，打啊，我可真打电话了！”我笑着，气她。

她扔掉掸子，坐回屋里的沙发上，嘴里唠叨着:“打吧，打吧，你赶紧滚回学校去，滚回你的北京去！”

我拨通电话：“喂，辛老师……”

妈妈悄悄站起来，怕我看到她，身子凑到屋门口，竖着耳朵听。

“我妈说她没事，你请客吧。”

“好啊，当然是我请客！你们定个地方，找个像样的饭店吧，我们这就过去。”

我望着妈妈，朝她做着鬼脸：“嗯，那就去七里香酒馆吧，我们在那里等你。”

“七里香酒馆？好，你把位置发过来。”

“吃饭还找不到地方啊，你自己找！”我调皮地笑他，结束了电话。

“你对谁都没大没小的，发给他位置吧。”妈妈不生气了，“他又不知道地方。”

“你怎么就知道他没来过？放心吧，他们当老师的，还能找不到地方？”

不到一小时，我和妈妈正在酒馆里忙活的时候，辛老师他们来到了酒馆。

“哟，刘小凤，你们来得够快的，一听有饭吃，颠颠地就过来了。”辛老师像往常一样，远远地见了我，便开起了玩笑。

妈妈迎了出来：“来了？”

故作轻松！打辛老师一进门跟我开玩笑，我就看出了他故作轻松，妈妈这一句问候，更印证了我的判断。

“来了，你看我带来了谁？”

辛老师身后闪出两个人，一男一女。男的个不高，脸黝黑，胖胖的，肚子颇有气势；女的个子和妈妈差不多高，头发微微烫过，身材挺苗条，白净的脸上戴着一副墨镜，遮住了半个脸。

辛老师看着妈妈笑，那黑脸也咧着厚嘴唇看着妈妈笑，不开口，也不往前迈步。

“牛波！你是牛波！牛三皮！"妈妈惊喜地叫了出来。

来人笑了，露出满嘴白灿灿的牙：“牛三皮，如假包换！”

两人握手，使劲摇着对方的手，久久没有松开。

“你这眼够毒的，快三十年了，还能一眼认出俺来。”

“刷锅二宝，你这张脸好认，哈哈！”辛老师大笑，妈妈大笑，黑脸男人也大笑。

“那你能认出她来吗，韦一巧？”黑脸男人把那墨镜女推到妈妈眼前。

妈妈端详了好一阵子，前前后后地看，上上下下地瞧，不点头，也不摇头。

“韦一巧，你敢不认我？”那女人一下子把墨镜摘下，“你要还认不出，俺扭头便走！”

妈妈一下子扑了上去，紧紧地抱住了她。

两个身子在颤抖，颤抖着拥抱在一起。

“小红，余小红！你是余小红！”

“巧，一巧，韦一巧！”

两个男人站在一旁咧着大嘴傻笑，看两个女人抱成一团又笑又哭的样子。

他们的眼角，分明挂着泪珠。

“哪个房间啊，咱先进去吧，别在外面傻站着，哭得一把鼻涕一把泪的，还守着孩子呢！”黑脸男人倒一点也不客气，反客为主地招呼着。

一股暖流在我心中泛起，我微笑着，引他们进房间坐下。

“你们怎么来了，天啊，惊死我了，小红！”

“‘五一’小长假，别的地方舍不得去，就跑辛大老师这里蹭饭。”黑脸笑着。

“什么辛大老师，呆子！还是呆子！”那紧紧攥着我妈妈的手的女人大声说。

辛老师尴尬地望了我一眼，他一定是因为这绰号被我知道而不好意思了。

妈妈攥着小红阿姨的手，晃来晃去，小红阿姨脸上挂着泪花，嘴角漾满了笑意：“俺可是昨天就来了，在他家呢，本来今天要回去的，可听他说在集上遇见了你……”

妈妈看了看小红阿姨，又看了看黑脸男人，惊疑地说：“三皮，你们？你们是一家？”

“可不能喊我三皮了，韦一巧，小心我给你的闺女告黑状。”黑脸男笑着表达不满。

“人家三皮现在是副校长了，刷锅中学的业务一把手，是不能叫三皮了，对吧，牛校长？”辛老师坏笑，又指了指小红，“这位是牛夫人，副校长夫人，余小红。”

我在一边站着，看着他们四个人，全然没有大人样子——这一会儿，别说他们是什么校长和老师，简直就是一群孩子，完全没长大的孩子。

妈妈拉着我的手：“凤儿啊，这是你红姨，这个是牛叔叔……”

黑脸男不乐意了：“可不能叫叔叔！闺女，老老实实叫大爷，牛大爷，你大爷是老黄瓜刷绿漆，再刷几层也不嫩了，叫大爷！不对，也不对，韦一巧，好像应该叫舅舅，呆子的闺女才叫我大爷！”

“牛魔王大爷，那铁扇公主余小红，是叫姨还是大娘？”辛老师笑。

“呆子，滚一边去，你不是说小凤是你的学生吗，有你这样当老师的吗，真担心这三年你怎么教的孩子。”

“哈哈哈哈……”我一听他们叫辛老师呆子，实在忍不住了，笑得腰都直不起来了。

“笑什么？”

他们四个大人止住了笑，看我笑得疯癫癫的样子，满脸好奇。

“我们同学背后也都喊他呆子，夫子……”

同学们经常给任课老师起外号，象形会意，群策群力，每一个外号都凝聚着集体的力量和智慧。辛老师之所以被称为“呆子”和“夫子”，完全是因为他身上的书生味，有点呆，冒着傻气，可我总觉得他的书生味后面，隐藏着某种痞痞的东西。

“全怪你，牛三皮，一个‘呆子’安我头上，一辈子也摘不去了。”辛老师抱怨。

“还记得当年我们去县城考试的事吗，老牛？”辛老师问。

牛波一愣，不知道辛老师为什么突然提起这个问题。

“某些人放着老爹的车子不坐，非得和男生们混在一起……”辛老师歪头望了眼余小红，嘴角漾着坏坏的笑，“而某些人呢，驮着姑娘，得意地把车子蹬成一股风……哈哈，我说过一句猪八戒驮媳妇，没想到还真把媳妇驮到了自己家里。”

小红阿姨脸一红——这个年龄的女人羞红了脸，更有一种说不出的美丽。

“还有这事？”妈妈惊讶地看着牛波和余小红，向小红求证。

“你这呆子！还记得当时我骂你什么了吗？猪九戒！”余小红笑着，挥拳就要抡过来，几个人笑成一团。

“那年考中专，老吕带队，大家骑自行车去县城考试，你没跟大部队在一起，当然不知道。”辛老师给妈妈解释。

几个中年人挤在一起，原本能坐十多人的房间，他们非得蒜头一样围在一起。我提来水，沏好茶，给他们分别倒上茶。

“你这大学生也该回校了吧？”辛老师喝着茶，笑着问我。

“后天，一周的假期呢。”不知怎的，自从知道他和妈妈的关系后，我和他说话反而不像以前那样随便，倒也谈不上生分，更说不上什么警惕，只是内心很自然地就砌起了一座很微妙的高墙，这很让我惊奇。

“七里香，好浪漫的名字，这老板还挺文艺。”牛大爷感慨着，环顾房间的装饰。

“早听同事说有个七里香酒馆，他们都夸布置得挺雅致挺有情调的，可惜我没来过。”随着牛波的目光，辛老师一边说，一边也把目光停留在房间的装饰上。

墙上贴着壁纸，淡雅的几朵花为背景，几句诗为主题。

牛波不由地出声念了出来：

翻开那发黄的扉页
命运将它装订得极为拙劣
含着泪我一读再读
却不得不承认
青春是一本太仓促的书

“哦，这是席慕容的《青春》啊，这个酒馆有意思！”他脱口而出。我不由地多看了他一眼。

“惠特曼、聂鲁达，可是你牛大爷当年的最爱，牛大诗人呢。”辛老师扭过头来，对我说。

“港口已经不远，钟声我已听见，万千人众在欢呼呐喊，目迎着我们的船从容返航，我们的船威严而且勇敢……”

我正要嘲笑辛老师卖弄，牛波的声音竟然加了进来：“可是，心啊！心啊！心啊！哦，殷红的血滴流泻，在甲板上，那里躺着我的船长，他已倒下，已死去，已冷却。”

两个男人忘情地朗诵着惠特曼的诗，还各自做着手势，完全像两个滑稽的小丑。

妈妈和小红阿姨看着这两位小丑，脸上竟然没有丝毫嘲笑的表情，像想起了什么似的痴在那里。

这牛波真有意思，还真不把自己当外人，我心中暗道。

“呆子，你竟然真的没有来过？”

辛老师摇头：“半次也没来过。”

正巧，服务员推门进来，问妈妈：“老板，房间真不外订了吗，有客人打电话订房呢。

“不订了，今天休息，只这一桌。”

服务员答应着，看了来客一眼，转身往外走，边走边小声地嘟囔：“有钱不赚……”

“这是你的酒馆？”牛波和辛老师惊讶万分，不约而同地站了起来。

妈妈摆手：“混饭吃，总得找个营生活着吧，不然怎么养活一家老小，怎么供闺女上学？”

“这还叫混饭吃，老板？不行，今天这饭可得狠狠吃，吃完不结账啊。”牛波嘴里不停地说着，脸又转向辛老师，“你真一次也没来过，呆子？”

“半次也没来过。”

“你可真是个呆子！呆子！”牛波满脸“朽木不可雕，孺子不可教”的恨铁不成钢的表情。

妈妈爽朗地笑着：“尽管吃，管你够，三皮，没欺负我家小红吧？”

牛波的手摆得风中荷叶似的：“不敢不敢，借我一万个胆也不敢。”

余小红含笑不语。

“你们姐俩先聊着，我和呆子得好好参观一下，闺女，来，领着大爷去参观参观。”

我领着他们两人到各房间逛了逛。这个酒馆原本是木器厂的仓库，独立小院，还有一个门卫室，后来木器厂不景气，这个仓库便一直荒着。妈妈把它租了下来，签定了长期合同，一番改造后，变成了现在的样子。

记得当初起名的时候，妈妈还征求过我的意见，那时我已经上初三，便给她搜寻了一大堆名字。可她最后一个也没相中，非要命名为“七里香酒馆”。我撇嘴，酒店多有排场啊，一说酒馆，总觉得有种上不了台面的寒酸与小家子气。我为此还和她辩论了一番，妈妈辩不过我，手指轻轻地点着我的额头，笑着说：“酒馆，就是酒馆，小老百姓下馆子。你不懂……”

酒馆总共六个包间，每个包间都有一个独立的名字，正对院门的大三间装成一个开放的厅，两排桌，每桌放着两排连帮木椅，适合三四个人喝小酒扯闲。

每个房间的布局几乎是一样的，风格当然也一致，不同的是墙上的画配诗。每进一个房间，牛波和辛老师都会把目光停留在墙壁的诗上，站到墙前，小声地念出来。

在“相遇”那个房间里，壁纸上一轮淡淡的月，照着朦胧的天地，在壁纸的一角，是一棵树的老干，而配的诗是《悲歌》：

今生将不再见你
只为再见的
已不是你
心中的你已永不再现

再现的只是些沧桑的
日月和流年

“莲的心事”那个房间壁纸上则是一方池塘，几朵亭亭的荷，半开着的荷花，在风中摇曳，配的是《爱的名字》：

爱原来是没有名字的
在相遇前等待就是它的名字

而在“回眸”间，壁纸的底色是青色的天空，浮着一朵轻轻的云，一位少女站在空旷的原野，抬头凝望着天空，配的诗是《错误》：

然而这不是随便传说的故事
也不是明天才要上演的戏剧
我无法找出原稿
然后将你
将你一笔抹去

最后，我们来到了“华年”间。他们进了房间，直接站到了壁纸前，默默地对着画，对着诗，两个人读着诗，对视了一眼，目光里有种很奇怪的东西，像雾，似烟，带着潮湿。我分明看到又一条河流穿过田野，空气里弥漫着一种忧伤的情绪。

一层是一种挣扎
一层是一次蜕变
而在蓦然回首的痛楚里
亭亭出现的是你我的华年

“孩子，你告诉我，这些诗和画是你选的？”

“不是。”我摇头，“全是我妈妈自己选的，酒馆的名字倒是问过我，最终也是她定的。”

两个人几乎同时叹了一口气，怅然地摇了摇头。牛波分明想对辛老师说什么，可他扭头看了我一眼，什么也没说。

“一巧，你这酒馆布置得可真雅致，在这小城里大概独一份了吧！”牛波和辛老师回到妈妈所在的房间时，他们已经抹去了进屋前的情绪，牛波高声大嗓地对妈妈说。

不论是牛波、辛老师，还是余小红，他们对彼此的称呼很随意，比如对妈妈，有时是连姓带名一起叫，有时叫“一巧”，有时干脆直叫“巧儿”，叫得爽快，而妈妈答得也脆生。看得出，妈妈当年的人缘很不错，他们之间应该有很多我想知道的故事。

笑着，闹着，唠一会儿家常，扯一阵孩子，可他们似乎刻意地躲着什么——后来我一下子就明白了，他们原来是想躲着我，不想谈当年妈妈与辛老师的故事！

那顿饭吃得很长，在我十九岁的生命中，应该是耗时最长的一顿饭吧。

四个人都喝了不少酒。小红阿姨原本说不喝酒的，可架不住辛老师的撺掇——我今天又领教了辛老师的另一面：犀利，皮厚，损人根本不用考虑，甚至带点并不让人讨厌，反而让人温暖和快乐的轻浮！

妈妈也一再怂恿着小红阿姨：“咱今天不喝别的，红的，啤的，统统不喝，只喝白的！”

最后的结果是打开的红酒除了我喝了一杯，别人一滴也没动，白酒却喝光了三瓶——天哪，两男两女，四个人，竟然喝干了三瓶白酒，我从来想不到妈妈竟然这么豪爽，脖子一仰，完全像个爷们。更关键的是酒喝得不少，但喝酒的人都没醉，他们的兴致依然很高，一会儿提起一个人，一会儿又提起某件事，每一个人、每一件事都能让他们笑上一阵子……

这一顿饭吃了足足有一整天——太阳踏着露珠升起的时候，他们就来了，可他们喝完酒的时候，太阳早困得睡在了草丛里！

“姐，你没事吧？”小慧阿姨走到妈妈旁边，不放心地问了一句。

妈妈一把扯过小慧阿姨，转过脸来对大家介绍：“这是我妹妹小慧……”

辛老师惊讶地叫了出来：“你还有个妹妹？”

妈妈笑着拍了拍小慧阿姨：“记住，你们下次、下下次来，都会有她，还有她那口子！”

小慧阿姨跟大家打了招呼便退了出去。

“巧啊，韦一巧，你不容易……很不容易……我们大家……都不容易……”牛波的话有些稠，嘴里含着石头似的，但依然清醒。

也许是酒精的缘故吧，他们渐渐忘却了当初的忌讳，忽略了我的存在，把话题转到妈妈和辛老师的故事上。

“韦一巧，说，说说……说说当年发生了什么。你不知道，考试前几天，你离开学校后，呆子成天丢了魂……”四个人的目光聚在妈妈身上，妈妈的脸本就被酒精烧得红红的，一听这个话题，似乎一下子更红了。

“你别在这里候着了，回自己屋……”看来妈妈并没全醉，她看我还在旁边，就想让我离开。

我才不会离开呢！想支开我，没门儿！

除了妈妈，这四人当中最清醒的应该是牛波了。听了妈妈对我说的话，他第一个反应过来，意识到在座的还有一个我。但他并不说破，只是很关心地说："闺女，咱三家当中的下一辈，你是老二。这样，你不用在这里陪着，我们几个老家伙喝多了，扯起陈年往事没完，你回去休息。"

其他人连声附和，响应最热烈的当然是辛老师。

我才不回去呢，我就是想知道妈妈和辛老师到底发生过什么故事，他们到底是因为什么分开的，我还想写出他们的故事呢，现在最好的机会来了，我能离开吗！这个牛波，看起来憨厚，鬼心眼子真不少！

我端起茶壶，给他们分别倒上了茶，笑着对他们说："我可不能回去，你和俺红姨第一次到这儿来，我得陪着吧；辛老师教了我三年，第一次到这儿来，我这上了大学的老学生得陪着吧；俺妈喝得这么高兴，我得陪着吧。"

"这个丫头嘴真巧，比她妈的嘴都要巧三分。"

我不走，他们当然也不好强撵。

"你先说说你和小红吧，什么时候搭上的，不会真因为那次考试吧？"辛老师也很狡猾，把话头转到牛波身上。

"还真不是，那个时候，你又不是不知道，命都顾不上了，哪敢有这心思？你以为人人都像你啊！"牛波揶揄了辛老师一句。

牛波看了余小红一眼，余小红端坐着，微笑。

"我和小红进了同一个师范学校，虽然不同班，但老乡、老同学这关系在这儿放着呢，你哥哥再笨，也不至于眼看着自己家的鸟飞到别人笼子里。"

辛老师笑，余小红也笑，斜了眼牛波，眼神里有种很温柔的东西。

妈妈也随着笑了，笑着笑着，便低下了头。

"那你到底是怎么把铁扇公主追到手的？"辛老师问。

"过程很艰辛，结果很甜蜜……不能……凭啥告诉你……"牛波嘿嘿笑着，端起一杯茶灌进了肚子里。

"我想咱那尊敬的岳父大人老师，肯定没少为难你吧，哈哈……"

"别说，还真是，那余老先生气得不轻，没说我一句好话，嫌他闺女眼界低，嫌我比他闺女大，嫌我个子矮，脸皮黑，模样丑，家里穷……唉！一百个不是。"

辛老师便笑，顺手给了牛波一拳头："哼，要是我也肯定不愿意，'刷锅二宝'啊。"

"他不乐意有啥用，咱擒贼先擒王，王在咱手里，大鬼小鬼有啥用。"兴奋的神色，在他黑油油的脸上抹了一层光彩。

“擒王？”大家一时没明白过来。

“她啊，她不就是王吗？”牛波骄傲地晃着头，瞧着余小红，回想那段浪漫的往事。

“为了掐断我们的联系，余老夫子把他宝贝女儿锁在家里不让出门，可他没想到，锁人锁不了心哪。人家姑娘铁了心，瞅了个空子，几步就爬上了墙头跑了出来，嘿嘿……”

妈妈和辛老师都笑了。妈妈搂着小红，揶揄道：“想不到咱家小红还是女中豪杰，还有爬墙头的好本事，你三皮给人家吃了什么药？”

余小红也打了牛波一拳，俏脸粉红，嗔怪地对丈夫说：“你怎么什么都敢说……真是！”

牛波接连挨了辛老师和余小红的两拳，依然很高兴发起了议论：“呆子，我们兄弟俩说过一句话，你还记得不？”

辛老师摇头：“我们说的话太多了，谁知道哪一句？”

牛波提示道:“那天晚上，我们兄弟俩旷了一节自习，被老驴骂了一顿，全忘了？”

“哦，知道了，你说我们如果不考学，凭我们这丑样，哪家的姑娘会瞎眼……是这话吗？”

牛波点头：“所有的苦都值得，所有的付出都值得。老丈人后来喝酒的时候还开我的玩笑，说他当年没教好我化学，倒把自己的宝贝闺女赔了进去，便宜了我这化学肠子……哈哈……”

“化学肠子，哈哈！”在座的都大笑，我都能想象余老先生说这话时的语气。

“看来你和老丈人关系不错啊，老牛？”辛老师笑。

“那是，别看当初法海当得那么凶，可她闺女生了孩子后，老先生宝贝得恨不能把外孙女天天架在脖子上，我的地位也就从那时开始慢慢上升。老先生退休后，孩子上学几乎全是他接送……”

“美好，很美好！”

“对啊，一切苦难都会过去，一切期待都值得坚持。美好，很美好！”

余小红捣了牛波一肘子：“喝多了就吹，这辈子就这点出息，值得吹一辈子？”

“对啊，这就是一辈子！对了，巧儿，说说你的故事吧，你真厉害，培养的闺女这么优秀，竟然上了这么好的大学，首都啊，想当年我们考个小中专都那么难！”

“现在完全凭本事，不像我们当年……”辛老师摆了摆手，“早该这样！”

他长长地吁出一口气，似乎肚子里积压了太多郁闷。

妈妈的脸色微微有变，但她接着就笑了：“我的事啊，三言两语掰扯不清，反正你们今天走不了，明天我慢慢告诉你们……”

妈妈最终把目光停留在辛老师身上：“说说你的故事吧，辛老师？”

妈妈把“老师”两个字咬得很重，我知道这绝不是突出什么家长与老师的关系，倒更多些调侃和揶揄的味道。

辛老师低头，一时不知道如何开口。牛波快人快语地接过了话：

“呆子很不易，他煎熬那几年挺不易，我都没想到他能坚持。唉！别看我们今天坐在这里放浪形骸，可那几年，呆子经受了多少苦熬……说实话，我都没想到他能坚持……”

妈妈一愣，瞧了眼辛老师，叹口气。

辛老师挥了挥手，像把往年的烦恼全要挥走似的：“都过去了，一切都过去了，没什么事。”他顿了顿，又忍不住发起了感慨，“细细想想，人这一辈子，还真没什么大事，你心里以为天大的事，大山一样横在那里，可真到眼前了，必须做了，你一步一步地爬起来，竟然到顶了，也就那么回事。什么狗屁山，简直泥巴蛋子！老牛，我说得对吗，三皮？”

大家点头。

“想想当年我们几人考中专，觉得考中专就是一辈子的大事，考不上好像就没法活。可现在回头看，考上的，没考上的，不都一样好好地活着吗？哪些人最苦，没挺过来的人最苦！不论多苦多难，挺过来了都不苦。”

牛波头歪在椅背上，手却不停拍打桌子，还为辛老师翘起了大拇指。

“人啊，永远不要忘了明天，即便你今天泡在苦水里。我一辈子最喜欢这话。永远不要忘了明天，谁也不知道明天会变成什么样子！”

喝醉了的辛老师还这么能说！不是喝醉了都倒头就睡吗？

我的心猛地一动，这话辛老师在课堂上说了不止一次，却从来没有今天说得透，说得真挚——是啊，人活着，不论以何种姿势活着，都不能忘了明天，最可悲的是，明天来了，你却死在了今天或者昨天里！

时间飞一般过去，夜已经深了，茶换了一遍又一遍，可在座的没一个有离开的意思，难道这一天非要把积在内心的话说完吗，我不知道。

“你还没说你的事。”妈妈还是好奇辛老师的故事。

“这样说吧，离开刷锅，我干了两个月农活，把自己晒成了黑泥鳅，然后去县城招待所学了厨师，啥念想也没了，断了，死了心，听媒人和爹娘的话，定了媳妇。我当时也想，大概这就是我的一辈子吧，像父辈一样，娶媳妇，生孩子，种地……甘心能怎么样，不甘心又能咋的？”

辛老师神态黯然，斜倚在沙发里。

“定了媳妇？你是说你媳妇是……”

牛波打哈哈：“他也就这点出息，满心里媳妇迷……”

妈妈的脸上闪过一种微妙的神色。

“后来，多亏了吕老师，这事，我一辈子不能忘记……”辛老师看了看表，站起身来。

“不行，太晚了，今天就到这里，牛氏伉俪，你们是在老板这里下榻，还是回我小窝里休息？”

“你们回去吧，我住在巧儿这里，我们姐俩得好好地聊聊。”余小红挥手，撵他俩回去。

我还想听辛老师讲他的故事，可他坚决地起身，和牛波一起，歪歪斜斜地离去……

“你们俩慢点！”妈妈和小红阿姨嘱咐着。

“慢点，老师……”

第二十五章 长相忆，只是当时已惘然

夜已经深透了，街上几乎看不到行人，我和老牛告别韦一巧，边走边聊。

夜色非常美，远远近近闪烁的灯光，汇成斑斓的海洋。五彩斑斓的霓虹灯和花样翻新的广告牌，彰显着小城的繁华。微风吹过来，风里夹着啤酒的鲜香和烧烤的辛辣，夹着被啤酒泡沫激起来的热情和甜蜜，这样的天空当然应该有星星啊，可它们被小城的灯火掩去了光辉，只有你认真寻找，才可能在那黑绒布般的夜空里发现三点两点星光。

本来是应该打车的，步行得有半个多小时的路程呢，何况今天又喝了那么多的酒！可老牛坚决不让，还嘲笑我没情趣：“这样的夜色，这样的风，两个老家伙，走在小城里，多美！”

“还记得吗，呆子，那年也是我们俩，在我们县城考试的前一晚，你说第一次看城市的灯，看灯下的城……”

“当然记得，我们最后坐在山半腰的水渠旁，看天上的星，看山下的灯光掩映的城……”

我们边走边聊，聊到兴奋处，一人便扯住另一人的胳膊：“坐一会，坐一会……”

我们便在路边的凳子或者路边的石牙子，一屁股坐下去，看一辆辆车呼啸而去，听远远近近传来的歌声，一边看一边听，一边絮叨着自己的故事。

“呆子，你可罪孽深重啊。”老牛望着我，醉眼迷离。

“哪有……不如你……”我出自本能地回了一句，望着老牛，猜着他想说什么。

“韦一巧……现在还活在你们当年的记忆里，眼看快三十年了，这不是罪孽……是什么？”

“嗯……唉！”

我一下子想起那天与韦一巧重逢的情景，想起韦一巧六神无主的样子，想起了韦一巧的七里香酒馆，想起了每个单间壁纸上的画与诗……我的心像被什么揪扯住了一般，一阵一阵地疼，分明是有一条丝线穿在了我的心里，穿在最敏感最柔软的地方，稍有风吹草动，便扯得整个心颤抖。

虽然我与韦一巧分别已经二十多年了，但她分明就是长在我肉里的一根刺，日子的推移不但没有把她拱出来，相反还让她和我的肉长在一起，平时不触碰便也罢了，忙碌的时候也许会渐渐忘记，可一旦不小心碰到了，依然让我钻心地疼……

“唉！”我沉重地摇了摇头，不用老牛说，当我知道酒馆的名字是韦一巧起的，当我看到壁纸上配的那些诗，便什么都明白了。

可我又能说什么呢？

我什么也不能说，何况我的内心还藏着无尽的委屈和忧伤。

我到现在也不知道韦一巧当年为什么突然冷淡了我，那么决绝，就像一块炉子里烧得闪着白光的铁，一下子被摁到了冷水里，那瞬间冒出的青烟和水花就是我内心经历的苦和痛，而那“嗞啦嗞啦”的响声，正是我极度忧伤苦闷的哭泣啊！她到底经历了什么，不给我一点靠近的机会！不论我如何寻找，如何打听，为什么再也没得到过关于她的任何消息？

佳人相对泣，泪下罗衣湿。

从此音信断，岭南无雁飞。

多少次啊，韦一巧，高楼望断天涯，却再也看不到你的影子？

一眨眼，二十五年的日子流水般过去了，这二十五年的日子冲走了的可不止是苦和痛，也不止是相思和怅惘、悲哀、遗憾，还有许多再也无法挽回的故事。

如果不是那一天，在菜市场偶然相遇，我怎么会想到韦一巧竟然就和我生活在同一个城市，一个远离故乡五六百里的小县城里！更让我意想不到的是，她唯一的女儿竟然是我的学生，当了我两年的语文课代表，成了我最得意最喜欢的弟子……

我摇头，木然地坐在地上。小城的繁华似乎都在眼前，可这一切似乎都不能进入我的眼里——越繁华便越苍凉，眼前有多美好，内心便有多悲伤。

我的脑子里一片茫然，宛如寸草不生的戈壁滩。

“唉，这就是生活啊，呆子，怪不得她，也怨不得你。”老牛看我麻木的样子，转而安慰我。

“生活，他妈的生活！”我喃喃自语，自己也不知道到底该咒骂什么。

“你们有缘无分，造化弄人。爱也罢 ，怨也罢，只是彼此生命中的过客，只能如此……”

过客？你见过长在一个人心里的过客吗？这天底下有长住在别人生命里霸道地生根发芽的过客吗？每当寂静来袭，暗夜来临，那寂寞便是不尽的骚扰，这无法相见的忧伤曾经浸泡了无数的夜晚。菜市场的重逢，带给我的除了惊喜，更多的竟然是比不得相见更为可怕的寂寞和忧伤。

“老牛，我问你，你说一个女人，头一天晚上疯了似的要把自己十八岁的青春完全地交给你，可第二天早晨就突然变了一个人，变得陌生人一样，不，比陌生人都要冷漠。这到底是为什么？”

“你说韦一巧？她给了你？”

我白了老牛一眼：“我……没敢……可她……第二天就完全不理我了，脸冷得像块冰，一直到考完，人间蒸发，音信全无。”

老牛一时也茫然，沉默了好久。

“从那以后再也没有见过面吗？”

“没有，再也没有见过。你知道，放榜那天，我本以为会见她，可是你告诉我，她早走了，她就是故意在躲我！”

老牛没说话，若有所思。

“你知道吗，落榜后的那几个月，有好几次我骑着车子在她家附近转悠，想着能不能遇到她，可惜一次也没遇到。”

“在那之前，你不是去过她家吗？ 为什么不去她家找她？”

“去她家？我不敢……”

“奔波十多里，只为了一个几乎不可能的偶遇，呆子啊，你也真是个情种，唉，你们都陷得太深太深……”

我们两个人坐在路边，说一阵，笑一阵，胡言乱语地骂一阵。偶有几个晚归的路人走过，低头瞧一眼我们，甩给我们一个善意的微笑，小声议论着：“喝多了，两个醉汉……”

“不知道。不应该啊，按常理绝对不会……她为什么会这样呢？”老牛呓语似的，既像回应我的疑惑，又像是在那里自说自话。

“哦，呆子！”老牛突然惊叫一声，声音高得连路人都不由地回头——他们该不会认为两个醉汉耍酒疯要打架吧。

“她一定是遇到了什么大事！不然，她断不至于如此。你想想，离中专考试还有十多天，她为什么突然如此疯狂，不顾一切地要把什么都给你？又为什么突然不理你，考前一周是多么宝贵的时间啊，她为什么独自离开了学校？你再仔细想一想，我们在县城考试的时候，韦一巧也从来没和大家一起玩，考完就离开，像躲避什么似的……你得问问她，呆子，明天你应该问问她。”

问了又能如何，除了增加彼此的烦恼和忧伤，已经过去的事情，又何必重提？可如果不问，就总有一块石头堵在心里，已经堵了二十多年，难不成让它堵一辈子？我越想越烦恼，不由地叹气。

“什么事呢？能让她变成这个样子？”

“一定是大事！我敢断言，一定是大事。不然她绝不会如此。”老牛言之凿凿。

“不说了，走，咱回家。”我起身，拍了拍屁股上的尘土。

老牛也起身，我们又慢慢往家的方向走。

“我还有个事问你，呆子。”

“什么？”

“韦一巧的丈夫是干什么的？怎么这一整天没见她的丈夫？也没听她提起过她丈夫的事……”

我一愣，确实啊，在韦一巧的酒馆里待了一整天，聊了那么多事，谈了那么多人，怎么就没人问问人家的丈夫呢，这也太失礼了吧！

“确实，我根本就没想这个问题，嘿嘿。”我尴尬地笑了笑。

“你小子全部心思都在人家的女人身上了，哪里还能想起人家的丈夫呢！你们不会旧梦重温吧？你记住，死灰复燃已经够危险了，更要小心火大烧毁了屋子！”

我捣了老牛一拳：“说什么呢，还校长呢，什么境界！”

老牛嘿嘿傻笑：“还真别嘴硬，别怪我没提醒你！想当年哥也没少提醒你，结果呢？”

“你不是教过她的女儿吗，呆子，”老牛又问，“当班主任的，你不可能不知道学生的家庭情况吧，何况还是你最得意的弟子。”

我一想也对，可如果刘小凤的学籍信息上出现了韦一巧的名字，我会漏过吗？绝对不会！那三个字对我意味着什么？那简直就是高压电，不要说触摸了，稍一靠近也会让我全身战栗。这个名字一旦进入我的视野，即使是个重名的陌生人，我也不会轻易忘记。

我站在那里，脑子飞快地旋转，搜索着关于刘小凤的词条，一遍遍地搜索，最后摇头——没有我熟悉的名字！

眼看到家了，我拉住老牛，郑重地提醒他：“回家就睡觉，别什么都往外倒……”

“这还用你教？不就是怕老婆知道了挠你吗，放心吧！”老牛说完这话，又压低声音问了一句，“你老婆不知道吧，你的那些陈年破事？”

“她知道有个韦一巧，我可没瞒她，谈恋爱的时候告诉过她。可她从没在意，再愚蠢的女人也不会吃一个八百杆子打不着的女人的干醋，五百里地的距离……”

老牛点头，深为同情：“那可得小心点，圈地占窝守男人，每个女人都是小心眼子，万一你老婆哪天打翻了醋罐子，可够你喝一壶！”

我们笑了笑，推门进屋，各自休息，一夜无事。

第二天一早，我正洗脸刷牙的时候，老牛的手机响了起来，是他老婆余小红。

“我说，你们干什么呢？吃完早饭到这边来吧，一巧说今天光吃饭，滴酒不喝。”

“我们不是得回去吗？你答应她了啊？”老牛在电话里抱怨。

“你觉得回得去吗？一巧不让走……”小红话没说完，似乎手机被人夺了过去。

“牛三皮，今天必须过来，我把你媳妇扣这里了，不要媳妇的话，你可以自己回去！”

韦一巧话说得干脆，我在旁边都听得清清楚楚，不禁笑了——这符合韦一巧的性子，看起来文文静静的，做起事来却有一股果断之气。我又想到了当年我们相恋的场景，二十五年过去了，韦一巧的脾气并没有多少变化，仔细一想也对，经营这么一家酒馆的老板，估计没点魄力也确实撑不到今天。

“他……他呢……还去吧？”老牛又使坏心思。

“你说呢？”电话挂断了，没给老牛任何余地。

我和媳妇撒谎请好了假——假好请得很，老牛跟着呢！我和老牛信步走在小街上，准备先找个小店吃早饭，然后去韦一巧的酒馆。

“来了吗？辛呆子来吗？你得让他来！”小红不放心，又偷偷地打手机提醒她老公。

“你以为你老公真傻啊，他肯定去，一会就到。”

不一会的工夫，我和老牛吃完早饭，来到了七里香酒馆，韦一巧和刘小凤正招呼着运菜的车卸菜，小红帮不上忙，便在一旁站着看她们忙活。

“哟，昨天喝得还是少，不耽误老板做生意啊！”老牛远远地开着玩笑。

“出力受罪的命，哪能像你们这么娇贵，早出半天活，没听说过吗，这一大早盘算好，能顶得上大半天的忙碌呢。”

小红跟我们嘀咕，说韦一巧一大早起来，像踩风火轮般地进进出出——她的话里充满了对韦一巧的赞美和佩服，“太能干了，简直就是个爷们儿，比你们两个男人都爷们儿！”

老牛和我试图帮她卸货。韦一巧摆着手，满脸嫌弃的表情：“可不用你们，越帮越忙，根本不是干活的料子！”

看着韦一巧忙忙碌碌的样子，听她有条不紊地安排酒馆里的事务，我眼前又晃出当年的韦一巧，白净的脸，长长的眼睛，高挑的马尾辫。而现在的她，俨然被生活打造成了一个精明强干的女汉子。

韦一巧安排妥当，我们也随她进了房间。

“今天先说好啊，只管饭不管酒，菜饭管足，酒水自备。”韦一巧笑着，半真半假的样子。

“今天就让呆子结账吧，不喝酒多省钱！”老牛永远忘不了调侃我。

“我看也行，小本生意，还真养不起你们几个大肚子爷。我出工，他出钱，我看很好。”韦一巧说得像真事似的。

刘小凤给我们沏好茶，倒好茶后，便笑着坐在她妈妈旁边。

“你这北京的大学生好不容易回这小地方了，也不去看看有什么特产可以带回学校，给你的馋嘴室友们上上贡。”我笑着对刘小凤说。我是真希望她离开这里，有她在旁边守着，我内心总觉得有些尴尬，有些不好意思。

刘小凤没接我的话，只是笑了笑，我怎么觉得她那笑容里似乎夹着看透什么的嘲笑意味——唉，也许做贼者心虚，可是，我又做了什么贼呢？我安慰自己。

倒是韦一巧爽快：“算了吧，她已经快二十了，不是小孩子了，我这当妈的都不介意，你有什么介意的？她想知道就让她知道吧，越藏着掖着越像有事。”

老牛夫妇几乎是异口同声：“你看你看，就是啊，还不如女人爽利！”

喝了几口茶，韦一巧把目光对着我，切入正题：“说说你吧，今天说说你的故事。”

我笑了笑，深呼了一口气，像做好了什么准备似的：“好吧，这肚子苦水也该找个地方倒倒了，今天老牛两口子也都在这里，是该说，但你得先回答我一个问题。”

老牛两口子笑了，小红揶揄道：“还跟大老板讨价还价呢，哈哈！”

“问吧，能回答的我都说。”韦一巧似乎知道我想问什么，犹豫了一下，含糊地回答我。

“不能回答的，克服困难也得说，对吧，一巧？”老牛这家伙真够哥们儿，他嘿嘿笑着，给我敲着边鼓。

韦一巧看了眼小凤，最后还是点了头。

“预选结果出来后，你遇到了什么事？为什么突然不理我？为什么一直躲着不见我？考完之后你去了哪儿？为什么再也没有你的任何消息？”我一口气把憋了二十五年的疑问全部吐了出来。

“这哪是一个问题，明明是一串问题！”韦一巧还没说什么，余小红倒先笑了起来。

“我……我确实……遇到了事……”韦一巧的脸色一下子变得苍白，她的话有点语无伦次。

“什么事？一巧，你的脸色怎么这么差，你没事吧？”小红关切地问。小凤也懂事地偎在妈妈身边，拉了下妈妈的衣角。

“我遇到了一个浑蛋……他……毁了我……毁了我一辈子！”

虽然事情过去了二十多年，可韦一巧艰难地说出这句话时，泪水还是从她苍白的脸上流了下来，她垂下头，乱发和双手遮住了整张脸，泪水却从指缝里流了下来。

房间里一下子静了下来，似乎人们呼吸的每一丝空气，都带着令人窒息的黏滞。

老牛和我同时把目光聚焦在韦一巧身上，似乎想从她的脸上找回当年的往事。

刘小凤走到她妈妈身边，双手搂着她妈的肩膀，泪水泫然欲滴。

“妈！妈妈！”

许久许久，韦一巧平静下来：“妈没事，过去了，都过去了……”

余小红也拍着母女两人：“没事了，孩子，你妈没事……”

“还记得那个晚上吗，辛梦远，那个晚上？”自从菜市场重逢后，韦一巧还是第一次叫我的名字。

我当然记得，这一辈子也无法忘记！我点了点头——那个疯狂的晚上，韦一巧疯狂般地要把她十八岁的身子交给我，我当然不会忘记！

“那晚，我恨死了你！你当然不知道，我为什么恨你。”韦一巧的话音里透着恨意，岁月的风雨剥蚀了二十多年的日子，可她的恨意似乎没有消失。

“到底怎么了,巧儿？”余小红一把拉过韦一巧的手,轻轻地拍着,目光里全是关切。

“那个浑蛋！他……他……毁了我……身子！毁了……我一辈子！”

韦一巧几乎喊了出来，说完，她趴在桌子上，不停地抽泣。

大家面面相觑，一时不知道如何是好，刘小凤更是如遭雷击一般，呆呆地立在妈妈身边，泪水无声地滑过她的脸颊，滴落在衣襟上……

片刻后，小凤失声痛哭：“妈啊，这到底是为了什么啊，妈？”

韦一巧一看小凤痛苦的样子，紧紧地把女儿搂在了怀里，抚摸着小凤的头发：“孩子，妈妈对不起你。你爸都知道，妈没瞒他…… 这些年……妈妈……心里……苦……”

小凤从妈妈怀里挣了出来，眼里喷火一般，转头向我：“辛梦远，我恨你！"

我呆在那里，面对刘小凤的怒吼，尴尬地立在那里，如雨中的梧桐，任风和雨撕打着我的叶子。

“小凤，你……我……他没错，他不欠我，也不欠你……我也没骗你爸爸，从一开始你爸就什么都知道，我们结婚前，我就把这些告诉了他！”

小凤惊呆了，无助地站在那里，双手捂着脸痛哭。

“到底是因为什么事，到底是什么事，那个浑蛋是谁，韦一巧？”我强压住满腔的怒火，如果那个浑蛋在我面前，我恨不得把他撕成碎片。

“别说了，过去的就让它过去吧，一巧。”老牛安慰着韦一巧。

“不，要说！没有过去！永远没有过去，压在我心底……这些年！”

韦一巧把脸转向刘小凤：“凤啊，妈能说吗？妈该说吗，闺女？”

刘小凤重重地点了点头。

“那年预选后，不是审查复读生的学籍吗？”

“是啊！”我们点头。我们都知道，一纸小小的档案，完全可以决定一个人的一辈子。为了应付审查，老吕不是明里暗里给我们很多提醒吗，让我们想办法摆平这事。我是由大表哥领着找到了表姨夫办好了这事，老牛在家待了两天，韦一巧呆的时间似乎更长，难道那几天出了什么事？

“那个浑蛋！他……他爹是乡里的骆助理……”

骆助理？不就是我送了六百块钱求他帮忙的表姨夫吗？那么，韦一巧嘴中的浑蛋，肯定就是表姨家那个我从没见过面的表哥啊！

“骆赛赛？”老牛和余小红下意识地喊了出来，脸上现出一种极为复杂的表情。

我突然想起那段时间常去学校找韦一巧的青年，那个骑着崭新的自行车，头发光滑得流油，两腿叉在地上，打响指的青年，难道就是什么骆赛赛？

“就是你那个表哥吗，韦一巧？”我问。

韦一巧的目光转向我，似乎有着无尽的幽怨和恼恨——当时，那个男人几乎天天到学校找她，我不止一次地向她表达不满和质疑，她一次次地跟我说那是她表哥。

韦一巧没说话，只是木然地点了点头，紧紧地咬着嘴唇，压抑着抽泣……

第二十六章 自我折磨，苦累成疗伤特效药

过了好久，韦一巧才停止了抽泣。

小凤紧紧地揽着她的妈妈，余小红紧紧地攥着韦一巧的手，三个女人偎在一起。而老牛和我默默地点燃一支烟，把自己笼罩在淡青色的烟雾里，老牛看了我一眼，我瞧了眼她们，当我和老牛的目光两次相遇的时候，我们几乎同时吐出一个大大的烟圈，然后仰起头，看那烟圈在空中缓缓散开、消失。

“谁的青春不迷惘？哪个人的青春没有忧伤？过去的就让它过去。”还是老牛打破了沉默。

我望着韦一巧，她在两个女人的抚慰中，微微地缩着身子，显得楚楚可怜，扯得我内心猛地一酸。此时的我，既想捕捉她的眼睛，又害怕与她的目光相遇——她眼睛里流露出的不论是温柔还是哀伤，都会让我心痛。我想安慰韦一巧，可一时找不到合

适的话语，第一次感觉到语言的贫乏和苍白。

“忘了吧，忘掉那些痛苦的回忆吧，韦一巧，所幸这一切都已经过去……”我慢吞吞地安慰着，搜肠刮肚地想着合适的话语。

我、韦一巧、老牛同病相怜。在座的五个人当中，刘小凤属于另一个时代，而余小红虽然和我们三人同一个时代，但她的家庭环境比较好，她没经历过我们三个人的痛苦，只有我们三个人才能更清楚地知道当年面对的是什么。

“相濡以沫，不如相忘于江湖。”我突然想起了庄子的这句话，只有泡在苦水里的人，才能真正知道苦水的滋味。当我们相忘于江湖，回望青春那段相濡以沫的日子，到底是应该甜蜜还是忧伤？

韦一巧终于缓了过来，她稍稍地坐正了身子，擦去脸上的泪花：“唉，相聚本来是件快乐的事，倒让我弄得大家跟着我难受……”

“一起笑的朋友到处都有，可一起哭的朋友为数不多，这也是我们宝贵的财富。”老牛毕竟是写过诗的人，总能不经意间说出诗一般的句子。

不能再往下问了，再问就太过残忍和冷酷，谁能忍心往别人的伤口上撒盐，谁又能无情地揭开别人本已结了痂的伤口，眼看着别人的伤口再一次流血？

“巧儿，我们都要好好地活。苦日子已经过去，为了自己和家庭，我们也要好好活。”余小红拍了拍韦一巧的手，像幼儿园的阿姨安抚小朋友似的，柔声细语。

“我们一直在好好活。红，我没事，放心啊。小凤，别在这里黏着我，给你叔叔阿姨们倒茶啊！”韦一巧勉强地挤出笑容，刻意用一种轻松的语气吩咐着自己的女儿。

小凤起身，拭去脸上的泪痕，给我们每个人倒上茶。

“咱那一年复习班的老同学，后来很多人也都慢慢地联系上了，抽空让老牛做个东，我们大家好好聚聚！”

“夫人英明！”老牛翘起大拇指，很豪爽地答应了。

我理解老牛夫妇故意换了轻松的话题，也努力装出轻松的样子：“那某人可得破费了，你这当司令的一句话，可得拔掉你家老牛的几根毛！”

“都去都去，聚一聚！”老牛转头对我，“呆子，你可以不去，去也没人欢迎你！”

我嘿嘿笑，韦一巧没吭声。

“巧啊，我和好几个同学打听过你，可一直没打听到你的音信，你这二十多年藏得可真结实。老牛和辛梦远咱就不说了，咱一个宿舍的姐妹们可没少打听你，你没回过家吗，回到老家怎么就忍心不和我们联系？”

“回家？没家的人回什么家？”韦一巧此言一出，又让我们大吃一惊。

刘小凤使劲地对着我们使眼色，向我们摇着手，不让我们谈这个话题。

“我没有老家，十八岁起，我就再也没有了家……孤独……流浪……就是我的命……”韦一巧摇头，叹息，低头，泪水又一次滑过了面庞。

“我妈从来不让我们提……我长这么大，从来没听她说过家。小的时候，我有几次闹她，说人家同学们都跟着爸爸妈妈回老家看爷爷奶奶姥爷姥娘，妈妈有一次发火骂了我，说我没有姥娘……”刘小凤插进来一句。

一个谜团破开了，可一个新的谜团又缠住了我：当年韦一巧到底经历了什么，是什么让她如此绝情？二十多年了，别说回家，连提都不让提？

她当年到底是怎么离开的家，家里人到底怎么伤害了她，二十多年过去了，她一个女人在四五百里外的地方像一只离群的雁孤独地生活，她真的就不想家吗？这里面一定有个大大的死结，只要这个结解不开，她就不会有回家的日子……我痛苦地低下了头，既为韦一巧伤心，又对她充满了无限的关切和疼惜。

“你家人……都挺好的啊……那次我淋雨，你娘拿出来你爹的褂子让我穿……”我斟酌着言语，又偷偷地观察着韦一巧的脸色，所以话说得很慢。

“你别说话行不！烦你！那是你娘啊？”韦一巧的话像子弹头一样射了过来。

我低头，闭嘴，随手拿起桌上的烟，点燃，吐出一缕青色的烟雾。

二十多年过去了，韦一巧还是那个脾气，我曾经取笑她说水做的皮肉钢铁肚肠，一旦她发了火，别说九头牛，一百头牛也拉不回来，拧着哩。

屋里一时又沉默下来。

服务员敲门进来，韦一巧换上一副笑脸，口里答应着，走了出去。

我偷偷问小凤：“你妈平时也经常这样吗？她和你爸爸也经常闹脾气？对了，一直想问你爸爸，他在干什么？”

刘小凤咬了咬嘴唇，缓声说道：“很少这样，只要不提家，只要不提姥娘家的事，她从不如此。爸爸在的时候，他们也闹过几次别扭，全都是因为姥娘家的事……”

“爸爸在的时候？”我大惊，“你刚才说什么？小凤，什么叫你爸在的时候……”

小凤她低下头，轻声说道：“我爸爸去世了，好几年了……那年我上初一。”

啊！原来如此！

天哪，怎么会这样！

韦一巧，你是怎么熬过来的？你心里到底还有多少苦？你一个人支撑着这个家，远离老家，把自己与这个世界隔绝起来，到底还有多少事无法让人知晓？

我再也忍不住了，泪水哗的一下就漾出眼帘。我站起身，转向墙，偷偷地擦拭，可那泪怎么也擦不干。

老牛离开了座位，在屋子里一圈圈地转着，一缕缕的青烟从他的鼻子里冒出来，似乎那就是此时让他无尽烦恼的心事……

余小红不停地用纸巾擦拭眼里止不住的泪，她强忍着，不想在孩子面前哭出来，可此时倒不如哭出来更让人舒服一些。

“我妈苦啊……家里家外……全是她一人……”小凤也抽泣起来，余小红把小凤搂在怀里，慈母般地安慰着。

我们再也不敢乱问，生怕一不小心又触碰到什么伤心事。

“我爸受伤……然后生病……在床上躺了三年，全是妈妈一个人伺候……没有一个人……帮她一把……”刘小凤终于哭了出来。

我和老牛站起来，走出房间——房间简直压抑得令人窒息，我们踱到到院子里透透气。

我和老牛谁也不说话，一口一口地抽着烟，在院子里站了一会儿，韦一巧正在大厅里指派着什么，估计今天客人不少，她正和几个人安排着什么。

我和老牛在街上转了一会儿，又回屋。

“坐不住了？这一小会儿还得出去逛？”韦一巧已经回来了，像变了个人似的，又和以前一样和我们开起了玩笑，可不知怎的，我和老牛怎么也笑不出来。

“你这么忙，我们什么也帮不上，还在这里给你添乱……”

老牛说得很真诚，其实这也是我此时的想法，尤其在知道了韦一巧经历过的这些事后，内心更多了惭愧和内疚。

“哈哈，你想帮什么忙啊，去厨房帮忙择菜还是烧火，要不就去刷锅吧？”韦一巧倒是很轻松的样子，和我们打起了哈哈。

我望着眼前这个四十多岁的女人，这是一个曾经和我相亲相爱的女人啊，她经历了那么多事，吃了那么多的苦，遭了那么多罪，每一件事落到其他女人头上，都可能把那女人压死。

可此时的她云淡风轻，像什么也没发生的样子，我不由地生出几分敬意——对，就是敬意。我觉得此时只有这个词才称得上有点分量，和这分敬意相比，十七八岁的爱情倒显得有些飘忽了。

在这敬意和疼惜之外，还隐隐有几分自豪在我心里泛起：这个坚强挺过来的女人是我十七岁遇到的爱情！

“老牛，我现在才发觉上当了啊，不知不觉被你们说的那个呆子绕到了坑里。”韦一巧还是第一次称呼我为“呆子”。

可她为什么说被我绕到了坑里？我没欺骗她什么吧？我的心又一下子提到了嗓子眼，不知她指的何事。

“呆头鹅一只。哈哈，他怎么会把你带到坑里，你说说，今天老哥哥给你出气！”老牛嘿嘿笑着。

“本来说好讲他的事，可他讲什么了，一个问题倒引出了我一把一把的泪，你说是吧？”

我的心放了下来，原来是这个意思啊。

“确实，这是呆子不对。罚他，你说怎么罚吧，决定权在你！”

“我可不罚人家，闺女的老师呢，得罪不起！”

大家笑了起来。我也不自觉地脖子往后一仰，禁不住大声笑了起来，笑得很夸张。

“怪我，确实怪我，自罚一杯热茶，不烫不喝，解气不？小凤，给你老班倒茶！”

我努力驱赶心中的哀伤——那份哀伤是为韦一巧，为我自己，又似乎是为我们这代人共同的青春。

“就从放榜那天说起吧。”

大家笑了一阵之后，我喝了口热茶，开始讲述我的故事。

那天，我与老牛分手后，脚不听使唤似的来到了我和韦一巧约会的小河边，一直坐到天黑，然后骑上自行车，灰溜溜地回到家。

我进村的时候，天已经黑透了，我像过街的老鼠似的，生怕遇到什么人，生怕他们问我考上了没有。

家里只有爹和娘，本家近门的几个叔叔早已回家了，他们一看我这么晚还没回来，就猜到了结果，爹娘当然也没心思留他们吃饭喝酒。

我进了家，蔫头耷拉脑，一句话不说。

爹和娘都沉着脸，三个人呆坐了一会儿。爹把嘴里的老旱烟掐灭，吐了口唾沫在地上，说了句：“回来了就好，吃饭吧。”爹的声音很虚弱，累得有气无力的样子。

娘出奇地没有叨叨我一句，她端来饭，放了桌子上，然后很无力地叹了一口气，坐到了床沿上。

大桌子上方的电灯昏黄，灯泡子上蒙着灰尘、油腻和蚊蝇的污迹，使本来就不算亮的灯光显得更加昏暗。身后暗黄色的石灰墙上，映着我木然的大大的黑影，我吃了半碗饭，转身回到里间屋，把自己扔在了铺着细草的凉席上。

第二天一早，爹下地耪地，我也找来锄头，没用爹招呼，跟在爹后面，下了地。

该来的已经来了，该面对的总要面对，即使硬着头皮，我也不能把一米七八的个子天天闷在屋里。

路上遇到下地的邻居，他们看我扛着锄头，灰头土脸的样子，心里早猜到了七八分，可还是习惯性地问一句：“老二考上了吗？”

爹不说话，我闷头答了一句：“没有，差七分……”

问的人便不说什么，我也低着头闷闷地往前走。

这样的问话重复了多次，我也就木然地回答了多次。我不知道问话的人是怎么想的，反正我的脑子已经不转圈了似的，翻来覆去就是那一句——唉，刀子划一下是疼，划十下八下还是个疼，直到麻木了，好像痛的不是自己，而是与我无关的另一个人。

我跟在爹后面，学着爹的样子，爹在前面一锄一锄地耪着地，我看着爹的背影，也一锄一锄地往前翻。可那锄头似乎不那么听我的话，好几回，锄头落在麦根上却没能入地，几乎滑到我的脚面上。

日头越来越高，阳光越来越毒辣，即使我戴着大草帽，后背也被日光刺得针扎似的疼。而那头上的草帽虽然能够遮阳，却不够透风，所以我的头上像扣了一个硕大的蒸笼，蒸得我的头发晕。我锄一会儿站一会儿，摘下大草帽不停地扇着风，再也没法跟上爹的步子。

爹不回头，远远地传过一句话："你找个树荫歇一会儿吧，别急……"

我不去。我怎么好意思去，爹在前面撅着屁股耪地，我怎么好意思躲到树荫处休息？

这只是个开头呢，以后，这就是我天天要面对的日子。爷爷在地里忙了一辈子，爹重复着爷爷的路子，也已经在地里忙活了大半辈子，爹的背后不就是我吗，既然没有考上学，那我就必须面对这样的现实。

我有气无力地挥锄耪地，可农活往往就是这样，你认真干也许不出什么事，稍不留神就可能出岔子。我觉得锄头越来越不听我的话，手好像攥不住锄把似的，明明是朝着麦根使的劲，可不知怎的手一滑，那明晃晃的锄头就从麦根上打了滑，滑到我的脚上来，幸亏我穿着鞋，可是血还是从脚面流了下来。

我"哎哟"一声扔了锄，一屁股坐在地垄上，捂着脚面子龇牙咧嘴。

爹听到我的叫唤，扔下锄头，帮我看了一下脚面，幸亏有鞋护着，划得不算深。爹叹了口气，转身找了几棵荠荠芽草，在手里揉烂了，揉出淡绿色的汁来，他把荠荠芽草汁滴到伤口上，把草糊到脚面上。

"用手捂着，一会儿不流血了，你就回去！"

我也不知道跟谁赌气，自己发着狠，爹不回去，我也不回去，即使我不能干活，也要陪着他在毒辣的日头下晒着，我倒要看看自己能不能受得住这苦——受不住也得受，以后天天都是这样的日子。第一次下地，我怎么能半路就回家呢？

"走啦，回家！大中午，日头毒得简直晒死个人！"

爹收了锄，回头招呼我。

我不走，像没听到爹的招呼似的，弓着腰拉锄。

"走啦走啦！吃完饭再来！"

爹走到我身边，扯了一下我的胳膊："走走走，和这毒日头置什么气！回家！"

"你先走，我再待一会儿，一会儿就回去！"

爹拧不过我，也就扛起锄，往地头走去。

我弯腰挥锄，每一锄都深深地铲到土里，爹曾经说锄地不需要太深，锄太深了倒有可能伤了苗子的根须，只需要锄草的同时松松土，让庄稼的根顺畅地呼吸。此时的我好像完全忘记了爹的话，每一锄都那么深，拉起锄来几乎要用上全部的力气。

我的胳膊和腿不停地打着哆嗦，手先是被锄把磨出了泡，然后一个一个的泡又被磨破，汗水浸着血泡火辣辣地疼。

我几乎不敢挺起身子，全身的骨头散架了似的。

我咬着牙，拄着锄把，缓缓地挺直腰，抬起头，看向四周。

四周没有一个人，只留下孤零零的一个我。这样的日头，傻子和疯子才在地里晒着！

我抬眼看太阳。那白花花的阳光刺得我无法睁眼，那阳光像万支毒箭，而旷野里拄着锄把的我，就成了万千毒箭唯一的靶子！

我委屈，内心涌起说不出来的委屈。

我怨恨，怨天怨地怨自己不争气。

我不甘，不平，更多的是不服气……但我此时能做的，只能是折磨自己。所有的错误都会由自己付出代价，这怨不得别人，爹娘已经给了我最后一次机会，老牛曾经不止一次提醒我，骂我……荒唐的是自己，接受打击的当然也只能是自己！

可是，我实在是不甘啊！学校墙上张贴的大红榜单上为什么就不能出现我辛梦远的名字？大大小小的统考和抽考，我可是几乎每次都拿第一！

老天爷，你为什么那么歹毒？为什么给我一个这样的结局？我不想过这样的日子，那个梦曾经离我那么近，似乎触手可及，现在却离我千里万里，我再也没有可能走进那样的梦！

我扔下锄头，仰天对着毒辣辣的日头，号啕大哭。

旷野里没有一个人。哭吧，没有人知道你为什么哭泣。

我越哭越凶，最后瘫在地上，坐在埋过头顶的庄稼棵子里——堵在心头积攒了十几天的窝囊气终于在我的哭声里找到了突破口，就像汹涌的洪水终于冲溃了堤坝……

“回家吧，人家能活，咱也能活。老天爷不会光亏待瞎眼雀……”

爹的声音突然从我背后传来。

他什么时候又拐了回来？可怜的老爹一定是担心他的儿子，扛着锄头走到半路上又悄悄地来到我身边，默默地陪着，看着，守着。也许他也知道此时的儿子需要一场毫不顾忌的哭泣。

我停止了哭，擦去脸上的泪水。

我起身，扛起锄头，跟在爹背后，长吐一口气：“走，回去！”

三天过去了，五天过去了，十天也过去了。我咬着牙，自我折磨似的在太阳最毒辣的时候下地。

“庄稼地的活没有干完的时候，别这么心急……”

娘到最后都忍不住劝我，心疼我。她以前从来没有对我这样温柔。

“他不是心急，是在跟自己赌气。”爹看着我的影子，低声对娘说，“可不能这样下去，如果挺不过来这一关，急不死也得憋闷成疯子……”

爹说对了，我不是为农活心急，是在和一个藏在我心里找不到眉目的家伙赌气——脖子上、后背上早脱了一层又一层皮，每次脱皮的时候都疼得像千万只针扎似的，就连晚上睡觉都不敢碰，一碰得疼得咧嘴。但越是难受，我就越是下地，我甚至觉得那锄和锨不再是我的对手，倒成了陪我一起受难的朋友。

我不怕太阳晒，也不怕暴雨淋，我只怕闲下来，心里便有一个幽灵在暗夜里逡巡，让我想起太多太多的事，而这些来过的或者可能要来的事情，让我痛不欲生。

一天，娘对我说：“你看咱反正也不上学了，下地还戴着眼镜，人家笑话哩，摘了吧。”

我知道娘的意思，她一定听到邻居们的嘲笑了，我也不止一次地听到邻居类似的议论。

“上学上学，和他一样大的早都不上了，有的孩子都生了，非要上，上出什么名堂了，哈哈，上了副眼镜！”

“眼镜好啊，识文解字的，扛着锄把的先生！”

“命里只七分，偏想吃一毛，癞蛤蟆要是能吃天鹅肉，那得上天哩！”

“还先生呢，呆头呆脑的，这一个眼镜遮住脸，不光呆，还多了穷酸气。”

那头黑猪跳出我的脑海。它时时把前腿搭在猪圈的围栏上，想着蹿出去。一次一次，除了挨更多的骂和揍，它没有成功。终日在泥水坑里安心晒太阳的那一群猪围了过来，撒着欢儿把泥浆泼到那倒霉的猪身上。

我当然不会摘掉眼镜的，不仅不摘，反而戴着眼镜往那些长舌娘儿们身边凑。妈的，不是爱谈论吗？谈就是！

可娘自有她的忧虑：“二啊，马上二十了，上着学什么都好说，可不上学了，必须想法混个媳妇了，过了这两年，二十一露头，想找个媳妇可就难了。”

我不知道为什么，村里人习惯把“混”挂在口头——谁家的日子过得红火，那叫“混得好”；谁家的儿女有出息，村里人说这家“混虎了”；哪家会过日子能赚钱，人们就说“能混钱”；就连儿子找对象也叫“混媳妇”——不论是坑蒙拐骗，只要能娶上媳妇就算有本事，而一旦过了混媳妇的年龄还打着光棍，那就成了人们茶余饭后的谈资。

“不，我凭什么摘？愿意嚼舌根就让她们嚼去！”我倔强地摇头。

娘无奈地叹了口气。

玉米长到齐腰高的时候，生出了钻心虫，那虫子着实可恨，专吃玉米的嫩芯，逮又不好逮，不逮任它吃，玉米就被糟蹋得绝了产，所以这个时候都要捏毒沙杀虫。

所谓“毒沙”，就是以六六六或者一六〇五为主配制的粉状颗粒剂，以细土或沙搅拌毒剂，放在塑料纸隔着的篮子里，用手捏着毒沙，往玉米的芯里撒。那次撒毒沙的时候，爹嘱咐我戴个手套，那毒沙毒性大，我的手又嫩，爹怕烧坏了我的手。我摇头，爹他们从来都不戴手套，他们能受得了，我出什么洋相戴什么手套呢！

爹、娘和我一人挎着一个篮子，都沿着玉米垄照顾左右两行，我像爹娘他们一样，从篮子里捏着毒沙，往玉米的叶上、玉米的芯子里撒。那毒沙味极大，刺鼻，我们那天又是迎着风，太阳一如既往地毒辣，毒沙粘在我的手背、胳膊上，被汗水浸着，我几乎看得清楚那根根汗毛被毒沙浸泡的样子。

我一边撒着，一边想：那些考上中专的同学这时候大概已经开学了吧，他们现在可能正坐在开着风扇的大教室里上着课吧，上完课他们可能三三两两地结伴在林荫道上逛着街欣赏着城市的繁华吧。而我，辛梦远，老师口中最有希望考上中专的辛梦远却在毒辣辣的太阳底下，钻在齐腰高的玉米地里捏着毒沙……

以后呢？以后他们毕业了，就会被分到不同的地方，站讲台或者坐办公室，喝着茶，读着报，和同事们聊着天南地北的消息。而我，当然就像今天一样守在地里，耪地，浇地，撒毒沙，锄草……

就这样胡思乱想间，也许是中了毒，也许是中了暑，我一下子晕倒在地里，爹娘赶紧把我扶到地头的树荫下。爹用杯子里的水冲洗了我手上的毒沙，用他那破了檐的大草帽使劲地扇着风，嘴里小声地念叨着：“唉，造的哪辈子的孽……”

爹心疼我，娘也心疼我，虽然他们疼的方式不一样。爹还是不想让我待在家，他总觉得我就该上学，可实在不敢再提这话头，而我呢，又赌气似的折磨自己——我一天也不想过这种日子，可这就是我要过的日子，我不知道该跟谁诉苦，更不知道如何开口，所以只能把变着法子地折磨自己。

爹守着我，使劲地扇着草帽，叹着气。

一滴滴的泪，从我的眼眶里流出来，滑过被尘土蒙住的脸庞，流成一道瘦瘦的河流……

我的明天呢，我的明天难道就是今天这个样子？我不敢想，忧伤却像海浪一般汹涌着，泛起，压下，又泛起……

回家后，娘忙着拾掇家务活，做饭，喂猪和鸡，她没有一会儿闲着的时候，除非夜里睡着了，娘就是一个不停旋转的陀螺，但她不知道我的心事。

爹休息的方式就是坐在椅子上，卷一只老旱烟，喷一股又一股或浓或淡的烟雾，目光时时投在我的影子上。

不下地的时候，我就是一具失去了操控的木偶。搬一个小木凳，坐在院子里发呆，望天，望地，望着石头围成的小小的院子，一句话也不说，似乎那满天的星星就是我的心事。

爹有时忍不住，从椅子上离开，走到我的身边，递给我一只卷好的烟卷子："学着抽支烟吧……唉……"

我知道爹的心思，他怕自己的儿子受不住，想让儿子借着烟卷子麻醉自己。我心里一热，接过爹递过来的老旱烟，点燃，狠狠地抽一口，旱烟的干辣呛得我咳嗽成一团，我的泪肆无忌惮地流下来。

"哭吧，哭吧，这就是你要面对的日子。"一个声音在内心里响起，我掐灭了烟，对爹摇摇头："没事，我没事……"

"不能这样下去啊，能毁了他。"爹和娘念叨，"一个月下来，你看他成了什么样子！"

娘也愁得直摇头："本来模样就不出挑，这又黑又瘦的，唉，怎么混个媳妇，咱就是什么命啊……"

第二十七章　老友伸援手，粮食贩子辛梦远

痛苦的日子就像钝刀子割肉，每一刀落下来，都会留下深深浅浅的伤口，日子就这样一刀一刀地来回揪扯着我，没个完结。

人们常说时间是最好的疗伤药，可为什么到了我这里，日子一天天过去，心底的压抑、失望和悲伤反而越发清晰？

在知道自己落榜的那一瞬间，我还能装出一副坚强的笑脸。可一个多月过去了，不管我多么疯狂地折磨自己，我的心都变得越来越敏感，那失败的伤痛裹在我的日子里，如巨石，又如一块遮天的云……

我自己也清楚地知道再也不能这样下去，必须给自己找点活干，让自己在新的忙碌中得到这样那样的快乐。否则，总有一天我那所谓的坚强会崩塌，我可不想变成第二个余夫子！

"西街的包子来找过你。"下地归来，娘笑吟吟地对我说。

"包子？他来找过我？"

"我跟他说好了，他晚上再过来找你。"

包子是我在联中时的同学，他大名叫李豹，排行老二，村里人叫他李二，他的家

里人叫他豹子，同学们开始也这样叫，可叫着叫着，豹子变成了包子。一起上学的时候，他打架的时候罩着我，考试的时候我罩着他。当时教我语文的王麻子说我们“狼狈为奸”。

包子比我大两岁，在学习方面属于怎么点化也不开窍的“榆木疙瘩”那一类。他原本比我高两级，那时升级是要考试的，考不到规定的分数就只能留级，他就这样留着留着成了我同学。

我过于“活跃”，经常招惹得有人想揍我，可我打架本事不大，因此没少吃亏，可自从和包子在一起，再也没有一个人敢招惹我。投桃报李，每次大大小小的考试，我宁可自己写不完卷子，也总是想法把答案传给他。就这样，我们文火慢熬成了“六十年的狗肉汤子”。

天黑以后，包子果然来了，娘早早地炒了几个菜，我和爹、包子喝起了酒。

“老二啊，我早就想来找你，怕你不乐意呢，嘿嘿。”几口酒下肚，包子道明了来意。

他想约我合伙贩粮食——听娘说，包子离开学校就干起了这一行，干了不到两年，不光自己买上了三轮车，家里也有了电视机，混得火着哩，难怪娘今天跟我说的时候满脸笑意。

“现在你不上学了，我们兄弟合伙干，干出个样子。”

包子信心满满，豪气十足。

“怎么还能想起我来？”

包子离开学校早，我这两年又一门心思考中专，我们很少联系。

“什么屁话，哥一直想着你，早就想找你了。你还问为什么，哪有什么为什么，你忘了王麻子说咱什么了？”包子嘿嘿笑。

“王麻子？他恶心咱的话太多了，六十年的狗肉汤子老滋味，孟不离焦，焦不离孟，狗脸猫亲家……”

我们就笑。

“干不干，给个明白话！”包子端起酒杯，等我回答。

“当然干啊，他反正不上学了，闲着又没事。”娘满脸堆着笑，替我回答。

娘很感激包子，觉得人家做着这么挣钱的生意还想着我，天大的好事哩。

爹看了我一眼，一口酒进了肚里——爹不说话，我明白着哩，他是想让我自己拿主意。爹是他村里那辈人中为数不多的读书人，如果不是小人作梗，他现在也会有一份工作。对我上学的事情，他一直和娘态度不一样，只是他怕娘无休止的唠叨，有些事不敢做主。

“好啊！”我端起酒杯，与包子的酒杯重重地碰了一下，“我行吗，什么也不懂……”

包子一听我答应了，非常高兴，他一口喝干了杯中酒，连声说：“行啊行啊，你一定行……”

第二天，我就跟着包子收起了粮食。

我们赶集，也串乡。收瓜干，收小麦，收玉米，然后转手卖到粮站或者外地来收粮食的贩子——和那些人相比，我和包子只能算是小贩子。

除了包子和我，一起收粮的还有一个人，那就是包子的表弟来财。我们三人一辆柴油三轮车，大清早出去，天黑透了的时候才进家，顺利的时候一天能跑两趟，不顺利的时候也能收满一车。

包子很仗义，我们做完一天的买卖，他总是当天分账:算清本钱，当天赚的当天清，按人头均分四份，其中包子的三轮车顶一个人分账，我们都觉得公平合理。

每天回来，我们三人把黑皮包往桌子上一倒，整票碎票一小堆，我们三人便蚂蚁啃食似的数钱，数清了，包子让我理清头绪，我便拿出黑包夹层里的账本子，一条一条列清楚，然后把赚的钱分清楚。

“有你在，我就省事多了，原先我们表兄弟两个，光数钱带分账每次都弄得头晕……”包子看着账本条目清晰的样子，高兴地对我说。

我心里有一种酸酸的东西——我虽然考不上中专，可当个粮食贩子记个账应该不成问题。

第一次跟他出去，我就带回家十五块钱，娘惊喜得两眼放光——十五块钱在当年可不是小数字，就连包子分账时也跟我显摆：“考不上学又咋的？咱也得一样混，混得红红火火，让别人红眼珠子！”

我苦笑。在我心里，挣钱当然是好事，可挣钱多少和干什么又完全不是一回事。唉……

包子对我真不错，别看这小子上学实在笨，可做起生意来贼精贼精，有些时候精得让我无法想象，在他面前，我完全就是个傻子。

收粮食过秤的时候，他教我偷偷地用脚尖往上挑麻袋。他还让我在裤子口袋里偷偷放一块吸铁石，如果不能靠近麻袋往上挑，就装作看秤的样子，靠近秤砣，我当时不明白为什么，也就按他说的做。

收完粮结完账，有时我们三人会喝点小酒。喝着酒，他卖弄似的对我说：“别看这脚尖一挑，五斤八斤的就赚到咱手里了，老二，这就是钱！”

来财便笑，崇拜地望着他表哥。

“光靠差价也赚，可那赚的全是汗水钱，做生意不光得眼皮子活，嘴皮子甜，脸皮子厚，手脚麻利，关键你得动心眼子，你上学行，做买卖，可就差远了！”

我心里有一种别样的滋味，说不出来的滋味，隐隐地觉得哪个地方不对，但又觉得做生意似乎应该如此。

“我为什么让你裤子口袋里藏块吸铁石？当你靠近秤砣的时候，你的口袋正好比秤砣低，那吸铁石能吸得秤砣往下压，这压的是什么，是粮食的斤两，这就是钱！”

这不是坑人吗，我暗暗地想，我就靠这个挣钱吗？

我苦笑，摇了摇头。

来财有时就给他表哥提意见，他觉得自己表哥偏心，放着亲表弟不用，为什么不让他干这些活？

“你懂个屁！”包子诡秘地笑了笑，不理来财。

有一次来财急了，对他表哥发牢骚：“咱是表兄弟，你对辛二比对我都好，明天我也这样干，我也得学会这些招式！”

包子瞪了来财一眼：“你不行！鬼头蛤蟆眼，一看就让人起疑。你再看看老二，戴着副眼镜，一脸憨厚呆气，谁也不会认为他有什么坏心眼子！”

“你这是骂我还是夸啊！”我把酒杯在桌子上重重地蹾了蹾，“在你老小子眼中，我就是这个样子？”

包子倒不生气，大大咧咧地笑着说：“你们不懂，老实跟着学，咱能挣钱就行呗，其他的，想那么多干啥！”

收瓜干子的时候，我们一般是不当天卖，而是堆在包子家的院子里，卸了货，即使再累，也要先把瓜干子摊成厚厚的一片，我和包子用铁锨往瓜干子上一层层地洒土和细沙，来财背起喷雾器，往洒了沙土的瓜干子上喷水，有时候捣腾到半夜……

回到家，娘在灯下等着，我把兜里的钱掏给她，她一遍遍地数着钱，眉开眼笑地夸包子。

“这不比上学好多了，用不了一年，咱就能把家里置办得整整齐齐，到时候说媳妇不愁哩。”

我不说话，坐在椅子上，望着昏黄的电灯发呆。

老牛他们早已开学了吧，此时的老牛在干什么呢？也许在明亮的教室里读书，也许在宽阔的操场上散步，他知道此时的我在做什么吗？

我没有像他想的那样再去复习，我已经离开了书桌，开着三轮车走街串巷地一路吆喝，变成了一个粮食贩子，成天想着法子占这样那样的便宜。我每天都能往家里交上一卷子的小钱，可我不高兴，这钱挣得不痛快，心里隐隐作痛——一天到晚争个秤头子高低，想着法子占这样那样的小便宜，灰一脸，土一脸，泥一脸，这不是我想要的日子！

我忘不了韦一巧，只要一空下来，我的脑海里就全是她的影子，可她现在去了哪里？

说来也巧，几天后，我们串村收粮食，就来到了韦一巧她家所在的村子。

“什么？你去过我们村收过粮食？”

我说到这里，韦一巧忘记了自己说过没有老家的话，不由地叫了出来。

“去过。我还不止一次在你家大门前转悠呢……”我自嘲地摇了摇头。

当我们开着三轮，远远地望到那个村，我的心就莫名其妙地跳得快了起来，我会遇到韦一巧吗？不会那么巧吧？如果遇到她，她会理我吗？她该不会像岳芳那样匆匆地嫁人吧？如果真能遇见，我该说些什么呢？

进了村，看到了那个小桥，桥西第二排中间那家，就是韦一巧的家啊。我脑海里不由地浮起那天下雨的情景，韦一巧冒着大雨，把我领回她家避雨，那是我第一次去她家，可也是唯一的一次！

落榜后，我曾经骑着自行车装作路过的样子来过这个村，曾经在桥东的小铺前买一根冰棍，装作休息的样子搜寻着韦一巧的影子。好几回，我想张口问，可怕人家怀疑，话到嘴边又咽了回去。

这次，我倒是有理由在村里转悠一番了，即使她娘再遇见我，也未必认得出我吧，和上学的时候相比，我更瘦更黑，完全像变了一个人。

我们吆喝着：“收玉米！收瓜干！收小麦啦！”

不知为什么，那一天我吆喝得比平时都用力。包子和来财夸我说这才是粮食贩子应有的样子。可他们永远也无法知道我隐藏着什么心思。

在我们的吆喝声里，一位五十上下的大娘走了出来喊住了我们。一番讨价还价之后，她领我们进了院子，指着堆在一角的地瓜干子说：“装上这些吧，秤要准！”

包子满脸堆笑，边从三轮车上拿袋子，边跟大娘说着话：“乡里乡亲的，亲戚连着亲戚，可不敢坏良心，你放心就是！”

我们弯腰装着袋子，大娘在一旁站着，不放心的样子。

站了一会儿，看了我们一会儿，她也许觉得没什么大问题，就弯腰进了厨房，端出一个大盆，看样子是准备给猪喂食。

弄好了猪食，大娘吃力地端着盆往外走，我三步并作两步，从大娘手里接过了盆：“大娘，我替你端出去，这么沉！”

大娘很高兴，一个劲地夸着我。

猪圈在院外，我把猪食盆子放在猪圈墙上，转身要走的时候，突然冒出了一句：“大娘，这个村有个韦二妮你认识吧？”

“可不，认识哩，她家离这儿不远，是桥西的二妮吧，她哥是在县里厂子上班的那个？”

我连连点头。

“你怎么认识她？”大娘看我一眼。

我赶紧解释：“我和她是同学，记得她在这个村，随便问问……”

大娘一边给猪舀着食，一边跟我说起话来：“二妮子眼光高哩，可命薄啊，一门心思考中专，唉，这中专哪是人人都能考上的？”

大娘一边叹气，一边摇头，我的心便跟着一紧一紧，像有根线在提溜着似的。

“她……她现在……干吗呢？”

“别提了，这二妮子无福享受啊……唉，虽说没考上中专，但她家里给她定了多好的一桩亲事，听说她公公是乡里的大干部哩。”

“啊！”我不由地叫了一声，大娘狐疑地看了我一眼。

我赶紧说：“没事没事，只是想不到……”

“可那二妮子不乐意，原本定好的亲事，她又哭又闹的，不愿意……听说……跑了……”

“跑了？跑哪去了？”

“谁知道跑哪去了。唉，这才是有福不会享，多好的亲事，多少人眼馋……”

此时的韦一巧已经泣不成声。

“妈……”刘小凤扑进韦一巧怀里。余小红也走过去安慰她们母女。

“你跑哪里去了？”我望着韦一巧，话语里带着埋怨，“为什么？”

韦一巧摇头，不接我的话头，只是说：“你接着讲……”

我便继续往下讲我的事儿。

我没敢继续往下问，大娘把猪食全部倒在槽子里，也便回到家。

来财和包子已经把瓜干子装好，准备喊大娘过秤呢。

我不好意思地对包子说：“这一会儿，让你们干活了，这么快就装完了啊！”

“你做得对，就该这样！你帮大娘干活，这也是正事哩。”

过完秤，结完账，装好车，大娘送我们出门，嘴里不停地夸我们懂事、实在仁义。

“下回到村里来，别忘了到大娘这里喝水！”

第二天分账的时候，我们比平时多出了五块钱。

“这次怎么这么多？”我纳闷地看了眼包子，来财正喜滋滋地把钱往兜里塞。

“嘿嘿，这次全靠你啊。”来财一脸喜色。

我一头雾水：“到底怎么回事，包子？”

“当然是沾你的光了，想不到你还有这么多鬼心眼子。”

“什么啊……说的什么啊，鬼心眼子？”

“昨天收瓜干子，你不是替那老娘儿们端了盆猪食吗？”

我点头，是啊，我看她端着吃力，就替她端了出去，还从她嘴里打听到了关于韦一巧的消息。可这和多出来的钱有什么关系啊？

“嘻嘻，你和那娘儿们扯着闲天，我和表弟装瓜干子的时候，藏起了一麻袋，这就是那钱！”

包子一边喜滋滋地数着票子，一边夸奖我：“老二啊，看来找你是找对了，别看你戴着眼镜不言不语，一脸忠厚的样子，没有人猜疑你……”他又扭头对着来财，“不像表弟，一脸鬼样，一看就让人不放心。嘻嘻……”

我心里一震，一种被侮辱被伤害的感觉涌上心头，我的脸一下子阴了下来。

我没想到他们会利用那个间隙，利用我和大娘喂猪扯闲天的工夫，偷偷地藏了一麻袋瓜干子。

我成什么人了？我就这样挣钱吗？

“这钱我不能要！”

我把那五块钱抽了出来，扔到了桌子上：“包子，咱这成什么了？人家相信咱，一个劲地夸奖咱，还让咱再去的时候去她家喝水呢，咱这是干的什么事？”

来财看着我扔到桌上的五块钱，像看怪物一样地看着我，又瞧了眼包子。

“又犯迂了，越读越迷糊？咱一不杀人放火，二不破门抢劫，顺手牵羊的事，占点小便宜而已，你犯什么迂？”包子看我阴着的脸，也有点生气。

我沉默，听着包子的抱怨，迎着来财如看怪物的目光，望着扔在桌上的五块钱，那钱看起来如此刺眼。

“拿着吧，老二，习惯了就好，这样的事不是天天都能遇上，拿着吧！”包子像哄小孩子一样开导着我。

习惯了就好？习惯了什么？习惯让自己拿这样的钱做这样的事，习惯让自己不知不觉地变成这样的人，这还是辛梦远吗？难道我就应该习惯钻进钱眼里再也看不到其他任何东西？

不，这不是自己。

可我分明看到，如果这样子下去，也许明天，也许后天，我真会习惯的，习惯之后，我会回过头来嘲笑今天的自己。

我又一次望向桌子上的五块钱，那张皱巴巴的纸票，似乎变成了大娘喂猪时的笑脸，我似乎听到了大娘送我们出门时的夸奖：“难得你们这么懂事、实在仁义。”

“包子，我们是兄弟。我知道，你对我是真的好，可……”我一时不知道如何说才好。

“知道是兄弟就行了，一切都在这话里，慢慢来，老二！”

我可不敢慢慢来，这样慢慢地走下去，我会再也找不到自己。

一个念头从我心里升起。

“这样吧，这五块钱算是给你们兄弟打壶酒喝，算是兄弟我请客。原谅我，包子，我真不能拿这钱。这……这不是钱的事。”

“不是钱的事，还有什么事？”

“除了钱的事，还有很多事。”

这番话显然把他们两个绕晕了，包子大咧咧地对来财说：“你拿着，既然辛二不拿，你就抽空用它来买酒喝。”

来财高兴地把钱塞进兜里。

“哥，咱安安稳稳地做生意，干干净净地挣钱，图个长远……”

此时，我有太多的话想对包子说，但又觉得无法说明白，那些话一旦出口，我知道，我会失去这两个兄弟——说真话，包子和来财都算不上坏人，他们对我都挺仗义，虽然做生意确实贼了点，但“坏人”这个词我从没想过安在他们身上，在他们看来，这就是正儿八经地做生意。

第二天出车的时候，我没去。他们开着三轮拐到我家门口喊我，我跟他们说头疼得厉害，想歇一天。

娘在旁边一个劲地劝我去，一天能挣十多块钱，歇一天，那不就是丢了十多块钱吗？

我摇头，看着他们的车走远，回到家里，坐在椅子上发呆。

“我不想干了。”迎着娘不满的目光，我直截了当地对她说。

“怎么了？为什么？干得好好的，怎么说不干就不干了呢？”

“不为什么，就是不想干了。”我起身，走进里间屋，把自己扔在床上，脸对着里面的墙壁。

娘又在我耳边开始了唠叨，絮絮不止。

我沉默。而我的沉默无疑又惹起她更大的火气——我和娘的交流一直算不上顺畅，她经常骂我的一句话就是“牙在肚里，攥着个拳头让人猜，最不是东西”。

我倒不是不想和她说，只是有些话根本没法和她说，我心里想的一些东西，和她半辈子经验堆积起来的所谓认识根本没有交叉点，她根本不知道我想什么，也无法理解和容忍我这些乱七八糟的想法。有些话跟她说出来，只能招来她更多的骂和气，而她的骂和气又往往令我郁闷和着急。

比如说今天，我如果跟她说不想过这样的日子，那她一定说能挣钱的日子不想过，还想过什么样的日子。我跟她说自己不想拿桌子上多出来的五块钱，她一定会怪怪地看着我，怀疑我神经出了问题。我说人活着不能光盯着钱，钱之外还有山水、梦想和喜欢，那她一定会纳闷山就在那里，水也在那里，可它们和过日子有什么关系？

虽然出了校门到现在，我一直不知道自己想过什么样的日子，但是我越来越明白自己不想过什么样的日子，不想把自己变成什么样的人……

爹下地回来后，我简单地跟他说了我的念头。他愣了一下，沉默了一会儿，最后慢条斯理地只说了一句："既然你拿定了主意，别后悔。"

我怀疑娘一定背着我找了包子。第三天收粮回来，包子找到我家里。

包子说了很多，娘也说了很多，我只是沉默着，娘看爹在一边坐着不说话，就朝爹发起了脾气："你一个大男人，该说话的时候不说话，光是个摆设啊，桃木棍还能吓唬鬼，你在那儿坐着干什么！"

"你让我说什么？"爹闷闷地回了一句。

"说什么，你说说什么？好不容易人家包子拉着他做生意，多好的事啊，你一点不管啊，这家不是你的？他不是你的儿子吗？"

爹尴尬地朝包子笑了笑——在村里人的观念里，男人怕老婆是比较丢人的一件事。

我腾地站了起来："谁也别说了，我的事谁说了也不算，我自己说了算！"

包子起身，娘拉住包子留他吃饭，包子笑着往外走。

走到大门口，我拉着包子的手："哥，我知道你一直对我好，我知道！别生我的气，我们永远是兄弟……"

包子走后，娘的骂声几乎掀翻了屋顶。她不理解我为什么这么不争气，放着这么挣钱的生意不做——确实，在娘的打算里，照这样干下去，这个家翻身的日子眼看着就来到了，可我偏偏着了魔似的不干了，她既心疼每天到手的钱，更恨我不长出息。

她先是骂我，骂爹，然后就数说一年要翻好几十遍的陈芝麻烂谷子家务事。

爹好脾气，听不见似的任她说，可我被她吵得头皮发炸，一股火像从地底下冒出来的岩浆一样喷发出来，我抓起桌上的茶碗摔在地上："烦死了，天天叨叨这些事，还让人活不！"

娘看了眼碎在地上的茶碗，看了眼站在那里怒气冲冲的我，气得抽起墙角的笤帚疙瘩就抡我，我动也不动站在那里："你打吧，打完这一次，我让你再也打不着，你也不用天天为我的事犯愁！"

娘的笤帚疙瘩生生地停在了空中，她被我的狠话吓住了！

"以后谁也别管我的事，看我烦，我明天就走，走得远远的，既不用你们盖屋子，也不用你们混媳妇！"

娘坐在床沿上哭了起来，爹瞪了我一眼，我本已迈出屋门的脚收了回来，老实地坐在椅子上。

"这日子怎么过啊，老天爷！"娘哭着向老天爷诉说委屈。

这日子可怎么过……我也在心里反复考虑这个问题。

一个念头突然像闪电一样划过我的脑海：韦一巧都能跑，我一个男人怕什么，天下这么大，我就不信找不到自己能活的地儿……

第二十八章 于家圈，辛梦远打探消息

“嗬，粮食贩子，难怪你的嘴皮子这么溜！”刘小凤笑了起来，“看来你也就是个贩子命，先是走街串巷地贩卖粮食，后来又混到讲台上贩卖知识。”

韦一巧皱了皱眉头，也许她没想到这闺女对老师说话竟然也如此放肆。

老牛和余小红在旁边听得直乐，老牛还比较收敛，只是嘿嘿笑，余小红却丝毫不掩饰她的幸灾乐祸：“恶人自有恶人磨，呆子，你也有今天，哈哈！”

我装作没听见小红的嘲笑，只是对着刘小凤笑了笑，套用了一句广告词来自嘲：“对，职业贩子。我们不生产知识，只是知识的搬运工。”

“这孩子怎么变得没大没小的！”韦一巧嗔怪了刘小凤一句。

“你这才知道啊，三年高中，她都是如此！”我笑着说。

“两年。你高二才开始教我，哪来的三年！”

我尴尬地挠了挠头皮：确实两年，高二分了科，我才接她这个班。

“真没想到你还贩过粮食，看来也没少受罪。”韦一巧微微叹息。

“你没想到的事多了，韦一巧，他不光贩过粮食，还正儿八经地学了一年厨师，听他以前吹拿过三级厨师证的。”老牛接了一句。

“啊！真的啊，你学过厨师？”韦一巧似乎不相信，用目光向我求证。

我点头：“咱那年代长大的孩子，哪一个人也少不了受罪，各有各的罪。"

我指了指老牛：“这个老家伙受的罪也不少，不说复习五年的辛酸吧，烂成麻包一样的穷日子也快把脊梁压弯了……”

“咱四个，也就牛夫人没太受过罪吧，毕竟人家爹娘都是老师，家庭比我们好多了。”

余小红点了点头，叹了一口气：“和你们三人比，我确实好那么一点点。这个老牛和你好得钻一个被窝穿一条裤子，可他从来没跟我说过你这些事……”

“鸠占鹊巢了，不舒服是吧，到现在还记恨我和老牛钻一个被窝！”

“你这张嘴怎么比上学时候更贱了呢，咕咕呱呱像蛤蟆。是吧，巧儿？”

韦一巧没说话，抿嘴一笑。倒是她的女儿刘小凤接上了余小红的话头。

“红姨说得对，我们同学都怕他这张嘴，损起人来刀片儿似的，刀刀见血不留情分。今天才知道这嘴是贩粮食练出来的，不过有一句话那个包子说错了，什么面相憨厚啊，天底下有这样憨厚的人吗，牛大爷，你信吗？”

“我怎么教了你这样的学生，刘小凤，有你这么攻击老师的吗？你这张嘴不饶人，小心没哪个傻小子敢娶你！”

所有的人都笑了起来。刘小凤搂着她妈妈的胳膊，撒娇地吐了下舌头。

“你到底跑了没有，跑哪里去了？”韦一巧还没忘了刚才的话头。

“最后没跑成……”我端起茶杯，喝光了杯中的茶，举着空杯子对刘小凤说，“赏杯茶，你大爷、叔叔都渴坏了。”

又喝了一杯茶，我顺着刚才的话头往下说。

我在里间屋的小床上躺着，娘在外间屋里与爹掰扯鸡毛蒜皮的家务事。

我往哪里跑呢？对，我应该去找韦一巧，即使见不着，至少也得去一趟她家，问一问她的消息。

第二天，我胡乱吃了早饭，骑上自行车便向于家圈赶去 。

一路骑着车子，我的心既兴奋又紧张，夹着说不出的慌乱：见了她的家人，我该怎么问？不会被她爹揍出家门吧，万一被她爹揍一顿，那可丢人了。

于家圈越来越近，已经远远地看见那个小桥了，我更加紧张，甚至想掉转车子拐回自己家里去。

犹豫了好一阵，最后还是不甘心，索性横下心来，不管了，先推开她家门，总会有法子。

过了小桥，我下了车子，最后把车子停在韦一巧家门外，推开了院子的木门。

只有韦一巧的娘在家，她正弯着腰，两手捧着玉米粒子，嘴里“咕咕咕”地唤着鸡，往地上撒着。

“韦一巧在家吗？”

她缓缓地直起了腰，转头看了看我，一脸惊讶的表情：“你……你不是那天避雨的那个吗？”

我点头：“是，大娘。韦一巧在家吗？”

“不在。你找她干吗？”

韦一巧的母亲摇了摇头，脸上现出极为复杂的神色。

“是这样的，老师让我来问问韦一巧还能再复习一年吗，老师觉得不上怪可惜的……”我随口编了一个谎。

“不上，不上，她不上了……”我发现她扭过身子，偷偷地用衣角擦了擦眼里的泪。

“她不上了，你走吧，她不在家……”

我一时不知道说什么，但这样离开，什么也没问出来啊，我不甘心。

她看我站在原地不动的样子，脸上突然现出生气的神情：“你走啊，跟你说了，她不上了，你不要来了！谁也不要再来了！”

她往外推我，就像从屋里往外撵鸡的架势。

我慢吞吞地往外走：“她怎么能不上哩……她得上……多可惜……”

“人都找不着了，还上什么上……”她突然崩溃了似的，不再往外推我，倚在墙角的柴禾垛上，要哭的样子。

“她怎么了，大娘，她怎么了？”我连忙问。

“找不着了，她跑了……一个多月了……没点音信……”她泣不成声。

我一边安慰她，一边问:“这么大的人了，应该没事的，大娘，她为什么跑了呢？”

“不听话……大人能坑她？天底下哪个当娘的会坑自己的亲闺女？”

当娘的似乎满肚子委屈，不停地抹着眼泪，絮絮叨叨地说，好像一时忘记了我是她刚才往外推的陌生人。

我劝解着她，小心翼翼地试探：“她会跑到哪里去，找过她吗？”

话一出口，我便后悔了，哪能不找呢，全家人一定会疯了般地找她啊。

她瞪了我一眼：“该找的地方找遍了，井里、河里、石塘坑里。她能往哪去？外面没有一家亲戚……”

我的心凉了下来：一个多月过去了，韦一巧音信全无，她能跑到哪里去？我不敢再往下想。

从于家圈出来，我有气无力地骑着车子，一下子没了主意。

我又该到哪里去找她？茫茫天地间，谁知道她躲在哪里？

我回到家，整个人萎得好像散了架，进了里间屋便把自己扔到了床上，脑子里如夏天的田野，全是杂草，没有任何头绪。

“我想出去找点活干。”一家人聚在一起的时候，我烦恼地说了一句。

“往哪去？找什么活？你能干什么？”

“我也不知道……总有能干的活，车到山前必有路吧。”说实话，我当时也不知道自己能干什么活，但少年心性鼓动着我不想窝在家里。

就在一家人在灯下郁闷的时候，堂叔进了门，他听完娘的絮叨，高兴地对我们说：“真是太巧了，嫂子，我来就是想告诉你们，我给老二找了个活干，看他愿不愿意干。”

“什么活？”爹问了一句，顺手递给叔一根烟卷子。

堂叔把光脚从鞋里抽出来，盘在椅子上，得意地说：“学门手艺行吗？艺不压身，无头苍蝇似的乱闯不如学门正经手艺……”

一家人眼巴巴地望着他，像望着救苦救难的观世音菩萨。

“咱县里的机关招待所，我听说正招厨师学员，这是第二期。人家第一期已经毕业了，全部分到了县委机关和厂子……”

这简直是天降福音。

“好啊好啊，交多少钱？”爹娘都很高兴，村里大队书记的儿子就参加了第一期，今年毕业就分到了机关食堂，挺好的事。

“只是第一个月交十五块钱伙食费，管吃管住，一年就出师……”

“只交一个月？”娘不相信似的又问一句。

“只交一个月，白吃白住白干活。”叔叔很确定地说。

大队书记的儿子都去了，这肯定是个好活。爹娘唯恐没关系进不去，叔叔大包大揽：“放心，我有个老朋友就在里面当老师，一句话的事，包我身上！”

我因为得不到韦一巧的任何消息，正郁闷着，不知去哪里闯荡。堂叔的话像暗夜里突然爆出的一个火球，照亮了我的内心。县委机关招待所的名头一听就让人动心，如果去那里学习，那肯定就可以天天生活在县城里，我一下子想起考试前的那个晚上我和老牛逛县城的情景。如果去了招待所，下了班，我就可以悠闲地骑着自行车或者步行随意逛县城的街街巷巷了，我就可以和城里人一样在灯下、在公园、在路边的小摊前晃悠了……

我似乎看到自己也变成了城里人，上班，下班，逛公园，在紫藤花架下甜蜜……

“你是怎么想的，到底愿意不愿意？别舍脸托人花了钱，你又三天两头撂挑子。”娘问我。

我重重地点了点头。

“要干就踏实地干，别这山望着那山高，没个长性。”爹也忧虑地望着我。

“我愿意。”

于是，第三天，我由叔叔领着，带着被褥进了县招待所，去找了他那个朋友，开始了我的厨师生涯。

我没想到学厨师竟然如此正规，还以为把人领过去就直接进厨房干活呢。从报名、交费、填表，到最后坐着面包车去县防疫站体检办健康证，竟然花费了大半天。我不由窃喜，一下子想到中专考试前那些烦琐的程序。

越烦琐越正规，我不怕烦琐，当初和包子一起贩粮食倒真简单，什么手续也不用办，兄弟三人开着三轮车就沿街串巷吆喝起来。

四个人一个单间，每一个房间都那么干净整洁，这一点更让我惊喜万分。我在刷锅中学上学时睡的是大通铺，三间屋里密密麻麻排了三四十张床。而现在一大间瓦房里只有四张床，两张床中间还有一张小桌子！

安排好宿舍，收拾好自己的床铺，大家被召集到大餐厅里开会。

这期学员一共十二个人，全是和我差不多年龄的男孩子。除了两个孩子是县城里的工人子弟，其余的都来自乡下。来到这里学习，大家的脸上都挂着喜气。

从没见过如此气派的餐厅！玻璃窗那么大，地板水洗过一般亮，餐桌排得那么齐，餐桌上全铺着洁白的桌布，餐桌中间全放着漂亮的花瓶，花瓶里插着各色的花……

我好奇地望着四周，师兄弟们也和我一样打量着，脸上洋溢着欣喜。

先是一个胖胖的人在大餐厅里给我们讲话。除了我们十二个厨师学员，一起开会的还有新招的几位负责餐厅和房间的服务员，清一色十七八岁的周正女子。

“首先得祝贺大家来到这里，这里可不是谁想来就来的。能来是你们的福气！咱们这里是属于县直属机关的招待所，曾经接待过省里的领导，人活一辈子，有几个人能见省里的领导？你们就有可能，好好干，学好了留在这里，有机会见更大的世面！”

大家热烈鼓掌，掩饰不住兴奋之情。

“来咱这里，你得扎下身子学本事，本事在手，谁也夺不去！学好了本事，各大机关厂子都会争着来要你，咱们这里也有可能留你，全看你的本事！教你们的师傅最年轻的也是三级厨师，他们的厨艺可是全县都响当当的！别怕挨骂挨批，骂你批你是对你负责任！挨的骂风能吹去，学到手的本事风吹不去。分家能分房子分粮食分地，可谁也分不走你身上的本事！

“大道理我不说了，小伙子们，进了这个门就不用担心混不上媳妇，只要不是你挑花了眼，不出三两年，都能把漂亮的媳妇娶进门，还从没听说在咱这里干活的小伙子打光棍……”

领导挺能说，说得每一个小伙子欢呼雀跃、热血沸腾，手掌拍得震天响。

领导讲完话走了，老师们领着我们进入厨房——这才是我们学习的课堂！厨房真大，比家里的五间大堂屋还要大。一进厨房门，迎面就是两排高高的柳木墩子，圆滚滚的柳木墩子支着三根腿，每个柳木墩子上插着一把大刀，远远望去，那整齐的柳木墩子上插着的明晃晃的大刀很威风。

老师把每一个人领到菜墩子前，像举行某种仪式似的把插在墩子上的大刀拔出来，交到学员们手里。

“打仗要有枪，上学要有书，吃饭要有碗，我们这一行当然要有刀，这就是我们吃饭的家伙什！拿好自己的家伙什，敬它，爱它，要好它，它就是我们行走天下的本事！

“进了这个门，领了这把刀，你们就是师兄弟了，别给我惹事闹乱子，少他娘招惹餐厅服务员，漂亮不漂亮是人家爹娘给的，骚不骚气你别管。没事别他娘的往姑娘堆里钻，谁他娘的捣鼓出个啥事，就给我回家去！

“红案得学好，白案也得学，不能当瘸腿厨子！”

后来我才知道红案就是菜案，烹炒煎炸涮刻调，刀工、火候、品相都得慢慢学；白案当然指面案了，包括熬粥、蒸馒头、做糕点等。

“可不要瞧不起面案，咱这东原粥可是全县的招牌，出了这个地儿，你本事再大都喝不到地道的东原粥。熬粥的老师可是专门从老城请来的正宗传人，都得好好学！”

面案的老师生怕我们不热心学面案，时不时就拿话敲打我们。事实上，我们对面案确实没有太大的热情，大家觉得学好了做菜才算得上厨师，面案的活倒像是个点缀。

刚来这几天，我们所有学员都沉浸在高度的兴奋里。大家都是二十岁左右的孩子，本来就不怎么拘束，三言两语之后便成了朋友，和我一屋的三个人中，一个叫峰，一个叫东，一个叫杰子，我们一见面就很投缘，闲扯了几句，便熟得像多年的老朋友。

对了，忘了告诉你们，师兄弟中竟然有一个是我们同学，你们猜是谁？哎呀，别猜了，我告诉你们，死胖子！

“樊川？他和你成了师兄弟？”韦一巧叫了出来。

“早就知道你们是师兄弟，我和胖子见过几面，他自己开了个饭馆，挺红火！”老牛嘿嘿笑着。

当时我俩一见面，激动地捶了对方一拳，嘴里叫着对方的外号。

“呆子！”

“胖子，你个死胖子！”

我也和大家一样，沉浸在喜悦里，领导的讲话和老师们的描述，让我眼前浮现出另一种美丽的风景——白天老师们也说了，一年毕业，我们只要考核合格就都能拿到三级厨师证，再干上三五年，就有可能变成二级，然后一路走下去，成为一级，成为特级……假如哪一天成为特级厨师，那省城甚至北京的大机关招待单位就会抢你！

“我们不是伙夫，是厨师，正经八百的厨师！”我分明看到自己戴着高高的厨师帽，在洁净如画的操作台上如鱼得水地展示技艺。

我决心好好地走下去，虽然不知道这条路能否走下去，但命运毕竟又给我打开了一扇门。

既然来了，我决心在这条路上闯出个样子。当时的我很自信，觉得自己读书比较聪明，学厨师也应该笨不到哪里去。

“辛哥，你以前干过什么？”杰子睡不着觉，小声问我。

“光上学了，什么也没干，你呢？”

杰子腼腆地笑了笑：“我不喜欢上学，初一都没上完，一读书就头大，不是那料。

跟着村里人在外干了一年零活，瞎闯……”

杰子停了一会儿，又问：“你有媳妇了吗，辛哥？搞过对象吗，嘿嘿……”

我暗中叹了口气，摇了摇头：“没呢。你搞过？”

“去年干活的时候搞了一个，比我小两岁，抽空我带她来，你也该找媳妇了……”

说这话的杰子两眼放光。杰子是个很帅的小伙子，我可以断定他相中的女孩也一定很漂亮。

“我想，可人家媳妇不想，唉……”

我的眼前一下子就浮出一张白净的脸，一个高挑的马尾辫，一双明亮的眼睛；我的耳边又响起她似嗔似怨又似娇的骂声：“怎么没摔死你，你就是个坏熊！”

我的心腾起片片温柔的浪花，你在哪里，你还好吗？

第二天一开工，我便挨了一顿骂。

教菜案的一共四个老师，带我这组的老师除了班长，还有另一个姓邵的老师，他个头不高，身材精瘦，很年轻，看年龄也就三十多岁。

我被他狠狠地凶了一顿。背地里听人说过，他虽然个不高，脾气却像炮仗，典型的遇火就爆。

一进厨房，每个学员的菜墩子上都堆着一堆蒜。

“把蒜瓣切成片，然后切成丝，装在盘子里。听我说，左手虚按蒜瓣，手指拱成弧形，指关节紧贴刀面，刀的高度不要超过指关节，就这样，看我！连贯动作，千万不要高过指关节，别切手指！”

一番训话过后，邵老师放下刀，在学员中间游走，时不时地说几句，骂几句，甚至轻轻地踢几脚。

“你！停下！怎么拿的刀！”

我愣愣地望着他，他怒气冲冲地过来：“用右手，右手，知道哪个是右手吗？”

我当然知道哪个是右手，可我是左撇子，从小到大不论干什么都习惯用左手。

我小声解释。他瞪我一眼，一脚就踹在我屁股上，根本不听我解释：“换右手！没见过左撇子的厨师！”

我笨拙地拿着刀，左手摁着蒜瓣，心里暗暗地骂：个子不高，瘦得像鸡似的，脾气倒不小，哼！

我长这么大就没干过切菜的活，更何况非要让我用右手，那一个个蒜瓣子不光小，还特别滑。我们一手拿刀，一手还要按着蒜瓣子，顾不过来，不是蒜瓣子滚了滑了，就是手指弯得不对被刀切破了，厨房里时时传出惊叫声，然后一个个地捏着流血的手指，在老师的呵斥中包扎。

“厨师第一关便是刀工，没有刀工谈什么厨师！好好练，越怕越切手，等到不怕了，也就练熟了！别娇气，这里没人心疼你，淌血很正常，包好接着切！”

我瞪着瘦鸡，满肚子气：“蒜瓣这么小，一刀拍碎就是了，非他娘的切成片，还得切成丝，这不是难为人！”

樊川一边听着骂，一边小心翼翼地切着蒜瓣，还没忘了冲我傻笑——这死胖子一定是听到瘦鸡骂我，在那里幸灾乐祸呢！

一上午，大家在菜墩前几乎没移动，每个人的盘子里装满了粗粗细细的蒜丝、葱丝和姜丝。

中午吃饭的时候，大家脸上就少了昨天的喜气，一个个像受了伤的散兵游勇，蔫蔫的。

饭很好，菜更丰盛得让我们惊讶。

“饿死蜘蛛，饿不死伙夫。干咱这一行，吃好肯定没问题！”几位老师坐在一桌，他们的饭菜和我们一样，只是多了一瓶酒。

大家吃着菜，心情渐渐好了起来。这样的饭和菜，即使过年过节吃喜酒席也没这么精致！我一边吃着饭，扭头看了眼瘦鸡，纳闷这天下怎么还真有喂不肥的猪。

更让我尴尬的是下午。

下午上班，先是切了一阵子菜墩，站得腿肚子僵硬，大家时时一手叉腰，龇牙咧嘴地晃着身子。大约快五点的样子，老师们一声喝：“拿好自己的刀，去杀鸡！”

厨房西边，有一个拱形门半封闭的小院子，里面一溜水龙头，水泥地上挣扎着一大堆捆着腿的鸡。

“杀鸡，宰羊，剥兔子，凡是要下肚的活物，我们都得会收拾。看我的样子，左手拎着两个翅膀，把鸡头反着弯过来，用左拇指和食指捏结实，是不是露出了鸡脖子？大家先用手摸一下，感受一下它们的气管在哪里，看好，一刀下去，要准，要狠，更要有分寸，别把鸡头割下来，也别割手！”

他让大家拎着鸡，逐个检查：“解绑！犯人临死也得解开绑绳啊，先割断腿上的绳子。你怎么拿的？两个翅膀和鸡头都在一个手里？”

瘦鸡中气十足，嘴里骂骂咧咧。这家伙不光脾气暴，嘴还特别臭，一张嘴就是脏字。

“一定要摸准气管，杀鸡的时候要割断气管，气管和血管是紧贴着的，割不断气管就杀不死。摸准了吗？下刀要果断，别他娘的拉锯似的来回扯，开始！”

他说着话，手起刀落，鸡被扔在地上，扑腾了几下蹬腿死去。

“几秒钟的事。多简单的事！瞪什么眼啊，杀啊！”

先后有鸡被扔在地上，有的鸡挣扎了几下死去，杀鸡的得到一声夸；有的鸡却迟迟不死，一直在痛苦挣扎。

“这个就没割断气管，谁干的，捉住重新杀，看看割气管了吗，笨不死你！”瘦鸡吼着，让那个没把鸡杀死的提起鸡来，指点刀口，现场讲解。

“一刀是杀，两刀是折磨，三刀杀不死那是丧良心，你与鸡上一辈子有仇哩！”

我一手提着鸡，两腿抖个不停，看着地上的鸡，看着满地的血，我的心里全是鸡痛苦的样子。

“看什么看，杀你的啊！”瘦鸡的呵斥远远地射了过来。我一刀下去，皮都没破，又一刀，血流出来了，我吓得要扔。瘦鸡一步赶了过来:“不行，刚划破皮，没割着气管呢，再割！”

我用手一摸，确实，气管还好好的，于是又一刀下去，觉得割断了，就一下子把鸡扔在了地上。

那鸡在地上打了个滚，一下子站了起来，围着小院子跑，躲着围堵它的人，昂着头，嘴里“咯咯咯”地叫着，像得胜的将军。

“你他娘的连只鸡都杀不死，猪八戒他娘怎么死的，笨死的！”瘦鸡骂骂咧咧，大家起哄笑了起来。

大家的鸡都杀死了，只有我那只还将军一样昂着头跑着。

我又气又羞，呆呆地站在那里，不知道如何是好。

“逮啊，没人替你杀，我倒要看看你几刀才能杀死！”

我弯腰捉那鸡，好不容易在大家的帮助下，捉到手里，又一刀颤抖着下去，鸡挣扎了一会，终于死去了，我长长地吁一口气。

“五刀啊，五刀！你老人家有本事，整整用了五刀才杀死一只鸡！今天让我开眼了，你有本事！”

大家又是一阵笑，从那以后，我就有了新的外号，有人喊我“五刀”，也有的家伙喊我“辛五刀”。

“五刀，走了，吃饭去！”

“辛五刀，过来打一把，三缺一！”

“刀哥，来来来，抽一根！”

最可恨的是樊胖子，闹起来外号都不好好喊，“老呆”“呆五刀”“刀呆子”，恨得我牙根子疼。

时间长了，不要说大家，我自己都快忘了自己还有辛梦远这个名字。

晚上我们学员也是可以喝酒的，酒不用花钱买，而且都是好酒，全是酒桌上剩下来的。虽然按规定整瓶的酒一律入库，但在收拾桌子的时候，我们常常和服务员做点手脚，偷偷地把酒打开，或者干脆藏到不引人注目的角落里。

大家围坐在一起，干活时的严肃消失了，瘦鸡的骂声变成了玩笑声，有几个精明的家伙会想着法子跟老师们套近乎攀亲戚，给他们敬酒，而我们也常常边喝酒边聊这一天发生的故事。

我的情绪不高，这几天下来我已经发觉，自己不光是左撇子，干什么都显得很笨，脑子也完全没了读书答题的灵透劲儿。挨批挨骂倒也罢了，师兄弟们的嘲笑我也并不全当回事，真正让我郁闷的是感觉很不顺，切墩的时候一遍遍被老师责骂，杀鸡的时候更成了大家的笑话。

我沮丧而压抑，我原本以为学厨师和上学读书是一回事，学起来很容易上手，可是和几个灵活的相比，我完全就像个白痴。比如说切鱼片做炸鱼盒，首先要把鱼肉片成相连的薄片，人家杰子、东子和死胖子很快就掌握了门道，可我怎么也掌握不了要领，也难怪瘦鸡气得跳脚。我渐渐发现自己不光是手笨，脑子也不灵光，老师的话似乎半天也听不懂。

“老呆，你不会真成了呆子吧？你上学时的机灵劲呢？怎么干什么都比别人慢半拍？”毕竟是老同学，樊胖子也替我着急。

“我也不知道怎么搞的，唉！”我摇头，无奈地叹气。

我突然想起在学校时笑话包子是“榆木疙瘩”，在这里，我完全就是点不透的榆木疙瘩。

大家笑着，闹着，喝着酒。

我也跟着笑，悻悻地像局外人一般，跟着别人把酒灌进肚里。

第二十九章 招待所，人生何处不江湖

“你得承认，不论干哪一行，天分很重要。”我叹了一口气。

“比如说那个包子，上学时是个典型的榆木疙瘩，天天扯着嗓子背书就是记不住，一到考试就抓瞎，可人家贩起粮食来贼精贼精，那些小招式根本就是无师自通，稍微抖一下身子，哆嗦下来的全是鬼点子，所以说包子的天分不是上学，是做生意；包子的表弟来财更是怪，人家小学毕业，从来就没学过什么物理和化学，可人家安装电器、拆解电器几乎样样精通，我在人家面前简直是弱智……”

大家都点了点头。

“听起来，你好像说自己没有学厨师的天分？”

我点头：“我本来以为自己上学的时候头脑不算笨，学东西应该很快，可学起厨师来才发现，我学什么都比别人慢半拍，比如杀鸡，比如剥鱼皮，大多数师兄弟干起来轻松愉快，而我每一次漏洞百出，自己为难得满头汗不说，还惹得老师发脾气……”

“我很压抑，很沮丧，很不快乐。在十二个师兄弟中，我觉得自己就是被人嘲笑的角色，什么事情一轮到我，我就莫名紧张，然后就一团糟，招来一顿骂，一阵奚落和嘲笑。”

一想到那段日子，虽然二十年过去了，但我依然满心忧伤——如果每个人的生命里都有属于自己的长征，我觉得，那段学厨师的日子对我来说就是过草地，看起来很平坦，可一脚踏下去就有可能陷进泥窝里。

“吐吧，把你的苦水全都吐出来吧，作为回报，今天上午咱们五个人的饭，就由你辛大厨师亲自做，尝尝你的手艺！”老牛豪爽地挥了挥手，似乎给了我多大的权力。

我瞪了眼老牛：“说出来你们不信，我在家里几乎不进厨房，除非万不得已！我宁愿忘记我学过厨师。”

大家都不再说话，三个女人把目光投向我，似乎委婉地表达着同情。

“有一天，樊胖子和我闲扯，他提到了岳芳。”

“岳芳？他们成了一家？”

韦一巧满脸惊讶的表情。不对呀，岳芳出嫁的事她知道啊！

还没等我们说话，韦一巧自己反应过来：“哦，岳芳是樊川的表嫂……换亲……我想起来了！”

我们点头。

“他说岳芳怎么了？你快说！麻利点，别一句话让你吃半截吐半截！”

明明是你们打断了我的话好不好，讲不讲理！我心里埋怨着，嘴上却接着往下讲。

“老呆，岳芳怀孕了，听家里人说过了年就得坐月子。”

哦，眼看岳芳就要当妈了，原来我离开刷锅中学已经两三个月了。

“她怎样，还好吧？”

“好，可好了！全家人拿她当宝贝！听我娘说自从岳芳怀孕，我姑全家上下都伺候皇上似的伺候她！”

这样也不错，换亲就换亲吧，只要一家人知冷知热，有人疼惜她。

我暗地里为岳芳松了一口气。

“人家都要当妈了，咱还是光杆子一根。那谁，你们真的完了吗？”樊胖子感慨着。

我当然知道他嘴里的“那谁”和“完了”的意思，可是我能说什么？

“黄鹤一去不复返。”我幽幽地说了一句，低头抽烟。

“林花谢了春红。太匆匆。无奈朝来寒雨晚来风。胭脂泪。留人醉。几时重。自是人生长恨水长东。”

我不由地想起了李后主的这首词，轻轻吟了出来。

“人生长恨水长东。真好，这是你写的吗，呆子？”胖子的目光里写满了佩服，然而这种佩服持续了最多一秒，“你写的诗再骚也没用啊，五刀，这里比的是烹炒煎炸涮……你个呆鸡！”

有人的地方就是江湖，这句话简直就是真理。

两三个月过后，我们十二个人也就很自然地分出了层次：有些人已经独立上灶；有些人呢，则是老师们每次掌勺的时候被喊到身边，老师们一边示范一边讲解；还有一些人，比如我，则很少上灶，更多的时候在墩上配料，即使偶尔溜过去看一眼，也会被老师呵斥回来。

独立上灶的已经能娴熟地颠勺装盘，围在老师身边的正随着老师的指点观察火候熬色下料，而和我一样的几个人则守着菜墩子切姜丝、葱段、蒜末等配料。

他们在灶前欢呼，眉飞色舞、喜笑颜开，我们一边配着料，一边瞥他们几眼，目光里全是羡慕和怨恨。

杰子学得比较快，私下里交流的时候，我们师兄弟都说杰子应该是最好的一个，老师也常常在人前夸奖他，可不知怎的，他真正独立上灶的时候也并不多。

“学得好不如跟得好啊！”杰子躺在床上，恼恼地发着牢骚，“会干的不如会舔的，什么他娘的事！”

“你已经学得很好了，杰子，比哥不知强多少了……”我安慰他，内心五味杂陈。

杰子一骨碌爬起来，凑到我床上，伸手递过一根烟：“哥，小人，简直太他娘的小人。我呸！”

我望着他，不知道什么事让他如此生气。

“你还看不出来吗，能上灶的除了某些人的亲戚，就是平时低头摇尾巴的舔腚鬼。恶心，真他娘的恶心！”

我们都明白，作为学员，谁能够上灶操作完全取决于老师安排，如果能上灶独立炒菜，地位就明显高出别人一大截子。

“你和瘦鸡不是一个村的邻居吗，你们不有着拐弯子的亲戚关系吗？”我问杰子。

“那都是假的，不管用。哥，嘴甜不如东西甜，唉，我做不出隔三岔五给人家买烟送礼的事，恶心！你看那个谁，成天跟在瘦鸡后面，说是孙子都抬高他了，简直……我呸！”杰子骂了一阵，又关切地说起我来，“哥，你这样可不行，咱来这里可不是天天切葱花剁蒜末的，可不是天天杀鸡宰鱼当小工的，你也得……塞点东西……”

确实，我和几位师兄弟很难上灶不说，往往是在别人上灶的时候拿着大刀去杀鸡。

我郁闷地点了点头。

“我算看明白了，好与不好是人家的嘴说了算，关系近不近是你的东西说了算，人在屋檐下，没法不低头……”

我烦恼地摇头，对自己没有一点信心，即使花了钱求了人，我就一定能学好吗？万一让我上灶，我会紧张得手足无措，进了油，着了火，烧糊了一锅菜，那更丢人。

“这样子下去不行啊，哥，我听说分配的时候里面道道多得很，如果你和所里的领导有关系当然好，如果没有别的关系又不巴结老师，即使学完了也分不到好地方去……”

烦闷了好几天，在杰子的一再怂恿下，我花了九十块钱买了条烟，偷偷地送给瘦鸡。瘦鸡笑得满脸开花，一口一个兄弟地答应慢慢给我机会。

杰子说得对，从那往后，瘦鸡没再给我拉驴脸子。

可是有一天，杰子在厨房里和另一个老师吵了起来，双方火气都很大，几乎抄起了家伙什。

原来是市里举行的厨艺选拔赛惹的祸。

一年一度全市范围的县直机关厨艺选拔赛，今年准备派一位老师带两名学员参加。大家明白参加比赛意味着什么，这对于以后分配，尤其是留在招待所，有着很重要的作用。如果按照平时的表现，杰子应该占据一个名额——不光杰子这样认为，师兄弟们这样认为，就是有些老师私下里也不止一次地给杰子吹风透气。

但最后没有杰子，而是瘦鸡带着他的妻侄和另外一个人。而那另一个人，恰恰是常夸杰子的那位老师的亲戚！

杰子当然满肚子火，十七八岁的年龄又不懂得掩藏火气，所以在厨房里当那个老师让杰子干活的时候，杰子白眼望着他，嘴里阴阳怪气地发着牢骚，然后就吵起来了，往一起凑，如果不是大家拉着，两个人很可能就厮打在一起。

“去他娘的，哪有一点真事，真他娘的黑！”回到宿舍，杰子依然骂骂咧咧，饭也不吃，头枕着胳膊长叹气。

因为杰子是和老师吵的架，所以没有几个学员过来安慰他，不少人都挤在老师宿舍里，劝老师不要生气，怪杰子年轻不懂事。

我抽出一根烟，点着，递给杰子。

杰子接过烟，狠狠地吸了一口，然后猛地吐了出来，似乎要把满肚子的腌臜气全吐出来。

我没再多说。我能说什么呢，我这样子，有什么可以安慰杰子的呢。

兄弟俩躺在床上，一口一口地吸着烟。

我比杰子更烦恼。受挫的感觉像不甘寂寞的虫子时时咬着我敏感的内心，当初进招待所时的那个厨师梦离我越来越远，我开始厌恶起这种日子。但好不容易找的门路，才进来两三个月，我如果不干这个活又能干什么？爹娘气成什么样子姑且不说，问题是我能往哪里去？

我越发地迷茫，在热闹的人群里，自己却如挣扎在沼泽地里孤独的狼，说不定哪脚踩下去就陷在泥里，再也挣脱不出来，越挣扎陷得越深，眼看着泥巴没过我的胸膛，我的口鼻，直到最后没过我的头顶，这世界上便再也没了我的影子……

厨房的工作比较规律，每晚不到九点钟，打扫完卫生也就下班了。当我们这些学员差不多成为成手之后，老师和学员们开始轮班，每周都有两到三天的轮空日，轮空的那一天，不论是老师还是学员都完全是自由的。有家的老师们守着老婆孩子，而我们这些学员除了逛街浪几圈归来，就三三两两地围在一起聊天，打牌，吹牛皮……

我们一边打着牌，抽着烟，一边品评着各自的成绩。

“我已经会弄糖醋鲤鱼了，那天老师让我从头到尾弄了三条，从熬糖色到下料、出锅、装盘子，全是我一个人弄的，老师夸我说色、香、味、形都不错，嘿嘿……”

“霸王别姬，知道吧，今天，老师教的我霸王别姬！”也不怪人家炫耀，在我们县招待所，霸王别姬几乎属于招牌菜系列了，这样的菜能够上手学，确实令人得意。

“小张子天天跟餐厅的服务员眉目传情，是不是早就黏糊到一块儿了，你小子可得小心，别抓不着狐狸惹得满腚骚，被开除了可不值……”

“下个星期我就定媒了，到时候给大家发喜糖……”

大家不停地抽着烟，手里时时把牌甩得“啪啪”山响，然后又是一阵子粗俗的玩笑，围绕女人，围绕现实或者想象，把男女妙不可言的游戏说得直白而鲜活，所有的人放肆地笑着，一张张嘴咧成瓢子……

我也抽烟，把烟散给兄弟，也打牌，把扑克甩得山响，也开玩笑，但我几乎从来不敢和他们谈论女人的话题。

那个束着马尾辫长着白净脸的影子已经长成我心里的一根刺，只要碰触到她，我的心就会颤栗。

我更喜欢静静地摊开一本小说，身子斜倚在墙角的被子上，独自享受与文字相约的快乐，故事中的人物牵着我的灵魂，他们的喜怒悲欢控制着我的情绪——是的，我不上学了，但读书似乎多少可以填补无法上学的遗憾，而这种滋味，也只能在自己心里静静地品尝，无法分享。

渐渐有人说我的怪话，话里带着刻薄与酸意，他们说我是羊群里跑出来的一头驴，大尾巴狼戴眼镜装什么斯文。他们说我大概走错了地方，既然这么爱读书就不应该来这烟熏火燎的地方当什么厨师，而是应该去对门考什么大学。

“进那个大门，嗬，那得看他有多大的本事，真有那本事，还跑这里受这样的罪，癞蛤蟆吃天鹅肉，也只是想想吧！”

有时他们打着牌闲扯的时候，冒出这么一句，然后便有人附和。这些话钻进我的耳朵，我想装着听不见的样子，内心却因此更加悲伤。

其实，我也很想和他们一样，把上班的时间交给烹炒煎炸蒸炖煮，下了班就围在小桌子旁边快乐地抽烟，打扑克，谈女人，不去想什么乱七八糟的事情。可我做不到，即使勉强那样做，也只能变得更加烦燥。

我开始厌倦一米多高的菜墩子，厌倦油烟扑鼻的大锅灶。也不清楚从哪一天开始，我越来越讨厌自己，讨厌自己学不好厨艺，讨厌自己为什么心里成天生出杂乱的想法，更讨厌的其实是自己为什么就不能和大家融在一起，同样的日子，为什么大家都那么快乐，而自己却生出这些烦恼和忧虑……

我的快乐在哪里？我不知道，沮丧的情绪如同一个结实的牢笼锁住了我，让我无法挣脱。

除了上班，我大把的时间就是逛街，逛街回来就枕着叠好的被子看小说，我索性不理那些怪话，用读书垒起一道无形的墙，把自己严实地隔在文字的世界里。

大街上人来人往，上班的，下班的，男人和女人，老人和孩子……每个人似乎都很快乐，可大家的这份快乐并不能感染我，反倒让我变得更不快乐。

大家明明都很快乐，我为什么不快乐，我甚至怀疑自己得了某种不可救药的怪病，也许哪一天就会暴发，走火入魔。

“兄弟，说实话，我觉得你真不该走这条路……”有一天，樊胖子来到我的宿舍。

“我太笨了，胖子。”我慵懒地坐起来，从床头抽出烟，递给他一支，我也点燃一支。

“你肯定不笨，这事你知道，我也知道。也许这条路你不该走……”

我惨笑一声：“混日子而已，我还敢说什么路不路？”

樊川指了指对面：“我觉得那才是你最该去的地儿。咱班那些同学今年复习的也不少，你为什么没去复习？”

一句话戳中了我的痛处。我能说什么呢？

“你还记得那个江燕子吗？就是谈恋爱被开除的那个，今年又复习去了。”

我的两个大拇指狠狠地按在两边的太阳穴上，然后两手使劲地往后揪着头发：自从离开刷锅中学，我没打听过任何人上学的消息，甚至故意躲避着类似的消息。可今天樊胖子又一次跟我提出这个话题。

但我知道，死胖子说得没错，对门才是我最想去的地方，尤其当我的厨师生涯一天比一天糟糕的时候，这种念头就变得格外强烈。

招待所对门是东原县第一高中，那可是全县最好的高中，能到这里来上学的，如果不是成绩优秀，那就必须有过硬的关系。休息时间，常常有学生戴着明晃晃的校徽溜到招待所里玩，男男女女，兴高采烈，我看着他们胸前的校徽，内心里总会生出怪怪的情绪。我不止一次地幻想着自己变成了他们，胸前配着闪光的校徽，坐在明亮的教室里读书写字，与大家讨论问题……当幻想消失，我望着那些学生的背影，怅惘地低下头，长长地叹一口气。

"这都是梦，别做梦了，不可能变成现实。"冷静下来，我嘲笑自己。

越是不高兴的时候，我越是频繁地想起刷锅中学，想起韦一巧，想起老牛和老吕。老吕一定又在讲台上慷慨陈词地教训着新一级学生，老牛一定在师范的校园里上着课，一定又像鲇鱼一样活跃在篮球场上，也许此时有某个女生为他抱着衣服欢呼吧？

韦一巧，我的韦一巧，你又在哪里？

火山的岩浆一旦积聚到某种程度，迟早会喷发出来，人的情绪也是如此。

"咱不认字，不像人家想着考状元……"

"你狗日的说谁？"

终于有一天，我在床上看着书，当小张子又一次阴阳怪气讽刺我时，我翻身坐起，顺手把书本砸了过去。我说过，我打架的本事不算大，但从来不缺少打架的勇气和冲动，屋子里乱成一团，大家好不容易把我们拉开，我们收拾着自己凌乱的衣服，嘴里骂着对方的祖宗三辈，发泄着各自的怒气。

打了这一架，我内心反而电光闪过一般清楚起来。我突然想明白了自己这一辈子最想做的是什么，我心里其实一直有那么一条路，虽然我在这条路上一次次地跌了跟头，但它一直铺在我心里。

我还是得上学，那才是我最想过的日子。那才是让我快乐的地方，只有读书的时候，我才感觉到活着的价值。

我强迫自己静下来，先把这强烈的冲动压下，反复地琢磨，然后又一次坚定了这种想法。我现在终于明白为什么一看到对门学生胸前的校徽时就会生出无尽的烦恼。

但我也清楚地知道眼前这条路虽然让我不快乐，可熬过一年就能分配到厂子里，然后安稳地挣钱娶媳妇，生孩子，过日子，重新上学却充满了未知……我是否还有往下走的勇气？再说了，我又该怎么返回学校？翻葫芦倒瓢地折腾了大半年，我如果再向爹娘提出这个话题，不把娘气死才怪。

烦恼，焦虑，如囚在笼中的小兽，我一次次望着外面，却无法出逃。

黄色的树林里分出两条路，可惜我不能同时涉足，我选择的那条，它荒草丛生，十分幽寂，很少留下旅人的足迹。

老牛喜欢的那首诗一下子浮上我的心头，我觉得诗中那个人就是我，如果这样走下去，我最终会得到什么？

我该怎么办？

做一次自己的上帝吧，把命运的决定权交给自己。大不了再和爹娘吵闹一场，吵过闹过，爹娘最后还是要向他的儿子妥协。

于是，轮空的一天，我骑着自行车回到了家，偷偷地把课本带回了招待所，我还没想好具体怎么办，但我想着先复习放下的功课，离中考还有不少日子，总会有法子！

想清楚这些之后，我的心情变得平和起来。上班的时候，不论老师让我做什么，我都痛快地答应，哪怕只是最琐碎的剥葱砸蒜，我也没有半点犹豫。

我不在乎别人的闲话了，不在乎别人的眼光了，只要下了班，就躺在床上，看以前的习题。

也许命运就这样奇怪吧，就在我坚定了读书的想法后，大概离中考还有两个月的某一天，老吕突然找到了我。

我正愁着如何返校呢，结果老吕就来了，简直是刚想睡觉，天上就掉下个枕头来。

看到老吕的那一瞬间，我激动得声音都变了，一时竟然不知道说些什么。

“你怎么来了，老师？”沉默了半天，我才问出一句话。

“我来找你是想问你还想不想上学。很多老师都感到可惜。牛波更是不止一次写信说起你，我也是从他的信中知道你学了厨师。”

老牛，好兄弟！

他上了中专后，我们通过几次信，他不止一次地劝我回去复习。

“想！”我几乎脱口而出，心里猛地一热，为老吕，为老牛，为刷锅中学曾经的老师和兄弟。

“还有两个月就中考了，你能不能跟我回去参加考试？”

“还能考吗？”

“我也不敢保证。现在越查越严，但我们可以试一试，先随着班里复习，参加预选，如果能够过关，再想办法。”

“这里怎么办？万一不能考……”我想了想，跟老吕商量，“我直接参加预选考试吧，老师，你给我报上名，我就不回学校复习了，我不想告诉家里……”

老吕明白了我的想法，我落榜后他曾经到我家里做我爹娘的工作，他知道我所面临的是什么困难。

沉默了一会儿，老吕犹豫地说：“要不你在这里请个假，就说家里有事，如果预选上了，再跟家里说；预选不上，你就再回来继续当你的厨师……”

回校复习当然是最好的选择，但我不能回去。因为一旦回校上学，其他费用不说，吃喝首先就是大问题，既然不跟爹娘说实话，肯定没法张嘴跟他们要钱，而在招待所里，根本不用考虑这些问题。

“我可以替你垫这两个月的生活费……”

“不，不能这样，老师！”

争执了半天，老吕终于接受了我的想法，我先在这里自学，预选前一星期回校随着班里参加考试。

“这样能行吗，辛梦远？落下一年的功课……”老吕担心。

“没问题，老师。我尽最大的努力！”

“也好……我再想法给你送些题……”

隔了几天，吕老师果真又骑着他那辆半新不旧的自行车，给我送来了一大包各科习题。

打开那散发着油墨味儿的各科习题，我似乎看到老吕骑着自行车奔波四五十里的样子。

哦，老师！

我的心一下子轻松起来，快乐起来，像迷路的羊羔终于找到了羊群，“咩咩”地撒着欢儿。

就在我将要离开招待所回校参加预选的前一天，樊川来我宿舍找我。

他一进门，我就发现他的神情不对劲，他的情绪非常低落。该不会追哪个服务员被拒了回来吧?

“老呆，陪我走走？”

我从抽屉里拿了烟，便走了出去。

出了招待所的门，穿过大路就是高中，穿过高中校园便到了山根儿。不光我们，就连对门高中的学生们也常常三三五五地爬山玩。

山很矮，进了高中后我亲自试过，一个课间操的时间便能轻松爬个来回。

“岳芳生了个闺女。”

我“哦”了一声，出嫁一年了，正常。

“她生了个女儿。”

我不明白这死胖子为什么重复一遍。

我疑惑地望着他。

光秃秃的山顶，我指了指身边的一块大石头，示意坐下。

“我那表哥真不是东西！我姑那一家人都不是好东西！”樊川不坐，呆望着灰蒙蒙的天空，“他竟然打岳芳，打得鬼哭狼嚎……”

“啊！为什么！”我吃惊地站起来，“为什么打她？我记得你说他们一家人对岳芳很好……”

“假的，全是假的！自从她生了闺女，全家人就没给过她一个好脸子！”

“他妈的！”我不由地骂了一句粗话。这都什么玩意儿，生个闺女怎么了？

樊川情绪很激动，甚至有点咬牙切齿的样子。

“我光以为大表哥人窝囊，成天不言不语的，老实。没想到他打起岳芳来真下手，我娘亲眼看见岳芳胳膊上一片青一片紫！”

我心里很不是滋味。

“她可以要二胎啊，农村户口头胎女儿的，不是都能生二胎？”

“就是呀！可他们说头一胎就生了个赔钱货，晦气，二胎要再是闺女就成了老绝户！”

我登时满心鄙夷，可又问了一句：“胖子，那可是你亲姑，你表哥，你到底站哪头吧？岳芳不过是你表嫂……”

樊川腾地站了起来，我话未说完便被他堵了回来：“可她是岳芳！”

我一下子回过味来，突然明白了樊川情绪激动的真正原因，想起在刷锅中学上学时他看岳芳的眼神，这和表嫂没关系。

我不敢再揶揄，只在肚子里暗笑道：情种啊，这小子！

我拉他坐在石头上，给他点上一根烟：“每个人有每个人的日子，胖子！”

樊川不说话，只闷闷地坐那里抽烟。

我当然也没什么好情绪。山顶几乎没有一棵树，光秃秃一片，全是石头，青灰色的，暗红色的，黄褐色的，像结在皮肤上厚厚薄薄的疮疤，难看而刺眼！

山底下是一片低矮的楼房，灰色的天空，灰色的楼房里每天都会发生这样那样的故事，谁又知道谁的悲欢？

“胖子，我要告诉你个秘密。你一定不能声张！”

樊川转脸望向我。

“我要走了，你那天就跟我说过，我不应该在这里。确实，我不适合学厨师。我马上就回学校，参加今年的预选考试！”

樊川的反应并不如我想象的那样，他好像早就知道了似的，浅浅的迷惑只在脸上一闪即逝。

“我不能不告诉你。咱们是兄弟，死胖子！我投奔老吕，参加今年的预选考试。这边你谁也不能告诉，我编理由请假……”

樊川点头，重重地握住我的手。

就这样，我又一次通过了预选——这让老吕兴奋不已、自豪不已，他和他的同事们不止一次地夸奖，说我中断了一年，只提前来学校复习了一星期，没想到竟然真能通过预选考试，又一次拿到了中专考试的指标。

“然后你就考上中专了？”韦一巧问了一句。

我摇了摇头："没有，我最终没能参加升中专的正式考试，因为复读生的身份。我考了高中，以全县第五名的成绩进入高中。"

"老驴还是很不错的，虽然脾气倔，嘴也臭，但他对你确实够意思。"老牛感慨。

确实，从刷锅中学拐到我家，然后再到县招待所，那得有六十多里的路程，老吕骑着破旧的自行车，只为了问我一句还上不上学，这是一种什么样的情意！我可以想象老吕骑着车子爬那一个又一个长坡的样子……

"够坎坷，够曲折，像小说。"刘小凤由衷地发出感慨。

"岳芳命够苦的，真不容易……"韦一巧的眉头不自觉地抖了抖，下意识地咬了咬唇，"唉，谁又比谁容易……不过都在泥里扑腾……"

我的耳畔突然就响起老吕那句话："如果天在下雨，没有哪个翅膀能晒到太阳。"

"我不愿像小说，倒宁愿生活更平坦，一帆风顺，哪怕平庸。"我痛苦地摇了摇头，恨不得把所有的苦恼全部摇去。

"高中就没有什么故事吗？"韦一巧笑了笑。

"没有故事。"

"不可能！我就不信像你这样贫嘴贱舌的家伙，能不招惹哪个小妮子！"

余小红总是在不经意的时候补我一刀。

"过分了啊，牛大夫人，守着学生呢！"我瞥了眼旁边的刘小凤，提醒道。

刘小凤一句话把我噎了回来："我不当谁的挡箭牌，我都大一了！你们继续！"

我只能求助于韦一巧："大老板，该吃饭了吧，备饭！这一大上午，可全听我一个人叨叨了，上饭！"

"小红这一说，我也好奇……"没成想韦一巧跟了这么一句。

我气急败坏。

"告诉你们吧，我肯定不敢再招惹什么小妮子了，学厨师的时候已经定了亲，高中我班里一个同学就和媳妇一个村子……"

"啊，还有这事？"他们异口同声，"快说……"

第三十章 心灰意冷，辛梦远草草定亲事

"说出来你们可能不信，定亲三年多了，我竟然没能记清媳妇长什么样子……"

我沉沉地摇头，说不出遗憾还是忧伤。

“你说什么？定亲三年多，你竟然说连人家什么样子都不记得？”余小红斜着眼睛看我，脸上是一万个不信的表情。韦一巧母女也是满脸的诧异。也不怪她们不信，说起来连我都觉得不应该，可这就是事实。

“我只见过她一面，那一天，满屋子黑压压的人……”

“这三年多的时间，难道你们就没再见过面？定了亲的新亲戚，每到年节不都要送礼吗？”

“你说得对，按风俗，每年过年和八月十五都要正儿八经地走亲戚。一年两次，少一次就可能出问题。可我这三年，确实一次也没送过……”

余小红站了起来，几乎走到我的对面，挑衅似的望着我的眼睛，目光里全是怀疑：“就你，连女的什么模样都没记住，当时就答应了亲事？”

我点头。

“我不信，一万个不信！你要说老牛这样子还有可能，他老实。可你……我绝对不信！”

老牛听到媳妇夸奖自己，厚嘴唇咧得像蝴蝶吻过的玫瑰花一般乱颤，屋子里全是他嘿嘿的笑声。

“老牛可真老实！要不然你铁扇公主怎么会扛着芭蕉扇，心甘情愿地扑到牛魔王怀里……他可真老实！”

我揶揄着余小红，故意把“老实”两个字反复强调，韦一巧看我夸张的样子，又看了眼老牛，也不禁抿嘴一笑。

“你老小子怎么又扯我身上了，别跑题！”

“对，别跑题，说你的事。”余小红也意识到这点，又把战火引到我身上。

“那就安安静静地听我说，别乱插嘴。”

大家笑了笑，迅速安静下来。

大概是进了招待所三四个月的某一天，我正在厨房干着活，突然有人告诉我，外面有人找我。

我走出去，原来是村里邻家的哥哥，他来城里买东西，娘让他给我带个口信。

“二兄弟，你明天请个假回趟家，俺大婶子说有人给你说媳妇哩。”

我送走了邻家哥，刚回到厨房，师兄弟们就围过来开起了玩笑。

大家都喜欢开这种事的玩笑，平时闲聊的时候，谈得最多的也是哪个师兄弟定了亲，哪个师兄弟娶了媳妇，哪个师兄弟带着对象到城里玩。如果见了谁的对象，大家会像狗见了肉骨头一样围上去。

说实话，听到个消息，我心情非常复杂。

高兴是一定的，但在高兴之外，却又涌起一种难以言传的怅惘，一切都要有结局了吗？那个她去了哪里？十七岁的爱情就真的无果而终吗，她到底是因为什么一走再没有任何消息？

最重要的还是不甘，转来转去，最后不也和大家一个样子？相亲，定亲，娶媳妇，过日子……光心高有啥用，你必须得有翅膀才能飞翔。

日子终于还是把我变成了它成批打造的样子，大家像一个模子里脱出的土坯。我不再是我，你不再是你，只是生活脱出的一个土坯而已……

第二天，我跟老师请了假——这样的假向来容易请，只要一说是相亲，老师一定是笑着答应。领导不是也说过吗，看见这里干活的小伙子们找上媳妇，他们感觉有光哩。

爹娘看我回来，也很高兴。还没等我坐下，娘就对我说西村的什么表大爷给我介绍了一个姑娘，如果没什么意见就在这两天相一相，要是成了，咱家可是一年进了两媳妇哩。

我知道娘高兴，她的高兴不光是在脸上，更在心里。

几乎从我和哥哥懂事时起，娘就反复地跟我们念叨娶媳妇的事，谁家的日子过得红火，早早给儿子定上媳妇了；谁家两口子没正事，日子过得像稀蒜，儿子眼看快三十了，还光棍一条……说完别人，娘总会极自然地点到自己，抱怨爹不操心，日子过得很一般，两个儿子一旦高粱棵子般地抽开个子，到时候找不到媳妇，那可真是天大的愁事。

农村人过日子，当爹娘的一辈子无外乎两件大事：盖上新屋，给儿子娶上媳妇。

其实这两件事几乎是连着的，连屋子都盖不起，肯定没人上门说媒，没人说媒，哪来的媳妇？

如果这两件事无法完成，活着没脸见人，见谁都小三辈似的，死了没脸见祖宗，归了祖坟也得先请罪——这并不是谁规定的，但村里的人几乎都出自本能地遵守着这个没有文字的规定，一辈传一辈，平时谁和谁比起来，也总是比这两件事。

娘在那里絮絮叨叨，我倒上一杯白开水，默默地喝着，听娘对着爹安排晚上的事。

在我们这个家庭里，爹更习惯执行，领了任务干活。娘才是家里的司令官，什么事基本都是她安排。比如我们兄弟放学了，要交钱了，或者要买什么东西了，进门就喊：“娘，下午交一块钱！”

有时娘不在家，爹在椅子上抽烟，我们什么也不说，只习惯问一句：“娘呢，干么去了？”

每个家庭都有固定的结构，合理不合理是一回事，谁也没跑到别人家里过日子。

“把他叔们都叫来喝酒，我一会儿出去买几个菜。”

爹应着声，转身就要出去。

我喊住了爹：“不急，我没想好哩……”

“你不用想……你还用想什么？只要人家女方没什么缺陷，人家愿意，咱就愿意！”

娘这句话让我听得耳朵都起了茧子。娘平时和邻居家的婶子大娘扯闲时，我也常听她们这样说，只要人家女方愿意，咱就愿意——不光娘这样说，有儿的娘几乎当时都这样说。

但当娘真把这话对我说的时候，我心里腾地升起一股火，都是人，凭什么女人愿意我就得愿意？

我“哼”了一声，不管娘的叨叨，推起车子就往外走。

娘扯着嗓子喊我：“你又干什么去？”

我没应声，也不回头，骑上车子就走。

娘气得直跺脚，那熟悉的骂声又在我的脑后响了起来。

我当然是去于家圈。我必须得去一趟于家圈！

我要见她，我要亲自问她一句。我一边蹬着车子，一边想着韦一巧的样子。我突然觉得今天的自己就像奔赴法庭，等待着法官给自己一个明白的结果，这个结果就决定着我的命运——有结果，没结果，都是结果。

我一路骑着车，心里默默地念叨那神山上的老奶奶，像电影里虔诚的教徒一样许着愿：“大慈大悲的神老奶奶，可怜我、保佑我吧，愿我这次能得到想要的结果……”

我想见到韦一巧，想当面问清楚她内心的想法，即使见不到她，就像上次去的时候一样，打听不到任何有用的消息，我也能够让自己安心，然后不再挣扎，相亲，定亲，按照爹娘的安排，娶媳妇生孩子，像一代代人那样，安安稳稳过日子。

我一遍遍地祈祷，在我的祈祷声里，韦一巧那白净的脸、高挑的马尾辫变得越发清楚，似乎就晃在我的眼前。我几乎听到她娇笑的声音，感受到她独特的气息了——她家里有人吗，这次我能打听到有关她的消息吗？

我走过小桥，推着自行车，停在韦一巧家的木大门前，门鼻子上挂着锁，没人！

我的心一下子沉了下去，站在那里，傻傻地，不知如何是好。

“你找谁？”韦一巧家对门出来了一个人，大嫂模样。

“我……我找……韦一巧……”

“找二妮啊，你是谁？找她干什么？”

大嫂很警惕。

“我从学校来，老师让我来找她问个事……”

我吞吞吐吐地重复上次编的谎言。

“别找了，找不着了，好几个月了，没听到任何音信。”大嫂模样的人很善谈，而且似乎很想聊的样子。

“她……怎么了？为什么……跑……”

大嫂摇摇头：“不知道，二妮这一跑，她娘可没少挨她爹揍，那一次几乎快被揍死……”

平日里我特别烦妇女们东家长西家短地扯老婆舌，可今天，我生怕大嫂中断了话头。

大嫂一边絮叨，一边伸头看了看周围。

“听说，俺可只是听说啊……二妮跑之前，曾经哭着对她娘说，一辈子再也不回这个家。”

“啊，一辈子不回！为什么啊，真的吗？”我吃惊地问。

大嫂吞吞吐吐地说：“可能……她家里定的亲她不愿意，很可能……她在外面早就有了人。”

我心里一惊，没敢再和大嫂多谈，像被人家识破了什么似的，推起车子落荒而逃。

我垂头丧气地回到了家。

看我回来了，娘松了一口气：“又跑哪里去了？”

我放好自行车，低着头往屋里走，闷声闷气地回了句：“乱逛……”

本家比较近的四位叔叔先后来了，他们一边抽着烟，一边兴高采烈地谈着明天的相亲。

“两个孩子没长大的时候，你成天怕儿子混不上媳妇，好像天大的愁事。现在怎么样？老大眼看就要进门了，这老二的事又有眉目了，一年之内进俩媳妇，数一数咱这村里能有几家？你就偷偷地乐吧！”

娘笑得合不拢嘴，这个时候叔叔抱怨什么，她也不会生气。

“八字还没一撇，一切都在影里照着呢，行不行都得看明天，愿意不愿意，还是人家说了算。”

爹不停地发着烟。这个时候，爹不再抽他的老旱烟，也罕见地换成了烟卷子。

他们商量着明天谁领着我去，商量着明天一步一步的对策。

“老牛，你得知道吧，在家里相亲，简直得脱一层皮。奶奶的……”

说到这里，我忍不住说了句粗话。

“我知道，都是村里出来的，当然知道！”老牛感慨道。

“你别看最初生个女儿都不乐意，可一旦姑娘到了提亲相媒的年龄，就成了香饽饽……一家女，百家提，为什么百家提？还不都是挑了九十九家都没相中……”老牛发起了牢骚。

三个女人就笑。

“怕啥呀，你哥儿俩相亲，肯定手拿把攥！”余小红大笑。

“散！”韦一巧也忍不住笑了，补上最后的结果。

我撇了撇嘴，给她们一个白眼。

“三相三看两打听。这相亲简直和骡马市场差不多，几乎就差掰开嘴叉子看看牙口了！”

“什么是三相三看两打听，呆子，你说仔细点，俺还真没听说过。”余小红问。

我嘲笑她：“你是不是很后悔当年没相过亲啊，谁让你那么急性子，生怕窝在家里没人娶！”

“就是急，行了吧，就是怕没人娶，行了吧，赶紧！”

“三相就是相三次，相家，相男孩，最后才是面对面地相——先是到男方家里相相过得怎么样，如果觉得还行，就和媒人约好，让男方到某个约定的地方，让女方将亲戚集合起来，去相男孩，这两关都过了，男孩才能见到女孩本人。那阵势，简直……”我回想当年，不禁感慨万千。

“怎么？”

“满屋子黑压压的全是人，胆子小的不尿裤子就算有本事。当爹的，当叔的，当大爷的，一群；当娘的，当婶子的，当大娘的，当嫂子的，当姐姐妹妹的，甚至还有什么当姑的、当姨的……即便有人给你介绍，你也根本认不清谁是谁，就只管一根根地敬烟，点烟，打招呼，然后端起茶壶，一圈圈倒水！”

“这么有趣，哈哈哈，呆子，你没……没湿了裤子？”余小红捂着嘴笑。

“你看这嘴咧得，能开进飞机！”我瞪着余小红，不满地嘲笑。

“去你的，臭嘴！”小红骂道。

“裤子倒没湿，可一进屋两腿打颤是真的，虽然前一天晚上，家里已经一次又一次地模拟了怎么应对。”

“那三看两打听又是什么？”

“看个子和模样，看说话是不是利索，眼皮子是否灵活，看两个人是否能谈到一起去。至于两打听，其实也叫明相和暗相，就是媒人跟两家通了气后，女方装作路过或者赶集到男方家里去，借气管子给车子打气，或者口渴了讨杯水，看看一家人的真实情况，看看一家人为人处事怎么样，然后再通过亲戚友人打听男孩的情况，娶个媳妇多不容易，简直过五关斩六将……”

娘生怕我出什么岔子，一次次地让我重复爹和叔叔他们教我的礼节，我肚子里憋了一股说不出来的气——相亲就相亲，为什么光难为男人？但当着叔叔们的面，我不想让他们笑话。另外，我心里还隐隐有种奇怪的念头，即便相不中，我也不能在满屋子人面前丢人!

第二天的相亲场面和模拟的几乎一样。我也算不上胆子小，脸皮本来也不薄，说实话，满屋子的男女反倒激起了我内心的某种豪气，我觉得要战胜他们，我完全能够战胜他们!

该点烟就点烟，不就是一人一人地点吗？该倒茶的时候就倒茶，不就是男男女女都给倒上吗？谁怕谁？内心里憋的那股子豪气真帮了我大忙，我一点也不紧张。充满了表现欲。

爹和叔叔们在一边坐着，不停地点头，嘴角露出掩不住的笑意。媒人一边和女方的家长们介绍着什么，一边偷偷地对我递眼色。

满屋子人没坐多久，他们甚至没问我什么，女人们指指点点地看着我，三四个人凑在一起偷偷笑。

只喝了一杯茶，男人们一根烟还没抽完就起身告辞。

临出屋门，女方的爹笑着跟媒人说："大兄弟，我回家泡茶，一会你领着那几个兄弟过来喝茶。"

媒人很高兴，咧着嘴笑，鸡啄米似的点头。

爹和叔叔们也很高兴，他们没想到这么顺利。

"上次见老二的时候，又黑又瘦像生铁蛋子。俺也没想到三四个月没见，怎么白白胖胖像个城里人？"

送走了那群人，媒人走进屋，看着我，高兴地对爹念叨。

哦，原来你们相中的是白白胖胖城里人！如果我还和包子风里雨里贩粮食，那一定是又黑又瘦。哼，你们不能光相我，我也得相你们!

不知怎的，当时我那么强烈地产生了这样的冲动，好像和谁生气非要拧过来一个什么理似的。

"他们也相了，也看了，俺爹和叔叔还没相过女方呢。"我对媒人说。

媒人一愣，从来没遇到过这样的事。

"哪有相女方的啊，都是女方相男的。"不要说媒人，就连我爹和叔叔都说我。

"我不管别人，你去跟女方家说，我想让我爹和叔叔先看看女的。"

爹和叔叔赶紧制止我，媒人也挺为难的样子："没这样的规矩，老二，咱不能破了规矩。"

"不愿意就不去……"我不再说话，低下头谁也不理。

媒人沉默了一会儿，出去了。不一会儿，他又回来了。

"咱这也算村里独一份了。老二，人家女方答应，让我先带着大人过去跟女方见个面……"

见面不见面我并不在意，相中相不中我也不是很在意。说实话，我就是心里别扭，想扳一扳这所谓的“天底下没这规矩”。

一会儿，他们回来了。

“行，我看行，挺踏实的一个人。”

行，只要你们觉得行，那就行呗，我无所谓。

去了女方家，喝了一杯茶，我被女方的嫂子领到了西边的小屋，嫂子对她的小姑子笑了笑，退了出去。

我肯定看了几眼，但真奇怪，没任何感觉——好的，不好的，什么感觉也没有。

两个人坐了会儿，女方起身倒了一杯茶。我起身接过来，放到桌子上。我不知该问什么。

“你看也看了，俺就是这么个人，耪山垄出苦力，农村人。俺没上完小学，不识几个字，就这……”

女方说话如机关枪，一梭子弹打完后熄了火，她坐在床沿上，等我表态。

“不识几个字，出苦力，嗯……”我心里反复翻腾那几句话。

窗外有咳嗽声，我知道他们提醒什么。

我站了起来，按照爹娘嘱咐的话，从口袋里掏出一块崭新的手绢:“我没意见……”

窗外的脚步声向东屋传去。

女人也掏出手绢递给我 :“奔着你是庄稼人成的，不管以后怎么样，谁也不能翻葫芦倒水！”

我苦笑。我不就是个庄稼人吗，就我这样子，提什么反悔不反悔——我想要的日子没有了，我想要的女子不见了，我还能怎么样呢，不就是和其他人一样平平淡淡地娶媳妇生子过日子吗？爹娘高兴，就让他们高兴吧。定了亲，他们脸上有光，再不会因此而担惊受怕，遂他们愿吧……

爹、叔叔们和媒人围在大桌子上高兴地喝酒。爹招呼我好几次了，按道理，今天我是应该陪着他们好好地喝的，他们忙碌了大半天，全是为了我的事。可我回到媒人家里，头脑昏沉沉的，好像心里被人塞进了什么，堵得想哭，又好像被人抽去了什么，空落落的——突然病了一般，我也不知道为什么。

我是应该高兴的呀，回到招待所，我也可以高兴地宣布自己定了亲，大方地给老师和兄弟们发糖和烟，让他们分享我的快乐；我也完成了爹娘一直担心的婚姻大事，一年之内两个儿子都混上了媳妇，不论从哪个方面说都值得吹一阵子……可我就是高兴不起来，躺在媒人家的大床上，脸朝着土墙，一直有种想哭的冲动。

因为媒人和爹是老表兄弟，媒人并没生我的气，当我爹批评我的时候，他倒反过来替我解围。他们几个高声大嗓地说着话，盘算着美好的未来，是呀，这未来是不用掰手指头也能看到的，一年半载下来，我被分到厂子上班，把媳妇娶进门，生孩子过日子，多好的事！

可我为什么感到委屈？不，我只是个被生活羞辱得接近麻木的笨蛋，我能入人家的法眼就应该提前三辈子烧高香，敢有什么委屈！

可我内心又实实在在充满了委屈——我也说不清楚，但我知道，这委屈和别人无关，甚至和爹娘的期望也没什么关系。

这不是我想要的生活，我想要的生活完全不是这个样子！如果每个人的命运真能让自己选择，我即使选择一万次也不是这个样子。

但我明白，其实没别的可以选择。有人说老天爷给每个人发了一张纸，笔明明在自己手里，可是描什么，描在哪里，甚至什么时候描，完全由不得自己——这才是我的委屈。

躺在媒人家床上，面对灰黄的土墙，我又一次想到了刷锅，甚至还有余夫子……

每个人都会有自己的生活，无论愿意还是不愿意。

泪水无声地，滑过我的脸庞。

第三十一章 违背承诺，退婚事只挨一巴掌

“你的经历可够丰富的。”余小红感慨万分。

“我受的罪更多……”我痛苦地挠了下头，“有人说任何经历都是财富，扯淡！你要是从逆境中走不出来，可能命都没了，还财富个屁！回头看，一切都云淡风轻，可身陷其中呢，每一步都是炼狱……”

“也太老套了吧？还相亲，父母之命，媒妁之言，怎么听怎么像封建时代的故事。”刘小凤满脸的惊疑。

“夏虫不可语冰。”我讽刺了刘小凤一句。

“没有什么是一定的，也没有什么不可能。你觉得不可能，它可能就真的发生了；你觉得一定，最后倒可能变成了不可能。你还小，慢慢长大就知道了！”

老牛这番话说得像绕口令，大家都笑了起来。

“我这已经长大了啊，眼看就二十了！”小凤噘着小嘴，小声地回了一句。

“你以为长大是一天就能完成的事啊，年龄只是个门槛……”

“打住，又卖你的大道理！”刘小凤一句话给我顶了回来。

“不要光信你看见的字，看不见的往往更真实……”老牛又露“蛰人”本色，伸出马蜂的刺。

我嘿嘿一笑，对着刘小凤又补一刀：“不能光信书本，生活可不完全像书本，它比书本可要复杂多了，精彩多了！读书读呆了，可就真傻了。”

韦一巧幽幽地说了一句：“你定的那个亲事最后怎么样？”

“怎么了，散了呗！呆子的老婆……”老牛心直口快，小红偷偷地扯了扯他的衣角。

韦一巧笑了笑，没有在意他们两口子的小动作，转向我：“说说最后怎么散的吧，这样故事也就有了完整的结局。”

“光我一个人说，说书唱戏还打个赏钱呢，各位大爷……”

余小红一巴掌拍在我胳膊上：“赏，响不响？”

我揉着胳膊瞪老牛：“你怎么管教的？”

娘知道我考上高中后，并没有像我想的那样生气，除了无奈地叹气、摇头，并没有再对我发脾气。

她已经感觉到对我失去了控制，我不会按照她想的那样过日子，是好是坏，她管不了了，也就慢慢地认了命。

但一家人围在一起吃饭的时候，她还是会不时地冒出一句叹息：“这么大的人了，还天天捧着个书本……”

我明白她为什么叹息，她一直想过那种一眼看得见的日子，实实在在的日子才能让她安心。

媳妇娶进门了，她能看见；媳妇大了肚子，她能看见；孩子满地爬了，她能看见；屋子盖起来了，她能看见；庄稼收回家了，钱挣回来放在抽屉里，她能看见……这样的日子才是日子，踏踏实实的日子。而我快二十的人了，周围哪有和我一样大的人还捧着书本乱啃的，这到底能换来什么呢，她一眼看不到头，想不到会是什么结局，所以她的心一直悬着，生怕最后竹篮子打水一场空，到那时候可就丢了大人哩！

女方家听说我又上学后，也很不放心，多次让媒人打听。

“老二，过年的时候，咱得去走亲戚吧？”娘问过我多次。

“不去。”

“怎么能不去呢，不去咱可是亏礼呢，哪有定了亲不走亲戚的，别让人家说咱舍不得花钱，更不能让人家挑出不是。”

娘慢条斯理地对我说，无意似的跟我说谁家因为走亲戚最后闹掰的事。

这是老规矩，我知道。

“谁愿去谁去，反正我不去。”

腊月二十七，媒人借赶集的因由来我家里。

“咱哪天走亲戚啊，老二？”媒人端起一杯酒，喝了一口，拿起筷子夹菜的时候，很随意似的问我。

爹端酒，喝进了肚里，夹菜，不看我。

娘听见媒人问，搬了凳子靠了过来。

“喝酒，大爷。”

我给媒人倒上酒，让他吃菜。

“咱说准个日子，人家也好准备候客啊，这样的亲戚不担事，得成大席面……”媒人笑着看我。

“大爷吃菜啊……我上着学……不去……”

媒人放下筷子，看着我，脸上闪过一丝不满的神色：“不去可是输理呢，没这样的事。”

娘在一旁着急，时不时帮着媒人插上几句，劝我不能什么事光由着自己性子。

“我肯定不去，今年不去，明年不去，高中三年肯定都不去！”

媒人气得站起身，娘连忙拉住媒人的胳膊，不停地安慰着。

“犟种一个，别和他生气，表哥，你问问那边亲戚，能不能让大人替他走亲戚？”

替我走亲戚？不行！

我站起来，对娘吼了一句：“我不去，那就谁也不能去！愿意等，她那就等；不想等，那她揪什么理就随她去揪！”

说完这话，我一转身走出了家门。

第一年没去，人家女方没有说什么。

第二年没去，女方还是没有说什么。

娘急了，一天晚上，我和爹、娘、刚嫁过来不久的嫂子吃饭，娘又一次唠叨起这事。

“老二，你上学我不拦你，可你不能越上学越不懂事！”

我抬起头，望着娘。

“这门亲事是你自己答应的，你自己答应的事不能翻葫芦倒水。人家闺女等了两年了，和你一年定亲的早都结婚了，你到底怎么想的？你不能什么话都放在心里掖着藏着，拖个两三年把人家耽误了，这可是丧良心！”

“我肯定没法娶她啊。”

“啊！你不娶人家为什么答应定亲呢？”

“我没说一定不娶她，只是我现在肯定没法娶她，我得上学啊。再说了，我都快忘了她什么模样了……”

“上学上学上学，都是上学惹的事……”娘愤愤地说，“我跟你说啊，咱家从你老爷爷那辈起，虽然说不上有什么本事，可在咱村里，这几辈可从来没做过让人背后吐唾沫戳脊梁骨的事，庄稼人过日子本本分分，种地不丢人，但让人戳脊梁骨，好几辈人都挺不起身来，就丢人了！”

我低头不语。

“你娘说的话，你听懂了吗？放在心上，别不当回事！”爹在旁边又强调了一句。

我会娶她吗？听着爹娘的叨唠，我脑子里闪过这个疑问。

我真的都快忘了她什么样子了。虽然已经定了亲，但我从来没想过娶她进门会是什么样子。我做过不少关于女人的梦，可梦中从来就没有闪过她的影子，哪怕一次。

定亲两年多了，虽然我在相亲和走亲戚等礼节方面做得很有些过分，但人家女方一直表现得非常宽容，从没有挑过我什么不是——别的不说，只说过年过节走亲戚，哪有定了亲不走亲戚的呢？少走一次，女方都会生气，礼物拿少了都会被村里人嘲笑。可两年多了，我一次也没去过，难道人家女方心里就真的没有什么想法吗，人家不也一样顶着别人的嘲笑吗？

一想到这些，我就万分惭愧，感觉对不起人家。可是难道我就因为这份愧疚和不安而违背自己的内心？

我非常痛苦，内心纠结如麻团，理不出任何头绪。

我感觉自己走进了两难的境地，不论进退，都面临着伤害的窘境——伤害自己，搭上自己一辈子的幸福；或者伤害她，她牺牲两年多的青春时光，白白地等待，而在这等待中，可能还有一个虚无的梦……

升高三之前的那个暑假，有一天我对爹说我想去一趟西村，见见那个女孩子。

“怎么见？”爹问。

我挠了挠头，犹豫地说：“就是……约她出来呗，去县城逛一逛，赶个集什么的。”

爹和娘说了后，娘很高兴。

下午，爹便骑上自行车去了西村，见了媒人，说了我的意思。

媒人去了女方家，女方家说先不要大张旗鼓走亲戚，两个孩子见见面就行了，省得满大街都知道……至于见面，也没必要去什么县城，大热的天，就约在媒人家里，到时候让两个孩子说会儿话吧。

爹回来这么一说，我很高兴，觉得这一切都正合我心思。

这次见面，我决心认真地看一看女孩子，记住她的模样，认真地和她说半天话，了解一下她的情况。到了这一步，说实话，我内心也隐隐有了点认命的意思，可在认命之前，总得认认真真地了解一下对方吧——我很懊悔定亲时的草率，不论是因为应付还是虚荣，我都不应该连对方的模样都没记住，话都没有说几句，就定下了亲事。

第二天吃完早饭，我骑着自行车就去了西村。见了媒人，扯了三两句闲话，媒人让我在家里等着，他去女方家把女孩叫来。

我一个人坐在媒人的家里，百无聊赖地望着屋顶上发黄发灰的苇子和檩条，望着墙角大大小小的蛛网，想着女孩子到了之后会是什么样子，想着她会问我什么，我又该问她些什么……我有些紧张，紧张之中还有些期待，有些忐忑——这是相亲时没有出现的情绪。

坐了好一会儿，媒人还没回来。我喝了一会儿茶，坐得身子有些僵，便起身到院子里乱逛，看媒人家喂的猪。

猪圈的围墙不高，粪坑很大，猪粪在积水里发酵，时时冒出黑色的泡泡。一头挺肥的大黑猪吃饱了，悠闲地躺在窝里睡觉。我唤了猪几声，那家伙没听到似的不理我，只回我几声呼噜。我弯腰从地上捡起一块土坷垃，对着猪鼻子砸了过去，猪哼哼了几声，甩了甩蒲扇似的大耳朵，不情愿地站了起来。我伸手揪住了它的大耳朵，一只手抚着它的背，另一只手却把那大耳朵卷成纸筒模样。猪抬起头，大概也嫌我无聊，又一次甩了甩耳朵，回到它睡觉的地方，躺下，再也不理我了。

"懒熊，一天到晚光知道睡，你真是头猪！"

我很无趣，骂了猪一句，然后转身又回到屋里。

我等了大半天，媒人没有回来，女孩子也一直没有露面。

一直到了快吃午饭的时候，媒人才从外面回来，进了家，他笑着问我："等着急了吧？"

我点点头，又摇头："没事，大爷，她呢？"

媒人笑了笑，无奈地摇了摇头："本来说好的事，可谁知今天一大早，香兰她姨家有事，把她叫去了。"

"哦……"

"刚才她家里人去叫她了，可到底没见到人。"

我的心忽地一松，像一直悬在半空，突然落地了一般，既觉得有些失望，又觉得一直压在我心头的东西一下子被搬去了似的轻松……

我知道她是在躲我，虽然不知道什么原因。但不管什么原因，我曾经来过，想认真地和她见上一面，想和她单独坐在一起，谈一谈各自的生活，认认真真地了解一下对方。

可她躲了，不见我。是埋怨我定亲两年来的失礼吗，是以这种方式报复我的轻慢吗，还是以这种方式暗示我什么吗？我不知道，统统不知道。

我只是觉得内心突然一下子轻松起来，好像得到了某种解脱。

媒人留我吃饭，我婉拒。和他说了几句客气话，推起自行车骑上，就回到了家。

“唉，黄了，这事要黄了！”娘愁眉苦脸埋怨我。

爹抽了一支烟，往地上吐了口唾沫：“黄不了，要黄早就黄了！这里面说不定有什么别的事。”

正如爹说的那样，后来媒人专门来我家，跟我爹说那天香兰本来是要见我的，可又怕见了我没什么话说，有点腼腆，就躲了出去。

我不知道这话的真假，可我心里有了一个明确的决定。

离高三开学还有一星期，我对爹娘说：“我想退亲。”

娘一惊，接着就是骂。

我已经习惯了娘的骂，骂就是娘对我最好的教育。

爹也很生气。

退亲在村里可是一件很丢人的事。不论男方还是女方，定了亲再退，都是村里人的笑话，肯定会被人们谈论一阵子。小村不大，里屋放个屁，整个村子都能闻到臭味，何况退亲这样的大事。

“不能退，定了亲怎么能退呢！马上就上完高中了，毕业就娶家来，多好的事！”娘说得斩钉截铁。

“人家等了两年多，什么也没计较，你说退亲就退亲，丧良心，对不起人家哩。要不是你，人家香兰说不定早就结婚生孩子了，这倒好，等了两年多，等来一句退亲，这不行，绝对不行！”

是，我承认娘骂得对，我是理亏，定亲两年多，人家没计较过任何礼节上的是非，我心里也知道。可是，这桩亲事自当初定下来那一刻起，我就心里不痛快，心里就觉得别扭。可这话又让我如何说出口，即使说出口，又有谁能理解呢？

“我当初就不乐意……”

我一句话没说完，娘就跳了起来：“你这是放屁！当初是谁答应的，是你爹按着你的头让你答应的，还是人家媒人逼着你答应的？你以为你是谁啊，也不撒泡尿照照影儿！就你这熊样子，能有人跟你就不错了，你还挑三拣四？”

娘骂得对，当初是我自己答应的。

我不再说话，低着头，一句话也不说，任娘和爹质问和责骂。

我把自己变成了木头，变成了石头。

“都是上学上瞎了心，还识文解字呢，识的狗屁文！安安稳稳在家多好，哪有这么多事？不行就别上了，中专考了两年都没考上，考什么大学？算了，不上了，在家憋着吧！”

我曾经平心静气地和爹娘说我的苦恼，爹娘不听，他们一致认为我这样做亏了心，丢了人，要被人戳脊梁骨——庄稼人过日子，穷可以，苦可以，被人背后戳脊梁骨绝对不可以。

他们给我讲道理，拿四邻八乡亲戚友人的例子翻来覆去讲道理。

很多事上，爹几乎都站在我这边，可这次，他完全站在了另一边。他一口咬定我不能退亲，人家等了两三年没挑我家这边一点不是，我这样做完全是没良心。

我给他们讲我的苦恼，结果是谁也听不进谁的理。

家里充满了愁云惨雾，爹娘唉声叹气，我蔫头耷脑沉默不语。

僵了两三天，谁也不妥协。没有办法，那我就只能耍无赖了——这几乎是天下儿女对付爹娘最后的也是最有用的办法。

“不让上学了是吧，不让上，我也得退亲，我铁心了，大不了一死，到底是要儿子还是要面子，你们看着办！”

我不说话，不吃饭，不论谁劝，我都不张嘴说一句话。

娘气得只是骂，骂我，骂爹，骂院子里不听吆喝的羊和鸡。

爹一袋一袋地卷着旱烟，听着娘的骂声，不时地歪头看床上躺着不吃也不喝的我，一声又一声叹息……

又过了一天，爹娘又把本家近门的几位长辈都召集在一起商量事。

“退亲实在是说不过去，可是不退亲又能怎么办？他闹死闹活不听任何人劝……”

“这狗日的从小就这样，犟种一个，认准的事谁也劝不回……”娘恨得咬牙切齿。

一屋子人叹着气，没有谁能拿主意——这样的事人人都明白，谁也拿不了主意。

爹把嘴里含着的烟卷子吐在地上，狠狠地吐了口唾沫，脚来回地踩地上的烟卷子，最后，他站起来：“豁出我这张老脸不要了，退就退吧，丢人就丢人吧，我认！”

爹在家里几乎不拿主意，平常我们见惯的是娘安排，爹执行。家里家外，人情往来，几乎全是娘操心拿主意。

“都是你惯的！考中专那次是你，这次退亲还是你，你就由着他来吧！”

娘恨恨地吼着爹，爹不说话，又从口袋里掏出旱烟叶和早就裁好的纸片，卷起一袋烟，默默地抽了起来。

“这次我也不同意，可他这样你们也都看到了，还真把他逼死？”

“退亲哪有这么容易的，花出去的钱一分要不回来不说，打架拼命的都有，你们等着吧！”

娘说的确实是事实，这样的事村里也不少见，哪方悔亲了，被悔亲的那方亲戚闹到对方家里来，沿着村子骂一通，诅咒一通，让悔亲的一家脸面扫地。稍激烈的就会把对方家里的东西砸个稀巴烂，甚至有的人家连屋顶都被刨开了，两家都强硬，拼铁锨、动刀子的也有，场面非常吓人……

“唉，事已至此，还能怎样，脸重要还是命重要？谁愿意吐唾沫就吐吧，大不了咱伸脸接着。就这样！自己生养的儿，好赖咱都得认！”

我偷偷地听着大人们的议论，偷偷地抹着眼泪。

第二天起来，我偷偷地推起自行车，独自出了家门。

我想得极简单，不想让香兰家的人闹上门来，不想让我的爹娘因为这个事灰头土脸在邻居面前挺不起脊梁来，我自己去西村，去找媒人，让媒人领着我去香兰家说这事。打也好，骂也好，哪怕是沿街被香兰家押着骂祖宗三代也好，我都认了——这本来就是我自己的事，不该让爹娘犯愁、害怕、伤心。

我并没有考虑太多，至于到了西村会面对什么，实在也没多想，我也想不出更好的办法。

车骑到半路，爹骑着车子赶上了我。

当爹从后面喊我的名字，我回头看爹——爹站在早晨的阳光里，阳光拖着爹长长的影子，爹气喘吁吁地扶着车把，汗从他的发梢一滴一滴地流了下来，“啪嗒啪嗒”地落在土路上。我突然想哭……

“你干什么去？”

“我去西村。”

“你一个人去西村能干什么？”

“我去找我大爷，我去跟香兰家说我要退亲。”

“你傻呀？你去人家香兰家说退亲，人家堵你还堵不着呢，你倒送上门去，揍死咱也找不到地方埋啊！”

我沉默了一会儿，咬了咬牙：“我不怕。”

爹把车子横在我的车子前面，抓住我的车把对我说：“走，咱回家。咱让你大爷说就行，人家打一顿骂一顿出出恶气也算找回面子，咱认！咱不怕丢脸，事都这样了，怕什么丢脸啊！”

我执拗地站在那里。

“跟我回家！在咱自己村里，他们闹也不敢太过分，你懂吗？可你找到人家门上去，那不是羊入虎口吗，人家可想怎么吃就怎么吃了，明白吗？跟我回去！”

“我不想让他们闹上门去，我找他们道歉，任他们处置……”

爹讲不过我，站在那里，脸上满是无奈。

“让我去吧，挨骂挨打，下跪游街，我都认。这是我自己的事。”

爹拗不过我，一时也没有别的办法，只站在那里干生气。

“也好，我跟你去，任打任骂，咱爷俩……一起。”

我的泪一下子流了出来。

媒人听了我的诉说后，呆坐在椅子上，埋怨自己操什么闲心。爹给他大表哥一个劲地赔不是。

后面的事想起来都有点后怕，换作现在，我真未必敢像当年那样去。

香兰家乱成一锅粥，不一会儿，她家的亲戚便都来了。他们决心狠狠地教训我们一顿，出气是一方面，找回脸面是另一方面。

“揍他个狗日的！”

“太欺负人了，咱香兰等了两年多，到头换来个退亲，欺负咱家没人吗，揍他个狗日的！”

男男女女，咬牙切齿，摩拳擦掌，蠢蠢欲动。

大祸临头。

没想到，就在一家人骂骂咧咧要出门的时候，哭得满脸眼泪的香兰突然说话了：

“回来！都回来！”

一家人惊了，呆呆地望着香兰。

“揍死他就解恨了？就管用了吗？”

“揍他至少解解气，两年多了，香兰，这不是骑咱脖子上屙屎吗？你真咽得下这口气？你能咽下，我们还咽不下呢，这可是咱一大家人的事！”

一群人吵吵嚷嚷往外走。

香兰几步跑到这群人面前，堵住了大门。

“等两年，我不丢人，可你们这样闹，好像除了他，我再也找不到男人，这才丢人！”香兰抹了抹眼泪，“谁也别动，让媒人喊他到咱家来，我只问他一句话，谁也不能乱动！”

大家惊讶地望着香兰，不知道她在想些什么。

“喊他来咱家？他还敢来？揍扁他！”

大家怒吼。

“咱村他都敢来，来家他有什么不敢的？他敢，他一定敢！喊他！”

“就这样认了？”

“我认！他不想娶，我还不想跟了呢。但我必须当面问他一句话，只问一句！”

大家叹气，陆续回到了屋里，喘着粗气骂着娘。

媒人把香兰的意思传给我，我二话不说就要跟着媒人去。爹非要跟着去，他不放心。

“没什么不放心的，爹，是福不是祸，是祸躲不过。你跟着也是这样，不用去！”

我进了香兰家，几个年轻的冲上来要揍我，媒人赶紧用身体挡着，可他们迅速推开了媒人，冲到了眼前。

一巴掌扇到我脸上，我捂着脸，两眼冒金星。一顿揍看来是躲不过去了，我闭上眼，等着他们的拳脚招呼到我身上。

又是香兰，她冲到我面前，挡在我和那几个冲动的年轻人中间。

“给我留点脸行不，还让我活吗？不要觉得我护他，我护的不是他，是我自己的脸！”她推开挤向我的人群，大声说，“我等，是因为我相信他不会翻葫芦倒水，那是我的事。他不愿意了就揍他，那是看低了我，抬高了他！”

说完，她转过身对着我，语气生硬地对我说：“跟我过来！”

我跟着她，又一次走进西屋。

她关上门，冷冷地看着我。

我低着头，不敢看她。

“当初是你答应的吧？”

“是……”我嗫嚅着，声音低得像蚊子。

“当初说好的谁也不能翻葫芦倒水呢？”

“我……我……对不起……”

我对着香兰，头低得脸简直贴着胸脯。我不敢看她，实在没脸看她：“对不起……真的……打我骂我……我认……”

“我看不起你！你走！这里没人打你，也没人骂你。”

我深深地弯下腰，对香兰鞠了一躬。

我万万没有想到事情竟然以这样的方式结束，最后我在香兰的护送下离开了她家。

走出她家大门，我转身，对着香兰，对着她挡着的满院子人，再一次深深地弯下腰，心底一个声音高喊着：对不起！

我一步步远离她家。

印象中，去香兰家的路是个长长的坡，她家似乎就在坡顶，有几级青石台阶，高高的门槛……

第三十二章 惊回眸，韦一巧揭开往事

辛梦远讲完了他的故事，神情怅然地坐在那里，他的眼里蒙着一层让人无法看透的东西，像早晨湖面上笼着的淡淡的水汽。

“香兰真是个奇女子！”牛波不由赞叹。

辛梦远轻轻地说了句：“她让我第一次感觉到……渺小，甚至自卑。”

“辛梦远，你这事做得可不够地道，太自私了吧，把人家香兰扔在半道上。”余小红对着辛梦远就是一顿批。

辛梦远一句话不说，低头，默默地点上一支烟。

小凤默默地盯着她曾经的老师，也许在她心里，眼前的辛梦远和讲台上的辛老师差别太大，根本就不是一个人。

“是不是很失望，你的老师原来是这么一个人？”辛梦远问小凤。

“有点……”小凤点头，又摇头，“你远没有讲台上那么潇洒，也不像我想的那样高尚。”

辛梦远终于回过神来，把目光投向我——我知道，他想知道什么。

“你当年发生了什么，总该说一说了吧？”他幽幽地说了一句。

我说什么呢？当年的伤疤真的有必要重新揭开再流一次血吗，即使说，又哪能是三言两语说清楚？

我摇头，欲言又止。

“呆子的故事听完了，我们也该吃饭了吧，韦老板？饿死客人可是要偿命的。”牛波又露出一贯的坏笑。

“对，该吃饭了，吃饱了，我们也该回去了，小凤明天也要回北京，都一摊子事。”小红顺着牛波的话头，提议道，“老板，安排饭吧，老牛要开车，酒是不能喝了。”

“可是……她还没……”

辛梦远的话未说完便被牛波打断：“不急不急，韦一巧的事我们会知道的，不急于一时。”

牛波对着辛梦远挤眉弄眼地笑，我总觉得他那笑意味深长。

“吃饭吃饭，都不喝酒！”辛梦远笑着说，“大学生，你吩咐一声，上饭呗，拣好的上就是！”

“这顿你请客，先结账，后上饭，要什么就给你上什么！”小凤说着，两手摊开，伸向辛梦远。

“你想要什么？”

“钱包拿来！”

“钱包拿去，钱是没有的，嘿嘿……”

大家又是一阵笑。

“巧儿，你这个闺女随你，厉害的角儿！”小红看一眼小凤，对着我嘿嘿地笑。

“抬头女子低头汉，朝天辣椒独头蒜，够呛！”辛梦远模仿着女汉子走路仰头看天的样子。

牛波“噗”的一声把满嘴茶喷了出来。他扬手就是一拳捶在辛梦远肩上：“你小子！”

刘小凤给牛波竖起了大拇指：“牛大爷，你可以更狠一点！”

大家都没有喝酒，边吃边聊，时而会燃起战火，时而会爆发出笑声，非常热闹。

吃完饭，牛波两口子急着回家，辛梦远和我也就不再强留。

小红揽着小凤的肩膀："小凤，我这次来，又多了个闺女，以后有空的时候，一定要找你干妈玩！"

"你谁啊？下峨嵋摘桃子抢现成的！"辛梦远白了眼余小红。

"有你什么事？咸吃萝卜淡操心，一边去！"

牛波临上车又回过头来，郑重其事地嘱咐一句："韦一巧，你一定要回趟老家，一定！人不论走多远，都不能忘了回家。我们在东原聚聚！"

"对啊，巧儿，你可真得回家，该过去的，早晚也得过去！"

我送着他们两口子，却闭口不提回家的字眼——不是我不提，是实在说不出那两个字，"回家"分明是横在我生命中的一道坎，别说跨过去，一想就让我内心颤抖冷汗淋淋，那已经成了我生命中的魔咒。

二十多年过去了，我无法忘却……

牛波叹气，摇头，嘴里嘟囔着："又是一个不回家的人……"

"又一个？还有谁不回家？"辛梦远问。

牛波没回答，发动车，挥手告别。

车子走远了，看不到影子了，我和辛梦远还站在街上发呆。

小凤回屋了，街头只剩我和辛梦远两个人。

我和辛梦远对望了一眼，又各自匆忙把目光收回，空气中突然多了份异样的气息。

"我也回去了，你也好收拾收拾，这两天把你累坏了……"辛梦远好像害怕什么，躲躲闪闪不敢看我的眼睛，说话也变得极不利索。

我叹口气："再坐一会儿？"

辛梦远摇手："不了，以后再说吧……我也回去了"

送走辛梦远，我慢腾腾地走回酒馆。小凤悄悄地打量着我。

"他……走了？"

"谁？"

"他啊，你说他是谁？"

"赶紧收拾你的东西，成天没大没小，没点闺女样子！"

小凤笑着，吐着舌头做着鬼脸。

夜深了，小凤的行李早已经打点整齐，缠了我一阵子之后，她也回房休息。我回到自己的房间，坐在床上发呆，整个世界安静下来。

窗外，黑暗统治了整个世界，街上偶尔一两声车的鸣笛，搅起我满心烟尘。

是，牛波说得对，该过去的总要过去，该面对的早晚也要面对。可是发生在我生命里的一些事真的能够过去吗?

我不由地想起那天买菜，在菜市场遇到辛梦远的画面——

当我扭过头来，猛然间看到那张早已印在我生命里的脸，我整个人霎时间被雷击中，泥塑般立在原地。

我曾经不止一次梦到与他相见，可当他真正站在我的眼前，我们却成了两个傻子。

他明显地老了，斑白的两鬓，隐着皱纹的额头，不再挺拔的身材，略微突起的肚子，岁月已经把他变成一个标准的中年人。

在我扭头的瞬间，只需一眼，我就认出了他！我的心登时像被什么猛地抽了一下，只需这一下，就足以把我的灵魂完整地抽出去。我站在那里，不动，不哭，不笑，也不语……

自从离开了刷锅中学，我就决绝地切断了与那个世界的所有联系，我像一只受伤的兔子，心惊胆战地一路逃亡，跑到一个无人知道的树林里，忍着钻心的疼痛看那流血的伤口慢慢结痂，乞求时间令我慢慢遗忘……

我不知道辛梦远是如何熬过那段艰难的岁月的，我甚至不知道他最后去了哪里，更不知道他竟然成了我女儿的老师。

我害怕一切学校，学校似乎成了我痛苦的阀门，只要一提“学校”这两字，我就会想起刷锅中学，想起在刷锅中学度过的最后的日子。

我知道，一定有太多的谜团笼在这个男人心里。

我们相遇时，我刚刚十八岁，正在读第三个初三。谁能想到当我们重逢，我的女儿已快二十岁，马上就升入大二了！

我该说些什么呢？这已经远去的一切再翻回去又有什么意义？何况我们任何一个人的生命从来就没有翻回去的可能……

但我必须说！

就在刚才，辛梦远还不依不饶追问我当年去了哪里，牛波两口子显然已经猜到这不是一个轻松的故事，所以他们才没让这追问继续。是的，过去的岁月永远无法回头，可是又有谁知道这些无法回头的日子多少次汹涌在我的漫漫长夜里！

那就让我把时间的胶片拉回到二十五年前吧，把那段尘封的日子重新钓起……

第三十三章 攀亲戚，不过是尴尬交易

预选的成绩出来了，我和辛梦远都如愿上了榜，老天爷似乎睁开了眼，给黑暗中挣扎的我和辛梦远留下一道窄窄的门缝，我似乎从那道狭窄的门缝里看到了一个美好的未来。

我似乎看到了自己和辛梦远一起坐上了远行的客车，明媚的阳光照着他傻瓜似的笑脸，他那灿烂的笑容是我一生摆脱不了的网，在这张网里，我是一尾快乐的小鱼。

我们终于从最黑暗的泥潭里挣扎出来，在泰山脚下的中专校园里手牵着手，淡淡的月光，开满了花的紫藤架，散步，谈笑，拥抱，亲吻，憧憬着毕业后的温暖和幸福。

我们一定会爬泰山，站在泰山之巅，他一定会张开双臂高声吟诵“会当凌绝顶，一览众山小”的诗句，然后他会抱起我来，我们依偎着，等待着日出的壮丽画面……

是的，只要通过最后这一关，那道门，必将被我们推开，门外将是一条光明大道，美好而神奇。

那天在选志愿的时候，辛梦远偷偷地拉我的手。我赶紧往周围望了望，我的心怦怦直跳，我的脸一定烧得通红，可我的手那么情愿地躺在他的手里。

我们商量好了，在可选择的泰安师范、新泰师范和肥城师范中，我们把泰安师范排在了第一的位置。那是五岳之首泰山所在的城市啊，我们可以利用周末去登山，我们要把相爱的影子印在泰山上，让它见证我们的幸福。

可这美好的梦几乎还没开始，可恨的老天爷就把我拖进了另一个梦里。

苍天，我从来不敢想起那个梦。那个梦却像罪恶的幽灵，像不死的毒蛇缠着我。

我真想把自己变成恶鬼，把那些人、那些事以及那些不堪回首的岁月，撕成碎片，扬在风里，踩在烂泥里……

就在预选结果出来不久的一天，一个可怕的消息迅速传遍了校园：今年要严查复读生，复读生只能考高中，不能考中专。这对我和辛梦远来说，绝不亚于晴天霹雳！

班主任吕老师在课堂上的说法，印证了这个消息的真实性。

大家人心惶惶，各自回家找父母商量，想着法子过关，生怕别人顶替了自己。

“咱一个泥腿子只会撅着腚伺候庄稼棵子，哪有什么公家的亲戚？”爹一口一口地吸着旱烟卷子，浓浓的烟雾弥漫在低矮的屋子里，呛得全家人一个劲地咳嗽。

娘只会埋怨，埋怨两边的亲戚即使把祖谱翻烂，挖地三尺也找不出一个在公家当官的亲戚。

“唉！考学就考学呗，不就是凭个人本事吗，谁有本事谁考上，怎么还有这么多的事儿？”爹嘴里叨叨着，额头的皱纹挤在一起，团成一枚风干的山核桃。

其实我也一直这样想。

“二妮啊,爹娘没本事,帮不了你,唉,谁让你生在这样的家里。”爹嘴里不停地念叨，“爹知道你心高，爹娘也盼着你能考出去，不像爹娘一样老死在庄稼地里，可是……”

我已经通过预选了，已经站在中专的门前。可现在又出这档子事，我怎能不急?

此时，我那些通过了预选的同学们，大概都已经办好了，回到学校了吧？人家怎么就能办好呢，我家为什么就找不出一个有头有脸的亲戚?

我的成绩排在全校第十名，我第一次离成功那么近，似乎只需一伸手就能推开那扇门。而辛梦远，那个似乎内向却又非常放肆的家伙一准儿就在门外等着我，阳光里，我分明看到了他张开的双臂……

爹抽了半天的烟，叹息着走了出去。娘坐在床上缝补着烂衣服，絮叨着，叹息着，眼里含着泪水。

天已经黑透了，爹还没有回来，我心里既有隐约的期待，又带着惶恐和忐忑，满天的乌云重重地压在我的心里。

越等越心焦，心像吊在半空的水桶，一会儿提起来，一会儿又落下去——爹能找谁去，他又能扒到什么样的门路，帮他的闺女挤开那条狭窄的门缝?

爹终于回来了，推门声响起的时候，我飞一般地跑了出去。

夜很黑，可我分明地看到了爹脸上藏不住的欢喜。

“你表叔的二表哥，听说在乡里，明天我和你表叔一起找他去！”

表叔的二表哥，那是什么亲戚？我不知道，但听爹这样一说，积压在我心里一整天的乌云一下子散开，阳光照进了我的心里！

在波涛汹涌黑暗无边的海里，我是那个即将溺毙的落水者，而爹带回的这个消息，无疑是我能够抓住的救命的树枝。

爹在那里絮叨着，一边絮叨着他这一天的忙碌，一边高声大气地支使娘拿这拿那，嘴里没来由地骂着粗话，娘任爹骂着粗话，像听赞歌似的满脸笑容，一边拿着爹要的东西，一边用手抹着眼角。

翻箱倒柜，他们找出了家里所有的钱。

“二妮啊，爹可是把压箱底的钱都拿了出来，以后你出嫁可不能再向爹娘要什么嫁妆！”

“爹——”我一边撒着娇，拉着娘的手，“不要，一个子儿也不要……”

第二天一大早，爹就揣着钱出了门。

晚上，他和表叔一起进了家。人还没进门，爹那粗豪的声音先钻了进来：“我说，打瓶酒，要成瓶的！”

“哎哎哎！”娘一连声地答应着，风一样卷出屋门——俺那地方爹娘那辈人，称呼对方从不叫名字，“我说”就是对方的名字。

我心里一下子漾起了兴奋的泡沫，好像看到了通知书张开翅膀，乘着风向我飞来。

“咱算是烧上高香了，二妮，不知你爹哪辈子积了福，摊上了好运气！”爹还没喝几口酒呢，话倒是稠了起来。

“人家不要钱，人家家里不缺钱，人家说从来不收别人一分钱……”

爹翻来覆去地念叨这几句。

“这可是门子好亲戚，表哥啊，咱二妮子有福气，你们两口子有福气。”表叔打了个酒嗝，“以后，咱就能沾上二妮的光了，哈哈……”

他们表兄弟从来没有如此高兴过，也许，他们今天干成的是可以让他们吹一辈子牛皮的大事情吧。

从他们前言不搭后语的絮叨里，我和娘还是慢慢地理清了头绪。

表叔的二表哥，是乡里主管文教的助理员，那个文教助理有个比我大两岁的儿子，说是认识我，他跟他的父亲说让我明天过去，我们两家结个亲戚！

结个亲戚？结什么亲戚？我心里猛地一震，一时想不起啥时有过这么一个男同学，他的爸爸竟然就掌握着我的命运。

“那可好，那敢情好！二妮儿……”娘高兴得咧不上嘴，不停地念叨。爹和表叔喝得趴在小矮桌上，醉成一摊泥。

娘又一次翻箱倒柜，这一次她是在替我寻找衣服。看她的神情，她真恨不得能像变戏法似的，给她的二妮子变出一身最漂亮的衣服来，把闺女打扮得花枝招展的，去乡里结一门尊贵的亲戚。

我一下子矛盾起来，忐忑起来，马上就想起了辛梦远，想起他拉着我的手，在朦胧如纱的月光下吻着我……

可是，明天，我得去乡里，为了挤进那窄窄的门缝，我必须得去。只是，那个认识我的的男生，到底是谁呢？

我到底应该怎么办？去还是不去？

去！必须去！可去了之后呢？

那一夜，爹娘睡得很踏实。而我，在床上翻来覆去，一个一个的念头像风卷浪花，扑上来，打下去，没有止息。

第二天早早地吃过饭，爹、叔、表叔和我每人骑一辆自行车去乡里。娘给我找了件她觉得最好看的衣服穿上，爹和表叔他们商量了一番之后，花了二百多块钱买了两条香烟和两瓶酒，算是礼物。

全家人很高兴，娘虽然不能跟着去，但她满脸的笑容也像花儿似的绽放着，她甚至跟着我们走过桥头，目送着我们走出村口。

“二妮啊，怎么不说话啊？好事啊，多少人巴望不来的好事啊！”表叔骑着车，扭头看我一眼。

爹一连声地附和着：“就是就是！这回可多亏了你表叔，这可真是咱巴望不来的好事哩，二妮！”

他们的笑声随风飞出很远，他们真恨不得这样的笑声和话语能够长出翅膀，传到别人的耳朵里。

我笑不出，心乱如麻。

唉，这是什么事！我朦朦胧胧地感觉到什么，心乱成一团麻。我的心明明已经属于辛梦远，可是今天又要跟着家人去见另一个男孩子，和他搭一门什么亲戚！我甚至觉得自己很卑鄙，很可恶，那份羞惭就像已婚的女人背着丈夫去偷情一样。

可是，我必须拿到那个本来就属于我的中专考试指标啊，不能不去，我不是日思夜想地盼着改变命运吗？不是想着逃离爹娘那样泥巴地里刨食的日子吗？必须去！

日子就像一条流淌着苦难的河流，水花和旋涡裹挟着我，击打着我，随时都可能把我吞没。我拼命地呼救、挣扎，但浪潮汹涌，没过我的头顶，眼看着就要把我吞噬。我急切地寻找可以救命的一切东西，不管稻草还是树枝……

我眼前分明晃着辛梦远的影子，无法忘记报完志愿的那个夜晚，他紧紧地拥抱着我，在我耳边低语：“嗯，我听你的，全听你的，我们报师范，去泰山，和你在一起……”

可是今天，我却要去见另外一个男生，我的心隐隐作疼。

我觉得自己就是一具被抽去了灵魂的空壳，被一双无形的大手推着，机械地往前走：没办法，没有人能帮你，去吧，你必须去！

“想什么呢，二妮？女孩子笑起来才更好看。”表叔开着我的玩笑，也许他以为我在害羞。

“就是就是，别老沉着个脸子。好事，咱今天办的可是大好事。”爹回头看我一眼，笑着埋怨我一句。

我应该笑，至少在他们看来，今天的我没有理由不笑。可我很想哭，为自己。

我只是想用自己的努力，只是想凭自己的本事，只是不想再过爹娘那种日子，可为什么……唉！

一个人的梦也许和现实只隔着一道门缝，但当你找到那条透出微光的门缝才悲哀地发现，钥匙不在你手里。

表叔领着我们，进了他二表哥的家。红砖红瓦的房子，红砖垒就的院墙，就连院子里的土地，除了一小块种着菜，也都被红砖铺得整洁而平坦，砖缝里钻出绒绒的细草。进了院门就能看到一个葡萄架，青枝绿叶中挂着的串串葡萄遮住了整个院子，房门前的水泥台子上高高低低摆满了花，就有股清凉的气息扑面而来。

我跟在爹身后，爹跟在表叔身后，叔叔手里提着两条香烟、两瓶酒。

白白净净的男主人从屋里走了出来，接着走出一个白白胖胖的妇女。女人的身份和气质都体现在下巴上，那重叠的下巴似乎遮住了她的脖子，她整个人像精致的发面团子。

叔叔提着礼物，站在屋门里边，不知道给人家放在哪里，像根木棍似的杵在那里。发面团子笑哈哈地接过礼物，嘴里客气着，随手把礼物放到墙角洗衣机旁边。

“坐啊，坐，都坐，别客气！”白白净净的男主人满脸笑容。爹怯生生地坐在矮沙发上，表叔和叔叔便也坐了下来。

“坐啊，孩子，你也坐！”从我进院门开始，发面团子就不停地打量我，看我站在爹爹身边手足无措的样子，她笑吟吟地搬过一把椅子让我坐下。

男主人笑了笑，他的笑像长在了脸上，不论你从哪个角度看他，他好像都在笑，看上去，这个白净的男主人很和善。

发面团子沏好了茶，张罗着给客人们倒茶。

表叔提醒我：“妮啊，倒茶，给大人们倒茶！”

发面团子一听，很高兴地闪到了一边，咧着嘴笑着，眼睛却直勾勾地盯着我，等我倒茶。

我心里十分别扭，脑子里一下子就闪出古时候丫环的感觉。

我偷偷地看了他们一眼，白净的男主人依然是满脸的笑，发面团子正盯着我看，我的脸发烫，一定红到了脖子吧。

我给男主人倒上茶，递到他跟前，心里默念着:倒茶吧，小丫环，人家手里攥着的，可是你的前途。

男主人把茶杯递到我爹手里，爹赶紧站了起来，嘴里不停地道着谢，手哆嗦着，几乎把茶水洒到衣服上。

“坐啊，老哥，咱们见过面了，不是生人了，别客气，是吧？”

爹连声地答应着，听话地坐了下来。

“表哥，你看孩子今天也来了，你得多操心呢！”表叔笑着对男主人说。

“嗯，该操心的一定操心，孩子考学可不是闹着玩的，关系到孩子一辈子。”男主人笑着答应。

爹和叔连声地道着谢，恨不得脸上开出灿烂的花儿来。

“凡是考学这样的大事儿，咱都得给人家好好办，不论谁家的孩子，咱都不能耽误人家的前程，人活一辈子，可不能坏了良心！”

男主人说得很让人踏实，我悬着的心慢慢地平静下来。

“都不要这么客气了，咱们马上就成一家人了，都成亲戚了，还谈什么帮不帮忙，自己的事不办，咱还能办什么？”发面团子喝了一口茶，忍不住插嘴说。

“对啊，赛赛呢？还睡着呢？快叫他过来，这孩子！”男主人抱怨着。

“骆赛赛，你起来了吗，过来！”发面团子连动也没动，扯着嗓子喊。

骆赛赛？！我的心咯噔一下，像被什么东西重重地砸了一下，原本漂在水面的枯叶一下子被砸到河底的污泥里。

一股凉风突然从院子里钻了进来，我的心跳得厉害。

骆赛赛从另一间屋走了进来，边走边系着上衣扣子。他好像没有看到屋里还有其他人一样，一边揉着惺忪的眼，一边抱怨：“这才几点啊？吵死人了！”

男主人表情有些微妙，责备着骆赛赛：“看不到家里有客人吗？知道打个招呼吗，越大越不懂事！”他一边说着儿子，一边不好意思地跟我们解释，“就这一个孩子，惯得不大懂事。”

“不是你昨天说的让人家来吗？你自己怎么倒忘了似的！”发面团子咧着大嘴责备着儿子。

骆赛赛这时候才好像突然发现了客人似的：“韦一巧？你就是韦一巧？”

他的目光一下子全部集中在我的身上，我像被暗夜的探照灯罩住了似的，整个人笼在了他的目光里，我浑身陡地产生一种苍蝇叮在脸上的感觉，一种说不出来的羞涩、恼怒和厌恶从心底涌起。

“你是韦一巧，你真是韦一巧，我早就听说过你。好好！”他嘴里说着话，过来就要拉我的胳膊，看那股子随意和亲热劲儿，好像我们是失散多年的老友一般。

气氛一下子尴尬起来，满屋了的人傻在那里，表叔看了我爹一眼，又看了看我，一时不知道该说什么。

我出自本能地甩开他的胳膊，涨红了脸，真恨不得骂他几句，但我什么也没说，只是红着脸站在那里。

“这孩子真不懂事，好好听大人说话！”男主人骂着自己的儿子。

骆赛赛无趣地收回手，嘴里不停地嘀咕着什么，他搬来一把椅子，坐在了我的身旁。

我生来最怕蛇，那滑腻腻的样子让我感到恐怖。然而此时，却分明有一条蛇在我脚下围着我爬来爬去，“咝咝”地吐着信子，我想躲，却不知躲到哪里，我的汗马上要流出来了。

我站起身，使劲地扯了扯爹的衣服，逃命一般走了出去，爹也跟着走了出去。不一会儿，表叔和男主人说了些什么，也和叔叔跟了出去。

“爹，咱回去！”走出院子，在一个没人的地方，我停了下来，小声对爹说。我的泪水一下子流了下来。

“咋了，二妮，你可别犯迷糊办傻事。”爹惊恐地晃着我的胳膊，不相信似的看着我。

“他不是你的同学吗，你们难道不认识？”

他不是我同学，至少不是同班同学，虽然我早就听说过这个名字，全校的女生很少不知道这个名字。

“多好的人家啊，二妮，你看人家这院子，这屋子，这家里的摆设。你怎么了，二妮？”爹还在那里絮叨不止。

“你可得想清楚，二妮，不是表叔说你，过了这个村，可就再也没有这个店了。如果今天这样走了，别说给你帮忙，你可得罪人家了！”表叔在一旁提醒道，“你的命运可全都在人家手里攥着呢，你要想明白，别做傻事……”

昨天我一夜没有睡好，一直在想今天的事。我承认，我最后是决定来这里，努力拿到中专考试的敲门砖，在那块敲门砖面前，我甚至决定牺牲自己的感情——对不起，辛梦远，我必须先逃出村子……

只是，我没想到是骆赛赛，更没想到他果真像人们说的那样！

“不考了，大不了我不考了，行吧？”我几乎要喊了出来。

爹急得要哭似的，他是个要面子的人，觉得昨天已经和人家见了面，人家已经答应帮忙了，而且主动提出结个亲戚，这是多好的一门亲戚啊，这是他和我娘活到今天能做的最好的梦。可今天，我竟然不乐意！他从来没想过这一点，根本没法理解我为什么会这样做。

表叔倒是比较冷静：“二妮，别要小孩子脾气，说到底是咱求人家办事，对吧？咱们为了办成事也花钱买了东西，是吧？如果什么也办不成，你一辈子真不后悔？让你爹白扔这二三百块钱，你不后悔？庄稼人弯腰撅腚一年能挣三百块钱吗，你想仔细。”

“你这一扭头，就再也别想考中专的事了，人家不光不帮忙，很可能还会想法惩罚你，二妮，你复习了这几年图个啥？你爹娘拼死拼活地过日子又是图个啥？你要想好……”叔叔也在一边劝我。

我终于还是跟着他们回到了院子。

“哈哈，毕竟是小孩子啊，都有自己的小性子。表嫂，你没生气吧？”表叔一进屋就打着哈哈。

发面团子没说什么，可那脸上分明挂着生气的样子。

男主人还是笑着，一边安慰着客人坐下，一边慢慢地说道：“韦一巧，你原来叫韦二妮，是吧？”他的目光落在我的脸上，“今年是第三次上初三，曾经在三所联中上过学，你上的几个初三的班主任分别是……”他像背书一样说出了这些班主任的名字，我吃惊地点点头。

“现在查复习生那么紧，谁也没有秘密。早就有人把你的材料整理上来了，你什么也不知道罢了，有多少人在等着把你告下去，你下去了，别人才有可能上来……”

他说到这里突然不说了，端起了茶杯，又放了下来，手指不停地轻敲着桌子。

我的心被他敲得慌了许多。

“表哥啊，所以你得操心啊！”

男主人微笑着，眼睛扫了一下我，最后目光落在了我表叔身上:“表弟，不是我说你，这事办起来风险太大，唉，都是你多事！”

表叔尴尬地坐在那里，一时不知道如何说好。

骆赛赛走到他爹面前，试图想说什么。

“你给我滚一边去！”

“二妮也是个孩子，赛赛也只是个孩子，咱们当大人的，就别都和小孩子一般见识了吧，表哥？”

爹也站了起来，给男主人赔着不是。

表叔把目光投到骆赛赛身上：“赛赛，表叔问你，你怎么想的？”

“我不管，反正得给韦一巧办，必须给她办！”骆赛赛冲他爹妈吼。

表叔脸转向我爹，又探询似的转向我：“二妮，这样吧，你如果愿意认这门亲戚，不用说话，拿起茶壶给大家倒杯茶。我这样说行吗，表哥？”

我爹鸡啄米似的点头。

男主人不说话，目光落在我的脸上。

发面团子斜着眼睛看我，笑吟吟的表情不见了，脸上挂着霜。

我僵在了那里，时间像静止了似的，整个屋子的目光全部在我的身上。

我看爹，看叔，看表叔。他们脸上都有一种迫切的期待，期待我拿起壶。

我分明又看到了那汹涌的黑色河水，浪花淹没我的头顶；黑暗中那条极窄极窄的门缝透出一丝亮光；娘送我们过小桥时笑靥如迎风的花……

我突然想起了村里的小卖铺，柴米油盐都在缸里、瓮里或者木板货架上，讨价还价，一手交钱，一手拿货，今天摆上货架的不过多了一个韦一巧。

别了，辛梦远。

我必须先突围，然后才能再谈什么爱情。

也许，像我韦一巧这样的孩子根本就不配谈什么爱情，命运在人家手里，前程被人家攥着，生存已经不易，爱情更是我不该奢望。

我拿起了茶壶，强忍着马上要夺眶而出的泪珠……

第三十四章 骆四光，分明流氓无赖

外面，天已经黑得严严实实；低矮的屋里，蒙满了灰尘的电灯睁着昏花的老眼，照着黑漆漆的小方桌。小方桌四周坐着爹、小叔和表叔，他们的影子被灯光拉得老长，黑黑的影子晃荡在身后的土墙上。

他们的食指和中指都夹着粗粗的旱烟卷子。爹光着膀子，棕褐色的胸脯上挂着闪亮的汗珠。表叔不停地摇着大蒲扇，额前的发梢上滴着汗珠。小叔那件印着“东原化肥厂”字样的白背心早已泛出深浅不一的黄色，肩膀和背上现出网状的破洞。他把背心上翻，卷起了一半，系成纽扣模样，露出黄铜色的脊梁。

整个屋子里烟雾弥漫，散发着呛人的气味。在他们身前，摆着一堆尾巴长短不一的带皮长果（花生），桌上排着四个菜：一盘子黄瓜拌猪脸子肉，一盘子炒鸡蛋，一盘子豆腐粉条，一盘子黄豆芽。他们三人围着小方桌喝酒。

娘炒好菜，也搬了个小凳子坐在旁边，看他们喝，听他们扯，脸上满是笑意。

我进了家，浑身像散了架似的，一头钻进里间屋，把自己扔在床上，光亮是他们的，黑暗则属于我自己。我的脸朝着土墙，一整天的纷乱便也像黑暗的羽翼一样铺满了我心底。

可当我面对墙壁低声啜泣的时候，土泥墙模糊反射出门缝里钻进来的一线光——这线光使我知道，即使在黑暗里哭泣，我的心依然醒着，依然能够看到光亮的影子。

我的内心充满了忧伤，没有谁能理解我今天蒙受的羞辱，这种感觉我又能够对谁诉说呢？没有一个人，包括辛梦远。

明明受到了羞辱，却还要强迫着自己做出笑脸，除了无奈，只有愤怒。

黑夜能淹没我的身体，却无法让我的心灵安歇，相反，在那暗黑的海上，各种念头像狂风掀起的浪花，一个浪接一个浪地扑了过来……

“咱这下可好了，二妮子攀上了这么一门子亲戚，咱也终于有了一家吃公家饭的正经亲戚了。以后，说不定就沾二妮子的光……”

“如果二妮子考上中专，咱家也有公家人了。唉，也该熬出个人来了！”

娘小声嘀咕道：“小点声，她好像……不大高兴。”

“好事呀，应该高兴才是，害羞哩！”

他们的议论钻进我耳朵，刀片一般锋利。他们不会理解我此时的心情。

当发面团子盯着我浑身上下地打量时，我感觉自己像一头被牵入牲口市场的骡马，人们围着我的身体评头论足，一种被羞辱的滋味让我的心隐隐作痛。

我简直都厌恶自己。

那真是一次奇怪的见面，说定亲不像定亲，说送礼却也不像送礼，就在我站起来端起茶壶给他们倒水的一刹那，我已经认可了某种约定——也怪不得骆赛赛恬不知耻地对我说，我成了他家的一员。

一想这事，我就浑身出冷汗：这是我做过的最愚蠢的事！我得到了中专考试的指标，可我要付出什么……

噩梦，不堪回首。

是相亲吗？当地风俗都是女相男，都是男孩子赶到女方或者媒人家里，让女方的七大姑八大姨过一遍筛子，可我是被表叔领到了男方家里。

是定亲吗？也不像定亲。我听来的别人定亲可从不是这个样子。

即使在 1988 年的农村，按我们当地习俗，男女定亲也是一件相当隆重的大事。彩礼钱不说了，给女孩子买几身衣服也不说了，光那压帖子的钱大约也得上千。

可那天这一切都没有，我给他们倒了一杯茶，算是默认了这门亲事。他们把我爹买的两条香烟回过来，另外又加了四包糖块，这四包糖块就算是他们对这门亲事的表示——我虽然从内心里抵触这门亲事，但他们这样轻慢的做法更是让我感觉到了羞辱。

骆赛赛非要拉着我往去屋里说话。

大人们笑着，看着我，没有人反对，在他们看来，一切都是合情合理。

架不住他的纠缠，我把他叫到了院子外面。

“我没和你做过同学，你怎么知道我？”

他觍着脸，好像听不出我话里的意思：“我听说过你的名字，好多人说起过你，都说你长得好看。我当然得知道你！”

我不由地暗骂他祖宗八辈，从来没见过这么不要脸的人，说这样的话不脸红，可耻！

“我想和你好。韦一巧，我想和你好！你考中专绝对没问题！”

说着话，骆赛赛就往我身前凑，毒蛇一般吐着猩红的信子。

我一边躲，一边不咸不淡地和他谈了几句——说真话，我并不想得罪他，那个指标对我有太大的吸引力！

我完全忘了和他谈了什么，唯一的印象就是怕，他那双色眯眯的眼睛，除了直勾勾地盯着我的脸，目光就在我的胸前游弋。我像一座古老的城堡，在骆赛赛面前本能地关紧了所有的大门……

但我当时肯定答应了什么，或者说是默许了什么。

骆赛赛高兴地跟我进了院子。

“这都是缘！昨天赛赛一听这姑娘名字就满心欢喜！”发面团子笑嘻嘻地说。

“今天两个孩子的事算是定下来了，这可是一件大喜事。要不，我定个饭店，咱弟兄几个好好地喝一杯？”男主人依然是满脸不变的微笑。

“可别的，你们公家事多，挺忙的。”我爹连忙站起来，摆着手推辞，他还从来没和公家人一块吃过饭呢，何况是和乡里的领导。

表叔倒是没说什么，他是中间人，觉得留下来吃饭是个正理。

我叔也附和着我爹，我呢，当然是想着早一会儿离开这鬼地方，早一点远离骆赛赛那狼一般发绿的眼睛。

“也好，现在也是个比较敏感的时期，等到哪天全部安定下来，咱们一定好好喝几杯，也算给两个孩子办个仪式……”

男主人笑着站起来，发面团子跟着，送我们离开了院子。

我爹和表叔他们倒是挺高兴的样子，一点也没有受到轻慢的感觉。

回到家，爹撕开一条香烟，给表叔和叔叔每人两盒——看来爹是真高兴，如此昂贵的香烟，他别说没抽过，甚至连见都没有见过，要放平时，他一定会想法给商店退回去或者换成别的东西。

表叔高兴地把香烟放在口袋里，爹又随手撕开一盒：“咱今天也奢侈一回，尝尝这好烟到底是什么味儿！”

“好烟当然好滋味，咱弟兄们拼死拼活干一天，挣不了这一盒子烟钱！”

他们抽着烟，喝着酒，高声大嗓地谈笑着，屋子里弥漫着浓浓的烟雾，在那升腾的烟雾里，盘旋着一种扬眉吐气的气息。

我偷偷地抹去泪水，可那泪水像那断了线的珠子似的，刚抹去一层，新的一层又滑落在脸上。

我的眼前，又晃起了骆赛赛的目光，那目光如潜在草丛里的毒蛇，幽冷，阴寒，黏糊糊滑腻腻的，令人恶心。那蛇高仰着头，吐着血红的信子，缠着我的身子，游弋在我的胸脯上。我的心猛地一抖，身子不由地打了个寒战。

这个骆赛赛，我以前并不认识，但他的名字，却早已如雷贯耳。

在我们乡的每一所初中里，他都是大名鼎鼎的人物。

说起来，他比我还要高一级，我和他没有交集，真不明白他怎么就知道了我的存在。

他的成绩一塌糊涂，初中毕业的时候，他自己都说认不全二十六个英语字母：“它们全都认识我，可我不认识它们啊，中国话都不够学的，学他妈什么英语！”

他留着三七分的长发，头发每天都是明晃晃的，大家开玩笑说蝇子趴在上边也得劈叉；他的脸算不上难看，白白胖胖，远看像一个刷了蜡的苹果闪着亮光；他几乎熟悉每一种护肤品的牌子，什么粉底啊、保湿啊、祛痘啊，他如数家珍；他的书包里装得最多的就是护肤品——各种“香”，所以有人给他起了个绰号——骆三香。

有人马上就不同意。

“人家明明是头光、脸光，桌面光，课本光，咱乡难道不能出个‘骆四光’？”

人们疑惑地望着那位提出如此高见的伟人。人家也就扳着手指耐心地讲解开来：“头发永远光亮亮油晃晃；脸蛋永远抹了奶油似的，水嫩光滑闪人眼；桌面上几乎没放过课本、作业本，光滑得像飞机场；人家的课本保存得最完好，几乎找不到一个字迹，光鲜得像新发的一样。这不是‘四光’又是什么？”

大家鼓掌。

但人家骆赛赛似乎还嫌名字不够响亮，据说他在一个学期之中，改过三次名字，这也是一时佳话。

他老爹给他起的名字叫骆梓健，他勉强地用到了初二，在初二的下学期，他给自已起了个新的名字“骆爱美”。这个新名字，大家还没叫顺口，还纠结于他的新名和旧名的时候，他又改名了——骆美华。别说任课老师，就连班主任都常常叫错他的名字。每当被叫错名字的时候，他总是郑重其事地纠正别人，这种状况持续了多半学期，大家好不容易习惯了“骆美华”这个名字，他却又一次找到了班主任：“老师，我要改名！”

班主任无奈地望着眼前的活宝，想笑却又笑不出来，想气却又不敢生气：“又想起什么好听的名字了？”

“骆嘉丽。”

“什么，骆嘉丽？”班主任怀疑自己听错了，随口说了一句，“这明明是一个女孩子的名字啊！”

“谁说这是女孩子的名字？从今天起，骆嘉丽就是我，我就是骆嘉丽！”没想到人家根本不买班主任的账，一句话把班主任的提醒噎了回来。

班主任没再说什么，找出点名册来把原来的名字划去，又填上“骆嘉丽”三字。

大家背地里笑成一团，甚至怀疑他是否生错了性别。

可他明明没有生错性别，每当发现漂亮的女孩子，他的眼睛就会射出贼亮贼亮的光，他的脚就会不听话似的偎了过去，缠着女孩子问东问西，然后发起一拨又一拨的爱情攻击。

如果他老老实实地趴在桌子上写字，不用猜，那一定又是给女孩子写情书。也总有女孩子愿意吃他这一套，所以，在他身边说笑的经常是不同的女孩子。

可也有人不吃这一套，有一天傍晚，一个女生哭哭啼啼地跑到了校长办公室。

你猜怎么了?

骆嘉丽一封一封的情书没得到这个女生任何回应，他竟然尾随这个女生进了女厕所，一进厕所就搂住了人家，甚至想脱人家的裤子。

女生吓得尖叫、大哭，引来了一群女生，这里面包括一位女老师。

骆嘉丽没事似的，放开了女生，跟着哭哭啼啼的女生进了校长办公室。

校长很为难，当着女生的面狠狠地批评了骆嘉丽几句，让他站在办公室里反省，然后把那个哭着的女生叫到了另外一个办公室。

“他……没把你怎么样吧？”

“他……搂我……乱摸……脱我裤子……”女孩子抽泣着，断断续续地说。

校长摇头，很气愤的样子：“不像话！这事学校一定会严肃处理……嗯，严肃处理！”沉默了一会儿，校长安抚女生说，“不过话又说回来，他……毕竟……没造成实质性的伤害，是吧？这事传出去可不好听……要不，你就相信学校，交给学校处理，别惊动家长，行吗？”

校长一边观察着女生的脸色，一边斟酌着字句。

女生哭，不停地抹去脸上的泪水。校长递给她毛巾，像和蔼的父亲安慰女儿一样：“这样的事，没法传啊，尤其是女孩子，他不要脸，你作为女生可丢不起这个人，是不是？”

经过校长一番漫长的安抚、开导连同吓唬，最后，那个女孩子答应不告诉家长，只要求骆嘉丽保证不再做类似的事情。

“让他写保证，别再纠缠我……恶心！”

校长稍微一愣，缓了一口气，又劝女生：“保证不保证的也没什么意思，他那德行……唉，别理他便是！”

“我从来就没理他，从来也没招惹他！恶心够了！”

女生像受了新的羞辱，争辩道。

不愧是校长，他猜得一点都不错，骆嘉丽根本就不屑作什么保证。

说实话，他并不害怕校长，打心眼里没把校长当作一回事。在校长批评他的时候，他鼻子里“哼”了一声，冲着校长瞥白眼：前几天你去我家喝酒，在我老爹面前是怎么说的，什么玩意儿……

“什么保证？我写保证？没门儿！”

校长安抚好女生之后，转过来做骆嘉丽的工作。

他正在生校长的气呢，竟然不给他留一点面子，当着女生的面批评他，吼他，还让他在办公室罚站……

骆嘉丽越想越生气，歪着头，斜着膀子，两只胳膊交叉在胸前，一只脚不停地点着地闹出动静，挑衅地看着校长。

“骆赛赛，你别不当回事，这女生可哭着闹着要回家，她说喊上家里人去乡里找你爹，这可不是闹着玩的！”

连哄带吓唬，费了九牛二虎之力，校长终于让骆嘉丽给女生当面道歉。

最后，是校长跟那个女生保证，保证骆嘉丽绝对不再对她做类似的事情。

打发女生回去后，校长拨通了骆助理的电话，一番客套话过后，校长轻描淡写地说了句：“赛赛还行吧，没什么大事，在这个年纪也正常，今天惹了点小乱子……没事没事，平息了，肯定不能给你捅娄子。等他回家，让嫂子问问，说一说，劝一劝，真闹出什么乱子不好收场。”

就是这个骆赛赛，今天我竟然与他扯上了关系，那不是吃饭咬出半截子蛆！

可是，不这样，我又能怎么办呢？

唉，老天爷保佑！我祈盼骆赛赛能够给我二十几天安稳的日子，让我能够安静地学习，去挤进那窄窄的门缝，冲出去……

第三十五章 心意决，用爱情埋葬爱情

教室里的空气渐渐被熬成一锅黏糊糊的粥，“咕嘟咕嘟”地泛着令人发慌的气泡，每一个人都在拼命。

吕老师似乎比我们更紧张，他的话明显得少了许多，原本就乱蓬蓬的头发和胡子更加放肆，张扬着个性。他也不分什么课上课下，只要一有空闲，就把自己的影子贴在教室墙上。各科老师恨不得手把手地订正错题，讲到激动处，痛心疾首，咬牙切齿。

每天第一个进教室的是牛波，他的头发更长更凌乱了，原本就黑的脸皮终日蒙着忧郁，他走进教室，谁也不看，一头埋进书本里，一天到头几乎听不到他的声音。

可是，本来和牛波形影不离的辛梦远不知什么原因，不再和牛波“出双入对”，早读课经常看不到他的影子，直到要上第一节课了，老师已经开始讲课的时候，才看到他懒懒地逛进教室，蔫头蔫脑半死不活的样子。

吕老师肯定也找过辛梦远，可情况似乎没有什么改观。我不由地生出几分心酸，几分恼怒，几分忧虑。

余子夫三天两头折返于学校和家之间，他的状态依然不稳。安静的时候，他和平时一样刻苦而又努力，只是没隔几天，说不定哪个同学的某个举动就招惹得他大动肝火。同学们本来已经很怕他，都有意识地离他远远的——其实不仅是同学、老师，甚至可能是闪烁的灯泡，墙上的某个黑点，或者绕着灯泡飞来飞去寻朋觅友的蚊子，都可能会让他震怒：他扔书，他砸桌子，他把板凳高高举起，似乎随时要对谁攻击……

吕老师也没什么好办法，只能打电话动员余子夫的父亲接回去——刚开始打的时候，他父亲很当回事，接到电话风风火火就来了，可次数多了就有点不情愿，推三阻四找理由，言语中似乎还夹着抱怨。

“快，老师，快……”一天早晨，吕老师正在教室里转悠，一个学生冲进教室，风风火火地叫喊。

原来是余子夫突然犯了病。不知道是校长办公室的窗户突然招惹了他，还是他老早就对这些玻璃产生了不可阻挡的迷恋。就在大家早读的时候，他竟然挥舞着拳头打碎了校长办公室的窗子……

“它看我！它敢笑话我！”

余子夫狂吼。

“谁？”

“它，就是它！不是他妈的好东西！”

余子夫跳着脚，对着被他打烂了的玻璃怒吼。

一块块玻璃被他的拳头砸成龇牙咧嘴的黑窟窿，残存的玻璃片上挂着早已凝固了的血滴，那场面让我们女生不敢细看，有几个胆小的跑到了教室里。

余子夫满手鲜血淋漓，却不知疼似的挥舞着拳头，嘴里发出“啊啊——”的狂啸，对着一块块玻璃撒野。吕老师和几个学生死死地抱住他，他瞪着眼，咧开的嘴露出满口白牙，额上、脖子上青筋暴出，双脚不停地跺地。“扳住他的嘴，塞块毛巾！”老吕急得大叫，早有人扳住夫子的脸，把一块毛巾塞到他嘴里。

后来有人问老吕为什么要往夫子嘴里塞毛巾。

“他咬人！上次发病不就咬人吗？”

“还是老姜辣！”我们佩服老吕。

“摔一次跟头总得记着疼，记吃不记打，那是猪。”老吕笑着，似乎话里有话。

我站在被夫子砸碎的玻璃窗前，对着空洞的黑乎乎的窗子，眼前又浮现出他狂躁的样子，浮现出他复习八年转战南北的经历，心里五味杂陈。

我知道辛梦远想和我说话，好几回他找借口接近我。

我冷着脸子，咬着牙硬起心肠，我的心如同被生锈的刀子搅割着。撕裂是一种痛，不停地搅割却无法撕裂更是一种痛。我想尽一切办法躲着他，不知道如何面对他。

我痛苦地摇头，我还有什么资格享受他的爱情，难道要我一面接受着他的亲近，一面又背着他和一只老鼠、一条毒蛇搭什么亲戚?

我一遍遍地骂着自己。

我不敢想失败的结果，这个念头一次次地被我摁下，泛起……

展现在我眼前的，似乎是一片无边的沼泽，荒凉，死寂，无路可循。我在这泥泞与迷茫的沼泽里挣扎，看不到人影，听不到人声，茫茫天地间，似乎只有我一个人。每一步都那么艰难，稍不小心就会陷入无法自拔的泥潭，我环顾四周，除了泥泞，还是泥泞。但我只能挣扎，只能前行。

我自己也不敢确定能不能挣扎出去，但我清楚地知道，一旦停止了挣扎，我最终会葬身在这无边的泥潭里，而挣扎至少给了我突围的希望，虽然很渺茫，但再渺茫的希望也是希望。

唉，我不知道别人的生活是什么样的，也不知道为什么我面对的生活竟然如此丑陋——我不平，我愤怒，我诅咒。可我无法改变!

经历了一番诅咒和哭骂之后，我渐渐明白过来:既然无法逃避，那我只能选择坚强，泪水咽到肚里，咬着牙承受。

更可恨的，还是骆赛赛。

我烦他，怕他，一遍遍地祈祷上天开恩，千万不要让他来找我。可他像墙角里的苔藓一样抹不掉，擦不去。我也曾努力做出温柔的样子告诉他，不要到学校来找我，给我二十几天的安静日子。可他嘴里答应着，三天两头地跑到教室外面纠缠，对着窗子或者门，旁若无人，两腿叉在车子上，扬起手，高声大嗓地喊："一巧！"

同学们抬起头，看窗外，看我，脸上满是惊疑。我心里的兔子要蹦出来似的，脸烧得一定像红布，三步两步跑出去。

老鼠、毒蛇、幽灵、魔鬼，我简直想不出更恶毒的诅咒。每当我看到他，听到他的声音，世界就像要爆炸，可我又不能不去，不然，他觍着脸赖在那里的样子更让人恶心。

"一巧！"天底下再也找不出如此让我反感的声音，那么刺耳，让我浑身一紧，像那黏腻腻的蛇瞪着绿豆似的小眼，吐着长长的信子，滑过我的身子。他的样子，他的声音，和他有关的一切都让我生出一种说不出来的憎恶，然而，我又不能表现出来，我不敢，也不能让大家知道我与他之间的事。

"哎呀，不是说好的吗，你别来学校找我，还有几天就要考试……"

我低着头，盯着自己的脚下，努力用平和的语气劝告他。

我突然觉得自己也很卑鄙，甚至比他更卑鄙：明明不喜欢他，却一次又一次地跟他说些言不由衷的话。

"在家闲着没事，我想你！"他腻腻地说，伸手就要拉我的胳膊。

想你妈，想你妹，想你姥姥！我出自本能地摆脱，满心全是恶毒的咒骂。可他像黑暗中的老鼠不管不顾地往前贴。

自打认识了骆赛赛，我觉得再也没有比“我想你”更让人恶心的话语。我简直要哭出来，可最后嘴里说出来的却是“我求你……等我考完……以后的日子有的是……”

天！我都没想到自己竟然能说出如此虚伪的话来，我的脸刷的一下子红了。

我狠狠地吐了一口唾沫，脚趾在鞋子里不停地抠着地，我真想扒出一条地缝，把此时的我完整地藏到地缝里。

“我想要你……我想……”他的狗爪子又往我身前凑。

回家要你妈！发面团子！我厌恶到了极点，从来没见过如此无耻的男人，我在心里再一次诅咒他，甚至恶毒地咒他出门被车撞死。

“我怕你骗我，怕你考完就跑了，再也不理我了。”

我低垂着眼，躲着他的目光，心里念叨着：你说对了，如果有一点办法，我再也不想见你。

“你知道你的英语老师吧？”不知道他为什么突然问起这个。

我点了点头。

“他当年就是没能预选上，找我爹要了一个考试指标，最后考上学了，当了老师。你知道吗，他考上学后最先做的一件事就是退了原先定的亲事，让人家女方骂得狗血淋头，整个家被砸得稀烂……”

我不说话，他依然在那里喋喋不休。

他又伸过肮脏的手来，我厌恶地甩甩手：“干吗啊，这么多人，不嫌丢人！”

他以为我是害羞，觍着脸不以为然地笑着：“装什么装，这没什么丢人的，早晚……”

我真怀疑这家伙弱智，怎么这样的话说起来如此轻松，没有一点羞臊的样子。

“你再这样，我回教室了！”我转身要走。

“好，跟你说正经的，行了吧？”他挡在我面前，“你见过天天在学校附近的大路上游逛的那个疯子吗？”

“嗯。”我点头，“见过。”

“知道他是怎么疯的吗？”

我摇头。

“他可是当年的高才生，以全乡最高分考上了中专，在中专都上了一年了，不知得罪了什么人，最后被人家几封信告了下来，被除名了，他疯了！”

那个疯子我见过，成天披着黏成一片的长头发，穿着脏污的烂衣服，手里挥着树枝子，树枝子上挂着形形色色的垃圾瓶子和塑料袋，在学校附近逛来逛去，旁若无人地念念有词。听别人说，不管他怎么疯，只要你问他数学题，他立马安静下来，用树枝子在泥地上划拉一通，再难的题目也算得出，所以我们称他是天才疯子，但我还真不知道他竟然有这样悲惨的故事。

我突然明白骆赛赛这是在变着法子威胁我。

他斜着眼睛看了我一眼，似乎在提醒着什么："我爹就说天底下没有多少真事儿，谁他妈认真谁吃亏！这天底下谁认真？窝囊人最认真，因为他们窝囊！"说到这里，骆赛赛像是炫耀又像是恐吓地补了一句，"你可别看我老爹天天笑哈哈的，实话告诉你，那天他喝醉了就跟我说过，谁要是得罪他，他能一口咬死个人！"

我不由打了个寒战，一股悲凉的东西从我灵魂深处升起，我甚至要绝望了，看不到明天。我真纳闷，眼前这个骆赛赛，除了光鲜的衣着和浓重的脂粉气，简直不如一泡屎，可为什么活得这么滋润？

看着眼前的骆赛赛，我又想起他爸满脸的微笑，想起发面团子层叠的下巴，我不寒而栗。

终于打发走了瘟神，我调整了一下情绪，像什么也没发生似的走进教室。在走向座位的途中，我分明看到了辛梦远，他正呆呆地坐在座位上，用一种狐疑的目光看着我。

不只辛梦远，可能大家都能猜到什么事了，不知道传成什么样子了。

唉，别了，辛梦远。我绷紧了嘴唇，避着他的目光，回到了座位。

人虽然坐在了座位上，心却再也无法安定下来。

我恨，我骂，我委屈，可是，我自己也不明白到底该骂谁。

我的眼前一次次地浮现辛梦远的影子，想起了我坐在他的前排扭过身子和他无休止地谈笑，辛梦远盯着我的眼睛，他的眼睛里闪着一种难以捉摸却又让我温暖的坏笑；想起他骑着自行车努力地向前俯着身子，我坐在车的后座上在晚风里唱歌；还有那个永远无法忘记的早晨，他一把揽我到怀里放肆地吻我的脸庞……

我震惊，颤栗，然后酥软，整个人化在一方神秘而又激动的湖泊里。

风那么清，田野那么静，树梢上升起红红的朝阳……

"你是个坏熊！"我忘不了把他那妄图更放肆的手拉出来的时候，我滚烫滚烫的面孔背后藏着的，是一个少女最初的娇羞和甜蜜。

是的，我不能忘记，我不想忘记，然而，我必须忘记！

土在路旁，水在河里，

我们俩玩起了泥巴。

水不见了水，土变成了泥。

我是你的我，

你是我的你。

我忍不住打开日记本，展开那张狭长的纸条，这可是辛梦远写给我的第一首情诗。

我紧紧地捏着纸条，展开又合上，一遍遍地念着，泪水止不住地流了下来，我把头深深地埋进书本，如果有可能，我甚至希望昨天的甜蜜能够完全把我埋葬。

好几回，他站在通往女生宿舍的小路旁在等我，试图和我说话，我知道。当我冷着脸，故意和一群女伴高声谈笑着离他而去的时候，没有谁能知道我内心的忧伤。

而当你终于无视地走过，
在你身后落了一地的，
朋友啊，
那不是花瓣，
那是我凋零的心。

不知怎的，席慕蓉的诗句又一次回响在我的耳旁。在我闪过他的身旁，与一群伙伴们谈笑离开的时候，他孤独地站在路边。可是，辛梦远，你知道吗，我亲爱的，孤独的是你的影子，凋零的却是我被你撕碎的心。

第三十六章　真甜蜜？爱到深处皆为苦

骆赛赛还是三天两头地来找我。每次见他，我都瑟缩着心，可又不敢躲藏。

我恨自己，甚至怀疑自己本来就内心肮脏。明明喜欢的，不敢靠近；明明厌憎的，却又不敢拒绝！

老天，我韦一巧到底哪辈子犯下了罪，我只不过想争取一次突围的机会，你却用如此恶毒的方式惩罚我……

骆赛赛越来越放肆，甚至有一天，他不顾我的反对，抱住了我，我拼命地挣扎，却总也逃不出他那恶狼一般的目光。他吻了我。这个恶棍！

我清楚地知道这样下去，等待我的最终会是什么。我应该摆脱，可到了现在这种地步，又不敢摆脱，像那早已押上赌注的赌徒，明明知道最后的结局，却总怀着一分侥幸，盼着未可知的奇迹……

骆赛赛像个驱赶不散的幽灵晃悠在我的生活里，恬不知耻，得寸进尺。我成了猫爪子下的老鼠，一次次地忍受羞辱和戏弄，却无路可逃。

“韦一巧，关键时候别犯傻……”

有一天，在骆赛赛又一次离开学校之后，吕老师把我叫到没人的地方，忧虑地看着我：“不要玩火，否则你会后悔一辈子！”

从吕老师充满忧虑却又躲闪的目光里，从这个处理事情一贯粗枝大叶的班主任一改常态的语气里，我有理由相信他已经知道了我的事情。

“命运在自己手里。”吕老师又一次嘱咐我，像是对我说，又像自言自语，“人这一辈子最难的是弄清自己到底想要什么，什么时候也别弄丢了自己。”

他分明在暗示我什么，他一定不喜欢骆赛赛，不希望我与骆赛赛纠缠在一起，但又不能明说，我理解。

我低着头，心事满满地走回教室，一进教室门，就捕捉到辛梦远投来的目光。无须抬头，我能清楚地知道辛梦远所在的位置。我的鼻子陡然有点酸，喉头有点紧，心里登时充满了哀伤和委屈……我的泪水又来了。

不能再拖泥带水了，我必须为自己做点什么！一个荒唐的念头闪过我脑海，吓了自己一跳，我心跳急促。我咬了咬牙，走到辛梦远身边。

“晚饭后你等我，我找你有事。”我说完转身就走，留下辛梦远傻瓜似的呆在那里。

十八岁！我决定把自己十八岁最纯洁的青春献给他，这只纯洁的羔羊已经摆到祭台上，请您尽情享用！

辛梦远根本没有想到我会突然和他说话，当然更不知道我要做什么。我把纸条扔给他，径自走出教室。

那天的晚饭我比任何一天吃得都晚。当女生宿舍里没有别人的时候，我才慢腾腾地开始吃饭，菜早已凉透了，我把干粮揉碎，和凉菜一起倒在快餐杯里，提起暖壶倒上大半杯热水，用筷子搅了几下，用小勺一口一口没滋没味地吃着。宿舍里空荡荡的，除了大家吃饭留下的余味，只听到我一口一口吞咽东西的声音。

我强迫自己冷静下来，再一次反省那个疯狂的想法，预想了今晚最可能的结局。最后得出的答案依然和吃饭前完全一样。

就这样，我不后悔！

我锁上宿舍门，望了望四周，长长地吸一口气，向校外走去。

辛梦远大概已经等了我很久，在校外的小路上，当他终于看到我的影子，他迅速地跟了过来。

我顺着学校向西的小路，朝着小树林方向直直走去，我无须回头，直觉清楚地告诉我，他离我很近，我已经清晰地听到他的脚步声，甚至我的后背已经感受到他温暖的呼吸。

“为什么不理我？为什么躲着我？”辛梦远连声地问道。

我不回答，知道他有太多太多的疑问，我无法回答。

“那个天天来找你的是谁？他为什么天天找你？”

我低着头，泪水在眼里打转，我想哭，但绝不能哭。

他紧走几步追上我，扯了下我的胳膊，急急地问：“说话啊，他是谁啊，说话！”

我扭过身子，甩开他的胳膊：“我的表哥……他帮我办事……”

穿过小树林，顺着小河沿，我继续往前走。太阳已经落山了，天色渐渐暗了下来，地里干活的人也已经回家了，田野里看不到一个人，但我继续往前走。

“太远了，韦一巧，我们已经走得太远了，都看不到学校了。”

辛梦远压低了声音提醒我。

我真想咬他一口：不是一直想要答案吗，今天我就把最后的答案给你，你个坏熊！

“看不见学校就不看，今晚你敢逃学吗，陪我？”我挑衅似的问他。

他不屑地叹了一声：“我有什么害怕的，从小学五年级开始，我就因逃学挨了不少揍。”

天完全黑下来了，我在小河沿一块树与杂草茂密的地方坐了下来。

树那么高，只留下黑黢黢的影子，草那么深，那么密，完全把我们淹没在夜色里。

天上镰刀月一弯，星星似明珠粒粒闪烁。

看不到村庄，看不到学校，看不到任何行人。

辛梦远一把将我揽到怀里，像焦渴的土地渴望雨水一样，他紧紧地抱着我，吻我，他的脸紧紧地贴在我的脸上。

吻吧，辛梦远，你尽情地吻吧！

给你，今晚，我把最圣洁的羔羊完完全全地献给你。

你不是有很多很多的疑问吗，辛梦远，我无法回答，今晚，我用自己的爱情来回答你。

他的手明显地放肆起来。我不仅没有制止，甚至捉着他的手当起引路的向导，放肆吧，辛梦远，你就尽情地放肆吧，今晚，我韦一巧彻底地、死心塌地地属于你。

我想。我要。我给你。辛梦远，你个坏熊！套上你的牛马，驾起你的铁犁铧，开垦属于你的疆土吧！尽情地，别让我瞧不起你！

他明显被我吓傻了。两具青春的躯体颤栗着。

我做好了一切准备，在辛梦远疯狂地吻我的时候，我回应着他，用我的眼睛，我的嘴唇，我不自觉流下的泪水……

我觉得整个自己简直要爆了，酥了。

世界这么大，我只想要你，酥在你的怀抱里。

我闭上眼，像那炉前的干柴等待火种。

燃烧吧，我的青春！

燃烧吧，我的爱情！

可不知怎的，辛梦远始终没有发起最后的攻击。

我狠狠地咬他的胳膊，咬他的肩膀，咬他胸脯……我少女的躯体里分明有一万只兽，我想用自己的疯狂去召唤、去激怒另一只兽……

别让我看不起你，辛梦远，驾起你的战马，高举你的矛戟，厮杀吧！

所有的城堡都敞开了大门。然而，他可耻地当了逃兵！

也许，我一反常态的疯狂吓住了他，他从来没有见过我今天这个样子。

他一次次地亲吻我，我明显地感觉到他身体的战栗，但他最终还是绷紧了嘴唇，绅士般地为我递过衣服。

我恼怒地从他手里夺过衣服，扔到地上，砸到他脸上……此时我眼里一定冒起了火。

他小心翼翼地为我捡起衣服，老祖母哄婴儿似的为我穿上。为我系上最后一枚扣子的时候，他再一次紧紧地搂住了我，我的泪水哗哗地流了下来。

他吻着我的泪水，似乎想把我所有的泪水咽到他的肚子里，他的泪水流到我的脸上，和我的泪水混在一起，我们两人就这样紧紧地抱着，脸颊贴着脸颊，泪水和着泪水……

月儿消失了，星星也似乎不好意思，躲到了云层里。

“怎么了，巧儿？”

“滚，不用你管！”

他又一次把我揽进怀里。我散开的长发盘过他的脖子，我的头偎在他的肩膀上。

他不止一次地提到骆赛赛，问我和这个可恶的家伙到底有什么事，他一遍又一遍地要我远离那个流里流气的男人。

我什么也不能说。我恨，恨骆赛赛，更恨眼前这个怯懦的家伙。

坐了好久，我们谈了好久，最后，辛梦远揽过我的头，用他的手当梳子，细细地梳理着我的乱发，从地上摸索了好久，找到了橡皮筋，给我扎上了辫子。

“回去吧，巧儿，我们回去吧。”他起身，轻轻地拍了拍身上的土，又弯下腰把我拉起，然后轻轻地拍打着我身上的泥土。

“我恨你！恨你一辈子！”我又一次趴在他的肩膀上，狠狠地咬了下去。

他疼得咧嘴，咬牙，泪水在眼里打转转。

但他一动不动，任凭我的牙齿深深地扎进他的肉里。

“回去啊，一巧，咱得回去！”他轻轻地拍打着我。

我真不想回去！其实就在下午我走近他身旁扔给他纸条的时候，我就早已想好了这一切。

“你个懦夫，胆小鬼！”

我又一次紧紧地搂住了他，把自己深深地埋在他的怀里。

他的身体明明白白地告诉我他渴望什么。可我真的不明白，今晚，辛梦远，为什么非要躲避?

我回到宿舍的时候，大家早已睡下，邻铺的小蝶悄悄跟我说：“老吕问了好几次，你要小心。”

我“哦”了一声，悄悄地藏进被窝：“没别的事吧，小蝶？”

小蝶含混地说了一句：“你还想要什么事？”

哦，我不想要什么事，我想要的没人能够给我，可我不想要的，我能不能逃避?

我苦笑着，摇了摇头。

没有人知道，今晚，是我的刷锅中学之旅最后的甜蜜。

第三十七章 遭凌辱，母女从此成仇敌

昨天晚上我把辛梦远约出去，本想用那夜的疯狂打造一扇牢固无比的大门，把我的昨天连同辛梦远的爱情，彻底地关死在这扇大门里，给他，也给我的爱情和青春一个交代。

我亲手挖好了坑，埋葬真正属于我自己的爱情。而我设计的疯狂，就是我十八岁的墓碑。

从此我再也不是我，虽然我的名字还叫韦一巧。

从此以后，再长的岁月都是余生。

你依然是你，可我不再是我。

辛梦远，你能读懂我韦一巧的世界吗?

你没有读懂，连我自己都没读懂，也许当我们被岁月风化剥蚀的时候，总会有人通过文字读懂我们的故事吧。

我再也没有和辛梦远说过一句话，像完全不认识他似的处理着来自他的所有信息，

不看，不听，不作任何回应……

此后的四天里，骆赛赛来找我三次，不管不顾，厚颜无耻。

我再也不能忍受他的纠缠，如果不是离中考还有十天，我很可能会在某一天完全爆发。但是，眼看着中考就要来了，我就要走进考场了……

于是，在那天早晨，我悄悄地收拾好所有的东西，离开了刷锅中学，回到了自己的家，没有谁知道我为什么离开。我跟吕老师请假，他的目光一次次地拷问我，我也没多说一个字。

那天，离中考还有整整一周。

回到家的时候，爹娘还没吃早饭，村子里的大队书记不知怎的在我家坐着，爹陪着他东一句西一句地扯着，嘴里喷着烟。

“正说着二妮妹妹呢，这不就回家了，哈哈，咱这儿地邪，说谁谁到，哈哈……”

爹娘也陪着笑。

“二妹妹找了个好婆家，攀上了乡里的骆助理，那可是一门子硬亲戚，叔啊，以后你就跟着享福吧……”

原来，书记来并没别的事，只是在街上闲逛的时候遇到了爹，竟就跟着爹来家里抽烟喝茶。爹娘当然受宠若惊，这在以前，他们连想都不敢想，就算你备好酒菜请人家，也得点头哈腰磨破嘴皮子。

“让他娘买几个菜，咱爷们喝两盅？”爹边说边示意娘出去买菜。书记喝光了杯子里的茶，站起来，劝住了要出去的娘。

“大早晨的，咱爷们不喝了，抽空我弄几个菜，专门请你喝一杯！”书记笑着往外走，爹热情地拉住人家的胳膊挽留，“不过，我得说个正事啊，叔，俺二妹妹什么时候出嫁，一定要告诉我一声，我得好好地喝个喜酒！”

书记走了，爹娘送出大门，在那里站了一会儿，直到看不见人家的影子才回来。

娘满脸笑，爹坐在八仙桌旁边的高椅子上，又卷起一袋烟，喜滋滋地抽着。

我本来想吐一吐苦水，可什么也没有说。

我低着头，坐在小矮凳上，默默无语。

“怎么回来了，二妮？”娘问。

“就是呢，不是快考试了吗，可不敢耽误！”爹附和着。

“在学校学不下去，烦，我不去了，这几天在家学……”我强忍着眼眶里的泪花，不让它滴下来。

“也行，也行，家里什么活儿也不用你干，你只管学……”爹一个劲地说。

娘做好了早饭，我们三人围着小方桌吃饭。不知怎的，我端着饭碗，泪珠子不争气地滴了下来，砸到了饭碗里。

“到底怎么了，二妮？”爹放下了碗，眼睛直直地盯着我。

我终于忍不住了，抽泣着，断断续续地说了骆赛赛的事。

爹的脸色唰地变了，他重重地把碗蹾在桌子上，又忍不住卷起了旱烟，小屋里烟雾弥漫……

“妮儿啊，咱女人都是慢慢熬出来的，熬日子，熬日子，熬着熬着就好了，啊——”娘擦了擦眼窝里的泪，怯怯地望了爹一眼。

“他……他……根本……不是好人……”骆赛赛那令我呕吐的影子晃在我的眼前，我低垂着头，轻声说着，泪水止不住地往下流。

“男人嘛，大都是这个样子的，成了家有了孩子，慢慢地就熬好了，就熬成大人样子了，二妮。”

我不说话，只顾端起碗来，像饿了四五天的乞丐一样，大口大口地吞咽着食物，大颗大颗的泪珠子砸在碗里，溅起朵朵油花，我像没知觉似的，把那泪水和着汤吞到了肚子里。

“多好的一门亲事啊，二妮，你不知道，全村人都夸你找了个好婆家呢。这不，大队书记什么时候进过咱家门啊，今天……”爹站起身，手里的烟卷子抖个不停，“二妮子，爹不强迫你，怎么活都是活，大不了像爹一样种一辈子地！种庄稼一样活着，庄稼人不丢人！”

爹狠狠地抽了一口烟，呛得剧烈地咳嗽。

“去他娘的什么脸面，脸面不是别人给的，最好的脸面得靠自己挣！咱庄稼人本来就没什么脸面，闺女，别委屈自己！大主意你拿，就这！爹听你的……”

爹饭也没吃好，把手背在身后，愤愤地走出了家门。

娘被爹劈头盖脸骂了一通，沉着脸子不说话，只管坐在那里抹着泪水。

我心里猛地一酸，又一热，泪水又来了。

第二天，爹早早地离开了家，邻村的一家亲戚盖房子，他去给人家帮忙。

万万没想到的是，骆赛赛竟然找到了我家。

崭新的自行车亮得晃眼，油头粉面的，远远就传来刺鼻的香。

娘第一次见到骆赛赛，她做梦也没想到她的闺女找了一个如此高大而又白胖的女婿。

娘更没想到，这个穿着花格子衬衫的白胖女婿竟然还带了礼物，大包小包堆在八仙桌子上。

娘的脸上绽开了一朵花，她笑吟吟地沏好茶，望着骆赛赛，看不够似的，不住地打量。

看娘当时的样子，她恨不得拿着村里的喇叭，大声地宣告，让每个人都知道她的闺女找了一个体面的好女婿。这不，女婿来了，带着礼物找到家里来了。

我的心猛地一紧，不知应该如何躲藏。

“我去喊我爹……”我下意识地说了句，转身要往外走，恨不得马上逃离骆赛赛，再也看不到他的影子。

“傻妮子，不用你喊。”娘乐晕了头似的，把我摁在了凳子上，“你们好好说话，我出去买点菜，找人喊你爹……”

娘说着，风风火火地走出院门，我也紧跟着出去。她走出院子，关上了大门，“呱嗒”一声，竟然在外面反挂上了铁锁！

娘肯定没有想到，她那鬼迷心窍似的“呱嗒”一下反锁，锁死了她家二妮子这一辈子回娘家的路，切断了她们母女二人的血脉联系。

骆赛赛扯着我的胳膊，拉我进屋，像饿狼似的扑向我，我挣扎了起来，但不敢高声骂他。我试着和他说话，想让他安静地坐下来，可他像发疯的野兽一般，不管不顾地再一次扑向我。我挣扎，我反抗，我边骂着边吓唬他，但他分明感觉到了我致命的软肋，我不敢真正得罪他——是的，确实是这样，我讨厌他，但不想彻底得罪他，离考试只有六天了……

“俺爹说，只要你能考上学，一毕业咱就结婚，结了婚你想去哪个学校，就去哪个学校，他都能办成哩！”

骆赛赛一边拉扯着我向床边靠，一边絮絮地说着。

我使劲扳着他的手，试图脱离他的胳膊，没有成功。

骆赛赛呼吸越来越粗重，眼里冒出的火苗就像岩浆突然冲破了地皮爆裂开来。

他把我扑倒在屋里的床上，他的身子死死地压住了我，我一边苦苦地挣扎，求着，骂着，可他疯了似的，解开了我的扣子。

有个声音提醒我，反抗，反抗，反抗！

可同时又有更多声音响了起来，村里人的，娘的，爹的，甚至还有骆赛赛那句“别看我爹笑哈哈的，谁要得罪他，他能一口咬死个人”……

我眼前晃着各种脸，熟悉的，陌生的，亲切的，冷漠的，挤满了媚笑的，凝固了鄙视的……

我恨透了娘，我想起了爹，不知怎的，当我想起爹当时的样子，心突然软了下来……

骆赛赛明显感觉到了我的变化，他变得更加凶猛，在我家的床上，扯下了我最后一件衣裳。

我默默地流泪，想起了辛梦远，想起了那个晚上，我恨……

血色玫瑰，那么刺眼地凋零在我家的床单上。

第三十八章 酣畅淋漓，韦一巧痛骂骆助理

“下雨天打孩子——闲着也是闲着。”这是我们当地流传很久的一句歇后语。这句歇后语传递的信息非常丰富，但最清楚地莫过于一点：贫穷的日子没有娱乐，打老婆孩子或者看别人打老婆孩子便也成了一种娱乐。

在当时的农村，打架骂街之类的琐碎事，大家早已司空见惯。谁家菜园子的豆角被人摘了，谁家的老母鸡到另外一家下蛋了，谁家的狗去别人家里去骚扰小母狗了，经常有老娘们以手指天，扯着嗓子跳着脚拍着大腿展示她们的音乐素养和语言才华。

至于家庭内部的打闹，那更是非常普遍的事，普遍到大家都不认为是什么事，爹娘打孩子那是教育，男人打老婆那是调理，“三天不打，上房揭瓦”，孩子是这样，老婆也是这样。所谓家家有本难念的经，清官难断家务事，别人也没有什么插嘴的地方。

孩子不打不成才，老婆不打不懂事，这就是当时村里很多人的哲学。男人打女人天经地义，作为男人，如果连老婆都不敢打，算什么男人，纯粹一个窝囊废！你可不要认为光男人这样说，就连那些经常挨打的女人也这样认为。

老婆懒惰，把家里弄得比猪窝还脏，打；老婆长舌头，东家长西家短地搬弄是非，打；老婆嘴碎，吃饭的时候穷嘟噜，打；老婆风流，留门子扒墙头偷别人家的野汉子，更得打……

一家打架，全村看戏，免票看电影。这就是那时我们村的现实。

爹那天真是发了疯，我长这么大第一次看到他竟然那么凶狠。

他两眼瞪得溜圆，眼角子充血，眼珠子发红，红得几乎冒火，脸扭曲得几乎变了形，太阳穴、脖子上的青筋根根暴出，眼看着似乎就要跳出来，眉毛拧在了一起，挤成一团扯不清的毛线疙瘩。他一脚把面前的小方桌子踹翻，桌子上的茶壶茶杯“嘀哩咣啷”摔在地上，碎成了片……

他一把薅住娘的头发——我大概是一个恶毒的人，自从那天她“呱嗒”一声反锁上院门，我的心里已经没了娘，“娘”这个字眼最多只是我叙述时一个不得已才用的称呼——拽到跟前，一掌扇在了她的脸上，她的脸上登时出现了五道鲜红的巴掌印。爹一手薅着她的头发，一手依然在扇，左一巴掌，右一巴掌，她的嘴角流血了，她的

鼻子流血了，她大声号哭着，骂着，两手被动地挡着爹的巴掌，根本无力还手，也不敢还手……

我呆呆地坐在旁边，一动不动地看着，完全像一个不相关的外人，没有任何心疼的感觉，相反，内心泛起的倒是一种说不出来的解恨和报复般的痛快。从那一刻起，我知道自己是个内心很硬的女人。

嗯，我是女人，我已经失去了做女孩的资格。

娘号啕大哭，她的头发被爹薅下了一团，她用手掌胡乱地抹着自己的鼻血，她的泪水和血水糊花了脸，她像一堆肉瘫在了地上，两手不停地比画着，哭着，骂着，满屋子满院子都是她的哭声。

“狗日的玩意儿，你还有脸哭！”爹坐在小矮凳上，气喘吁吁，我分不清他是揍人累得，还是怒火烧得，“你的脑子里全是屎吗？全是屎啊？你他娘的成天想些什么？我非得揍你，揍死活该，大不了一命抵一命！”

她浑身一哆嗦，手挡在脸前，爹倒是没再动手，只是一脚踢翻了眼前的小凳子，那凳子砸在摔碎的茶壶片上，又是一阵清脆的响声传来。

院子里早围满了人，他们肯定是听到了打骂声过来的。叼着旱烟卷子的男人，捧着饭碗的妇人，她们一边喝着稀饭，大口大口地嚼着煎饼卷子，一边瞅着打架的热闹，时不时和周围的人评上几句咸淡；另有一些抱着孩子的妇人，一边掀起上衣，把奶头塞到哭闹的孩子嘴里，一边扭头说笑着，丝毫也不顾身旁围着的小叔子、老大伯的眼睛；当然这里边也少不了高高低低破衣烂衫的孩子。

没人过来劝说，这有什么可劝的，男人打老婆太正常了，谁家都有这样的事。看热闹没人笑话，但如果你非要出头去劝架，那可就惹大家笑话了，就连被劝的人家也会生气——羊群里跑出头驴来，你充什么个大的，大家都一样过日子，谁又比谁高明多少。

大家围过来，并没有谁真心劝架，只是打听一下消息，看一眼热闹，指着打架的男女，嬉笑着，谈论着什么。这个时候就显示出男女不同的立场——男人一边指点着，嘴里一边鼓着劲：“娘儿们欠揍，揍一顿老实半年。”女人们则为挨打的人惋惜：“不能光哭啊，挠他！挠他脸，挠他胳膊，挠花他，看谁丢人！”看那恨铁不成钢的架势，简直恨不得亲自上阵。

看两口子打架挠脸的热闹是一方面，大家更关心的是打架的起因，这些起因一旦探听出来，东传西，西传东，再经过“天才”的艺术加工，能让整个小村快乐好些日子。

爹一边打一边骂，娘便只剩下扯着嗓子哭号：“你打死我吧，你个狠贼，我命好苦啊——”

人们非常不满意的是，不论是我爹的打骂还是娘的哭号，他们似乎提前约好了什么，看热闹的人根本探听不到丝毫自己想知道的消息。

爹的气渐渐消了下来，娘的哭声渐渐低了下来，看热闹的人看着无趣也便慢慢地散了，屋子里只剩下我们三口人。

爹大口大口地抽着烟，浓烈的烟雾呛得他一阵咳嗽，他的手在抖，他的嘴唇在抖，他的眼角分明挂着泪珠。

他猛地起身，随手把他垒屋用的瓦刀塞到了腰里：“我找那个狗日的玩意儿，我就不信掀不了他的房子！”

娘不敢再哭，披散着头发，从地上爬了过来，死死地抱住了爹的腿，也许她知道这个男人在气头上会做出什么事。爹猛地一挣，想把那抱着的手挣脱，可娘任凭爹骂，任凭爹踹，就是坚决不放手。

爹像发狂的狮子，而娘伏在爹的脚下，死死地抱住爹的腿，像一条可怜的狗——一阵子酸辣涌上来，泪水一下子冲出我的眼睛……

我走了过来，万千委屈和怨恨挤在喉咙，可我什么话也说不出来。我拉着爹的手，把脸偎在爹的怀抱里，泪水沾湿了他的衣襟，我抽泣得像风雨中乱抖的树叶子——我从来没有像今天这样委屈过，可我分明又觉得，脾气暴躁的爹让我感到那么温暖那么亲切。

爹冷着脸往外走，我们娘俩都难以拉住他。我扑腾一下跪了下来，哭着说：“爹，你心里疼，你疼你的二妮儿，我知道……不用你去，爹，这不是什么光彩的事，你就交给你的二妮儿吧！”

我晃着爹的手，陡地停止了哭泣，脸上的泪水突然凝固了似的，我的语气变得那么坚决，坚决得连我自己都不敢相信。

爹长叹一声，扔下瓦刀，颓然地坐在椅子上。

我已经没有什么可怕的了。此时的我，心里只有恨。

知道自己落榜之后，我突然感觉到了一种前所未有的解脱。

做了那么久的中专梦，一直梦想着逃离乡村，甚至想着毕业后和辛梦远分到同一个单位工作、结婚、生孩子。可是现在，梦破了，所有的美丽幻想都成了泡影，成了一张嘲笑的面孔。

我以为自己得痛哭失声、寻死觅活，没想到我竟然那么平静！

第二天吃完早饭，我什么也没说，一个人骑着自行车来到乡里，找到了骆赛赛的家。

大门虚掩着，我连想都没想，一脚踹开大门，径自闯了进去。

他爸在家里，剔牙，喝茶；发面团子也在，在沙发上看电视，唯独不见骆赛赛。

发面团子刚看到我时，脸上闪过一丝复杂的神情，她可能觉得我是主动送上门来找她宝贝儿子的吧，眼睛里闪过一丝轻蔑。

“骆赛赛！”我大叫了一声。

他爸身子一震，剔牙的竹签子掉到桌子上，不满地瞪了我一眼，大概没想到我会如此放肆。

骆赛赛揉着睡眼，像我第一次见他的时候一样，衣衫不整地从里屋走了出来。他看到我站在屋里，不相信似的，觍着脸凑到了我的面前，那神情一如以前的恶心。

“一巧？你来了？嘿嘿，走，跟我去那屋！”他伸过手来牵我的手。

“去你祖宗！”我冲上去，对着那张可恶的脸扇了过去。

“啪”的一声脆响，紧接着又是一声，然后我的巴掌就像夏天的暴雨点子砸在了骆赛赛的脸上。

我分明疯了，抡圆的巴掌在他的脸上来回扇着，手指在他的脸上挠着，我简直想把自己变成凶恶的狼，用那些尖利的齿，从他的脸上、胳膊上撕下一条条肉来才解恨。

骆赛赛显然被我突如其来的疯狂吓傻了，木偶似的呆在那里，忘了躲，忘了反抗。他的脸上、脖子上、胳膊上、手背上横竖布满了渗血的红道子。

发面团子最先反应过来，冲了过来，拉开了我，护住了她的儿子。

他爸站了起来，但只是呆站着，愣愣地看着我，然后又坐了下去。

骆赛赛双手护着脸，远远地逃开，像被打断了脊梁的癞皮狗瑟瑟地夹着尾巴，他的眼里全是恐慌。

我吼，我骂，我张牙舞爪往前冲，恨不得把那条可恶的癞皮狗撕成八瓣，我从来没想到自己会变成这个样子。

我眼前晃出骆赛赛一次次纠缠我的样子，两腿叉在自行车上，油头粉面地打着响指，晃过他觍着脸伸出狗爪子往我身上凑，晃着那染了血污的被单……

我彻底疯了！

我打不着骆赛赛，就冲着身边的东西出气。我抓起茶壶，“砰”的一声砸向电视机。发面团子死死地抱住了我，我明显感觉到她浑身颤抖。

“你毁了我！你们毁了我！”

骆赛赛已经脏了我的身子，我还有什么？大不了一死。

我本来以为他会打我，他会反抗，以为他的家人也不会放过我，我早已下定了决心，大不了鱼死网破……

然而，没有，一切都没有。

骆赛赛自然知道我为什么发疯，但我根本没有想到他竟然如此窝囊，他远远地躲着我，瑟缩着身子，嘴里反复地念叨：“你……你……你……别动手……”

发面团子满脸怒气，看着儿子被挠花了的脸，恨不得一口吃了我，但她显然不敢对付我。她丈夫坐在椅子上，看着我，不知内心在想些什么。

我没想到，骆赛赛竟然如此不堪一击，这个令我第一次来时大气不敢多喘一口的家庭，竟然像纸扎的恶鬼，一踢就倒，一戳就破。

当初，我为什么如此害怕，我不明白。

“我一辈子毁在了你手里！”我咆哮着，像一头发疯的母兽。

“孩子，别急，坐下慢慢说，跟叔说说，怎么回事？”他爸关上了院门和屋门，看我稍微平静下来，才走了过来，满脸微笑，柔声细语地安慰我。

我喝住了他：“离我远点，没一个好东西，都给我离远点！”

发面团子很听话地拉着骆赛赛到了里屋，他爸也退回到座位上。

“有话好好说，孩子，这不是农村，这里是乡大院，左邻右舍全是些有头有脸的人……”

“有头有脸？没有谁比你们更不要脸！”

我似乎把积在内心的所有怒气一下子发泄出来，我想起了中专指标，想起了那天来时我像小丫环似的端茶递水，想起定亲时他们轻蔑的眼神，想起骆赛赛三番五次的骚扰，想起我在我家小屋里受辱的哭泣……

“你们有脸？还知道要脸？你们口口声声说要脸面，你们的脸面呢？天底下没有比你们更脏更不要脸的！”我指着他，唾沫星子几乎喷到他脸上。我突然想起了书本上的“泼妇”那个词，一下子就完全理解了这个词的含义。

我就是泼妇。泼妇就是我韦一巧！我痛恨自己没有早变成泼妇。

发面团子躲着我，走到丈夫身边，咬着耳朵嘀咕。

他爸的脸一下子变了，他那天生的微笑也顿然看不见了，像被一层阴云全部盖住了似的，他的额头上分明冒出了汗，他抹了一把汗，嘴里忍不住骂了发面团子一句脏话，劈头盖脸扇了骆赛赛一耳光。

发面团子换了一个人似的，怯怯地拉着我的手，一口一个“闺女”叫着，脸上的笑容腻得令人呕吐。

他爸倒上一杯茶，两手捧着，小心翼翼地递到我的手上：“别生气，孩子，咱毕竟还是亲戚，好商量……”

我劈手打掉了递过来的茶杯：“谁跟你们是亲戚！”

他们任我骂着，赔着笑脸，低三下四的样子，缓释着我的火气。

他爸偷偷给发面团子使了个眼色，发面团子从里屋拿出一叠钱，一边笑着一边往我手里塞：“别生气，孩子，叔和姨给你赔不是，千不是，万不是，都是我们不是……”

他爸也凑过来，温言软语：“事已经这样了，这钱你拿着，补补身子……”

我刚刚消了一点的怒火腾地蹿到头顶。发面团子显然误会了我，她拉着我的手，生怕我跑出院子似的：“别生气，孩子，别生气，刚才赛赛说了，你没考上中专，他也愿意娶你，我们当爹娘的也答应，我们还是一家人……”

“呸！”天底下，恐怕没有比这一句更让我感到羞辱的话了。

“娶你祖宗！”我把内心那句恶毒的诅咒变成炸雷般的怒吼，一把夺过发面团子手中的钱，狠狠地砸在她的脸上，“你们有钱！我不稀罕！我嫌脏！”

我夺门而出，一口唾沫重重地砸在他们两人眼前，骑上自行车，头也不回地离开了。

我心里有一种说不出的痛快：原本让我敬畏的院落，满脸微笑的白净男，精致的发面团子，还有那个恶魔似的骆赛赛，原来都如此虚弱，不堪一击，就如稻田里吓鸟的鬼，一脚踢过去，竟然是这么一群玩意儿。

可是，我胜利了吗？一个念头浮了上来。

没有。

我得到了什么呢？除了伤害，我什么也没得到。

那我的痛快从何而来？我没有改变自己被摧残的现实，我没有改变被别人操纵的命运，如果我还想着明年再考，敢像今天这样肆意地对付骆家人吗？

我一下子灰心了。我只不过是对考学绝望了，才敢在骆家人面前肆无忌惮吧，我所有的痛快，无非是因为推翻了自己昨天还恐惧和敬畏的一切吧。

骑着车子，我的泪水止不住地往下流，我觉得这一个月里，自己似乎把别人一辈子该流的泪都流光了，我想哭，找个地方大哭一场……

鬼使神差般地，我骑着自行车来到了刷锅中学西边的小河旁，站在路边遥望，刷锅中学只是一个模糊的黑影，闭上眼，我也能清楚地说出我们的教室、伙房、宿舍，还有牛波裸着上身打球的操场……

过去了，一切都过去了，所有的向往都变得可笑而天真。

我又一次来到那个地方。那片被树和草遮蔽得严严实实的河边空地，原本是我祭献羔羊的圣台，没想到圣台依然在，羔羊却已经被恶狼叼去。我再也不敢停留，所有的往事都无法寻觅，那个印下我的疯狂和欢乐的小河沿，明明找到了，却又分明没有了半点踪迹。

最后，在小树林的边上，小路旁的小桥旁，我停了下来。

我坐在桥上发呆，恍惚中，时光似乎往前推了两个月，我和辛梦远来到这个地方，甚至更远的地方。

当我站在学校的红榜前，颠三倒四地寻找我和辛梦远的名字时，我清楚地知道刷锅中学只是青春的一场梦，梦醒了，人散了，走向各自的远方。

也许，吕老师在给下一级的学生开班会时，就会提到我和辛梦远的故事吧，早恋是雷区，是警戒线，是升学最大的障碍，我们大概就成了他教育学生最鲜活的反面教材吧。

我不知道。

我恨不能把自己燃成一把熊熊的火，可这把火又该烧向谁？

我不知道。

我忍不住泪眼婆娑，恍惚看到一只彩色的蝴蝶飞舞盘旋，时而流连于青枝绿叶间，时而栖息在繁花丛中，在明媚的阳光下，它那美丽的影子逗引得我整颗心激动起来，快乐起来。可当我伸手试图亲近它的时候，它却一下子消失了，看不到丝毫踪影……

我痛苦地咬了下嘴唇，两手用力地捶打着自己的脑袋。

忽然那蝴蝶又出现了，飞着飞着，却变成了辛梦远的脸，岳芳的脸，牛波的脸，吕老师的脸，爹的脸……

我使劲地摇着头，想把蝴蝶赶走。可那蝴蝶却像恶魔似的变成了骆赛赛的脸，变成了落了锁的大门，变成了大门上的铁锁，滴了血污的床单……

我的心猛地疼了起来，冷汗一下子钻了出来，冷得我不由一抖。床单上的那片血污像毒蛇吐出的鲜红的信子，啃噬着我的自尊——我实在不知道自己还有什么活下去的理由！

我把头深埋在两掌之间，泪水从我的手掌里漏下，滴在桥头的石头上。那一刻我万念俱灰，死亡似乎成了我唯一的选择。

但辛梦远分明满脸的坏笑远远地走了过来。

土在路旁，水在河里，

我们俩玩起了泥巴。

水不见了水，土变成了泥。

我是你的我，

你是我的你。

牛波凌乱的发迎风散着，他看着我，看着辛梦远，嘴角全是笑:“所有你走过来的，熬过去的，挺得住的，都不是坎。”

是啊，我失败了，失恋了，失身了，作为女孩子，还有什么比这些更糟糕的事情？

苦水里浸泡，汗水里挣扎，血水里屈辱。这些事情我都经历了，接二连三，连喘口气的机会老天都没给我，连用唾沫舔伤口的机会都没给我，就这样一个月内，一下子降到我的头上，还有比这更糟糕的时刻吗？

但我不能死，我还有活下去的勇气。我倒要看看老天爷还能怎么惩罚我，我倒要看看那些给我屈辱的人最后的结局。

我眼前又浮起爹红红的眼珠子，暴揍娘的样子。如果她的二妮子就这样死了，他会心疼成什么样子，他这一辈子还能不能在别人面前挺起腰杆子？

我不能死，即使没了梦想，即使遭受了如此多的苦难。

我要活着，我得活着，咬紧牙，把生活的苦水一点一点地吞咽到肚子里。

就在此时，我突然明白了一件事：人活着，什么都不是结局；可一旦死了，一切就都成了结局。

第三十九章 孤苦伶仃，留书信含泪逃离

梦碎了，生活还得继续。

我狼狈地退回原地，如一条被人追着打得遍体鳞伤的狗，抖一抖身体，似乎想抖落浑身的泥土，连同棍棒砖石留下的伤痛。

我往哪里去？我脑子里一片混沌，偌大天地间，竟然找不到自己的容身之地。

一连好几天，我把里间屋当作牢笼，把自己死死地囚在牢笼里，不言不语。

一切失望终会退潮，羞辱、愤怒和忧伤也终将平息。可当我真正冷静下来，我才发现自己陷入了更危险的沼泽:家是绝对不能待了，小村我一定要逃离，逃得越远越好，可我往哪里去?

没有一个人能倾听我的忧伤，虽然我的身边明明有许多人。

我突然感到一种刻骨的孤独和绝望：悲哀，悲哀啊，人！人海分明是无人的旷野——没有一个人、一颗心、一双眼睛、一个肩膀属于自己……

但一个念头变得越来越明确、强烈，像夏日的闪电划过我内心的天空：我必须逃离小村庄，逃得越远越好，越快越好。

这不是我的村庄。是的，我生在这个村子，长在这个村子，可随着年龄的增长，我越来越觉得这不是我的村子。

水浇了一遍，化肥上了一遍，草锄了一回，玉米棵子长起来了，地里的活儿越来越少了，家家门前树荫下，老磨盘旁，蹲着的，坐着的，三三两两的一堆一堆人。光着上身的汉子，敞着怀端着大碗喝稀饭、啃咸菜疙瘩的妇女，掉光了牙瘪着嘴的老太太，含着长长的烟袋杆子的老头，以及光着脚丫席地而坐的孩子……不论他们正在做什么，比如摇扇子啦，抠脚趾啦，喷烟圈啦，吐一口唾沫当子弹射向泥地啦，只要远远地走来一个人，他们都会抬起头盯着过路的人观看，就连那些原本把脑袋半藏在稀饭碗里的妇女和孩子，也会从碗沿上露出半只青白的眼珠来，直看得行人脸涨红，心发慌，甚至紧张得不会走路，一头撞在路边的树上。他们以此为乐，似乎没注意别人

的尴尬。

“你是谁？你找谁？你有什么事？”纯朴和热情的背后，隐藏着强烈的窥探欲，他们没觉得有任何不妥，觉得这一切天经地义。如果是个脸生的人，他们甚至会派小孩一路跟随打听，看这人往谁家去，如果能问出来干什么，那就更心满意足了——不能说他们有什么恶意，但也说不上什么善良，他们只是习惯如此，习惯从这些事中得到快乐。

他们嘴里永远点评着别人的一切，每个人都活在别人的嘴巴里。在小村生活，任何人没有隐私。

小村的人似乎不是为自己活着，而是活在别人的眼光和嘴巴里。

所谓对错，村里人的标准特别简单，凡是大家嘲笑的就是错的，就是不能做的。

所有人的生活似乎都被晾晒在阳光之下。

小两口的新婚夜，墙根处，窗台下，一定会挤满“听房”的人，中年人、小伙子和孩子。第二天，小两口说了什么话，做了哪些事，一定会飞遍整个村庄。有些小两口情不自禁或者家里人没有嘱咐到位，有些让人脸红心跳的言行就成了全村人快乐的源头，大人们见了就开小两口的玩笑，那些半光着屁股的男孩更是沿着街成群结队地咋咋呼呼——喊着人家的名字，学着人家新婚夜的私房话语，羞得小媳妇子好几年抬不起头。

哪家的新媳妇早晨起来没给老婆婆倒尿盆，哪家的姑娘不正经退了亲，谁家的闺女还没婆家就大肚子了……在小村没有挖不到的秘密。

我得逃。

我一直希望通过考中专逃出村子。这话好像辛梦远说过，牛波说过，我们宿舍的姐妹们闲聊时也说过。其实说不说又有什么区别呢？余子夫可能没对别人说过，马上校可能也没说过这样的话，但他们不也在做同样的事情吗？

想当初余子夫发疯被面包车押送回家的时候，岳芳曾经失声痛哭。当时辛梦远还以为他们两个人有什么不一般的交情。而当岳芳草草嫁人的时候，樊川不也在黯然神伤，几个姐妹不也在宿舍里相拥而泣吗？

同命相怜，兔死狐悲，都不过是梦想破碎而生出的悲怆。

如果说村子是一潭死水，那么像我这样的女人，最终不是被唾沫淹死，就是被那潭死水闷死臭死，我清楚这就是我的结局。

一个没有任何靠山的乡下妞竟然想嫁给乡大院干部的儿子，眼眶子高，想攀高枝，结果怎么样，什么也没捞到，好好的大闺女倒让人破了身子……

天下没有不透风的墙，何况是我这样的事。

逃出去，我必须得逃出去。

往哪逃？我也不知道该往哪逃。既然找不到方向，那就边逃边寻找方向吧。

说真话，我不知道一辈子到底有多远，也不清楚世界到底有多大，但我目前只知道，不能让自己一辈子就这样沤在这潭死水里。

落榜之后，我很少出门，我怕出门。每一次出门，众人的目光好像能剥去我所有的衣服，他们的目光那么锐利，似乎藏着无穷的内容。他们低声却又能清晰传入耳朵的议论让我胆战心惊。

关于我，一定会有各路消息陆续传到小村来，辛梦远、骆赛赛、发面团子，甚至那个染上血污的床单，一定会被他们发掘出来。那时，我一定会被各种各样的眼光烤成肉干，或者让浓痰和唾沫星子淹死，我绝不能坐以待毙。

我不动声色，偷偷地做了各种准备。终于有一天，我抓住了机会，背一个简单的小包，留下一封简短的信，我逃出了村子。

爹：

我走了，你的二妮子走了，偷拿了家里一百块钱，请原谅二妮子没法在你面前尽孝，保重身体。

不管我走到哪里，不管我以后会遇到什么，我向你保证，爹，你的二妮子向你保证：我不寻死，一定会好好活下去。

不用找我，你的二妮子已经快二十了，就当我远远地嫁了个婆家，爹，你要放宽心！

你的二妮子给你磕头了，咱爷俩说好，咱都不哭。爹！

我逃出村子后不敢作丝毫停留，先是拦下过路车去了县城，然后在最短的时间内坐上外县的车辆——当车辆驶出县城，我悬着的心才轻松下来。就这样一路倒车，一路颠簸，昏头涨脑中，找到了青岛。这时，我兜里只剩下不到十块钱。

我必须马上找到厂子，不然连睡觉的地儿都没有。

我背着小包，挨个厂子问。只要挂着工厂招牌的院子，我都去问招不招人。

我不知道明天什么样子，不敢想明天，最担忧的是今天能不能找到收留我的地方，如果找不到，晚上怎么过，我简直不敢想象。

很幸运，黄昏时分，我终于找到了地方——一家中韩合资的玩具公司。

手续很简单，我登记了名字和家乡，填了学历和年龄，对方随口问了句带户口本没有，还没等我回答就笑了：“看这年纪，不会带户口本……”

我给自己改了名字，韦一巧死了，现在我叫韦新，不知道为什么就随口报出了这个名字。韦新就韦新吧，人活这一辈子，哪有那么多为什么。

“你的行李呢？”

“我没有行李。”

领我进宿舍的人指了指墙边一张光秃秃的床板：“你的被褥呢？这就是你的床。”

我哪有什么被褥，我那小小的背包里除了几件衣服，只有一个被单。

那人叹了口气：“你不会是偷跑出来的吧？可别是犯了什么事！”

我赶紧对她申明，我是偷跑出来的，但绝没犯什么事。

我把两件衣服铺在床板上，把被单铺在衣服上，幸亏天还不冷，应该能凑合几天，总会有办法。

舍友们渐渐回来了，宿舍里热闹了一阵。

她们当然看到了我，问东问西。

邻床的姑娘叫小慧，面相很朴实，她看了眼我的床铺，问我几句，我半遮半掩地告诉了她。她迅速从床下的编织袋子里拉出一个褥子：“先铺着，以后再说！”

我没拒绝，只是感激她：“我应该比你大，妹妹，以后你可以叫我二妮姐，二妮也行，随便你叫！”

“二妮姐！我家也有个二妮姐，这样好，顺口还亲切。我叫小慧！”

真得感谢小慧，她帮我度过了初到青岛打工最艰难的日子。不光褥子，除了餐具外，牙刷、牙缸、梳子、肥皂、卫生巾这些小物件我都得从零开始买，都是小慧借给我的钱。这让我孤独的内心感受到了温暖。

没想到工作量这么大，工作时间这么长，从早晨八点上班到下午七点出厂，中间除了一小时的吃饭时间，基本上就没有了休息的时间。

别人能忍受，我也一定能忍受，受不了也得受着，我在心里一次次提醒自己，如果想哭，就咬紧牙，把泪水咽到肚里。

腰疼、背疼、腿疼、手疼，回到宿舍，我瘫了似的躺在床上，紧紧地咬住枕巾，把脸深深地埋进枕头，不禁想起了在刷锅中学的日子，想起了那个令我讨厌的小村，想起了爹，还有那个我恨却又忍不住想的娘……

闭上眼，我满脑子里全是爹看到那封信的样子：他一定又狠狠地抽着旱烟卷子，嘴里衔着半根，手里又哆哆嗦嗦地卷着另一根，卷着卷着，猛然把嘴里的连同手里卷着的射到地上，脚狠狠地踩着搓着，站起来像狼撵着逃命的人一般，在屋里打转转。他一定会钻天入地地寻找着他的二妮子，每一棵大树下，每一眼废井口，他会疯了般地看了一遍又一遍……

这些我能想到，但我没想到的是因为这封信，爹和娘之间打了一场涉及生死的架。

多年以后，我才从他们的嘴里知道了我走后发生的一些事。

爹回家后没看到我，急得屋里屋外寻找，他注意到了每一眼枯井、每一个河塘，甚至把身子探到我的床底下寻找我的影子。他像一只被夺去了幼崽的老牛，心里含着痛，想着最可怕的事情，然而，他又不敢把那最坏的结果告诉别人，生怕真的变成现实。

娘急忙拉住了爹，把我写好的信递给了他。

“在哪儿找到的？”

“就在桌子上，大桌子最显眼的地方。”

“狗日的，怎么不早给我？”

“我一直找你，你钻得风一样快，我撵不上你。”

娘一脸委屈。

爹光顾找我了，满脑子最可怕的结果，根本就没注意大桌子，当然也就没有注意到我的信。

爹看完信，从最恐慌的状态里挣了出来，从旱烟布袋里抽出一条纸，手颤抖着卷成喇叭筒，当浓浓的烟雾冒出他的鼻孔时，两行老泪悄悄地滑过他的脸颊、鼻翼，他痛苦地揪着自己的头发：“二妮子啊，我苦命的孩儿啊！”

娘央求爹给她读一遍那信，爹瞪了她一眼，终于还是读了出来。

“这个闺女算白养了，她恨死我了，在家没喊过我一声，临走也没提我半个字，真狠……”

娘扯起大襟，擦拭脸上滚落的泪水，自言自语。

“你他娘的还有脸说！”爹腾地站了起来。

“都是你他娘的弄瞎事，你脑子进屎了，还有脸说！”

“我……也是想好……啊，我觉着这么好的人家，二妮子真的进了门，多好的日子……那可是门正经的……亲戚……”

爹再也无法遏制内心的怒火，抬脚就像娘踹去，娘应声跌倒在地上。

“你到现在还不知道是你害苦了二妮子！”爹劈头盖脸向娘身上打去，完全失去了理智，疯了一般。

“你觉着、你觉着！什么都是你觉着！”

“你知道二妮子为什么要走吗？她要是不走，这样的事传出来，唾沫星子就能够淹死她，你让她咋活？你他娘的脑子里全是屎！”

也许此时，他脑子里全是自己的二妮子被禽兽般的骆赛赛欺辱的情景，全是自己的二妮子孤身在外独自流泪的画面吧，他压抑在内心的屈辱一下子爆发出来。

娘开始还知道用手护着头和脸，哀号着：“你就知道打……打死我吧，我反正不活了，我没好了……”后来声音渐渐弱了下去，整个人慢慢地失去了反应。

爹这才停了手，看着昏死在地上的娘，他的脑子猛地清醒过来，他背起娘往外跑，一口气跑到诊室。在医生为娘检查的时候，爹疯了似的扇自己的脸，完全忘记了诊所里还有别人，忘记别人会笑话自己。

“人倒没事，你这一路跑过来，正好把她憋在心口窝的那口气顺出来了，没事了，不过你打得可够狠……”

爹好像什么都没听见，又好像听见了一切，他打得自己满脸是血，血和泪水糊在一起。爹不管这一切，背起了娘，在众人的目光里，回到了家里。

后来在叙述这事的时候，他们两人倒显得很是平静，娘当然少不了抱怨，骂几句男人狠；爹为自己争几句，骂几句女人蠢没脑子。

我转过身子，泪水断线珠子似的往下滴……

厂子的管理非常严格，每天进厂的时候，门口有专人检查，口袋里必须是空的，除了女人必用的东西外，不能有其他任何东西，更不允许有笔这一类用来记录的东西。因为产品是布绒玩具，下班时候的检查更严格，从上衣到裤子所有的口袋都要自己翻过来，检查人员从每个人的腋下，到腰，到裆，到裤腿细细地搜，没有任何摸不到的地方。

开始的时候，我坚决抵触这样的搜身，我愤怒，觉得严重地伤害了自尊，然而公司管理人员态度强硬：“这是公司的制度。你要么不干，要么接受！”

后来渐渐习惯了，麻木了，我反过来嘲笑自己书呆子气十足，别人都摸得，你有什么摸不得，你以为你是谁?

在人家的工厂里混饭，你谈什么自尊，哪有这么多的自尊和脸面，生活就是这个样子，你既然无法规划生活，那么就要被生活规划，你能做的就是习惯，习惯忍受：能忍受的，你要忍受；不能忍受的，也要学着忍受。

进了工厂，人只是一台走动的机器，你只管干活，扔掉你的感情、脸面。

没有什么东西是你不可接受的，所谓的不可接受，最多是你的一厢情愿，或者自欺欺人。

生活一次一次地提醒我，要想好好地活着，必须先忘掉自己，忘掉自己还有思想，还有灵魂。

对于此时的我来说，活着是最大的主题，其他都是奢侈品。至于思想，那更是毒药，它会让我走火入魔，陷入万劫不复的境地。

而且，我不得不说，公司这样做自然有他们的道理——就在如此严格的检查下，我的舍友们依然能把玩具半成品带出厂子，我真好奇她们是如何躲过搜查的。

“上有政策下有对策，多琢磨就一定能琢磨出法子。嘻嘻！”

她们把这些半成品藏在自己的行李箱里。平时我没注意到，过年回家前几天，她们的成绩惊得我两眼发直：天哪，小鹿、小熊、小猴子，挂的、枕的、摆的、靠的，应有尽有，不仅填充好了，就连缝口也和正规出厂的一样!

她们炫耀着带回家分给自己的亲戚：“稀罕物儿，多有面子！”

这些家伙也太厉害了!

确实是稀罕物，如果能给谁一件，那人一定当作心肝宝贝，是很有面子！

我对她们充满了佩服。

一开始无论谁鼓动，我也不敢往外带。我怕万一被检查员搜出来太丢面子，更怕被厂子开除，急得小慧都骂我："二妮子，你是笨啊还是真傻啊！真逮着最多骂一顿，罚你半天工资。认倒霉呗，算白干！"

我和小慧关系好到她平时叫我姐或者二妮姐，着急了便扯着嗓子叫我二妮子——她是老员工，已经在这厂子干了两年多，知道这厂子里的很多事。

她偷偷地教过我如何把半成品藏好带出厂子大门。我先是羞得满脸通红摆着手拒绝，她急得跳脚，一口一个"呆头鹅"。

"摸就摸，天天摸，谁怕谁？我跟你说，你越怕，他们越惹你，你得瞪着大眼看他们！"女孩子们在一起说起糙话来更离谱，有时候我简直怀疑她们是不是没结婚的女孩子。

在小慧的嘲笑和挖苦声中，我终于变得和她们一样往外带东西。

但这些东西我从来不留，全部给了宿舍里的姐妹——她们都有家可回，过年的时候都会坐上火车或汽车回家，这些礼物分给家里人，多欢喜！

我已经没有了家，这些东西我分给谁？

我的心突然就疼了起来。

我有家，家里有个疼我的爹。可我不回去，坚决不回去，那铁锁"咣当"一下锁死大门的声音，完全锁断了我回家的路。

车间里有一种特别的气息，空气里飘着细细的碎绒的飞沫，钻入你的鼻孔，粘在你的眼帘，脸总是痒痒的，眼睛常常涩涩的，鼻孔总是干干的，嗓子总有一股咳嗽的冲动。

我忍受，没什么可抱怨的。

填充玩具的是一些丝棉或者类似丝棉的东西。慢慢混熟了，老工友偷偷告诉我，这些填充物真正的丝棉很少，大多是二次利用的丝棉状垃圾，公司这样做只有一个目的，就是降低成本，提高效益。

那些填充物，散发着一种难以描述的刺鼻的气味，我们就在弥漫着飞绒与气味的车间里工作，从早晨八点到下午七点，中间只有一个小时的吃饭空隙。

对这一切，我从强迫自己到慢慢习惯。既然我无法拒绝，就必须接受，我一次次提醒自己：接受吧，别说什么乐意不乐意，你没有讨价还价的权利。

我拼了命般地干活，车间的管理人员一次次地表扬我，也象征性地给我涨了工资。

回到宿舍，舍友用一种有些奇怪的语气问我："咱就是个打工的，你干了活，拿人家的钱而已，何必如此卖力？"

另一个接上："今天人家用你，你是公司的人；明天人家不用你，这个公司和你没一毛钱关系，你以为是你的公司？"

这时候小慧不会跟着围攻我，倒是想着法子替我解围："读书读傻了呗，我这个二妮姐姐啊，就是一个傻子！"

我苦笑着摇头，不知道如何才能说明白我的想法，最后还是选择了沉默。

如果我告诉她们，我是用拼了老命地干活来忘却，是用榨干了力气的劳作来报复自己累不死的灵魂，她们会相信吗？

灵魂？只听说死了的人有灵魂，活着的人也有灵魂吗？

很难相信，既然如此，我又有什么话可说。

我从来没和她们说过自己的故事，甚至故意地隐瞒自己的家庭地址。在她们幸福地讲述着各自的父母兄弟时，我只静静地倾听，然后把一滴滴泪默默地流在心里，没有人知道，如果我的泪水能够汇集，它们早已在我内心的沟壑里流成一条缓缓的小溪……

小慧曾经多次问起我的事。她说我心里一定藏着很多事，因为我的眉头成天皱着，几乎没有欢喜模样。

她这话提醒了我，我在大家面前有意识地装出轻松的样子，事实上真干起活来倒挺好，忙碌和劳累驱赶了胡思乱想，我和她们一个样子嬉笑怒骂。

但一到黑夜，一到无事可做的时候，那个叫作思想的恶魔便来纠缠我。

我无路可逃。

小慧把她家的情况一五一十地告诉我，甚至连养几只鸡都没有隐瞒。她也多次问起我老家的情况。我一次次搪塞，支支吾吾地说自己命苦，是个孤儿……

爹，原谅我，原谅你的二妮子。

工友们很多都是小学没上完就出来打工，她们俨然具备丰富的处事经验，她们不知道我受过的伤害，我又何必把自己的痛苦撕开，把化脓的伤口展览给人看？

"二妮，你除了干活，一副苦大仇深的样子。"

我笑了笑："哪里啊，我生下来可能就是这个样子。"

对了，我把名字改了回来，韦一巧已经死亡，死在了刷锅中学的记忆里。现在的我，在舍友嘴里叫二妮，在厂里的点名登记本上叫韦新。

"你笑起来挺好看，可你为什么没有笑模样？"

我点头，心里却在想着，活成这个样子，我有什么笑的理由？昨天给我的全是伤痛，今天经历的全是苦累，明天，我根本看不到明天什么样子，有什么东西值得我笑？

回顾自己的生活，这条弯曲的小路上似乎一个坑连着一个坑，我好不容易从一个坑里挣扎起来，揉了揉摔伤的膝盖准备前行，又迅速地跌倒在另一个坑里。

如果生活是一坑苦水，那么我就是一个不幸的落水者，苦水灌进我的喉咙，眼看着没过我的头顶，而我不会游泳！

我不想死，不想被这坑苦水吞没，那么唯一能做的就只有挣扎。我明白，即使我苦苦地挣扎，最后的结果可能还是被苦水淹死，但如果放弃，我只能死得更快，没办法，这就是我面对的现实。

只要有一口气，我就得挣扎，我在等待属于我的奇迹。

我写过一封又一封的信，给爹，给辛梦远。我有太多太多的话要说，要问。但所有信只有一个共同的结局——我哭着写，写完之后哭着读，读完之后哭着撕，撕得粉碎，不留任何痕迹……

我不能忘却刷锅中学、吕老师、牛波、辛梦远、岳芳、红着眼珠揍我娘的爹……

但我渴望他们忘记我，让我完全消失，消失在他们的世界里，偷偷地活。

在无人的暗夜，一条受伤的狗四处张望，它害怕一切行人，似乎所有的行人都可能给它伤害。

它不死心，虽然遍体鳞伤，但依然在黑暗统治整个世界的夜里逃出来，寻找明天的方向……

第四十章 约法三章，呆刘树照单全收

我没想到会嫁给刘树，更没想到自己那么快就结了婚。

人这一辈子会遇到很多事，想到的，想不到的，都有可能发生。唉，谁又能说清楚呢。

刘树走进我的生活，那是我进厂子半年以后的事了。

其实，他这个名字，还是在室友们的闲谈中进入我的耳朵的。

室友都是十八九岁的小姑娘，大都来自山东的农村，很纯朴，很活泼。有的已经在老家定了亲，这些定了亲出来打工的姑娘们目标很明确，就是干个一年半载为自己挣下丰厚的嫁妆，然后回家结婚。有的是来到青岛后谈起了恋爱，下班回来没别的娱乐，对十八九岁的打工男女来说不谈恋爱确实比较无聊。

这个年龄，男男女女在一起打工，不碰出点小火花才是怪事。谈就谈呗，合得来就嫁，合不来就分，一拍两散，互不相欠。

“狼多肉少，看准了就得下口，晚了就没你的份儿！”

确实，玩具厂里打工的多是女孩子，男人本就不多，更何况是年龄相当的小伙子，也难怪大家常开这样的玩笑。

一天的劳作之后，女孩子们聚在宿舍里，骂几句自己定亲的对象，谈论一下厂子里本就不多的男孩子，想一些粉红色的心事，在笑闹之中找一点乐子，也是极正常的事。

“你说那个刘树成天呆呆的，三脚踹不出个响屁来，这样的人怎么找媳妇？”

“哟，替人家犯愁了？”

“哈哈，要不你发扬一下精神以身相许，不就什么都解决了吗？”

“咬人狗，暗下口。这样的男人可能更难缠，有句老话叫什么来着，朝天辣椒独头蒜，抬头老婆低头汉，你可要小心……”

“小心什么？”

“火力啊……哈哈……小心火力啊……哈哈……”

被取笑的人这才明白意思，脸腾地红成了火，挥拳就捶向对方。室友们笑着，闹着，乱成一团。

后来见了刘树，不由地想起了室友们的笑话，我也就不自觉地多看了他一眼：个头不算矮，身板子挺厚实，皮肤黝黑，脸上写满了木讷，像一株山梁上的酸枣树。

确实很木，一天到晚几乎听不见他的声音。

一般来说，这个年龄的男孩见了女孩子很会献殷勤：觍着脸找着话头扯闲片了，屁颠屁颠地为女孩子跑前跑后了，寻着理由给女孩子送个小礼物了——家里的老人经常唠叨他们：出门干活，挣钱多少不说，最好能混个媳妇回来，在家里很难混媳妇哩。

然而他不会，不论见了谁，似乎顶多只会咧嘴一笑，露出满口白牙，再也没有别的话语。

突然有一天，当我再次遇到刘树，脑子里生出一种把自己都吓了一跳的想法：也许我就应该嫁个这样的男人，老实，本分，像蚂蚁一样无人知晓，安安稳稳过日子。

我真的被自己这个荒唐的念头吓住了。我为什么就想起了嫁人？而且要嫁的是刘树，为什么会是他，而不是别人？他可是大家嘴里的笑料啊，木讷，老实，三脚踹不出一个屁来，这样的男人怎么就会和你韦一巧联系在一起？

不，韦一巧早就死了。

要嫁给这个男人的女人叫韦二妮，学名韦新。

一开始，这个念头瞬间闪了那么一下也就消失了。可我没想到的是，随后的日子里，这个念头田间野草般，拔掉了又迅速长了出来，时时地袭扰着我的心。

于是有一天，小慧气冲冲地把我揪到无人的地方兴师问罪了。

“二妮子，你是不是也欺负刘呆呆了？”

我被小慧的气势和没头没尾的质问弄蒙了：“啥？你说啥，李二慧子？”每当我们两个吵嘴的时候，她叫我二妮子，我就回击她李二慧子。

“你怎么也戏弄刘呆呆啊，你不该啊！你怎么和她们一个样子？”

小慧很生气，瞪着大眼朝我发脾气。我心一动，这妮子不会喜欢刘树吧，不然怎么如此为他出头？

她坚决否认，但不允许我戏弄刘树：“他是我老乡，我俩是一个县的，你们戏弄他，他又那么老实，这不就是戏弄俺兰陵，我心里不舒服！”

嗬，她倒会上纲上线，怎么就扯到了整个兰陵？但小慧的质问倒让我想起前些日子她跟我说过的那件事。

我们宿舍有个叫娟子的，模样一般，长脸长眼尖下巴，五官似乎都长得很节省。她曾经拦住刘树问他有没有媳妇。刘树摇头说没有，娟子笑着说只要连续三天给她送花或者巧克力，她就跟他谈恋爱。

可怜的刘树信以为真，连续三天下了班就跑出厂子，跑老远给娟子买礼物。

娟子拿着刘树送的礼物，在宿舍里嘲笑刘树真是个呆子，竟然癞蛤蟆想吃天鹅肉。

“他才不会给你买什么礼物呢，根本就没这胆子！一定是你跟他说了些什么！”小慧看不惯娟子得意的样子。

娟子这才详细地说了自己如何戏弄的刘树。

“欺负他那样的老实人，你也好意思！”小慧哼了一声。

宿舍里的姐妹都觉得娟子做得太过分。娟子倒不以为意：“开个玩笑而已，逗逗呆子玩罢了！”

小慧说从那往后她没跟娟子说过一句话。

“他不是刘树，在这个玩具厂，他和我李小慧一样是兰陵！一看娟子那样，我就来气，脸薄得像刀片，还好意思戏弄人！”小慧气呼呼地对我说。

不光如此，她还冲着刘树吼了一阵子：“你真傻还是真呆啊，人家耍着你玩，你还给人家送花，真给咱县丢人！”

刘树一开始还不相信，连连为娟子辩白，他不相信娟子会这样戏弄人。

“那你去跟她处对象！你敢吗？她接了你的礼物，你就跟她处对象！你是不是男人？”

刘树当然不敢，他连跟女孩子说话都脸红。唉……

我不由多看了小慧一眼，这个圆脸、大眼、皮肤有点黑的小妹妹看起来还挺仗义。

“你确定不是心里喜欢他，那种喜欢？”我问小慧。

小慧摇头：“你问我一万遍，我也是不喜欢。傻子才会喜欢这种呆子。”

“那你今天来兴师问罪什么意思？”

小慧说刘树找她了，向她讨主意，他问是不是女孩子都喜欢欺负老实人。

我跟小慧坦白。

“我确实找过刘树。我问过他了，想不想要我当媳妇……”

“你有病吧！”小慧一听就蹦了起来。

“俺当地老话说欺负老实人是要折福分的，是造孽！娟子也就罢了，想不到你二妮子也是这种人！”

我平静地看着小慧，再一次告诉她，我不是欺负他，我是认真的。如果他愿意，我韦二妮愿意给他当媳妇。

小慧真被我说傻了，她像看一个怪物似的看着我。

“你跟他说的都是认真的？不是开玩笑？你确定？”

我当然确定。因为在和刘树说这些话之前，我已经认真地想了好多天，包括刘树，包括我，甚至包括所谓的未来。

刘树当然是不敢相信的，别说他不久前经历了娟子的戏弄。就在我反复跟他说我是认真的时候，他除了嘴唇不停地嚅动外，几乎没有任何表情——他已经彻底被我吓傻了！

我跟他说了很多，说得他最后都开始犹豫到底该不该相信我。

这个可怜的男孩子只能找李小慧。他倒也能够分清近远，知道这个小老乡不会害他。

“他都告诉你什么了？”我问。

“他就是害怕你戏弄他，娟子都戏弄他，你比娟子好看多了，不可能真给他当媳妇……”

这个呆子，还知道我比娟子好看。可是好看又有什么用呢，我的爱已死，只是为了活，搭个伴而已。

“没再说别的？”

“没有。还有什么？”小慧反问我。

“没什么。你告诉他吧，我没有戏弄他，所有的话都是真的，每一句。”

“你真要给刘呆呆当媳妇？二妮姐！凭什么啊，图他啥？他绝对配不上你。他是我老乡，可……你是我姐妹！”

我只剩下苦笑：什么配不配，我还有什么资格谈什么配不配，他能真心不嫌弃我就不错了。

没有人知道，那染了血污的床单让我内心充满了自卑。一个亲手埋葬了爱情的女人有什么资格享受爱情？我就应该找一个踏实的人，相貌普通一点，性子木讷一点，两个人结个伴，卑微地过一种安稳的日子。

每当夜深人静却又无法入眠的时候，我还是会想起刷锅中学，想起那段无法抹去的回忆。每想起辛梦远，心总是猛地一疼，但我知道，他已经不属于我，他注定只是生命赐给我的一道疤，在无法入眠的夜里，提醒我——疼。

爱情已死，我要的，只不过是个结局。

女人没了家，走多远都是浮萍。而我不过是想要个安稳的家，在一个完全陌生的地方扎根。

我和刘树谈恋爱的消息传开之后，工友们惊讶得几乎掉了下巴，室友们更以为我脑子进了水。

“你没事吧，二妮？”

室友们围住我，在那间八个人的工厂宿舍里，她们的目光如此复杂，七嘴八舌地询问。

“刘树？怎么可能，你？”她们大眼瞪着小眼，所有的目光弯成一个大大的问号。

“是这样子。”

我点头，再点头，直到把那大大的问号拉直，拉成大大的惊叹号。

就连刘树本人都难以相信，就在我明白地告诉他，愿意和他交朋友，甚至嫁给他的时候，他猛地往后退了一步，眼睛直直地瞪着我，嘴巴张了张，整个人像被蛇突然咬了一口那样。

人们有理由吃惊，刘树有理由不信。单论模样，我韦新算得上厂子里的一枝花；而他刘树，木讷寡言，呆头鹅一只。

说实话，即使在这个玩具厂子里，我也不缺少追求者。不止一次，室友给我传递男孩子求爱的信息。我也总会不经意就遇上不同的男孩热辣辣的目光——也许，真像室友们说的那样，漂亮的脸蛋是女孩子最好的介绍信，模样好看总比别人有更多的机会。

可我心已成灰。

只有我自己清楚，这朵看起来外表光鲜的花早已凋谢，我要找的必须是一个老实可靠让我安心的男人。

我问过小慧了，刘树比我大两岁，家里有两个已经出嫁的姐姐，他是遗腹子，那个家里唯一的男人。

她只能告诉我这么多，因为她对刘树的了解也并不多。

刘树身材高大，应该有足够的力气，出苦力过日子应该没问题。他那满脸的纯朴和实诚，尤其是木讷的性格，更让我感到放心。单纯从外表来看，刘树是配不上韦新，可我就担心他知道了实情后会不会反悔。

我一次次地掂量，掂量刘树，掂量自己，掂量我可能面对的未来。

我感觉自己就是那只土里爬着的蜘蛛，不过就想找个僻静的墙角织一张小小的网。

雄鹰得活，猎豹得活，猪和鸡得活，老鼠和蜘蛛也得活。

算不上什么恋爱，刘树一直在惊疑当中。每一次约会，他几乎都是被动地由我领着，甚至不敢碰我一下，始终和我保持足够安全的距离，似乎我是一块发红的火炭，一不留神就会烫伤他。

在那句话没有说出口之前，我当然有自己的分寸。我虽然有过那种遭遇，但绝不肮脏，哪怕只为了韦一巧这个曾经的名字，我也不能看轻自己。

我一直在犹豫，不确定刘树到底值不值得我说出那句话。这是一个很大的赌注，万一我看走了眼，那句话说出了口却又后悔，那么我能做的只有一件事：逃离这个厂子，甚至远远逃离这个城市。

凭着女人的直觉，我觉得刘树应该就是那个男人，不会让我逃离这个城市的男人。

我决定和他作最后的摊牌。

"如果你没意见，提前跟你家里打个招呼吧，过年时我跟你回家，我们结婚。"

"结婚？"刘树吓了一跳，连这场恋爱他都一直不敢抱有多大的希望，没想到我一开口就提到了结婚。

"真的吗，你说的都是真的？不是要我？"

哦，原来他一直认为我是在耍他，就像恶作剧，逗他玩而已。

我耍不起。

"我现在将要告诉你的一切，都是真的，如果你不乐意，可以摇头。"

我满脸郑重地望着他。

刘树黑黑的脸上泛起了红晕。

"我……被人……欺负过……"

刘树疑惑地望着我，没听明白我的意思。

"我……被人欺负过……不是……处女……"

我咬紧了嘴唇，泪水掉了下来。

他的身子下意识地抖了一下，他垂下了头，把脸深埋在两掌之间，不说一个字。

我不由心里一紧。

"我是被人欺负的……你可以摇头。"

他沉默了好大一会儿，我的内心一点点地坍塌，我不敢想象，如果他真的摇头，我还有没有支撑的理由。

我是不是不该告诉他？

不，我必须告诉他！因为我想要安稳的日子。

"我愿意！"

过了好久，刘树抬起了头，眼睛直直地盯着我，这是第一次，他这么大胆地盯着我。

“我现在才敢相信，你……是真心……我知道，不是逗我玩，我愿意！”

他重重地点了点头。他不知从哪里找来了勇气，第一次靠近我，抓住了我的胳膊。

“我还有话说，你听完再决定。”

“说吧，我愿意。”

“要么你现在后悔，就当什么也没发生；要么你永远不后悔，永远不提这件事，我已经完全告诉了你。”

“不后悔。不提。”

“不要问我家在哪里，别问家里还有谁，告诉你的家里人，我是个孤儿，没有家！永远不要问！”

刘树抬起头，惊疑地望了我一眼，沉默了好一会儿——就是他的这份沉默，让我更明白了他是一个认真的人，他似乎天生不会胡乱应付别人。

“为什么？”他满脸疑惑，疑惑里布满关切，但他接着答应，“我不问……永远不问。”

“结了婚，我不会留在家里种地，更不会在你们村里安家，我们可以去你家那边的县城租房子，这是我最后的条件！”

刘树整个人身子一震，下意识地看了我一眼——也许他压根想不到我会有这样的要求，他心里一定有太多的疑惑，但最后还是重重地点了点头。

我把这些天来能想到的要求一股脑儿说给了刘树。

眼看着要过年了，同伴们都嬉笑着议论回家的事，准备这样那样的小礼物送给家里人。

我没有家，无家可归。

刘树就是我给自己安的家。有了这个家，我才能彻底地埋葬过去。

“姐，你真决定了？”

“决定了。”我淡淡地说，倒像安慰小慧似的，“刘树人不错，实诚、可靠又踏实。”

小慧突然一把就抱住了我，整个脸埋在我怀里哭了起来。

“你到底怎么了？太便宜了刘呆呆……”

我的心一阵酸涩。我紧紧地抱住小慧，真没想到在青岛玩具厂竟然结识了这么一个妹妹。

“你到底怎么了？到底发生了什么事？为啥要这样折腾自己？”

我拍着小慧的肩膀，一遍遍地告诉她，我没有折腾自己。

“你一定会后悔。姐，你一定会后悔！”

“我出嫁那天，你能不能陪我，慧子？”

小慧抬起头，好像没明白我的意思。

“当我的伴娘。你是我唯一的娘家人。”

我的后半句又把小慧的泪水惹了出来。

过年的时候，我跟着刘树回到了他的家。临沂，一个离县城四十多里地的小山村。

婚礼简陋而又热闹。

没有白马，没有婚纱，没有鲜花，我和刘树甚至没有一张像样的结婚照。

我梦中曾经不止一次地出现自己结婚的样子。当我嫁给刘树，突然觉得这婚礼完全没有梦中的样子，却又觉得结婚似乎也无非就是这个样子。

当我和刘树并肩站在院子里，对着他守寡二十多年的母亲鞠躬，对着全院子挤得满满的人群鞠躬时，我心里突然涌起一股酸酸的东西——眼前这个人，就是我的男人！而我，四五百里之外的韦新，成了他的媳妇——这就是命运。

鼓乐声中，我恍惚起来，耳畔似乎响起了熟悉的声音——

辛梦远远远地走了过来，挥着手，眼睛里、嘴角上全是坏坏的笑意。

月光下，操场上，散发着野花清香的小路上，他牵着我的手，揽过我的腰，我的长发披散在他的怀里。

请你为我轻轻地唱首歌，让我为你再把这秋千摇……

前排的我扭过身子，一句一句地教他唱歌，而他，扑闪着明亮的眼睛，一动不动地盯着我的脸，静静地听着。

如何让你遇见我，
在这最美丽的时刻。
为这，
我已在佛前求了五百年……

我想起自己第一次逼着辛梦远背诵这首诗的情景。

我眼前分明出现了一排排课桌。当我拿起课本，从课本里滑出辛梦远写给我的那张纸条，窄窄的纸条，这是他写给我的第一首情诗：

土在路旁，水在河里，
我们俩玩起了泥巴。
水不见了水，土变成了泥。
我是你的我，
你是我的你。

甚至，我和辛梦远一前一后，趁着黄昏暮色，偷偷地来到了小河边……

我彻底恍惚了，满脸皱纹笑成一团花的刘树的娘，突然变成了我爹娘的样子，我和刘树肩并着肩给他们敬酒鞠躬。

发面团子夫妇，骆赛赛……他们怎么出现在这里！这些恶魔，我咬死你，我恨不得一口咬死你们!

我歇斯底里地发出一声尖叫，尖叫着撕打眼前的人。

院子里的亲戚连同看热闹的人一下子炸了，他们怎会想到新娘子突然发疯?

“姐！姐！”最先反应过来的是小慧，她死死地抱住我的胳膊。

刘树整个人蒙在那里，等反应过来，他抓住我的胳膊，关切地问我发生了什么事。

“没什么……没什么……”我这才从梦魇中醒了过来。

泪水无声地滑过脸颊，我赶紧拭去了泪。

一切都过去了，如一场梦，醒了，碎了，留给我的，只是怅然若失，一声叹息。

“帘外雨潺潺，春意阑珊。罗衾不耐五更寒。梦里不知身是客，一晌贪欢。独自莫凭栏，无限江山，别时容易见时难。流水落花春去也，天上人间。”

不知怎的，李后主的这首词突然就出现在我的脑海里。我还能说什么呢？韦一巧早已死了，今天出嫁的是韦新。

简陋的是场面和仪式，热闹的是全村人。

“真没想到，这个呆刘树竟然找了个如此漂亮的闺女，天哪！”

“还说人家呆头鹅？这回可没什么话说了吧，唉，真是人不可貌相。”

“这个喜事好奇怪，这新媳妇旁边怎么还跟着一个妮子？不会是娶一带一吧，哈哈！”

“伴娘”对小村子里的人来说当然是个很奇怪的存在，大概只有电视剧里才会有这样的镜头，整个小村又能有几个电视机，就如刘树后来告诉我的那样，有电视机也没用，几乎天天停电……

也有人扯着旁边人的胳膊嘀咕道：“娘家竟然没来一个人，怎么回事？”

“旁边那个闺女就是新媳妇的娘家人，娘家好像很远……”

“不会是拐来的吧，还是放鹰的骗子？”

“拐来的？刘树能不被人拐走就烧高香了，还指望他拐别人？”

“漂亮是漂亮，可惜是个疯子！”说这话的人很得意，因为周围所有的人都竖着耳朵往下听。

“你们不长眼吗，泥巴蛋子捏的眼珠子？就在刚才……新媳妇……”

所有人恍然大悟，嘴里不约而同“哦”了一声，似乎遗憾，却又似乎得到了某种胜利：“真的！怪不得！原来如此！”

“羊羔子疯！”

旁边有人鄙夷："不懂别装懂，羊角疯，你懂不懂……"

热闹持续了整整一天，小慧走了，各路人马也陆续散去。

我坐在比我家还低矮的新房里，心里一个声音在叫着：一切都过去了，从此，你就是刘树的媳妇。

婚后的一切很平淡。刘树说服了家人，过完年，我们没再回青岛打工，而是到了遥远的县城，找了一处便宜的民房租下，开始了两个人的日子。

"你们扑腾你们的，现在的年轻人都不愿意种地。我在家，你们尽管扑腾……"婆婆是个苦水里泡过来的女人，很善良，非常疼爱刘树，连带着也疼爱我这当媳妇的。

她生怕儿子不放心似的，一再表示自己身体很好，下地干活不输任何人："不光咱，村里留下的，净是些老头老太太，他们能种咱能种，他们能收家来咱也绝不烂地里，放心！"

刘树在县城的建筑队找到了活儿。他有的是力气，又长得憨憨的，一看就是个不惜力的实诚汉子，标准的建筑工人。

我当然也没有闲着，经过了几天的观察之后，我在街头支起了一个小小的摊铺，卖小饼、茶叶蛋还有豆汁。

这个生意简单，成本低，烙小饼煮鸡蛋这样的事基本不用学，根据这几天的暗中观察，不管是油饼、馅饼都难不倒我。为了支这个小吃摊，我先是拿刘树当成了试验品，他吃了之后黑脸笑成了一朵花："我这老婆真不是白捡的，干什么像什么！"

每天凌晨四点多钟，我就得起来准备，醒好面，调好馅，磨好豆子，在大锅里慢慢地熬，然后把熬好的豆汁盛在桶里。

小慧去刘树的老家找过我。她原本以为我和刘树都回玩具厂，她是准备我们三个一起去青岛的，但我婆婆告诉她，我们不回去了，已经去县城租了房子。

我不知道她费了多少周折，但她最终找到了我。那天我正在摊前忙活呢，小慧的声音响了起来："二妮子，看来你还真铁了心不回去了啊！"

我赶紧洗净手，拉着她的手说话。

"哎呀，我的傻妹妹，你怎么找到了这里！"

她撇着嘴："只要想找，还有找不着的人？费老鼻子劲了。你们真的不回去？"

我跟她说不回去了，结婚了就准备安个小窝踏踏实实过日子，打工也不是长久之计，总不能一辈子打工。

"这烟熏火燎的，能挣多少钱？还不如打工挣钱省心哩。"她看了看我支的摊子。

我笑了，拿起刚烙的小肉饼往她手里塞："尝尝你姐的手艺，肯定比咱厂子食堂里的好吃！"

她接过小饼便往嘴里塞。这是小慧最让我喜欢的地方，实诚，不装模作样。

“还真好吃！你啥时学的这手艺？”

我暗笑，心想作为女人，烙小饼难道还要学，真是傻妮子。

我早早地收了摊子，领着小慧进了我租的房子。

“妹妹，看看姐的小窝。”

两间平房确实不算大，除了简单的家具，油、面、菜一类的杂物占据了很大空间。

小慧看了没再说什么。我知道她对这个小屋并不满意。

“总得有个开始，会好的。万事总得有个开始，小慧子。”

我故意用轻松的语气开着玩笑。

“我也帮不了你什么，二妮姐，一定要给我写信。真遇到难处就张嘴，不跟我张嘴我生气！”

我知道她说的难处是什么，心里很是感激。

我答应她一定张嘴，并开玩笑说哪一天她嫁人了，不能打工了，也到县城来，姐妹不论做什么，总有个相互帮衬哩。

“放心。说不准真有那么一天。你好好混，到时候我来投奔你！”

临走她还问我为什么非要跑到城里来摆摊。我叹了口气：“就是想换个活法，晚开始不如早开始。”

其实还有半句我没有告诉她，我这样做最根本的原因是想彻底地藏起自己——只有自己知道，受过伤的兔子最想做什么——逃得远远的，找个僻静的地方疗伤，或者死，无声无息。

小慧走了，继续她的青岛玩具厂打工生活。而我每天支着摊子迎接太阳，直到最后一批学生下了晚自习回家。

“你不用这么辛苦，二妮。”刘树确实话不多，但话语里透着关切。

“不辛苦怎么行，房租、水电费、卫生费还有其他杂七杂八的费用，到处要钱。”我抬起胳膊，用袖子抹去脸上的汗水，嘴里给他罗列着一堆账。我已经成为标准的妇女，为每一笔支出算计。

“你受罪了。”

我没说话，过日子谈什么受罪不受罪，不都是这样过的吗？再煎熬的日子也得好好活。

我想起了给爹留的那封信，在那信里我跟老爹说过一句话：不论发生什么，你的二妮子一定不会死，好好活！

我突然就流泪了，想起了爹，想起了那个村子，想起了那个叫娘的女人……我对任何人都说我没家。可我能没家吗？哪个人又能没家呢？

“庄稼人过日子，没有吃不了的苦，没有受不了的罪，挺一挺就过去了。”

我又想起爹说过的话，说的时候，他嘴里含着粗大的喇叭筒子，青色的烟雾，火光映着他棕红色的脸。

我从来不怕苦，刘树更是不惜力，不怕苦，像我们农村长大的孩子，什么样的苦没有吃过，只要心里有奔头，苦算什么？

我的奔头是什么？是一间小小的房子，亮起一盏小小的灯，灯下有一个咿咿呀呀的孩子，我和刘树望着吮着手指的婴儿，手舞足蹈像个孩子……

我每一天的日程都排得那么满，早晨收摊后，要忙着洗刷，要去集市买各种材料，要与卖菜的小贩讨价还价。我学会了看秤头高低，学会了为几分钱磨半天嘴皮，恨不得能够省下每一分钱，恨不得把自己和时间都揉碎，分解在所有的环节里。想起在刷锅中学放飞的无数幻想，我这一次竟然没哭，反而觉得当初那么虚浮和天真，天真得令人发笑。

“你变了，媳妇！”刘树这样说。他说当初第一次见到我时觉得我像天上的织女下凡，这样的仙女应该十指不沾阳春水。可现在，“戴上围裙能扛起一片子猪！”这是我家刘树的原话，谁说老实人不会说俏皮话！

“这才是俺媳妇，俺家的娘儿们，能吃苦，能扛事，有人味儿！”

每天收工回来，这家伙一进家门就没正经，关上屋门就成了馋嘴猫闻我的人味儿。

在我们粗重的呼吸中，我又想起在青岛打工时舍友们说他的那句话：“朝天辣椒独头蒜，抬头老婆低头汉，你可要小心……”

“小心什么？”

“火力……哈哈……小心火力啊……哈哈……”

我很快便怀孕了。

日子琐碎，忙碌，满面烟尘。躺在床上，刘树短一声长一声的呼噜，提醒我已是深夜，我倒头便睡，一夜无梦。

奔波，忙碌，精疲力竭，我似乎丧失了做梦的能力。

然而我的心里十分踏实，我把脚步踏进尘土，像一只土里觅食的蚂蚁，一趟趟来来去去。

“如果在家里，我们就不用交各种各样的费用了。”刘树把疲乏的身子扔在床上，念叨了一句。

“不一样。”我想，即使交上各种费用，我们还能攒下一点，但是我们过的可是城里人的日子，不用天天钻庄稼地，在玉米棵子里砸那黄豆粒大的汗珠子。

“攒上几年，我们慢慢买上房……”

刘树腾地坐了起来，看着我：“买房？你真敢想，在城里买房？”

“对啊，买房，我们还能租房过一辈子？”我像是自言自语。

“你还真想把根扎在城里？咱的户口可都在村里，买了房，咱也是个乡下来的泥腿子。”

我没再和他纠缠，只淡淡地扔下一句：“乡下人怎么了？泥腿子照样能过城里人的日子。”

我的户口还在东原老家那个小村，到现在，我在这里也只是“黑人”。

但我不关心户口，我关心的是支起摊子攒钱，在城里买一套自己的房子。我在路边支着小摊，烙小饼、熬豆汁累了，挺挺腰喘口气的间隙，抬头看到高高低低的楼房时，能在心里说一句：这里面，有一套我的房子。

我又想起了刷锅中学，想起了那个关于突围的梦，离开刷锅中学时寻死觅活的自己，我以为当初的那个梦已经粉碎，化为尘埃，以为自己这辈子再也不会有梦。

不仅如此，我还想起了岳芳，想起了余子夫，想起我和岳芳、王利姐妹三人分别时抱头痛哭的样子……当初的我们可能都把那个梦当成自己的全部，可现在回头看，多天真，真幼稚！

今天我才猛然发现梦的碎片重新聚合，藏在最幽深的角落里，说不定哪一天它就会浮出水面，搅起层层涟漪。

即使一个个梦碎了，再也找不着了，紧接着就会生出新的梦……关键你得活下去。只有活着，你才有做梦的权利。

第四十一章　孤注一掷，傻一巧远嫁临沂

说句掏心窝子的话，刘树确实是个好男人，踏实，顾家，会过日子，尤其知道疼媳妇。

他的缺点只有一个，闷，不会哄人。

不管是什么样的活儿，只要交给他了，他就恨不得使出全身的劲，一门心思扑在活儿上，再也不会产生别的念头。有时我就想，如果有些人的心眼属藕瓜子七眼八窍，那刘树的心眼只能是地瓜蛋子了，即使掰烂砸碎也找不到一点虚的地儿。

在工地上和泥灰是这样，推小车是这样，搬砖砌墙是这样，在租住的小院里刨地种菜是这样，到了晚上两口子那事也是这样。

新婚夜，他很紧张，很拘谨，眼睛盯着我，身子却呆呆地坐在那里，不敢妄动，只会红着脸喘着粗气——生怕一不小心会惹恼了我，就像粗手大脚的庄稼汉捡到了一

个细瓷花瓶，生怕一不小心会碰碎。

我暗笑他的呆气，索性闭了眼睛，抿着嘴角，把脸歪向一边，等待他的觉醒，或者野蛮爆发。

按理说不应该啊，我已经告诉过他这个花瓶没有那么宝贝，早被坏人在他刘树之前留下了疤痕。

可他就是怕，小心翼翼，似乎等待花瓶扑到自己怀里。

说真话，那一刻我想的比他更多，有时我都怀疑自己是不是特别卑劣——当我闭上眼睛等待，首先想到的并不是眼前对我不敢碰触的刘树，而是另外一个男人辛梦远，想到了那个晚上小河边我和他的放肆和疯狂……

“傻瓜。”我不由地嗔怪一句。

这句嗔怪对刘树来说无疑是冲锋的号角。他积攒了二十一年，压抑了二十一年的所有勇气、所有豪迈、所有专制一下子喷发出来。他像一名初上战场挎刀厮杀的战士，一旦刀上沾染了血，便如眼睛充血的野兽般发了狂，东奔西突，纵横驰骋……

我酥软地闭了眼，不由地发出幸福的呓语，眼角不自觉地流出了泪，那泪珠像是叶上的露珠迎接朝阳，迎接晨风，迎接路过的第一个行人……在刘树一轮又一轮拼了命的冲锋中，魔鬼死了，辛梦远的影子也渐渐地在幸福的战栗中被扯成了碎片。我的双手不由自主地环住了刘树，而我火热的身体无疑给了他极大的鼓励，他嗥叫着箍我入怀，翻滚着，发起又一轮猛烈的冲击……

我咬着他的胳膊，咬着他的肩膀，我的汗水和他的汗水混在一起，我的泪水顺着我的脸颊滑到我的嘴角，滑到他的胸膛上，我伏在他的胸膛上小声地哭了起来，然而，我的哭吓住了他，让刘树一下子恢复到平日的拘谨和木讷——这个呆子！

也许他以为我受了什么委屈，他停了下来，惶恐不安地看着我，茫然无措——呆子，这个呆子！

我攥起拳头敲着他的胸膛，嘴里模糊地呓语。

直到此时，我才成了真正意义上的女人，属于刘树，也属于自己。

幸福，满足，闪电照彻了夜空，把恶魔笼罩在我内心的厌恶、恐惧、诅咒和愤怒驱逐得干干净净……

我伏在刘树的胸膛上，恨不得把自己缩成一只小小的猫，让整个身子都感受到这个男人胸腔里传递出来的喜欢和甜蜜。

我悄悄地在心里发誓：忘掉一切，安安分分地做好他的女人。

女儿的出生，给这个租住的破旧小院增添了无尽的春光。

婆婆撂下了家里的地，跑到城里来伺候月子。我能明显地感觉到婆婆对我生了个丫头片子有些失望，她嘴上虽然没说什么，可那脸上的落寞充分暴露了一切。有时我在半梦半醒之中，偶尔听到老太太的叹息："丫头片子，唉……"

刘树却高兴得没法说，睁开眼看着那团粉粉的肉嘟嘟的小东西，脸上的笑意就藏不住，一会儿摸一摸，然后傻傻地笑一声，笑声还没落地呢，又凑过身子来摸那团小东西。

"不大高兴呢！"我瞥了眼旁边发呆的婆婆，用嘴巴示意刘树。

"高兴，怎能不高兴哩，生男生女都是刘家的孙子。是不是，妈？"刘树大声说。

"高兴。有女不愁男，妈高兴着哩！"婆婆应着，话里透着敷衍。

但婆婆实在是个好婆婆，一如既往地疼刘树，疼我，照顾孙女也算得上尽心尽力。如果没有婆婆，我真担心自己会大病一场。

也许是心病。

不知怎的，生了女儿之后，我的内心常常充满忧伤和低落。很多以前从来不会产生的念头突然就蹦了出来。女儿和妈妈是两个完全不同的角色，看着身边那粉粉的小肉团团，瞥一眼床边坐着唠叨着的婆婆，我的世界瞬间颠倒了个儿：对与错，爱与恨……一刹那我恍惚起来，似乎眼前坐着的是被我爹揪着头发号哭的女人。

那个女人有一个沉重的名字，辛酸的名字，响亮的名字，骄傲的名字。而那个名字让刚刚当了妈妈的我更加忧伤。

那个名字叫作"娘"，娘的背后就是我的老家——泰安于家圈。

刘树当然察觉到我的变化，但他不知道什么原因，也不知道如何哄我，逗我开心。

婆婆本来说好在城里最多待半个月就必须回去，可她看我这样子，绝口不提回去的事，似乎一直就住在这里。她想着法子给我做饭，给我讲刘树小时候的傻事，跟我说任何女人都得闯过月子这一关："娘可不是随便哪个女人都能当的，再多的苦，再愁的事，当了娘就得咽到肚里。"

这话我信。可我肚子里的话没法告诉她。

"地可该浇了，人家的地早浇完了。"吃饭的时候，婆婆似乎不经意地说了句。

"嗯，也该锄草了，你昨天说的。"我回了一句，婆婆这几天已经念叨了好几回。

"差不多了，让婆婆回去吧。"我和刘树商量，"老太太待不习惯呢，脸色有点不好看。"

"明明什么都替她想，你就叫声娘呗？"刘树悄悄地说了一句，说完便低头吃饭，不敢看我。

我转身离开饭桌去了卧室。

刘树跟了过来。

"我没娘！一辈子没娘，我说过多少次！"

刘树没争辩，叹口气，回到了饭桌，娘俩嘀咕了一会儿。

突然就想哭，没有什么原因。我叫不出“娘”那个字。

我们终于还是送走了婆婆。

“浇完地、锄完草，我就回来！”婆婆满眼不舍。

我知道她说的是真的。她在城里挂念着家里，回到家一定又该惦记城里的孩子了。

我懂。以前不懂，现在突然就懂了，当了妈妈之后很多事突然之间就懂了。

“还没满月，你行吗？”刘树送走了婆婆，看着收拾房间的我，不停地挠头。

我笑了笑：“没事，你多干点……”

我早已下了床，除了不用凉水洗刷东西，几乎可以做任何事情了。刘树每次上班前，恨不得把家里所有的活儿一下子干完。临出门，他又回头：“尿布放在盆里，你别动，我回来洗……”

我守着婴儿，小家伙让我内心涌起一种难以抑制的温柔、甜蜜和幸福。看着屋里屋外一刻也不肯闲着的男人，我相信如果他的手掌足够大，他恨不得把我和女儿时时托在掌心里。

是，他确实算不上帅，又木讷，不会说让人耳热心跳的甜蜜话，不会变着法地献殷勤，只会默默地干活，但是他疼我，疼女儿，疼得不知所措，疼得谨小慎微。

我很满足。守着一个小小的院子，抱着一个粉粉的婴儿，偎着一个厚实的胸膛，我好像从来没有像现在这样安心。

满院里都是阳光，就连墙根的菊和鸡冠子花都散发着阳光的温柔。低矮的红砖院墙，单扇的黑漆木门，此时在我心里全有了它们自己的语言，它们似乎望着我，用揶揄的目光笑着我被阳光滋润得光滑油亮的脸，分享着我的幸福……

望着门外渐渐走远的男人，我又想起了在青岛打工的室友，想起他们对这个男人的评价，禁不住笑出声来。

院门外的墙根里，菊花的叶子绿得发黑，在阳光下蓬蓬勃勃。丝瓜的藤蔓缠着树爬满了墙，黄色的花朵开得满墙都是，映着金色的阳光，使得街上的空气都有了颜色，都有了丝瓜花幽幽的香气。鸡冠子花长得格外肥壮，大朵的鸡冠子高高地昂着头，像将军巡视战场一样威风凛凛。刘树下了班一头钻进屋里，忙不迭地把女儿抱出了院子，看那小家伙在地上爬，刘树也孩子似的趴在地上，不停地摆弄着女儿的脚丫，任女儿沾满泥土的脚丫蹬乱他的头发……

我心里一颤，这股震颤的闪电激起幸福的波涛：这应该就是我想要的日子吧——如果院子是自己的，如果屋子再大一些，一家三口经常手拉着手逛逛公园或者超市，我简直做不出比这更美的梦。

慧子再一次出现在我眼前的时候，我的女儿小凤已经摇摇晃晃满院子乱跑了。

慧子弯腰抱起小凤，也不管这小家伙乐意不乐意：“真快啊，二妮子！闺女都满地跑了！”

小凤迅速被慧子的礼物收买了。

好家伙，满满一提包毛绒绒的玩具。小凤一会儿摸这个，一会儿摸那个，哪个也不让别人碰，好像别人一碰就会抢走似的。

“真有本事！”我把嘴贴近小慧的耳朵，取笑她，“能带出这么多东西！”

小慧显然听出我在取笑她，便回了一句：“你又不是没带过，不就是往裤腰里掖？要说本事，你这才真有本事，闺女都这么大了。哎，你知道吗，你现在成了个标准的娘儿们，嘻嘻！”

我掐了小慧一把，笑骂她：“心急了吧，你也能生，也能变成娘儿们。”

刘树见到小慧也很高兴，他忘不了这个小老乡在青岛时的仗义。

“闺女，叫姑，这个姑姑给你这么多好玩意儿！”

我一把把刘树扯到一边去：“叫什么姑，叫姨！小凤啊，过来，叫姨！”

小慧在一旁看着我们两口子为称呼争论不休，高兴得咧着嘴巴。

“李二慧子！你自己说，到底该叫你姑还是姨？”

“姨！当然叫姨！咱是姐妹，和那个呆呆有什么关系！”

小慧偷偷告诉我，她也要嫁人了，过了大年初六就办喜事。

小慧嫁人了，也生了个女儿。

日子一天天过去。在小凤上小学那年，小慧也来县城租了房子，我们隔着一条街，做着相同的生意。

我们两家住得很近，但两家的大人成天忙活得脚不着地，只有天气不好没法出摊的时候，才能坐一起聊闲天，倒是两家的小姑娘几乎天天黏在一起。小慧的女儿叫煜婷，简直成了小凤的尾巴。我家也多亏了小慧的婆婆，平常她帮我们带孩子，甚至还帮我们接送。

很多时候，你都能看到一个老太太牵着两个小姑娘玩闹，两个孩子比着嗓门叫奶奶，好像谁叫得响，谁就是老太太的亲孙女。

我们两家的称呼确实有点乱，不光孩子，大人之间也这样：今天小慧可能叫刘树姐夫，明天可能又叫成了哥，哪天不高兴了，嘴里的称呼又变回了“刘木木”和“老呆”；刘树称呼小慧也很有趣，有时叫妹子，有时叫兄弟媳妇，有时又成了“老虎钳子”——关于这个称呼，得解释一句，小慧在她家里很厉害，母老虎那类，说一不二。至于小慧丈夫叫我，有时是姐，有时是嫂子……没人计较这个，叫什么都觉得顺耳，随便叫去。

孩子都上小学了，我也眼看奔着三十而去，早没有了少女时的样子。

用小慧和李姐的话说，我比姑娘时期脸更圆了些，眉眼间没了女孩的青涩，身形也更丰满和圆润，原先高高扎起的马尾辫不见了，绾成了一个大大的髻，像一只墨玉色的小碗扣在脑后，一根发针穿过细密的发网，透着晶莹的光泽。

“瞧你家刘树把你滋润得，越长越嫩，饱满得一掐就出水！”李姐的摊位和我挨着，我们姐妹俩几乎没红过一次脸。她做起生意来很认真，一毛两毛的账都记得很清楚，但她并不小气，倒有点大大咧咧的粗线条，什么话儿经她一念叨就有了坏坏的味儿。

“真便宜了你家刘树，哪辈子修来的福气。下辈子我要是托生成男人，拼了命也要娶你！”她说完，我和小慧笑成一团。

第四十二章 推心置腹，李姐传授生意经

都说同行是冤家，尤其是这街头小摊子，挨着做生意更是容易生是非，不动的摊子流水的客，而流过的每一个客人都是抽屉里的钱，别人截留了就没你的份。所以为一寸土的摊位，为争抢顾客，相邻的摊位经常相互攻击，破口大骂祖宗八辈，甚至大打出手，这样的事几乎每天都会发生。

可我从支起摊子到现在，一转眼已经六七年，不要说我和小慧，就连相邻的几个摊主处得都亲如姐妹，各做各的生意，各出各的招儿，都不容易。要是成天防贼似的互相提防着，不光让路人看低了自己，也淡了自己的生意。

这天正常出摊，没想到突然变了天。一阵狂风，一阵闪电，白天霎时间像黑夜，这雨肯定不小。我赶紧收拾好自己的摊子，又跑出来帮李姐拾掇。

这李姐大概四十多岁，面皮黧黑，身材没有走样，模样倒也说得过去，说起话来如风吹树叶子。李姐说我们两人如果离开摊位走在大街上，搭眼一看就是母女两代人。

我嘴一撇：“什么母女，又占我便宜！”

李姐说我俩好得简直像是吃一个奶头子长大的亲姐妹，她才没占什么便宜：“夸你嫩，嫩得像花心心！”

李姐家里的情况和我家差不多，说起负担来，甚至比我更大。都是从下边的乡村来县城租房子，她的老公在县城里不死不活的电池厂上班，虽然说起来是正式工，但工资不高，工作占用的时间却很多。两个孩子一个上高中，另一个也上了小学，都正是用钱的年龄。

天地间一片昏黄，风卷狂沙打得人脸生疼，像玻璃的碎片刺在皮肤上一样，几乎要把人划出血来，乌云如山，闪电撕开血红的口子，隆隆的雷声让人心慌。

一阵子手忙脚乱，当狂风吹断了路旁的树，暴雨如注的时候，我们刚好把最后一件家伙什搬进了屋里。

“奶奶的，这雨说来就来，劈头盖脸往下泼，吓死个人！”

李姐胳膊抹着额头的汗，气喘吁吁。

“可不……”我也累得上气不接下气，扶着腰站在门口喘粗气。

“今天多亏妹妹你了，俺家那死鬼一点忙也帮不上，挣那点不够塞牙缝子的钱，成天守在厂里。你手脚真麻利，不然，今天肯定完蛋，得淋成落汤鸡。”

李姐嘴里道着感谢，手也没闲着，给我拾掇空地儿，让我坐下歇息。

“说什么帮不帮，都是姐妹，相互帮衬着过呗，平日里姐姐也没少帮我啊，我接女儿的时候，不也是你给照顾着摊子吗？”

“坐下歇会儿，这雨一时半会儿停不下来。对了，你家门关好了吗？喝口水，匀匀地喘口气。”

我笑了笑：“关好了，放心。”

李姐便放了心，张罗着沏茶，沏好了，把大杯子递到我手里。我接过杯子，两手捧着，似乎那水杯的温暖能缓解此时的疲惫。

“你真能干，二妮，什么活儿到你手底下，三下两下就妥了。我不行，笨手笨脚，全凭笨力气熬。”

“咱都一个样，我也就是占了年轻的便宜！咱吃的就是这口饭。不下笨力气，咱吃什么喝什么，吃饭，穿衣，孩子上学……咱该下力的不下力，这日子还怎么过？”

“你家刘树好福气，能把你娶进他家门，唉，真不知哪辈子烧了高香。”

“还矮香呢！搭伴过日子，一天天地熬吧，谈什么福气不福气。”我抿了抿嘴，轻轻地叹了口气。

李姐往前凑了凑身子：“你家刘树有一把子蛮力气，成天跟老牛一样，干活不惜力气，是吧，妹子？”扯了没几句正经话，李姐嘴角又漾出她那惯常的坏笑。

我满口的茶几乎喷了出来，这家伙，说不三句就下道！我一只手端着茶杯，另一只手“啪”地敲在李姐的大腿上。

两个人逗笑了一会儿，屋子里全是快乐的空气，窗外大雨纷纷，屋内却似乎阳光灿烂。

都不是闲得住的人，说着话，手却不自觉地拾掇起来。油桶啦，面盆啦，馅子锅啦，调料盒啦，不说别的，单把这些东西归拢整齐就足以把人折腾出满身汗。

我弯腰替李姐搬起馅子盆，不自觉地瞧了瞧：盆里的馅分成两堆，一堆是调好了的，随手就能包包子或者肉饼；另一堆则是半成品，韭菜和肉还没搅和在一起，韭菜绿油油的，肉白花花的……

李姐的表情突然有些不自然。她凑过来："妹子，我搬……这东西死沉。"

"姐，我正想向你请教调馅有没有什么绝招哩，可不许捂着啊！"

"被窝里放屁，捂什么捂？放心，有什么想问的，姐全告诉……"

"这馅……这肉……"我本来想问一下如何搭配，可李姐显然误会了我的意思，话一出口就被她接了过去。

"这肉……"李姐迟疑了一下，甩了甩手，"算了，咱姐妹不是外人，今天我索性好好说说你。"

我接连点头。

"不过，二妮啊，姐得跟你说点正经的。"李姐一口喝光了半杯子茶，把茶杯放到桌子上，没了刚才的嬉笑，"你做生意是把好手，可是……"她顿了顿，似乎犹豫着什么，但终于还是说了出来，"你心眼太实，做咱这样的小本生意，得精打细算，里面道道太多了。"

"嗯，太好了，姐姐，你可真得教教我。"

我起身给李姐倒上了茶，二人坐在小马扎上，面对面。

"我问你，咱们这小本生意利从哪来？"

"这我知道，卖价上不去，只能算计成本。一个小饼一块钱，多卖一毛钱，别人就不买你的。"

"咱的成本是什么？"

"油、面、肉、菜，咱的力气不值钱，时间不算。"我一本正经，掰着手指给李姐一一数着。

"你用的油和面，都是从商店里买的吧？原装正品，那得多贵！你以后可不能这样了，咱进货渠道多的是，傻妹子。同样一桶油，二秃子给我们的油，价钱能便宜一半还多，这不是成本吗？同样一袋子面粉，商店和外面小摊的相差三四块钱，这不是成本？还有肉馅，我看过你的馅，全部用的是五花肉或者精肉，这当然好，可你想过没有，咱每天四五点钟爬起来，一身汗地做出来，站一大早晨卖光了，除去成本能剩多少钱？光肉的成本，你得多花多少钱？"

李姐指了指盛馅的盆："你刚才也看到了，我的肉馅不好，肥的多，瘦的少，白花花一片。不是姐说你，二妮，咱做这小生意就得细掐，哪里掐不到都白费力气。你还不知道吧，做咱这小生意的，进货基本都有固定的点，油和面不用说，单说这肉，肉摊子卖不出去的边角料、剔出来的肉末可就便宜多了……"

我呆了似的望着李姐，我还真没想到过这些，一心只想着做好自己的饼拉拢回头客，薄利多销，今天听李姐一说，才知道还有这么多道道。

"小本生意就得一点一点地往外抠，这里抠一点，那里抠一点，日子长了就有了，你说是不是？”

我点头，但仍然忍不住问了一句：“二秃子的油能吃吗，你看他那装油的桶脏成啥样了，别说吃，看一眼都让人反胃，姐！”

“哎呀，能吃，人家能吃，咱做的就不能吃？一样的味儿，甚至比你用的油都香。”

“可我听说，他的油不干净，没法子吃，听说都是垃圾油……”

“什么垃圾油？你见过？你怎么知道就是垃圾油？”

“我见过那些去饭店收垃圾的，那脏水桶，我看一眼就想吐，听说他们收的那些垃圾就能炼油。”

李姐瞪了我一眼，恨铁不成钢的样子。

“怎么不能吃，这是你不知道，二秃子告诉过我，咱这县城的小摊子基本都用他的油，包括一些大的酒楼、宾馆、饭店。那都是些什么人，有头有脸有钱的主，人家能吃，你做的就不能吃？你就是实心眼儿！”

我低着头，想了半天，确实是这样。

“就说这肉馅吧，二妮，你知道多少？你李姐调的馅子虽然肥肉多，但是实实在在的正经肉。我可听说有的人把纸箱子弄成碎末掺在肉里，咱不做那事。咱只是算计成本……”

李姐说到这里，停下来喝了一大口水，她喝水很有气势，我嘲笑她咕咚咕咚的声音像饮驴。

“你才是驴。二妮子！你的馅子再好，油再好，又有谁知道？反正大家说小商贩都一个德行。”

别人是看不到，可我自己看得到啊。我心里念叨，不过这话没有说出来。

窗外雨小了许多，天上似乎露出了阳光，有点刺眼。

“姐，像你说的那家用纸箱子碎末做肉饼，他们家的人也敢吃自己的东西吗？”

李姐哈哈大笑起来，有点嘲笑这个手脚麻利、心眼实诚的傻妹妹。

“他们家肯定不吃啊，你傻啊？他们怎么会吃呢，做出来是挣钱的，他们怎么会吃呢？”

做出来是挣钱的？这明明是吃的！我心里咯噔一下。

“自己都不吃，怎么就好意思卖给别人？”

“生意是生意，日子是日子。”

我真被李姐这一番话绕晕了。这做生意不就是过日子吗，怎么还分开了呢？

“雨停了，李姐，我得回家赶紧收拾一下，满屋子东西，乱得没个插脚的地方。”我起身，笑着对李姐说。

“你反正没有闲的时候，一辈子就是出力的命。”李姐也站了起来。

“能出力也是福，姐，咱出自己的力，流自己的汗，每一分钱怎么来的都看得见，吃饭睡觉踏实。”

李姐热情地拉住我的袖子：“妹子，二秃子的油，你如果想用，姐跟他说一声，省不少钱呢！”

我愣了愣：“姐姐能想着我，我高兴呢！油的事，我用的时候跟你说，等我信儿，好吧？”我实在不好意思当面拒绝，我知道李姐内心是真诚的，她不是坏人。

我最终没用二秃子的油，也没有听从李姐的建议，从肉摊子上进什么边角料。我实在无法接受一个事实：自己做的东西自己都不敢吃，做这样的生意，夜里要做噩梦的！

晚上睡觉的时候，我把李姐说的这些话告诉了刘树。我在想刘树会不会像李姐那样嘲笑我死心眼子。刘树叹了口气：“像你这样实心眼子的有几个？不赔就是赚了。”

我当然没赔。这一个月下来拢一拢账，我挣的钱并不比刘树少。

“少是不少，二妮，如果算上咱这一家人的生活费，你挣的比我都多呢！可你吃了多少苦，受了多少累？晚上忙活到半夜，天还没亮就收拾好支起了摊子！”

说到这里，刘树突然激动起来：“简直是他妈的丧良心！自己家的人都不吃，还觍着脸卖给别人！”我知道，这个老实人一听到这些就生气。

听着刘树的脏话，想着他生气的样子，望着黑黑的枕边人，我不由地笑了。

不知不觉已经十年。

逃离老家的时候我才十八岁，而现在我的女儿已经上了小学。

我从来没有提过老家一个字，刘树也没敢在我面前说起过类似的字眼，倒是我的女儿小凤问过几次，每一次都被我胡乱应付过去。

每次听到“老家”，我的心都会不由地咯噔一下，像被刀子剜了一下，冷汗腾地冒了出来。我一下子就想起辛梦远在避雨的情景，耳边响起大门外铁锁反锁大门“呱嗒”的声响，想起里间屋那染了血污的被单子……

想是一种痛，而强迫着自己不去想更是一种痛，我被痛终日折磨，无药可救。

我怕夜晚，尤其怕节日的夜晚。因为这样的晚上注定失眠，胡思乱想有时能让我恍惚，甚至崩溃，产生可怕的念头。有时正好好地睡着觉，我突然一激灵就醒了过来，泪水打湿了枕头，望着窗外的月光，我不禁想，月光下的小村现在成了什么样子，爹身体还好吗，他和娘还经常吵架吗，他们是不是也会对着月光想念他们的二妮子？

也许，整整十年音信皆无的二妮子在他们心中已经消失了吧，天底下哪有如此绝情的女儿？

“妈，那个李煜婷太可恶了！她姥姥和舅舅又来了，给她买了好多好东西！”

小凤扯着我的胳膊，说这话时小嘴瘪瘪着，泪在眼里打转。

每次煜婷姥姥来，小凤都会缠着我问。我私底下对小慧两口子说过好多次。可小孩毕竟是小孩呀，他们还没学会像大人一样隐藏他们的欢喜，恨不得把自己的好消息告诉所有的朋友，所以小煜婷为此也没少挨她爸妈的批评。

“咱不理她，不理她两天。好孩子！”我实在想不出更好的办法，只能顺着小凤的心意说。

为此刘树可没少给女儿额外买东西，这个当爹的看不得他女儿受任何委屈，于是想着法子买来和小煜婷的姥姥带来的一样的东西。

“可是……爸爸，我不能拿着东西跟李煜婷显摆啊！”小凤拿着这些东西，并没有开心的感觉。

“为什么啊，咱和她是一样的！”

“那……李煜婷会说这不是姥姥和舅舅送的！”

我的泪哗的一下流出来了。

这段日子，我觉得刘树不大正常，鬼鬼祟祟的，总觉得这家伙背地里做了什么事。可是他又能做什么事呢?

“你是不是背着我做了啥事？”我忍不住问他。

“没，没啊。”他一愣，满脸傻笑，摇头。

“你一定有事，坐立不安的，瞒不了我。”

“不敢不敢，从来不敢。”他一个劲地说。

我也无法再问，知道再问也是白问。

我觉得小慧也怪怪的，甚至就连李姐好像也怪怪的。

我偷偷地问小凤，小凤摇头。

唉，也是，她一个七八岁的孩子能知道什么！

我怀疑自己神经出了问题，这个怪，那个怪，天底下唯一不怪的只有自己，这不是有病是什么?

第四十三章 从天而降，过花甲爹娘竟然找上门

那天，我从集市上大包小包进了货，在大门口停好车子，便像往常一样叫刘树出来帮忙。

“刘树，过来搭把手，快点！收拾东西！”

大门开了，刘树跑了出来，有两个人影跟了过来。

那个秃了前额白了双鬓的老头，不是我爹又是谁?

“爹？”我不由地喊了起来，整个人却呆在那里。我赶紧抹了抹自己的眼睛，生怕又如往日在做梦。

但那分明就是爹。虽然背驼了，额秃了，脸上布满了皱纹，可我确信这个向我走来的老头是我爹。那么他身旁，和他一起向我走来的满头白发的，便是娘了……

“你……你们……”

我怔在那里，什么话也说不出来。

就在这时候，我的身后又传来女儿小凤尖尖的叫声：“李煜婷！快点！我也有姥姥！看看，这就是他们给我的！”

小凤一阵风似的蹿过我的身边，一头扑进白头老人的怀里：“姥姥、姥爷！这就是我姥姥、姥爷！”

我一下子便明白过来，这个小凤见了姥姥和姥爷，一定是第一时间就去喊小煜婷，拉着她，向她显摆自己也有姥姥、姥爷！

我爹弯下腰，分明是想把小凤抱起来。可他最终没有抱起来，抚摸着小凤的头：“姥爷笨，老了，抱不动我家小凤了！”

小凤拉着煜婷，生怕她跑了似的：“这个裙子好不好？我姥姥买的！还有饼干，还有糖，还有书包……”

小煜婷满脸的羡慕，一会儿望望小凤，一会儿又望望那两位陌生的老人。

他们是怎么找到这里的？他们怎么就知道小凤的名字，怎么就知道给小凤买正合身的衣服?

我望了眼刘树，似乎明白了一切。

我的眼泪再也止不住了，一把抓住爹的胳膊，咧着嘴，哭着喊道：

“爹！你……你……怎么来了？”

这一声哭喊就像暴风扯开了乌云的口子，雨倾盆而下，洪水汹涌而来，天和地模糊成一片，旋转起来，我眼前一黑，整个人像被抽去了筋骨的似的，眼看着萎在地上。

“二妮，我苦命的闺女啊！”

爹踉跄上前，一把搂过我，爷俩抱头痛哭。

八岁的小凤从没见过我哭，她显然被我们爷俩吓住了，从姥姥的怀里挣了出来，扯着我的胳膊：“妈，妈妈，你们别哭……”

“咱回家，你看把孩子吓得！”刘树附在我耳旁，轻声说了一句。

看了看脸都吓白了的小凤，又看了看旁边吓得也要哭的小煜婷，我抹去眼泪，搂过两个孩子："别哭，妈妈高兴！"

娘一直怔怔地站在旁边，看着我们爷俩，整个人木偶似的。她明明想和我爹一样过来，可身子像被什么定住了似的站在原地，只是不停地抹着脸上的泪水……

爹明显老了！

可别说岁月无情，它走过每个人身边，都会留下这样那样的纪念，热情得你无法拒绝。老爹的背已经驼得有点规模，灰白的头发也渐成稀罕物，额头上方秃进去好大一块。没了头发的遮护，头皮变成和额头一样的棕红颜色，两个鬓角的头发颜色灰白，稀稀落落地向额头中央伸着触角，似乎小山挡住了溪流的去路，然后从两边包抄过来。

他的额头、脖子以及裸露的胳膊全是棕红色，那是枣树、榆树、槐树或者其他老树枝干的模样。

我抓着爹的手，像抓着一把被岁月磨钝的钢锉，手指与掌心相接的地方全是突起的老茧，手指肚儿也如皮包的铁条一般。一触到那手，我的泪又来了——犁地扶犁，拉车驾辕，扛麻袋和沙灰，凿石头砌墙，是这双手；而我在小凤这个年纪，爹每次回到家总是弯腰把我抱起，架在脖子上，扛在肩膀上，也是这双手。

我紧紧地抓住爹的手，身子凑上去，挽着爹的胳膊，似乎想把自己贴到爹的怀里去。爹挣了挣，手紧攥着我的手，摇了又摇，似乎暗示什么。

我当然知道他暗示我什么。我知道，此时此刻，不论是小凤多么黏人，不论刘树多么热情体贴，他们谁都没法替代我，而那个人等待的，是我。

我的心一阵酸涩。我扭过头，娘依然站在大门外面，像手足无措的路人，不停地用衣衫抹着眼泪，她的身影那么单薄，风吹乱了她的头发，她的头发已经全白——第一次往女儿家里来，娘一定在家精心地收拾过自己，可此刻的她犹豫、畏怯、拘谨，似乎还有一丝说不出来的尴尬，进也不是，退也不是……

一瞬间，我几乎完全否定了自己，想冲过去拉住她的手，把她紧紧地搂在怀里，那个称呼似乎已经顶到了我的喉咙，可不知什么力量生生地把我定在了原地，我只能对着她笑了笑，嘴张了好几下，那个"娘"字好像被什么东西死死地堵住了似的，最终还是没能吐出口："进屋吧，别在外边站着……"

就这一句淡淡的招呼，娘却像得到了天大的恩赐。娘整个身子像突然之间放下了千斤重担似的，脸上竟然有了一股孩子般的欢欣："嗯，进屋！进屋！"

爹娘跨进小院，眼睛四处搜寻，似乎想一眼就把这个家完全收进脑子，印在心口窝上一样。

我知道他们来小院已经一段时间，可此时依然像刚刚进来一样，仔细地打量这小小的院子。

院子确实不算大，四间平房、一间厨房，配上简单搭成的杂物棚子，显得有些杂乱和拥挤。

“二妮能干，你不知道，我们刚来城里只敢租人家两间配房。才多久，我们住上了城里的院子。”刘树眉开眼笑地吹嘘。

小凤跑进屋，把姥姥、姥爷买给她的新书包拿出来，“哗啦”一下倒在堂屋门前的石头上：“彩笔！橡皮泥！积木盒子！”

两个姑娘蹲在石头旁，完全进入了她们的世界。

“那个小不点叫煜婷，比小凤小三岁。我们两家像一家人似的。”

我一时竟有些出神：这是那个木讷的刘树吗？那个老实得三脚踹不出半个屁来的刘呆呆呢？

四个大人进了屋，刘树招呼两个老人坐下，又高声吩咐我倒茶。

这个家伙！我不由暗笑，老丈人面前充人哩！

我一眼就看穿了他的小心思，便低眉顺眼配合他：“来了！别急！”

爹习惯性地从口袋里掏出早已裁好的纸条准备卷喇叭筒，我劈手把他的旱烟袋收了过来，远远地放到了另一边。刘树从桌子上拿起了纸烟给老丈人点上，袅袅的烟雾徐徐地盘旋在屋子里。

刘树也陪着老丈人点着了一支，老爹只看了一眼，就忍不住笑了起来：“不会抽就算了，别抽了，烟不是什么好东西。”

刘树停止了咳嗽，尴尬地把烟在手里掂了掂，又抽了一口，最后还是把火掐灭，嘿嘿地傻笑：“真对付不了……不大抽。”

我白了爹一眼：“不是好东西，你怎么不离嘴，得抽一辈子？”

老爹嘿嘿笑着，刘树也陪着傻笑。我给娘端过茶杯，续上了茶递给她。娘接过茶杯，两只手竟然哆嗦起来。

煜婷和小凤的声音从院子里钻了进来，从她俩的尖叫声里，我知道是谁来了。

还没等我开门，小慧两口子便满脸笑地走了进来。

“刚听说。这不，急急地收了摊，过来了。老人模样真好，有福气的人！”

小慧的老公叫李允，嘴挺甜。

他们两口子一边说着话，一边把手里的礼物放到了墙边。

刘树拍了李允一下，两个男人嘿嘿一笑。李允把凳子拉出来，小慧和我在旁边招呼着两个小姑娘。

“上烟啊，姐夫！给老泰山上烟，毛脚女婿咋当的？”李允开着玩笑，给老头点上烟，爷儿俩美美地抽了起来。

“光眼馋，咱没这福气。”刘树嘿嘿笑。

“什么呀，你就说姐姐勒得结实，气管炎！没人笑话你！”

一屋子人都笑了起来。

两口子陪着老人扯了阵家常，小慧便招呼李允回家。

我和刘树当然不同意，几个人拉扯了好大一阵子。

“姐，今天咱就啥也别说了！第一顿饭，十年了。我和小慧绝对不在这里吃！小慧已经下命令了，我坚决执行，明天咱两家团聚团聚！”

我和刘树对望一眼，便没再强留。

“摊必须出，班也必须上，咱们明天晚上，听你们的，聚！”我扯过小慧的胳膊嘱咐道，“听到没，该挣钱的必须挣，晚上聚！”

没想到包括刘树在内的三个人都不同意：“两家都有老人，上午，就是上午！”

“李允心细。人家说得也对。十年了，一家人第一次……”刘树叨叨着，似乎替那一家子解释。

酒菜端上了桌，小凤放着好好的座位不坐，非要偎着她的姥姥挤一个椅子。

爹娘都很高兴，尤其是小凤非要挤到姥姥怀里的时候，娘高兴得直咧嘴，甚至要挂泪花子。

“血缘亲，三辈不离姥娘门。这就是老理儿！”娘揽着小凤，心肝宝贝儿似的。

刘树给老丈人和丈母娘倒上酒，我吃了几口，便去厨房里忙活。

娘一趟趟地往厨房跑，想帮我干点什么，可进了厨房又帮不上什么忙，就站在旁边看着。时间悄悄地把娘俩的地位倒了个儿，此时娘不像娘，倒成了拘谨的客人，对自己养大的女儿赔着几分小心。她的嘴一直嗫嚅着，似乎想说什么，可又不知该说些什么。

“你去吧，没什么可忙的，我这就拾掇完，你们先吃……”我也找不出合适的话，只一个劲地催娘回堂屋吃饭。

“我又不喝酒，让他爷俩喝。我……看看……你……”娘这话说得非常无力，吞吞吐吐，生怕一不小心就会招惹我翻脸似的。

和娘说话时我头也不敢抬，努力平复着心里的浪涛，把语气放得柔和平缓。

说实话，此时我心绪很乱。

娘也是六十多岁的人了，大老远坐了大半天的车一路颠簸赶过来，我不应该这个样子，可内心分明有一座高山挡着，挡住了所有的愧疚和亲切——我觉得自己应该叫声“娘”，那是生我养我的亲娘。可任凭我怎么努力攀爬，甚至想着自己像神话中的勇士那样能把那山举起摔碎，摔成细小的粉末，铺成平坦的大道，也无济于事。那声“娘”一遍遍地在我心口、喉头翻滚着，却迟迟未能叫出……

一晃就是十多年，似乎也只是眨眼的工夫，眨眼前二妮还只是刚从学校出来的孩子，十七八岁的年龄想着粉红色的心事，可一眨眼，自己也做了娘，女儿已经上了小学。

我分明看到了公路旁边的那座小桥，看到了小桥下缓缓流淌的河水，看到了水底那滑滑的水草，看到了在水草间嬉戏的鱼虾，看到了小桥里侧的小村，而自己出生和成长的老屋就在小桥旁边，那泥土和墙根里隐藏着自己的童年，那笑声和泪水就洒在了墙壁的石缝里，小路上的泥土里。

扛着铁锨和锄头，含着旱烟卷子，披着上衣的汉子，下地归来了；挎着草筐，拿着镰刀，牵着山羊的女人，归来了；背着书包跑着笑着闹着的孩子们，归来了；骑着自行车外出上班的工人们，归来了，三三两两地在桥头，交换着各自的故事……

泪水再一次不听话地冲破了眼眶。我拭去泪水，娘在厨房外站着，目光却分明全部集中在我身上。我真想放下手里的活计，抓住娘的衣襟，结结实实地叫上一声“娘”，可是，那一次次纠缠在梦中的恶魔总在这时露出狰狞的面孔，我耳畔响雷般地回荡起大门反锁的“呱嗒”声，眼前又一次闪过那染了血污的床单。

我强迫自己不去想，可那魔鬼从来不曾放过我，心又一次被撕扯，我不由地浑身颤抖，装菜的盘子在手里拿不稳……

那沾了血污的床单子埋葬了我的爱情幻想，甚至可以说在某种意义上改变了我的人生。嫁给刘树前，我对男人所表现出来的殷勤产生了肮脏和龌龊的感觉，甚至在读小说或者观看电影电视时一看到玫瑰花，眼前就晃着那沾了血污的床单。我不敢告诉任何人，不敢接近任何男人，对婚姻充满了恐惧。

我最终选定了刘树。那时我不敢奢望什么爱情或幸福，只不过作为女人必须找个归宿而已。可新婚夜刘树发自内心的宠溺与兴奋帮助我走了出来，我渐渐地敢看玫瑰花了。

没有一个人能够知道在我心里隐着一个更大的魔，是骆赛赛吗？是“呱嗒”一声被反锁的大门吗？好像是，可又好像都不是。那到底是什么呢，说不清，可这个魔一直歹毒地藏在我内心最阴暗的地方，无论怎么抠也抠不去，这会是我一生的心魔吗？

我能把这凶恶的魔鬼杀死或者驱走吗？

我紧咬着牙，努力平复着自己的情绪。

两个男人相谈甚欢，菜还没有炒完，一瓶子白酒已经见了底。

“爷俩快喝成兄弟了。”娘看着喝酒的两个男人，抱怨了一句。

一瓶子白酒肯定没问题。我知道爹能喝，刘树也能喝，看着两个男人喝酒的样子，我心里漾起浓浓的暖意。

高兴就喝点吧，难得来一次，只是，爹和娘他们怎么找到了这里？

我很纳闷，一定是刘树告诉的地址，可是刘树又是怎么找到的我的老家，我可是从来没和他说过老家的事呀——与他认识的时候，我就和他明确地“约法三章”了，我不说，他不能问，这呆呆的家伙应该只知道我是个孤儿。

如果不是刘树，那就更没有别人了啊——逃出老家后，我再也没和老家的任何人建立过任何联系。

只能是刘树。他是怎么知道的？我的直觉告诉我这中间一定有小慧这妮子的事。刚才送小慧一家的时候，我诈了她一句，小慧根本不上当，只笑着让我“审你家的刘呆呆”。

不行，晚上一定要好好地拷问这家伙。

“很好，二妮。”爹咧着大嘴笑，酒精已经染红了他的两腮。

“什么好啊？”我终于坐了下来，觉得过分冷落了娘，虽然眼皮没抬，但一筷子菜准确地放在了娘的碗里。

爹和刘树偷偷地眨巴着眼，脸上满是诡异的笑。

娘高兴得又要抹泪。

我装作什么也没看见，只顾低头吃自己的菜。

“小凤，劝你姥姥吃菜！”

小凤听了我的话，便一个劲地给她姥姥夹菜：“姥姥，你吃，你吃！”

“吃，姥姥吃！”娘一手搂着小凤，一手不停地抹眼睛。

“没出息，就知道天天抹泪，这不是终于见到了闺女吗？”爹又像我在家里时那样骂起娘来。

我轻轻地叹了口气，万千滋味涌上心头。

“女婿好，本分，老实，知道疼人，搭眼一看就让人欢喜……”

我又夹起菜放到爹碗里。爹笑得满脸的皱纹里都闪着太阳的光辉，似乎每一条笑纹里都有无数的快乐蹦了出来。

“俺终于见着二妮了，回去跟你哥说，他们不知道会高兴成什么样子。”

娘小声跟我说，这次没敢叫儿子一家前来，怕见面闹出什么乱子，这下终于放心了：“你哥嫂听了，一准儿会带着你的小侄来……”

我只顾低头吃菜，不敢与娘的目光相对，可大颗大颗的泪珠“啪啪”地落碗里。

一家人吃完饭收拾停当，小凤已经在她姥姥的怀里睡着了。刘树收拾好床铺，把小凤抱到床上，一直到小凤睡安稳，给她熄了灯，才又回到大桌子旁边说话。

屋子里只剩下四个大人，我坐在爹娘前边的方凳上，一边给爹娘倒着水，一边聊着村里的事。刘树静静地抽着烟，偶尔插上一句半句。

“家里没什么事吧？”

“没事！你看我们两个，身体棒棒的，啥事没有！”

“还种着地？”

“种！庄稼人不种地干吗去？混吃等死可不行，闲荒着还不如守着庄稼棵子心里踏实！”

许是喝了酒的缘故，爹说话很是豪爽，甚至把自己枣树枝一样的胳膊伸给我：“瞧，多结实，全是用不光的力气。不信你捏捏试试！”

我心里一酸，没敢去捏爹的胳膊，怕忍不住又要哭。

“你娘身子骨也好，每年喂一窝鸡，养两只羊，好几年不喂猪了，喂那祖宗太费劲……”

“咱村里怎么样？”

爹抽了几口烟：“也变了不少。新盖的房子都兴红砖到顶了，混得红火的还贴了明晃晃的瓷瓦，很有排场！”

娘插嘴说几乎家家都有电视机了，不像以前那样三天两头就停电，很多人家的电视机还是彩色的，小青年都买上了摩托车，脚一蹬，“呜呜呜”一溜烟蹿出去。愿意种地的小青年没有一个，男男女女，只要不上学了就去南方打工，啧啧啧，别提，人家有的一年就能给家里盖起大平房，馋死个人哩……

娘这话没说完就被爹打断：“说的啥，你都知道个啥？你是只眼馋贼吃肉，没看见贼挨打！说你头发长，见识短，典型的！你知道那钱什么来路吗？”

娘被爹一番抢白噎得半句话也不敢反驳。

“你还记得咱村的强子吧？”爹抽完一颗烟，把头伸过来，很神秘的样子。

“强子？”

我抬头看着爹，脑子里马上闪现出一个矮墩墩、胖乎乎大脑袋的家伙。

当然记得，他可是我小学同学哩。只要班里出现零蛋的卷子，不用说，那就是强子。数学老师会敲着桌子吼：“又给你爹弄了一盆大鸭蛋，带回家让你爹煮着吃、炒着吃！”

全班哄笑，强子低着头红着脸走到讲台前，在哄笑中接过老师手里的卷子，不忘看一眼鲜红的大圈圈，塞在书包里。

强子虽然学习不好，个子也不高，但天生一股子力气，胆又大，与大家关系倒也不错。

一次看电影，因为占位置，外村的几个愣小子和我吵了起来，他们不光嘴贱，还动手吓唬我。强子正好赶到，和那些家伙狠狠地打了一架，很仗义。打那以后，给强子抄作业，考试时给他丢纸团的事，我没少干，连老师都惊讶于强子为什么不考大鸭蛋了。

“强子怎么了？”

“哎呀，他可不得了了！”爹一连声地感叹着，“他现在成了咱村的村主任，刚刚又兼了书记。”

“哈哈哈……”我忍不住笑了起来，又想起胖乎乎的大脑袋考零蛋的样子，“就他，那个大鸭蛋强子？”

“人家都当两三年村主任了，这小子了不得！”

我不说话，心里一直在想现在的强子什么样子。

“村里还有别的什么新鲜事吗，爹？”

爹兴奋地一拍大腿：“新鲜事可太多了，唉，说起来真馋人！”

爹说村里竟然有好几家安了电话，不光电话，还有人走着路也能打电话，那东西半块砖似的。

我知道爹说的是“大哥大”，在县城，手机也算不上稀罕物。

“现在盖的房子越来越宽，越来越高，唉，没法比……你记得咱村有个李狗子吗？”

我摇头。

“外来户。就是那个倒插门！”娘提醒道。

哦，我想起来了，倒插门女婿，成天蔫头耷脑的样子。

男人倒插门本来就丢人，他老婆给他生了仨闺女，没生一个儿子，李狗子天天灰着脸，低头过日子。

李家的大妮子初二没上完就扔下了书包，也不知道跟着什么亲戚飞到了广东，李狗子倒没想依靠闺女发什么大财——唉，没有儿子，妮子再多有啥用，一个老绝户，这日子还有什么劲！随她们去吧，让她们干点活儿养活自己。

谁也不知道天上的哪块云彩会下雨，没想到李大妮子不知得了什么神通，出村的时候干干瘦瘦弯豆芽似的黄毛丫头，竟然让李狗子在第三年昂起了头。

第三年开春，李狗子就在全村人惊讶的目光里盖起了新房，这一盖可了不得，一溜五大间，厨房大门带院墙，吹泡泡般地立在了那里！当时村里有多少人活一辈子都不敢盖屋，有多少老头老太太因为盖不起屋而娶不上儿媳妇窝囊到死被人耻。

五间屋也就罢了，偏又在屋顶上起了两间二层，天哪，这不是城市人住的楼房吗？凭什么啊，就凭他李狗子？

可人们气也罢，馋也罢，恨也罢，人家的二层楼就那么盖起来了，这可是全村独一份——以前从没见哪家盖过这样的房子！

过年回来的时候，大妮子简直让大家惊掉了下巴颏。

大冬天，街头积雪几乎没过脚踝，你猜人家李大妮子怎么穿的？

毛袜子，皮裙子，头发金灿灿的，一根根像炸酥了的麻花条子，嘴唇猩红。大妮子跟人打招呼，小村人多没见过世面，竟然呆呆地不知道如何跟人家搭话，所以回到家一次次埋怨自己没用。

二层小楼，俨然成了李狗子全家的旗帜。李狗子上街，真恨不得随身带小鞭，走到哪里就响到哪里，或者雇几个小孩子吹着喇叭。

人们气愤，眼馋，然后关上门狠狠地骂自己的孩子。

然后就有惊人的消息散布出来。

不得了啊，人家大妮子初二没上完，竟然当上了什么“公关部长”，那得是多大的官?

村里人纯朴，没见过大世面，村里一下子多了这么一个官，李大妮着实让他们忐忑：以后见了面，到底是该像以往那样叫大妮子小名，还是应该用尊称?

唉，纠结一番后，大街上见到李大妮子的时候，人们嘴里就冒出了不同的称呼。大妮子不愧是场面人，叫她“妮儿”的，她笑着答应；喊她别的，她也没有推辞……

“三儿五女，顶不上一个李大妮子。”于是就有老汉、老婆婆望着二层楼发出长长的叹息。

李家的新楼不断有人出入，亲戚、朋友、邻居全都赔着笑脸央求大妮子把自己的孩子带出去。于是开春的时候，学校里少了好几个漂亮的女娃子。

大妮子走的那天，全村的人眼看着浩浩荡荡的队伍坐上了南去的客车。也许看着她们的背影，每个人的心里早已盖起了二层小楼。

听着爹娘激动的诉说，我心里一下子就明镜儿似的：“别说了，恶心人哩！”

这话一出口，轮到爹娘惊讶了，他们望着我，似乎怀疑我一直待在村里。

“坏了名誉喽，整个村都跟着坏了名誉。”爹叹息着，继续他的叙述。

几年之后，如果哪个人证明自己没说瞎话，觍着笑脸借钱发誓，大概都会来这么一句:“我要是骗你，我是李大妮子养的！”或者要账的上门了，欠钱的跟人赌咒发誓：“最多十天，到时候不还，娶个老婆是李大妮子。”

就连哪两家结了仇，诅咒对方的时候也总会加上一句：“你个李大妮养的！”

“爹，王利和岳芳现在怎么样了，那个王利最后考上大学了吗？”

“人家王利混得好，爹娘有本事，闺女也有本事。她考上了泰山医学院当了医生，就在咱县中心医院里，年纪轻轻就当上了副主任。”

“咱村里人去医院都找她。那个闺女倒不错，挺有人情味儿。她还打听过你呢！”

我不由地内心一颤，好像被什么扯了一下，隐隐有种说不出的疼。我一下子就想起中专预选后，在路口，我和王利、岳芳抱头痛哭的场景。

十年时间，我和岳芳、王利走上了不同的路，好像自那个路口分别，我们的人生便离得越来越远。

“岳芳呢？”

一提岳芳，爹的脸一下子灰了下来。

“唉，可别提岳芳……”

“她怎么了？”我的心一紧。

“那孩子命苦啊……”

第四十四章 芥蒂难除，母女俩再次翻脸

不知不觉爹娘来这里十多天了。虽然他们也念叨过几回地里的庄稼和家里的孙子，但我看得出，他们并没有马上回去的意思。

我当然愿意让他们在这里，自打他们来了，我和刘树几乎不用管家里的任何事。刘树上自己的工，我出我的摊子，而小凤上学放学，两个保镖更是寸步不离。

我终于体会到小慧两口子的幸福：有人管家，有人接送孩子，回到家里能做甩手掌柜，省心哩！

我虽然还没能喊出那个“娘”字，但心里的坚冰已开始松动，我想说不定哪一天，那个称呼就像春草拱破地皮一样冒出来。

娘等那个日子，我也等那个日子。

没想到今天闲聊，娘又惹得我失了理智。

内心最隐秘的伤疤被她无意中再一次揭开，我整个人中着魔似的爆发了：“你走，赶紧走！”

娘像被定住了似的怔在那里。

我转身冲向卧室，反锁屋门，扑到床上，忍不住失声哭了起来。

她当然不知道我心里锁着一个可怕的幽灵，而她的话唤醒了那恶魔，恶魔把她的女儿完全吞咽下去。

这一切没有任何先兆。我今天收摊比往日都要早，刘树还没下班，小凤写完作业去找煜婷玩，家里只有爹娘和我三个人。

扯闲话的时候不知怎的说到了今年的粮食不值钱，聊着聊着，娘突然想起了什么：“后街桥西的胡三娘，你记得吧，就是强子的三大娘。她跟我说收她家瓜干子的粮贩子是你同学，打听过你哩。”

“粮贩子是我同学？打听我什么？”我不由好奇，想不起哪个同学当起了粮贩子。

“咱对门的你孙二嫂也说过，那个粮贩子也向她打听过你。好像那天他想去咱家，家里锁着大门，正遇上她，就向她打听你。”

我突然感觉到了什么，心里不由一动。

我望着娘，期待她继续往下说。

然而她没往下说，话头转到村口的小卖部。

“我有一天去桥东小卖部买东西，扯起闲天来，卖东西的瘸子媳妇还说过一个事。她说一个黑瘦的小青年骑着自行车来，问过你的情况，光她就遇到过三两回，他在咱家附近转悠，问你去了哪里……”

辛梦远，一定是辛梦远！我的心跳猛然快了许多：他一直没有放下我，偷偷地打听我，甚至骑着车子跑到我们村里来！

一阵酸，一阵甜，一阵苦，浪头似的卷过来。

我突然有点恍惚。

爹在屋里坐久了，瞥了我们一眼，显然对我们娘儿俩絮叨那些陈芝麻烂谷子的事没多大兴趣，便到院子里抽他的烟。

娘下面的话印证了我的推测：“听他们说的模样，我觉得应该是那天跟你到咱家避雨的那个黑黑瘦瘦的男孩，北苑村那个。”

有根细线在揪我的心，丝丝地勒着，扯着，我心里有无法描述的疼痛。

我想象得出当时的辛梦远失落的样子，痛苦的样子，无助的样子。

他一次次地去我家附近转悠，希望遇到我或者打听到我的消息。可我那时早已经逃到遥远的青岛，在玩具厂里。

“我寻思着他肯定对你有意。小卖部门口闲坐的人们都这样说，一趟趟来，一定是对你有意思。”

我的脑袋开始疼，内心隐隐作痛。

辛梦远一直没有忘了我，他不止一次到村里去找我。这原本甜蜜的事情此时却给我更多的苦涩。唉，往事不堪回首，但我内心里还是希望娘继续往下说关于他的事。

“命，这都是命哩……唉！那个人也不错，当了干部。”

我一愣，还以为他说的是辛梦远，心里泛起各种滋味。

“唉，都过去了。要是当年跟了他，多好的事……”

娘还在那里自言自语，脸上呈现出一种极为复杂的表情。

我陡地意识到什么：“那个人？谁？谁当了干部？”

娘根本没注意我神情的变化，依然沉浸在自己的思绪里：“乡里那个啊！一家子都是干部……”

我脑袋似乎一下子炸裂了，世界完全变成了一片空白，锁在心底最幽暗囚笼里的那个恶魔一下子蹿了出来，我腾地站了起来，再也无法控制自己的情绪。我简直怀疑眼前这个白了头发的老太太不是亲娘，倒更像魔鬼，毁了我一辈子，把我撵到六七百里之外独自漂零，直到今天，她竟然又一次揭开疮疤。

“你走！你到底有没有脑子！什么话都说啊！我再也不想见你！”

满屋里都回荡着我的咆哮。

娘吓得一哆嗦，整个人怔在那里。

爹从院子里跑进来。

一切不可挽回。

爹问娘发生了什么，她低着头：“没说啥啊，我觉着……没有瞎心……”

“你没瞎心，可你办了瞎事，大瞎事！你觉着，你觉着，凭什么非得你觉着？你毁了我，非得把我逼死？”

我简直发了狂，恨不得揪住她推出门去。

“二妮！”老爹暴喝一声，两眼瞪得溜圆盯着我，把我推到里屋去。

我伏在床上，失声痛哭。她不是娘，是我命中的魔鬼。

刘树回家后得知了一切，没说什么，只是叹气。

后来我听到小凤进家的声音，赶忙停止哭泣，擦去脸上的泪，打开卧室的门，努力装成平常的样子。

夜深了，我和刘树都无法入睡。

刘树分明想说点什么，但最后什么也没说，只是烦恼地叹息。

第二天早晨，老两口像往常一样把小凤送到学校。然后，刘树拎起大小包裹送他们去车站。

我站在大门口，整个人像木偶似的呆滞。

望着秃额的老爹，望着那个满头白发往前走的娘，我突然有些懊悔……

“那是你娘，二妮！”

爹走出大门，擦过我的身子时，说了这么一句——我明白，这是老爹对她的二妮子说得最重的一句话。我长这么大，他从来没舍得骂过我一句，这一句话敲在我身上，就像惊雷。

“好孬也是你娘！”老爹头也不回，气鼓鼓地往前走。

她是我娘。她应该是我娘。我泣不成声，倚在门框上，整个身子似乎散了架。

直到他们走出很远，远得快看不到他们的影子，我才喊了一句：“打电话……别忘了打电话！”

我的眼泪又来了。

第四十五章 祸不单行，顶梁柱轰然倒塌

日子如果就这样平淡下去，我觉得也是一种幸运，只可惜老天爷连这点幸运都吝于给我。

小凤上三年级的某一天，我正像平常一样出着摊，刘树的工友小周突然风风火火地跑了过来。

“嫂子，嫂子！”

从他的语气里，我油然产生不祥的预感。

他一边帮我收拾摊子，一边说着刘树的事。

刘树干活的时候，从架子上摔了下来，人在医院。

我整个人顿时瘫了似的，机械地跟着小周往县医院跑去。

“我和刘哥正说着话干活，突然就听他叫了一声，整个人就从脚手架上摔了下去……”

小周跟我诉说着当时的情况，我脑子根本不转圈了似的，只记住了刘树从三层楼的架子上摔了下去。

刘树在床上躺着，双眼紧闭。三四个人围在床前，问着医生，小声谈论着什么。

我一眼看到刘树的嘴角还有血迹，两鬓还沾着泥沙。我一把抓住刘树的手，泪水哗地流了出来。

“谁也没注意当时怎么回事，事情已经这样了，妹妹别急！”

老板模样的人急得满头汗，两腿不停地颤抖。

一番检查和等待，结果是腰椎断裂。

我眼前一片昏，整个天空似乎一下子塌了下来。

“得手术，赶紧办手续……人暂时应该没事……至少半个月再看效果……”

医生不停地安排着，护士忙乱地进来出去。

老板不停地打着电话，安排着身边人缴费、办相关手续。而我则木偶似的在这样那样的单子上签字。

刘树看着我，嘴角扯着惨淡的笑。我知道，这个男人想尽可能地安慰我。

小慧两口子完全接管了小凤。小凤闹着要来医院看爸爸，刘树担心吓着闺女，不让我带她来医院。

我一想也是，过几天再带她来也不迟。

我的生活完全泡在了医院里。

后来李允替我接来了婆婆——他们两口子三天两头就往医院跑，但他们也知道无法安慰我，能做的只是替我管孩子，隔三岔五地陪我坐着说话。

老板人还不错——后来我才知道所谓的老板其实就是个包工头，他的所谓公司不过就是个建筑队，管理非常松散，一般是活来了就揽人干，干完了或者干着干着有人嫌给钱少，那就中途走了，很难谈什么规范，合同、保险一类的更是无从说起。

但自从刘树出事到现在，老板以及他的家人不断地往医院跑，一切费用也都是他交的。

"老板人不错，出了事不管，连面都不露的多的是！"轮流照顾刘树的工友们这样谈论。

"我前年跟着一个包工头去济宁，干了一整年，只给了三个月工资。大过年的，人们天天去堵他要钱，最后也只给了半年的工资，剩下半年的工资黑不提白不提！这还是一个乡里的邻居！"

工友们谈起这些事来，一个个骂骂咧咧，粗话脏字全部招呼到包工头的祖宗八辈上，可那有什么用呢！

也许这样一对比，他们都觉得这个老板有人味儿，言语之间很少抱怨。

"嗯，钱多钱少定好了，他不会吞你一分；活干完了，没要出钱来，他可能拖欠你工资，但最多也就两三个月，他就是自己借也会发给工人。"

都说他是个良心人，我觉得也是。像这种建筑队出这样的事，当老板的真给你来个不管不问，你就是怎么哭闹也没招儿。

"无论如何，你得先给我一部分，哪怕算你救急。我这边一个兄弟从架子上掉下来，这钱是拿来救命……"

这段日子我亲眼看到老板不停地打电话接电话，要揽活，要收账，要垫付材料费，要应对各种要账的客户和工人，实在也不容易。

刘树说老板着急的时候跳着脚骂人，要账的围着他不放，他也委屈得像孙子，当个老板不容易。

我明白自己男人的心思。刘树一直觉得是自己不小心拖累了老板，他跟我说那天也不清楚咋回事，眼一花就踩空了，怨不得别人。

我叹了一口气，只能安慰刘树别想太多，养好身子最要紧，早日下床能照顾自己才是最重要的事。

就这样在医院里住了接近一个月。一开始刘树完全不能自理，虽然有工友轮流照顾，小慧两口子常常来问候，小凤不上学的时候婆婆也来医院，可大小便、擦洗身子这样的事别人都没法做，只能我亲自做。

一天，我送小慧走的时候，她心疼得落泪:“二妮姐，你瘦了一圈，也别太着急……”

我无法不着急，刘树在床上什么也不能干，我照顾他也没法出摊子挣钱，整个家完全就断了进钱的门路，过日子一天也离不开钱。

我怎能不着急?

可只能一个人急在心里，谁也无法告诉。告诉别人又能如何，除了同情的安慰，谁又能替代谁?

医生说这伤病急不得，除了静养和康复理疗，没有更好的办法。

“咱出院吧，躺在这里光烧钱……”刘树不止一次对我说。

医生说像刘树这种情况，因为年轻身体壮，如果不出什么意外，康复应该没太大问题，重活儿是不能干了，但小活儿照样可以干。

老板对刘树说只要这个公司在一天，他就管刘树一天，哪怕他搬着马扎子看工地，也会和其他工人一样领工资。

我们还能说什么呢?

老板结清了住院的费用，租车送我们到家，临走时又从黑皮包里拿出三千块钱：“先凑合着花，出了这事谁都没办法，苦了弟妹了，耽误得什么也不能干，先应付眼前，哪天真应付不了，妹妹你说话，哥哥我永远认这事。”

婆婆经常偷偷地掉泪。看着刚过三十的儿子躺在床上什么也不能做，看着我出出进进憔悴的样子，想着这个家以后的日子，她肯定忧虑。

“从明天起我还得出摊。”

日子还得往下过，不出摊挣钱怎么往下熬，我终于做出了决定。

“苦了你了，二妮……”刘树看着我，满脸的心疼。

不出摊哪里来钱啊。婆婆也同意，她说送完小凤上学她能照顾刘树。

“你那两个姐姐真不是东西……”婆婆对着刘树埋怨。

刘树头侧向一边，泪水从他的眼角流了下来。

同样的话小慧早就对我说过。我能说什么，各人有各人的烂摊子，谁又能帮谁。

那天小慧愤愤不平：“二妮姐，你那两个大姑姐真不是东西！他弟弟摔成这样，就装模作样露过一次面？”

就露过一次面。那还是因为婆婆要来县城，家里的地和牲口没法照顾，才通知她们。一个多月过去了，她们没再露过第二面。

“这可是她们亲弟弟！”小慧气得要骂。

“又不是什么好事。她们也有自己的一家人……”我心里当然很气，但又尽量把话说得平静，家丑就别外扬了吧，虽然小慧像我亲妹妹，可这毕竟不是什么长面子的事，就堵在自己心里吧，又何必宣扬得天下人皆知?

“这段日子你和李允受累了，三天两头往这儿跑。”

“说什么哩，你说什么呀！”小慧简直要吼我。

真是多亏了小慧和李姐两家，她们除了安慰我，还生怕我为钱的事着急，知道我一个外地人在这里，除了她们，没有可以依靠的亲戚。

“穷日子穷过。二妮姐，咱手头没有，可以张口借，你千万别憋在心里难为自己。”

李姐供着两个上中学的孩子本身很不容易，那天还拿来五百块钱硬塞我手里：“花不着就放着，大活人不能让尿憋死，没有过不去的火焰山，妹子！”

婆婆看着桌子上李姐放下的五百块钱，不住地揪起衣襟抹泪：五百块，这可不是小数目。像现在这种情况跟人张嘴借钱，敢借给你三十五十就是很亲近的亲戚!

我每天四点多钟就起床，准备早点摊需要的东西，天蒙蒙亮就推起三轮车站在路边。从六点到七点，这是我一天中最忙碌的时段。步行的、骑自行车的中学生，被爷爷奶奶或者爸妈牵着的小学生，陆陆续续路过摊子:茶叶蛋、小肉饼、煎饼果子、豆汁、小米汤，他们或站或坐，有的是一手骑车，一手拿着东西往嘴里塞。

我像一个转得飞快的陀螺，根本停不下来，就这样，还往往被孩子们催促:“我的呢，姨，你快！一份煎饼果子！”

茶叶蛋必须提前煮好，豆汁和小米汤必须提前熬好，而煎饼果子和小肉饼必须现场做，可以想象我忙成什么样子。

盛小米汤和豆汁的桶怕凉，熬好后得用保温的东西围好，而每天忙完回到家，这些保温的东西该清洗的清洗，该换的准备好。

盛豆汁，盛米汤，收钱找零钱，捞茶叶蛋，这边小肉饼做好了递给孩子，那边煎饼果子又咝咝作响……我真恨不得能变成两个人，有时也想让婆婆来帮忙，但最终还是没有张嘴。

如果能像孙猴子那样随便揪下一根毫毛便能变出千万个小猴子该多好，哪怕只能变出另一个我，替我分担一点点烦心事。

这一天忙完回到家，往往已经夜里十点半了。

小凤早睡着了。懂事的孩子把写完的作业本打开放在桌子上等我签字。我对小凤的作业很放心，基本没有检查过。

刘树当然没有睡着，他的耳朵和眼睛能捕捉到我进家后的所有信息。我问他这一天的情况，简单地给他擦洗一遍身子，或者帮他翻一翻身，然后既是感慨又是鼓励地说一句：“你得快点好，快把你媳妇累坏了！”

我们都以为刘树能很快便能下床，医生当时说过好坏两种情况，按刘树平时的身体状况判断，我觉得他迅速康复应该没问题。

谁知道就出了问题！

一天我正在摊子上忙活，婆婆匆匆忙忙地过来找我，话里带着哭腔："凤她娘，你快回家，刘树在地上躺着，我一个人实在弄不动……"

二话不说，我跟着婆婆往家跑："你怎不先找邻居扶他上床？"我忍不住埋怨一句。

"没人啊，找了好几家都没人……"

刘树躺在地上，我弯下腰让他搂着我的脖子，然后两手插到他的腰下护着他的腰，婆婆抬着他的屁股，两个人慢慢地把他弄到床上。

"你怎么在地上了？"

刘树苦笑，做错事的孩子似的："我也不知道，娘扶着我，眼一花就倒在地上。"

我一再对刘树说不要急，一定要慢慢来，他嘴里答应我，可婆婆告诉我，已经好几天了，只要我一出门，他就闹着要下床。

我知道刘树急什么，他是想着练一练，看能不能早日下床，成天在床上躺着，废人一个，他已经多次抱怨自己拖累了这个家。

"心急吃不了热豆腐，我不嫌你，这个家没人嫌你，慢慢来。"

"快半年了，还不慢？我……活着有啥用……"刘树说着话便揪自己的头发，狠狠地拍着自己的脑袋。

他不光揪自己的头发，还背着我掐自己的胳膊，扇自己的脸，拧自己的大腿。虽然他坚决不承认，但那胳膊和腿上一片片瘀青暴露了一切。

我安抚好刘树，又急急忙忙地赶往摊子。

就这样持续了半年，刘树的情况没有丝毫好转。

我多次去医院询问医生，医生也很无奈，说这种脊椎断裂最坏的情况是瘫痪，可这种情况多发生在年老体弱的病人身上，像刘树这种年龄应该不至于。

我突然想起刘树多次跟我说过的一句话，就问了医生一句："他老是说眼一花，整个人就倒了下去。"

"眩晕？他说过眩晕？是最近吗？"

"摔伤也是因为眼一花就踩空……最近他还嘟囔头疼。"

医生听了这个情况，建议我带刘树做一次脑电图检查，最好去更好的医院做一次核磁共振。

结果不亚于晴天霹雳：刘树脑血管先天畸形，眩晕很可能是由于神经受压迫所致。

"这种病很危险，如果他再血压高，或者过度劳累，或者情绪激动，极有可能造成脑血管破裂……"医生很忧虑。

“脑血管破裂？”

“就是人们常说的脑充血或者溢血，真到那一步，咱县级医院根本就没法救。”

我的心情一下子灰暗到极点。

医生转而安慰我，目前刘树的情况还没到最坏那一步，他的血压一直正常，只要保持情绪平稳，也许没那么严重。

我知道这是医生在安慰。

“有根治的办法吗，医生？得到什么样的医院去治？”

医生看了看我：“根治只能是开颅，这可是极危险的大手术！最好去省医……”

“省医？”

“就是省医院啊，在济南。当然北京更好……可，这花费……”

医生犹豫了好一会儿，不住地摇头，但终于还是说了出来：“这手术不光危险系数大，费用也很高，一般家庭很难承担起。”

从医院回到家里，我的心情格外沉重。婆婆问我怎么了，是不是生病了。

“不舒服吗？赶紧找医生看看，这个家就靠你顶着了，可不能再出问题。”

我苦笑，我韦二妮这是什么命啊，老天爷对我也未免太残忍了吧，我真不想当什么顶梁柱，真希望在男人的庇护下平平淡淡过日子。你老人家太狠心，非要把我推到一家人当中顶大梁的位置！

我对婆婆说没事，可能今天跑路多，有点累。

“你脸色那么差，快坐下歇息歇息！”

刘树关切地望着我，似乎在问我到底怎么了。我坐在床边，忍不住握住刘树的手，一股莫可名状的悲戚涌上心头。

我赶紧扭头，把眼眶里的泪花硬挤了回去，默念道：男人，我的男人，你可要坚强！

我握着刘树的手不停地摇晃，假如这种摇晃能把我生命的一部分传递给他，假如他能够站起来，即使只能自理……我愿意！

我真怕哪一天再也握不到这双手，假如真像医生说的那样。

刘树当然察觉到我的异常，连声地问我怎么了，是不是又出了什么事。

“没啥，就是想握你的手。”我说出了一句和刘树谈恋爱时也从没说出口的话。

我没想到婆婆还是猜出了我表现异常的原因，她去医院问了医生。而那位善良的医生又把昨天跟我说的那些全告诉了婆婆。

婆婆不知用什么办法通知了她的两个女儿，然后我的两个大姑姐和姐夫便来到了我租住的小院。

“你俩替我把村里那院子卖了吧。”婆婆看了两个女儿一眼，语气冷淡而生硬。

“卖了你住哪？这城里又不是家，租的别人的房子，万一哪天交不上租金，你连个容身的地儿都没有。”

大姑姐首先反对，尖利而刻薄。

“就是啊，那是老根。你不是说卖什么也不能卖老房子吗，再说了，你把房子卖了，我们往哪里走娘家……”

“你们还知道有个娘家？嫁都嫁了，还要什么娘家？没娘家走就不走！各人顾各人那窝子，还管什么娘家兄弟！什么一奶同胞，什么亲姐弟，屁！”

婆婆没等二姑姐话说完就堵了回去，我不由瞥了眼婆婆，婆婆沉着脸子。

傻子也听出了婆婆的意思。两个大姑姐姐气势一下子萎了下去。

“俺不是忙吗，一团团的烂事……再说这种伤又不是一天两天……”

婆婆腾地站了起来，手掌狠狠地拍着桌子：“你们都忙！忙得连娘都不要，连亲兄弟也不要！”

我从来没见过婆婆发这么大脾气。

两个女儿不敢答话，瞅了瞅各自的男人。

“别生这么大气。啥事咱好好说，一家子人还有什么不能商量的。”一个男人赔着笑对婆婆说。

“没什么商量的，你们替我卖房子。我用钱！”

“你不是说这老房子得替我兄弟守着吗，他们哪一天回家也有个归宿不是？”

“我不守了！我再说一遍，我不守了！我急用钱，儿子都快守不住了，我还守什么房子！”

婆婆显然崩溃了，疯了似的吼叫，声音里带着哭腔。

“你兄弟躺在床上多久了，你们当姐姐、姐夫的还是不是个人？人心都是肉长的，你们的心有肉吗，石头块子铁蛋子！”

我扯了扯婆婆的袖子，又转头对那四个亲戚说：“咱娘有点急，别往心里去。”

两个姐姐低声跟我诉说着委屈，从她们吞吞吐吐的话语里，我能读出她们的困难：来不是那么简单的事，总不能空着手，要花钱买东西，刘树这病不是三天两天就能好利索的，总不能所有人跟着耗下去……

我实在没有心情安慰她们，便半软半硬地说了一句：“都不易，先顾自己吧。”

刘树听懂了大概，他坚决不同意娘卖房子。

“治不治病先不说，治也不能卖老房子。再想办法吧，只要二妮在，俺这个小家散不了。都放心，二妮心里有数，不能登的门她不去……”

这话说得刺耳，姐姐和姐夫们尴尬地相互望了望，跟婆婆和刘树解释。

又说了一阵不咸不淡的家常，几个人起身告辞。我挽留他们吃完饭再走。

“留啥留，他们这么忙，哪有吃饭的心思！”

婆婆黑着脸，冲着她的闺女们吼。

我万万没想到，我的婆婆几天后竟然自己回了老家，既没和我说，也没和刘树商量。还是小煜婷的奶奶告诉我们，她回家卖房了。

大约四五天，婆婆回来了，掏出了九千块钱，说老屋和院子不值钱，所有的钱都在这里。

我望着眼前瘦弱矮小的婆婆，心里满是悲酸。当年生下刘树不久，她就守寡了，一个人是怎么支撑起这个家，把三个儿女养大成人的，这几十年里受了多少罪，吃了多少苦，忍受了多少嘲笑和轻视……她终于熬过了最艰苦的日子，儿娶女嫁了，老人家该享受天伦之乐了，谁知道又出这事！

婆婆很坚强，而且很果决，心里有主意。我由衷地佩服婆婆。

刘树看着母亲掏出的钱，双手扯起被子蒙上脸，压抑的哭声从被子里透了出来。

我原本是想哄着刘树去外地看病的，可经婆婆这么一闹，刘树什么都知道了，他坚决不同意："该死死，该活活，不烧那冤枉钱！"

他心疼钱。他知道这个家没有多少钱，这几年两口子不分黑白地干活，再加上精打细算倒也攒了点，可他大半年卧床不起，已经折腾得差不多了。我知道真去省医院光靠婆婆这点卖房钱根本无法支撑，小慧两口子和李姐两口子都能凑一点，小慧甚至让李允向他的亲戚替我借了点，但我依然心里没数。

婆婆苦苦地劝刘树要听话，她说钱花光了还可以再挣，只要两个人好好的，没有还不上的亏空。她劝着儿子，自个儿忍不住落泪。

但刘树根本不听我们任何人的劝。他甚至咆哮着威胁我们，再逼他看病，他就想法死。

我们只能顺着刘树的意思。我又反过来用医生的话劝婆婆，也算是鼓励刘树："人家医生也说了，咱血压又不高，血管畸形这是查出来了，没查出来不也过了三十年？咱都把心往宽处放，别自己吓唬自己，兴许也没那么严重。"

就这样揣着侥幸和忐忑挨过了一年。小凤上四年级了，闺女很争气，每次考试都拿第一名，奖状已经贴满一面墙。

"单为了这个闺女，咱也都得好好活。我敢肯定这个孩子能给咱争脸哩！"

一提到小凤，刘树脸上就漾出了笑，盯着墙上的奖状，似乎永远也看不够："这面墙马上就贴满了！嘿嘿，我打上学到毕业就没领过奖状，比她爹强多了！"

"你没领过奖状好像很光荣哩。"我取笑刘树。

"光荣的不是没领过奖状。二妮，能娶你当媳妇，能有小凤这样的闺女，这就是老天爷发给我的最好的奖状！"

我没想到刘树能说出这么有水平的话，一时竟然不知道如何回应。

一家四口人过得清苦而平淡，然而当小凤回到家，祖孙三代灯光下扯起闲话的时候也常常笑成一团。

也许生活差不多就是这样子，即使长在淤泥里，泡在苦水里，最终也能开出花来，每朵花都有它自己的香气。

小凤上到四年级，就坚决不让我们接送了。她奶奶偷偷地跟过几次，渐渐也就放了心。

“你们小时候上学放学，哪有一个家长接送，爱上不上，哪有人管？”婆婆感慨着。

确实，我印象中就没有哪个同学被家长牵着手接送过。

“如今的孩子多金贵，不光接送，连书包都是大人替他们背着，没法比……”

爹娘回家后，爹给我打过一次电话。虽然他并没有明说我什么，但我听得出话里的不满。我静静地听着爹数落，没跟他争过半句，只是嘱咐他一定要注意身体，上了年纪不担事，没病没灾就是福气。

哥哥给我打过三两回电话，除了问我，问他没见过面的外甥女，还问过刘树。我支支吾吾地应付说都很好。哥哥说娘从我这里回家后病了一场，打针吃药十多天才慢慢好了起来。

深深的愧疚涌上心头，在和哥说话时，我就有点哽咽：“哥，都是你妹妹不好，你和嫂子千万别生妹妹的气。年头年尾不能在家照顾不说，还惹老人生气……”

“爹娘确实老了，开始挂记外面的孙男嫡女。你抽空就跟他们通个电话吧，该过去的总得过去，娘家的路可不能断！”

哥哥最后一句话说得我泣不成声。

哥哥说放了暑假他可能带着一家人过来看我，他说小侄子还没见过他小姑、小姑父。我下意识地叫了出来：“别，你们可别来！”

哥哥生气了：“怎么？你不来，还不让我们去，真不要娘家了？”

我意识到自己的失态。可家里现在这个样子，他们见了会怎么想，难不成让一大家子人都跟着我发愁着急？

“等一等吧，哥。我准备换个房子，收拾好了，我打电话请你们过来。”

我匆匆忙忙地挂断了电话，害怕自己会哭出声来。

真是屋漏偏逢连阴雨。我万万没想到婆婆突然倒了下来。

食道癌，晚期！

拿到婆婆的诊断书，听着医生的宣判，我整个人眼看要崩溃。

老天爷，你太不公平！

家里床上躺着一个，医院里又倒下一个，你让我怎么活！

可我必须得活下去，硬撑着也得活下去。我想起了刘树对他两个姐姐说的那句话：

“只要二妮在，俺这个家就散不了！”

是，我要是撑不住了，这个家可就真要散了。

不，不能。我必须撑住了，哪怕自己只是个细草棍，在这个家里也必须充当顶梁柱。

万般无奈，我拨通了两个姐姐的电话。虽然婆婆倒下了，我应该给她们打电话，但不到万不得已，我绝不会张口。

自从婆婆发了那次脾气，两个姐姐变了许多，时不时会来城里看一看刘树，或多或少带一些东西。

“不能给她们好脸儿！你是儿媳妇，咱老刘家正主儿！”

我批评过婆婆的偏心，但在批评的同时也有些内疚，羞愧自己只生了个小凤，没能给老刘家再生个孙子。

姐姐和姐夫们都来了，看着婆婆的诊断书，他们都怔在那里，呆若木鸡。

“娘啊，这是什么命啊！”两个当女儿的忍不住就要哭。

也许此时她们一下子想起了婆婆这辈子的不易，也许婆婆的病触到了她们内心的亲情。

“住院，必须住院，你们回家，去筹钱！”大姐发出了命令，没有一个人说半个不字。

“我和你二姐在这里伺候咱娘，你不用天天往这儿跑，照顾好家里那摊子，你放心，我们都是亲闺女……”

一股暖流涌上我心头，但一想她们对待刘树的样子，又多出一份酸楚。

婆婆在医院里住了二十多天，医生说这病已经这样，在家和在医院没多大区别，回家静养吧，还能节省点开支。

我们都知道这个“静养”意味着什么，属于老人的日子越来越少了！

两个当女儿的依然坚持让老人继续住院，我对姐姐、姐夫们说：“住院肯定多花钱，要是多花钱能换回娘的命，那值。可现在……咱替老人想想，她老人家是不是愿意临走还把儿女们都拖累得不成样子？”

“回家吧。也让老人临走前见见儿子，让她儿子陪陪娘……最后一程……行不？”

“回你家？”两个姐姐异口同声。

“当然。”我回答。

“家里躺着一个，再拉回去一个。这……不行！”她们不同意。

“必须回我家，那是儿子。儿子在哪，家在哪。咱娘说过这话！”

我望着姐姐和姐夫：“你弟弟得见见娘，娘到最后……也得见见他儿子。”

两个姐姐还是不放心。她们担心刘树见娘这样会受不了，怕刘树万一想不开会出意外。

我感激地望了望两个姐姐：“我已经给他打了预防针。已经这样了，他应该能接受。

再说了，我们都在跟前守着哩。”

就这样，娘从医院里回到了家。

刘树确实有点失控，在我和两个姐姐的一再劝导下，他才慢慢平静下来，默默地流泪。

两个姐姐几乎天天来，从村里骑着三轮，守在婆婆床前。

我看着床上病得有一天没一天的婆婆，突然就想起了自己的娘，她也七十多岁了，自己也是女儿，别说尽孝，那天还暴吼着撵她回去……

我把泪水咽到肚子里。

十天后，婆婆走了。

刘树和姐姐再也没了娘，我失去了婆婆。

婆婆的葬礼过后，两个姐姐先后来到我家，她们嘱咐我这段时间一定看紧刘树，怕他转不过弯来。

我明白她们的意思，因为婆婆的病，我和两个姐姐的关系亲密了许多。而她们也好像一下子被唤醒了亲情，对我，对刘树，对小凤，都变得与从前判若两人。

真是怕什么，偏偏来什么。

那天二姐来看望刘树，我上街去买菜。

我买完菜回到家，远远就听到二姐在屋里哭。我赶紧跑进屋。

二姐哭着说她在院子里给刘树洗东西，一边洗东西心里放不下，就到屋里来看一眼，结果正看到刘树用上衣缠住脖子，自己往床下滚。她哭着骂着冲过来，解开了缠着刘树脖子上的上衣。

“再晚一步，他就滚下床了……”

我搂着刘树的脖子，把脸深埋进他的脖颈，失声哭了起来。

劝刘树，劝二姐，乱成一团。

许久许久，刘树终于放声大哭：“都怨我，废物一个，死不了，活不成！”

我们姐俩一个劲地安慰刘树。

“呆呆，你说过只要二妮在，咱这家就散不了。这是你说的不？二妮还在呢，你想拆散这个家？”

二姐握着她兄弟的手，生怕一松开便永远握不着了一般，她止住了哭泣，温言软语地开导刘树。

“你在，咱小凤有爹哩！你哪怕躺在床上，我回家后有个人能跟我说话哩！你想撇下我娘俩不管吗，我韦二妮还没和你过够哩……”

刘树只是哭，这个可怜的男人一直觉得他拖累了我，拖累了整个家，甚至说要不是他这样，婆婆也不至于走得这么早！

我横眉立眼吓唬刘树："你要是这样狠心，那我也狠心。我明明白白告诉你，你要是扔下我不管，你走后我立马嫁人，我也不管你女儿！没爹没娘，大不了当流浪儿！"

刘树看了我一眼，顿时止住了哭声。

"不，不能！你不会这样，是不是，二妮？"他一遍遍地问我。

我偷偷地对二姐使了个眼色。

二姐会意，对她兄弟说："二妮这么年轻，模样又好看。你要是不听话，伤了她的心，换我也会那样，谁会拖着个不大不小的闺女嫁人？"

刘树一听她二姐也这样说，彻底服了软，赌咒发誓绝不再做这样的傻事。

"到底还是心疼闺女啊。"女儿才是他的软肋，看来媳妇不是。

晚上，我躺在刘树身边，想着白天发生的事情还非常后怕。幸亏二姐在家里，幸亏她正巧那个时候赶到了屋里，不然……

我突然就想起自己十八岁那年逃离老家留给老爹的那封信：不论遇到什么，我保证不寻死，二妮子要活，好好活下去。我再一次给刘树讲那封信，尤其是信中最重要的那句话。

"苦了你了，媳妇。最苦的是你……"刘树不停地念叨。

我知道他心里苦，一个大男人瘫在床上，什么也不能干，一分钱不能挣，还天天吃药花钱，他能不苦吗？

"你要是就这样走了，我更苦。你想想我怎么跟你闺女说，我自己怎么心安？难道我要对你闺女说她爸爸自己吊死了自己，等闺女大了知道了这事，她会怎么想？"

刘树不语。

"再苦还能怎么苦，咱已经泡在苦水里了。可咱咬着牙也得往下活。好歹做个伴，水咱一起蹚，泥一起蹚，火也一起蹚。"

刘树长叹一声："我心疼，你刚到三十，被我拖累成四十多岁的样子……"

但刘树郑重答应我，一定努力活，陪我慢慢走下去。

日子似乎又恢复成原来的平淡——出摊，收摊，收拾家务，准备第二天的东西……可又完全不是原来的样子，那个卖了老屋帮我里里外外收拾东西的婆婆不在了，再也没有一个黑瘦弱小的老人一边拾掇着东西，一边跟我唠叨家长里短的闲片儿。

幸亏还有小慧一家，还有李姐两口子。

小慧的婆婆几乎把我家当成了小慧家，来来回回忙活着，要是包顿饺子，老太太宁可自己少吃口也得给小凤送过来。

小慧和李允撺掇着让我跟着他们喊娘。我连犹豫也没犹豫就喊了出来，好似她原本就是我娘一般。

说起来真奇怪，当初刘树让我喊婆婆一声娘，我从内心抵触了这么多年，直到婆婆重病才终于喊出口；娘上次来待了接近一个月，虽然刘树偷偷劝过好几回，我也曾经犹豫，但那声娘始终没有喊出口。但小慧两口子撺掇我叫她婆婆娘的时候，我竟然很自然地叫了出来。

李允开玩笑说又多了一个儿媳妇。老太太一本正经地说我不是儿媳妇，而是她收的干闺女。这一声干闺女让我心里酸了好久。

转眼又是小半年过去了，小煜婷已经上三年级，我的小凤也该小学毕业了。

小凤叽叽喳喳对我说她要进一中实验班。

我和刘树满心欢喜：县一中的初中实验班在我们市里都有名，进这个班级的学生成绩必须特别好。

“我当然成绩好，这次模拟考，老师说我又是第一名，全县统排第一名！”

我们两口子心里酸一阵，甜一阵。看着小凤的笑脸，我觉得老天爷也没那么偏心，处处让我们吃亏。

这天刘树很高兴。夜已经很深了，他还不停地念叨。我因为明天还要出摊，劝他好几次早点睡觉。可他说还有很多话想跟我说。

“明天再说吧，睡觉。”

“明天可能就忘了，也许明天就不说了呢。”刘树让我睡，他说给我听。

“其实我不该叫刘树。不是大树小树的树，你不知道吧，二妮？”

这我还真不知道，好奇心一下子提了起来：“那你不是大树小树是什么？”

他说那个名字，还是他家的二爷爷给起的。

“那个二爷爷可是个有学问的人，老先生哩，读过私塾的老先生。村里红白喜事一把拿，很多老人都是他的学生呢。”

我“哦”了一声：“哪个字？”

“一个如，下面加个心……”

恕？刘恕？这个字有什么道道？

“小时候我听他跟我讲过，恕是宽容，原谅一切人，也包括自己。我嫌那个字太难懂，一直不写那个字。二妮，人这一辈子得学会宽容，学会原谅，该放下的得放下。我想明白了，人最难的是宽容自己，尤其是宽容自己最亲近的人……”

我当时头皮一麻，不明白刘树为啥说起了这些话，神神道道的，有点像刷锅中学的老吕。

没想到一觉醒来，我起床准备收拾出摊的时候，刘树竟然没任何反应——我每天起床，他都会醒来，千嘱咐万嘱咐。我笑话他就像我的老婆婆。

我收拾好东西，折进屋里来。我心想这家伙一定又该念叨什么了。

可是没有！

睡得这么沉，昨晚那么兴奋！

当我走近他，准备弯下身子拍打他的时候猛然发觉，他的脸完全变了样子！

我心一沉，摸了摸他的脖子，尚有体温，可把手放到他的鼻下，却没了一丝气息。

这个人走了，还是扔下我走了！

他给我留下的最后一句话是“人最难的其实是宽容自己，尤其是自己最亲近的人”！

我浑身哆嗦成风中的树叶子。我叫起小凤，让她赶紧叫她慧姨和李姨。

小凤跑了出去，我一下子瘫到地上，很久很久，才哭出了第一声。

我的世界完全坍塌了！滔滔洪水铺天盖地！浪头卷着泥沙完完全全把我淹没了……

第四十六章 迎国庆，刘小凤回家休假

“妈，你在忙啥呢？”

9 月 24 日，小凤的电话打了进来。

“忙店里那些事呗，天天那个样子。你这是又缺钱了，才想起老妈来？”

都说放出去的儿女飞出去的鹰，小凤刚上大学那会儿还能隔三岔五打个电话或者发个视频，慢慢地，电话越打越稀，稀得像沙漠里的雨点子。

我抱怨她不要钱就想不起老妈来，这妮子反倒说怕影响我做生意。

“国庆节我想回去，行吗？”

回就回呗，还用提前一星期汇报？听说闺女回来，我当然很高兴，可心里也有些不解。按理说，咱乡下孩子进北京读书，这节假日不得逛逛北京城，走了两个多月，怎么又急着跑回来？

“这回不光我自己回去……”小凤说到这里，变得吞吞吐吐。

这么快就谈恋爱了？难道要领着男孩子来认门？

“你想什么呢？你又胡乱寻思什么呢？”我这一犹豫，电话那头就猜到了。

“没想啥。你刚才说什么？”

“我舍友，她们都跟我回家。”

小凤嘀嘀咕咕地说了一通，说她舍友中一个四川的，一个湖南的，另外一个也是山东的。趁着国庆小长假，那两个外省的妹子想跟着她回山东逛逛，用她的话说“感受一下齐鲁大地的风情”。

这些孩子，到处逛不花钱吗？光车票来回得浪费多少？但这些抱怨没说出口，我怕小凤嫌我小家子气。

“光在校园里待着没意思，光在北京城里逛也没意思，她们都说上大学就得到处野，我觉得人家说得对。”

“来就来吧，你代表你老妈热烈欢迎呗，你已经决定了，还给我打电话干什么？”

“当然得跟你汇报，你得出钱哩，路费不用你管，吃住可得全靠你报销。”小凤嘿嘿地笑着，说这是什么“通知性商量”。

儿大不由娘，我暗自叹息，把这事告诉小慧。

小慧倒很高兴：“那这几天咱可得把酒店好好整理整理，不能给咱闺女丢了面子！”

“整理啥整理，又不是接见外宾，看把她嘚瑟的！”

我嘴里说着，心里却十分甜蜜。

小慧跟我盘算着该置办些什么，还让我把该办的事写在纸上，她负责找人落实。

我一边奚落着小慧瞎热心，皇帝不急太监急，一边给她抱怨小凤上大学之后的种种不是。

“都一样，野出去的孩子撒出去的燕。养大了都得飞！冷了巢了吧，是不是也给自己找个暖窝的？”

“又来！”我骂她不正经。

“我这话很正经，你也别嘴硬。孩子考出去了，你也该考虑考虑自己了吧，别光苦了自己。”

这样的话题，小慧和李姐已提过千百次，她俩一直撺掇着让我找个人。

我向来是一口回绝，我就小凤一个闺女，可不想让她受任何委屈，她考上大学之前不考虑。

“这一晃七八年过去了，姐，有几个女人能做到你这样，就是刘树天上有知，也绝对不会怪你。再说女人好日子能有几年？现在闺女考出去了，你还担心什么？”

“这是集头子上抓鸡啊，随便提溜到手里就成，哪有这么容易！”

我不由地感慨。女儿小的时候不敢找，怕委屈了孩子；结果女儿大了，更不敢找，生怕冷了孩子的心，丢了孩子的面子。

人都说要为自己活着，唉，这话也就说出来劝劝傻子！人这一辈子，有多少事真正由自己说了算？

接下来的几天，小慧简直比我都忙。她一贯这样，只要想到的事就风风火火办，大事小情都得一竿子插到底。她不止一次对我说：“二妮姐，论头脑我不如你好使，但出力跑腿的事你放心，有我盯着，哪也不能出问题。”

我当然相信她说的全是真话。我承包了这个酒馆，第一件事便是把她硬拉到这里，虽然她一直说跟着我沾光，但只有我自己知道这件事我占了多大的便宜。

经过几天收拾，这小酒馆里里外外简直变了样。

“看着舒服吧，咱不说别人，光咱小凤回来就得瞪大眼珠子！”

“妈，我们明天上午就到了。不用迎，我们自己走回去！”

小慧早就安排好李允开车去迎接她们。李煜婷都专门请了假，说是会会她的姐姐们。

因为小煜婷请假，娘俩还闹了一阵子不愉快。

小慧觉得煜婷上着高二，学校并没有提前放假，她应该老实实地待在学校里学习，而不是凑热闹贪玩。

“不过是提前半天而已！你不让我请假，我在学校里也学不下去。再说了，学习也不看这半天一天，你以为垒长城光靠最后那块砖？”

一句话噎得小慧没法回，只会翻着白眼瞪女儿。

当爹的一看娘儿俩顶上了，这两头牛真要顶上角，哪头也不是善茬子。

他笑着对老婆说：“闺女既然这样说，她就一定有自己的数儿，真到年终考不好，你再修理她，她也没话说！再说了，有小凤这个当姐姐的标杆在这里立着，提前让小煜婷接触一下大学生，也不是坏事！”

李煜婷偷偷地对她老爹竖大拇指。

小凤的电话刚刚挂断，手机的铃声又响了起来。

我以为又是小凤，一看屏幕，是余小红。

嗬，牛夫人这时候打电话又有什么指示？

我接通了电话，两三句寒暄后，牛夫人兜头问了这么一句：“怎么样，接上头了吗，巧儿？”

接头？和谁接头？

显然不会是小凤，听她那语气阴阳怪气的，肯定不是指孩子。

辛梦远？不会。虽然在一起开玩笑的时候拿往事找乐，但在电话里我俩谈话很少涉及辛梦远，我甚至能感觉到小红故意避开这个雷。

那她又是指谁？

“谁？你说的接头是指谁？”我连声问余小红。

这家伙倒卖起了关子：“哈哈，还没接上头。那我可不告诉你！”

我还想再问，可她一个字也不往下说。哼，这牛夫人！

“这两天闺女也从北京回来，还给我带回来几个同学，你不来凑热闹，带着你家牛魔王？”

余小红嘻嘻哈哈地说该凑热闹的时候她自然会来，不用我虚情假意打电话，她和老牛会主动找上门。

“反正你开着饭店，要喝有喝，要吃有吃！”

余小红挂断电话，我肚子里凭白无故又多了分好奇：到底谁会来？

第二天上午十一点多，李允把小凤她们接到了店里，酒店里一下热闹起来。

一听到院里的汽车喇叭响，李煜婷燕子似的飞出屋，拉着她姐姐的手问三问四。

小煜婷一点不认生，这让旁边站着的小慧两口子咧着嘴偷笑：“你看这闺女，哪有半点女孩的样子？”

小凤给她的三位客人依次介绍小煜婷和小慧两口子，最后拉着我的手：“这就是我妈，小酒馆老板！”

那三个姑娘便笑，其中一个把嘴凑到小凤耳朵旁边，悄悄地指着小慧说了句：“你刚才说这个也是妈。”

“对啊，这个也是妈！姑妈，姨妈，干妈！”

小慧高兴得咧着大嘴笑，几个孩子也笑作一团。

“那我们知道了，这个小妹妹是你姑表妹、姨表妹，同时也是干妹妹！”

孩子们又笑了起来。

小凤把她左边的小姑娘推到我们面前：“这个是小湖南，我们都叫她湘妹子。你看人家又白又俊，所以我们也喊她小白象！”

确实，湘妹子虽然个头不高，但人长得细皮嫩肉白瓷一般，真精致。

“这个，喝白开水也得就个辣椒，她家在四川成都，我们四个当中唯一的大城市人儿，我们叫她川辣子！”

李煜婷好奇地问她们，是不是上了大学都得有花名，进了宿舍先排行，然后就起花名？

“你以为进大学是上梁山，每人都得有个外号？先憋你一会儿，考上大学后再告诉你不迟！”

几个女孩子又是一团笑。

“这个，咱山东人。我得多介绍几句，她是你的老乡，好像还和你老家是一个乡镇……”

那个小女孩微胖，面容姣好，有颗可爱的小虎牙。没等我发问，她笑着喊了声阿姨，然后说她家在浒源镇。

浒源？那可不就是一个乡镇！这世界可真小，转来转去，下一辈人又跟浒源镇碰到了一起。

“虎牙姐姐，虎牙姐姐，这个浒源镇就是老虎园吗，感觉很威风哩！”

我们招呼着孩子们进了屋，服务员早已准备好了一切，桌子上摆好了水果、饮料和瓜子盘。

几个孩子四处打量着房间的陈设，啧啧赞叹。

小凤很高兴，脸上的骄傲根本藏不住。她偷偷地拉着我的手：“这是什么时候装扮的？”

李煜婷显然是个喜欢刨根问底的孩子，还没忘记刚才问小虎牙的那个问题。

“没文化！”小凤取笑着煜婷，“你刚才叫人家虎牙姐姐是对了，我们都叫她小虎牙。但你说人家那个乡镇是虎园，哪跟哪啊？白瞎了从小就听你韦妈的故事。水浒一百单八将，水泊梁山知道不？”

小煜婷恍然大悟，尖叫一声：“我知道了，浒之源！八百里水泊梁山！这么有文化的名字！”

小虎牙开心地笑了，看得出她非常喜欢李煜婷这种爽朗的性格。这才多大会儿，几个孩子刚认识十多分钟而已，此时的她竟然拉着小煜婷的手说：“有文化吧，我再告诉你个有文化的名字，刷锅知道吗？”

刷锅？我的心咯噔一下，像被蝎子蛰疼了似的，我不由地望着小虎牙。

“刷锅？洗碗刷锅，这谁不知道，俺这俩妈从摆小摊干得最多的就是刷锅！”

满屋子人都笑了，除了呆呆出神的我。

“啥呀，这是一所学校的名字，也是一个村的名字！我的小学和初中都是这个学校，我老爹，是这个学校第一级学生！”

刷锅中学第一级？

我就是刷锅中学第一级！

在我来之前，那个学校还是个养猪场，我们那级一共一个班，人数最多的时候接近八十。在那个学校，我们除了上课学习，没少跟着老师们整理校园，平整校园时经常扒出坟坑来，我们女生常常尖叫着跑开……

我盯着小虎牙，想从她的脸上找出熟人的影儿。

就在孩子们的热闹里，服务员走进屋，把小慧叫了出去。

一会儿小慧进了屋，嘴附在我耳旁，悄悄说了句：“刚才小郑进来跟我说，有个客人闹着要见你！”

客人闹事吗？我疑惑地望着小慧。

小慧摇头。酒馆里喝醉酒的客人发酒疯闹事的事经常发生，算不上什么大事。可这个点儿不应该啊，也就是刚开席。

“他什么也不说，只说要见老板，小郑挡不住，才把我叫了出去。”

我跟着小慧离开屋，去看看那个非要见我的客人。

一个矮矮胖胖的背影正和小郑交涉着什么。

我走了过去，小郑指着客人："老板，就是这位先生说非要见你。"

矮胖的男人转过脸来，目光一下子全部聚焦在我脸上。

咦？似曾相识，可我一下子实在想不起来，只觉得这个人应该很熟悉。

那男人大喊一声："韦一巧！"

这个名字不亚于惊雷，在本地没有哪个人知道我这个名字。我突然想起余小红那个电话，莫非……

小慧和小郑惊讶地望着我，又转脸看向那个男人。

"韦一巧！你仔细看，到底能不能认出我！"他跺着脚，脸上挂着几分恼意。

一个名字突然就闪了出来，我冲上前，一把捏住了那个男人的胳膊："樊川？你是樊川，死胖子！"

那个胖子咧着嘴巴笑了起来，阳光下双下巴叠在一起的样子很有点滑稽。

"你怎么来这里了？你一个人来的？还有谁？"

我抱怨他不提前打个电话。他嘿嘿地笑着说打了电话就没了这种惊喜，然后又抱怨我没认出他来。

"下巴叠了这么多层，谁敢认你！"

樊川说他从牛波两口子那里得到了我的消息，于是趁着去潍坊订货的机会拐到了这里。

"顺路啊，原来是捎带……"

"你这人！得了便宜还卖乖！我大老远跑到你这里来，见你比见总统都难，你看这一关一关的！"

樊川抱怨着，指了指小郑和小慧。

我笑了笑："谁知道是巧呢还是不巧，今天闺女从北京领回来三个同学，我当然全心伺候上帝，谁知道你会冒出来！"

樊川"哦"了一声，说他从牛波嘴里知道我的闺女考到了北京，没想到今天就遇到一起。

"这是缘，说明俺爷俩有缘。"

小慧一听樊川这么说便捂嘴笑，她悄悄对我说这个人脸皮可真厚，还没见过一面呢，倒爷俩有了缘。

"不许背后说我坏话！我是专门来蹭饭的，既然你有重要的客人，舍给俺一盆大锅菜应该没问题，饿了！"

开了一阵子玩笑，我突然想起了小虎牙：如果她老爹真是刷锅中学第一级学生，樊川说不定会认识这闺女！

“对了，小凤的这三个同学中有一个就是浒源的，听她说她爸爸是刷锅中学第一级的学生！”

“啊！真这么巧？那我可得看看去！”

樊川不管不顾就往屋里走，看得小慧和小郑一愣。

这才是樊川！我心里念叨着，嘴向小慧努了努：“走，他就这样儿！”

樊川走进屋。屋里嬉笑着的人们望着门口矮矮胖胖的樊川，愣住了。

我给李允简单介绍了樊川，然后指着小凤：“这就是我闺女。”

小凤过来和樊川打招呼。

“这姑娘真俊，活脱脱又一个你！”

我笑了笑，指着小虎牙：“这个闺女就是浒源的，和我闺女一个宿舍。”

“同同！这不是同同吗？”

姑娘们看了看樊川，都把目光投在小虎牙身上：“你们认识？”

“樊叔叔？你怎么来了这里？”

姑娘们惊叫一片，她们大概怎么也没想到在这里竟然又遇到熟人吧。

小凤走到我身边，悄悄问：“怎么回事，他们？”

樊川指着小虎牙：“你能不能猜出她老爹是谁？”

我摇头：“刚才我就盯着那闺女看了好一阵子，没认出来……”

“马上校！现在得叫人家马校长，浒源镇中心小学马校长！”

小虎牙的脸上掠过一丝不自然的神情，但只是一闪便消失了。

啊，马上校？就是那个与辛梦远打了一架，被揍得乌眼鸡似的马上校？

我又细细地看了看小虎牙，渐渐看出了马上校的影儿。

我把小虎牙拉了过来抱了一下:“阿姨可不能再叫你小虎牙了,同同。多好的闺女！我和你爹是同班的亲同学！”

同同倒有些羞涩了，看看我，看看小凤，看看樊川：“你、樊叔叔和我爸爸都是老同学？”

“上一辈同学，下一辈又搭上了同学，缘分啊，神奇！”

这世界也真够神奇，兜兜转转，下一代竟然又以这种方式遇到一起！

这桌子可真热闹，小慧一家三口，我和小凤，三个远道而来的姑娘，再加上开席前闯进来的樊川，算得上天南地北了！

姑娘们吃得尽兴，两个男人喝得都成了红脸关公，樊川拉着人家李允的手一口一个“妹夫”，不知道的还以为他们才是亲戚。

酒足饭饱，把孩子们安顿在附近的宾馆里。

“我不回家了，跟着凤姐姐她们住一晚。”李煜婷对她爸妈喊。

“人家是大学生，你跟着瞎搅和什么！”小慧责备道。

“假期！明天就是假期！你不能再管我！”

煜婷调皮地对她妈做了个鬼脸，小慧无奈地叹了口气：“这还没考出去呢，就野成这样子。”

“由她去，管那么多干吗！”

“不管不管，儿大不由娘！”

安顿好了孩子们，这里还有一个喝得醉醺醺的樊胖子啊，此时他正和李允抽着烟，亲兄弟似的说着什么。

“你今天走不了了啊？”

“我根本就没打算走。哪个街头放不下一个流浪汉。”

我“呸”了樊川一句：“你上学的时候嘴没这么滑。”

樊川坐正了身子：“放心，晚上我找辛五刀。吃了你一顿，怎么也得宰宰那老小子。”

我这才想起来还有个辛梦远，今天吃饭的时候，怎么就没想到把他也叫来？

樊川和辛梦远还有牛波，在刷锅中学时可是离开狗肉不成席的好滋味。奇怪，我没叫辛梦远倒也罢了，这樊川怎么也没提辛梦远的事？

“你喝酒吃饭不叫他，喝成这样子了去找他，他能理你？”

“他敢！”樊川非常豪气。

我问樊川为什么来了不先找辛梦远，把他叫过来。一只羊是炖，两只羊也是炖，不就多双筷子？

“你是地主，你不吐口，俺哪敢提这话茬子，再说了，闺女们都在旁边坐着呢！”他眨巴着眼睛，满脸的不怀好意。

小慧似乎听出了什么，她问我辛梦远又是谁，怎么从来没听我说过这个名字。

“小凤的高中老师……”

“你怎么不说是你的老同学？”樊川打断了我的话。

小慧狐疑地看了我和樊川一眼：“二妮子，该不会是老情人吧？”

我一掌拍在了李小慧胳膊上：“你也喝醉了，一边去！”

李允什么也不说，抽着烟，隔着迷蒙的烟雾嘿嘿笑。

我拨通了辛梦远的电话：“辛老师，我这边有个醉汉，你过来拉去！”

辛梦远问清是樊川，嘴里嘟囔了一句：“这家伙什么时候钻出来的，怎么跑到了你这儿？”

我没再理他，直接挂断了电话。

“说完了？这么干脆？”李小慧看着我，脸上全是问题。

“你跟小郑说让厨房准备几个菜，简单点，一会儿继续。”

小慧起身出去。

“还喝？我受不了了，我请假吧，回去。”

我瞪了李允一眼：“今晚你还是主场，这两个酒篓子都得交给你。”

大约半小时之后，辛梦远出现在我们的房间里。

两个男人见了面，一阵子骂骂咧咧、张牙舞爪的问候。

“死胖子，你就这狗熊德行太烦人，为什么不提前打电话？你以为你是哪根葱，我们成天没事候着你？”

“呆五刀，老子就是不提前打电话，怎么了，这不把你们都逮到了吗？这叫底气！”

“屁，还底气！”辛梦远愤愤不平，责怪完樊川又绕着弯子埋怨我上午不叫他。

“凭什么叫你？你说凭什么叫你？谁不知道高中班主任日理万机，请你们喝酒得提前排号，没准得约到下个月……”

我发现樊川这嘴皮子着实了得，辛梦远在他这里竟然没占到丝毫便宜。

说笑了一阵子，樊川才一本正经对辛梦远说话：“我是从老牛两口子那里知道了韦一巧的消息的。你不知道，当我听老牛说你们竟然在一个县城却从来不知道对方，我简直六神全他妈出了窍！我本来想缠着老牛两口子一块来，可他老岳父住院，对，就是咱化学老师！他们两口子实在没法来！”

“你老小子就是重色轻友！来了也不知道报个到，一脚就踩了韦大老板这里。我要知道是这样，才不来捡你这醉汉。”

“我就重色轻友了，你老小子能把我怎么样！”樊川一拳打在了辛梦远肩膀上。

小慧像第一次认识我似的，眼睛一直在我身上打转转。

我知道她心里有太多疑惑。

“要是知道咱们晚上接着喝，那两个妮子明天说不定又得提意见！”

辛梦远这才知道小凤从北京回来了，听完樊川跟他叨叨上午的情况，脸上写满了复杂的符号。

“我走，不在这里伺候醉汉，上午这么热闹没人理我，倒叫我来吃个残席！”

辛梦远站起来，做出欲往外走的架势。

“你也别不高兴。我再告诉你个新闻，小凤带来的三个舍友当中，有一个竟然是咱老同学的女儿！”

“啊！”辛梦远简直跳了起来，“真的吗？谁？你告诉我是谁？”

在座的都笑了。

辛梦远对着小慧两口子略带歉意地一笑：“失态，失态，不好意思！”

李允笑着对辛梦远说：“辛老师是全县有名的好老师。俺闺女都提起过你！”

“你闺女也在一中上学？”

“嗯，比小凤低两级，李煜婷。”

“李煜婷？”

辛梦远哈哈大笑，笑得我们全都莫名其妙。

“这就对上号了嘛，原来如此！我接刘小凤这个班处理的第一宗官司就是她打了一个男生，原因是那个男生对她妹妹说贱话。我当时我还以为这刘小凤是哪里来的小太妹，野蛮得竟然揍男生！我问她妹妹是谁，她说的就是这个名字——李煜婷，就是这个名字。当时我嘲笑她，还妹妹呢，你姓刘，人家姓李，十八杆子打不着。你们猜刘小凤当时跟我说了啥？”

“说了啥？”小慧两口子几乎异口同声。

还有这事？小凤可从来没跟我说过。这妮子竟然敢和男孩子打架，比她老妈强多了。我想象着小凤当时的样子，嘴角不自觉地弯了上去。

“谁规定的她姓李就不是我妹妹？”

“霸气，这闺女真霸气！韦一巧，这可比你当年强老鼻子了！”樊川嚷嚷着。

“对了，死胖子，你还没告诉我是谁呢！放，赶紧放，别憋着！”

“憋死你也猜不出来，马上校！”

“马上校？”辛梦远的眼睛一下子瞪得溜圆，“他女儿和刘小凤是舍友？他也配有这么优秀的闺女？”

我和樊川嘲笑他小心眼，几十年过去了，还记得当年打架的事。

“也是……有点小心眼，便宜了那个孙子！”

“刚才当着孩子们的面没好意思多说，同同是个好孩子，当年考上大学可没少给马上校争面子。可这马上校做的事……”

樊川欲言又止，似乎不知道该不该说。

“这里没有外人。他们两口子也不知道什么上校下校。”

“也是！这家伙丢人丢大发了，别说校长没法当，头都没法抬起来。想想当年，咱在宿舍里一说起女生，他什么脸子？”

“道长嘛！道貌岸然，不近女色，天下第一正经。他不是成天骂我们无耻吗？”

“我们谈谈女生就无耻，可这家伙，你知道他办了什么事？简直不是人事！他被一位学生的家长闹到了镇里，最后赔了那女人六万块钱！”

樊川似乎不想多说，可我们的八卦心哪里能够摁得下去？

“六万块？体罚学生了，还是出了什么事故？”

“不是学生的事！他不知怎的和学生的妈妈搞到了一起，被人家男的堵到了屋里！”

啊！这是马道长干出来的事？

樊川说这样的事镇里当然不想露丑，就压着马上校与那两口子协商，最后马上校赔了人家六万块私了。

校长肯定是不能再当了，中心小学也不能待下去，现在马上校在家呢。

“你说这算什么事，让他闺女的怎么想！”小慧自言自语。

辛梦远眉头皱了皱，我想一定是老师这个字眼刺激了他。

“这事肯定没法跟闺女说。”李允接了一句。

小慧白了男人一眼：“这样的事根本瞒不住，顶风臭十里！”

我眼前闪过樊川和同同打招呼时她脸上的不自然神情。

“说说你吧，胖子。”辛梦远及时换了话题。

樊川笑了笑：“我有啥可说的？没啥说的。当大师傅的，成天烟熏火燎的，又没你这本事坐办公室，混吃等死呗。”

辛梦远骂了樊川一句。

“你这当老师的一点也不文明。”我瞥了他一眼，真怀疑在课堂上辛梦远什么样子。

辛梦远尴尬地摇了摇头：“不好意思，老师也是人，大活人，在朋友面前也骂人。”

樊川还是简单地说了他的情况。这家伙混得不错，当过厨师，开过饭店当老板，后来厌倦了，转行做起了餐饮用具方面的生意。

“那还哭穷，又没人找你借钱。我们当老师的吃一个月粉笔灰不如你一天折腾出来的钱多！”

樊川摇头说要是能换，他倒愿意吃粉笔灰，多体面！

“你们当大老板的可得注意，你也别彩旗飘飘，小心让媳妇踹出门去！”

“媳妇？唉……”一句话说得樊川灰下脸来，不由地叹了口气。

“怎么了，胖子？”辛梦远当然注意到了樊川的变化。

樊川往后扯了扯身子，长吐一口气：“不说了，没意思。”

原来樊川几年前就已经离了婚。

一时陷入了沉默，谁都不知道该说些什么。

倒是樊川自己开了口：“人这辈子真他娘的没意思！没钱苦，有了钱之后还是苦，没有完美的事！过不下去就离呗，谁离不开谁啊，我也早过够了。那熊娘儿们不光一天到晚追着你的屁股瞎叨叨，嘴碎就碎了吧，可你不能瞎了心……”

想要的永远得不到，不想面对的却要天天面对，我懂樊川内心有多苦。

虽然晚上都没大喝酒，但此时的樊川俨然有了醉意。“那个我表嫂，那么苦命的女人，男人坐了牢，十年，她一个人带着三个孩子！我那姑和姑父又不给她好脸子，两个孩子是黑户，连一分地都没有，多不易……”

樊川自说自话，一边说着，一边给自己的酒杯倒满了。

“那三个孩子多可怜……那是我表嫂……我不是牲口啊……我是人！”

我和辛梦远慢慢听明白了，难为小慧两口子被他断断续续的酒话绕晕了。

“岳芳，你们村的，咱同学。”

我当然知道岳芳是我们村的。

辛梦远从樊川手里拿过了酒杯，把杯子里的酒一口喝光，拍着樊川的肩膀：“胖子，天不早了，咱回去！哥今天不陪老婆，不回家了，咱找宾馆，哥陪你！”

樊川趴在桌子上，含混不清地骂着粗话：“你他妈的当然不能回去，我他妈谁……陪老胖子……”

辛梦远好说歹说，半拖半架地弄走了樊川，李慧两口子也回了家。

“你没事吧？”是辛梦远打来的电话。

“没事，今天主要是事赶了一块儿。樊川睡下了吗，没再耍酒疯？”

话筒里传来辛梦远沉沉的叹息：“闹了一阵子，男人喝了酒都是孩子。哭一阵，说一阵，抓住我的手不松开，想不听，他都不乐意。男人不容易！”

“女人容易？”我忍不住刺了他一句。

“他老婆一直怀疑他和岳芳不清楚。樊川这人我知道，臭豆腐一块。别看他平日里贫嘴贱舌，其实情种一个。他心里确实放不下岳芳，可要说他和岳芳不清不楚，那绝对不可能！”

辛梦远说了很多。他说他和樊川一起学厨师的时候，有一次他们兄弟俩爬山，他亲眼看见樊川在山顶上说到岳芳的事泪流满面。

“到这个年龄了，放不下也只能藏在心里，那是一个男人无法开启的秘密。明天找机会开导一下吧，毕竟是老同学，一起走过最青涩的日子。”

放不下，却又无法拿起。这是何等忧伤的秘密！

听着辛梦远的声音，我甚至产生恍惚的感觉：你辛梦远可有这种秘密，忧伤、寂寞而又甜蜜？

第二天一大早，我和小慧正安排着酒店里一天的工作，樊川的电话打了进来：“喂，大老板，我和辛呆子已经通知了孩子们，咱们今天带她们疯一疯，人家好不容易来一次，你怎么着也得尽地主之谊，安排好你店里的事，我和呆子接上孩子们马上过去！”

我还没来得及答话，他便挂断了电话。天底下哪有这样的客人！

我把樊川的话跟小慧复述了一遍。

“你这些同学可真有意思，那个辛老师也不像老师，怎么来了你这里，一个个都跟山大王似的？”小慧感慨完又安慰我，“你尽管去玩吧，也该出去疯一疯了，店里有我呢！”

十多分钟后，樊川、辛梦远连同五位姑娘嘻嘻哈哈地到了院子里。

“妈，你太豪气了，樊叔叔说你今天请我们出去疯！”小凤咋咋呼呼。

小慧把李煜婷拉到一边，娘儿俩接着就发生了小规模的战争。

“凭什么啊？我就去！”

小慧反复劝着李煜婷。

李煜婷噘着嘴巴跑到我面前：“你也管管我妈，她凭什么不让我去？”

几个孩子围着小慧给煜婷求情。

“你上高二呢，李煜婷！你还不是大学生，学习这么紧张！”

小慧气得要吼。

“多大点儿事，你至于吗？孩子愿意玩就玩去呗，本来就是假期。你以为把她锁在家里，她就能学进去？弄不好又是十天半个月给你冷脸子，何苦！”

“她已经跟我保证了，一定也会考到北京去，还要靠我罩着呢，李煜婷，过来！”小凤一边劝着小慧，一边把李煜婷揪到她妈面前。

“当着你妈的面再说一次，昨晚你给我什么保证？”

“考到北京，小菜一碟的事！”

我瞪了眼小凤，嘲笑道：“还你罩着，你以为你是黑老大呀！”

小凤还没说话，旁边的几个姑娘笑了起来：“阿姨，你还不知道吧，她就是我们宿舍老大呢，我们都叫她凤哥！”

“还好，幸亏只是个哥，还不是凤爷！”辛梦远嘟囔着。

樊川和辛梦远笑着对小慧说:“孩子们好不容易碰到一块儿了，乐意疯就疯一次呗。磨刀不误砍柴工，是不是？”

小慧终于吐了口，李煜婷蹦着跳着跑到姑娘堆里。小慧悄悄对我说：“野坏了，管不了了，这样下去怎能行！”

“今天往哪儿去，你们说，韦老板和辛老师出车，花钱的事你樊叔叔包了！”樊川挥着手，咧开的大嘴在阳光下像老板的钱包。

七嘴八舌一阵子，最后辛梦远提议去云蒙山，一来路程比较短，开车不太辛苦；二来云蒙山被称为“天然氧吧”，景点较多，更适合休闲旅游。

“听老师的吧！”只要出去玩，小煜婷都高兴。

“去云蒙山，出发吧！”

姑娘们燕子似的欢呼雀跃。

“回来别忘了写篇作文！”辛梦远板着脸说。

孩子们一愣，旋及明白过来这不过是老师的玩笑，接着便笑成一团。

“你的黑暗统治早已经结束了！”小凤调皮地对辛老师甩了个鬼脸。

小凤、小白象和川辣子上了辛梦远的车，小虎牙和煜婷上了我的车。

“我来开！”樊川从我手里拿过了车钥匙。

“你行吗，昨晚喝了那么多！”

“放心吧，不就是开车吗，又不是飞机。”樊川不由分说，坐到驾驶座上，启动了车子。

樊川开着车，嘴里不停地说着话，这一路上几乎没有停过，以至于下车后小煜婷悄悄问我：“这个樊叔叔嘴上要是有开关，我真想偷偷给他拧上，嘀嘀咕咕一路！”

说些什么呢？无外乎当年在刷锅中学的陈年旧事，无外乎这二十多年他一路走过的沟沟坎坎，当然他说得更多的还是岳芳，包括他的婚姻是怎么一步步地画上了休止符……

确实如辛梦远昨晚电话里跟我说的那样，樊川其实很不容易，从在厂子食堂里当大师傅，到辞职跑酒店里当厨师，再到自己开饭店，最后改做餐饮器具方面的生意开公司，真可以说一路风雨。他头脑活，敢扑腾，有能力。

他说上学那阵子确实喜欢岳芳，这事辛梦远知道。可只是暗恋，没想到这暗恋的芽儿冒出来不久，岳芳竟然变成了他的表嫂，还是通过换亲这种愚昧而又屈辱的形式。他心里痛，打心眼里为岳芳可惜，尤其是岳芳生了女孩后，坎坷的命运更让他同情、心痛。

“那熊娘们非说我和表嫂怎么样，这简直就是胡咧咧。吵烦了就骂，骂烦了就打，打急了就拼命，最后呢，淡了，冷了，连吵连骂的心思都没有了，谁也不理谁呗。什么两口子，不过是两根木头绑在一个屋里走动，走来走去落了一个散场。”

说到这里樊川竟然笑了起来：“说起来也真可笑，上学的时候就算我心里有了点那个小心思，人家可能根本不知道。人这辈子啊，真没意思，有意思！”

樊川的一番话揪动了我的忧伤，从辛梦远到刘树，到自己这七八年来泥里水里挣命地扑腾……唉，人过四十，谁也别说谁的伤了吧。

“真没想到你还是情种，这话可不是我说的，是你那呆五刀兄弟评价的！”我尽量把话说得轻松。

“什么情种！死心眼子一个。成天劝这个劝那个放下走出来，自己都陷在圈里出不来。对了，你知道我为什么喊辛呆子为五刀吗？”

我当然知道，上次老牛两口子来的时候，他们不是说过吗。

“你看他考试很牛逼，学厨师可真够笨，五刀竟然就没杀死一只鸡。哈哈，他也敢吹自己是厨师？”

嗯，是够笨。当粮食贩子心不够狠，学厨师手笨得出奇，他就适合站讲台。可他毕竟找到了自己适合的位置。我和樊川不也找到了自己的位置吗？

“人生没有预设，能扑腾就是魄力。这是我们大学的老师说的。樊叔叔，我爹就一直夸你能扑腾，在他的同学当中也是号人物哩！”

后座的小虎牙插了进来。

“还是大学生厉害，这话俺就是心里想八遍也说不出来。是嫌叔叔叨叨了吧？行，叔叔听你的！”

停下车，买了票，孩子们“嗷”的一声，便鹿儿似的往山上奔。

“年轻真好！”樊川不由感慨万千。

“快点啊，跟上！”她们在前面招呼。

“玩你们的，也别光傻跑，跑太快会错过很多美景！”辛梦远嘱咐着。

蒙山确实美，青峰耸立，直刺云天，流泉飞瀑时挂眼前，人在山道走，处处翠意逼人，空气格外清新，吸到鼻子里都觉得清爽，似乎整个人的每个毛孔都被这翠色和清爽抚慰得格外熨帖。

水帘洞、大小云蒙峰、雨王庙……孩子们兴致很高，可累坏了我们三位中年人！

我们不忍拂她们的兴致，于是嘱咐了几句后，找了个大青石块坐了下来。

樊川站在石块上，对着山谷扯开了嗓子：“嗷——嗷——嗷——嗷——”

我和辛梦远相视一笑，也好，但愿这几嗓子能把他肚子里积压的痛苦和忧伤全部吐出来。

“喊一嗓子，五刀，很痛快！来呀，韦一巧！”樊川把辛梦远一把扯了起来，又要拉我。

我赶紧起来，也学着他们两人的样子，昂起头，伸长了脖子往前探：“嗷——”

山谷里回荡着我们的回音。

“孩子们不会笑话我们疯了吧？”

“出来就是疯的，疯吧！”

吼了几嗓子之后，整个人胸腔里确实感觉轻松了许多，像河床上淤积了多年的烂泥被清理了一样。

我们三人坐了下来。

“看看她们，再回过头来想想咱们，没法比！现在的孩子简直掉进了福堆里！”

我们又谈起了刷锅中学的校园。校园里几排低矮的瓦房，宿舍两间屋要塞三四十人，晚上起来解手即使打着小手电也得小心翼翼，一不小心就会踩到别人；校园别说硬化、绿化和美化，土操场一场大雨就可能冲塌了野坟……那是什么日子。

樊川说起了辛梦远的自行车，那辆黑色大金鹿牌自行车除了铃铛不响，几乎到处都响。辛梦远说那也是全家人的宝贝，就因为他上学要骑，全家人就没了车子骑。

我当然记得那辆自行车！辛梦远不止一次骑着那辆自行车，我坐在后座上，晃着两腿，述说着这样那样的心事，辛梦远把车子蹬得风一般快，我坐在他身后唱着这样那样的歌！

那次他骑翻了车，摔得胳膊流血，也就是那个清晨，他第一次拥抱我，给了我生命里的第一个吻。

我怎么能忘记？

我的心突然就跳得快了起来，我不敢再想，低下了头。

“都过去了，我们都得往前看，胖子，该放下的，你必须得放下！”

“我早就放下了！开车时我已经跟韦一巧说过那些事。散就散了，没什么过不去！”樊川烦恼地摇头。

“你没放下，不管以前发生了什么，我们都还得过下去，你敢说自己真得放下了吗？”

“我说了，根本没有那些事。不管她是表嫂，还是岳芳，从来都没有过任何事！”

“根本不关岳芳任何事。岳芳不是岳芳，也不是什么表嫂！你心中有个魔，心魔！”

樊川急得站了起来。

“我的魔，是根本没有什么，她却一口咬定有什么，那熊娘们才是魔！她的魔，是我越说没什么，她越认为有什么！”

“看看看，急了吧，兄弟，这就是魔！放不下就是魔，你有你的魔，我有我的魔，这韦一巧也一定有她自己的魔！”

魔？我有我的魔？我的魔是什么？辛梦远的话深深地刺激了我。

我的头开始疼了起来。

“我们在刷锅中学时把所有的希望寄托在考中专上，觉得这一辈子的幸福就取决于那纸通知书，可现在回头看一看又怎么样呢？我们没有考上中专不也照样好好地活着吗？”

是的，我没考上中专，我曾经以为那张通知书决定了我的幸福，甚至因为自己失去了第一次就憎恶自己。我逃离，断绝和老家的一切联系，不都是因为自己是个被恶魔糟蹋过的不干净的女人吗？

可现在看来，我不是照样好好地活着吗？我当年没考上中专，可我现在的酒店里有好几位青年员工不都有中专甚至大专的文凭吗？

“辛梦远说得对，胖子！”

“假如生活欺骗了你，你得用加倍的幸福来报复生活。这才叫本事！”辛梦远不愧是老师，这话从他嘴里说出来就有不同的味儿。

“好，生活不就是个屁，放，别憋着！”樊川说出这话，自己都笑了。

不知什么时候，姑娘们已经折了回来。

“真老了吗？花了钱买了票，就找了块大石头吹风啊！”小凤跑过来，撒娇地搂着我的肩头。

“凤哥，野够了是吧，咱找个地方喂肚子呗，宰你樊叔，不吃白不吃！”

小煜婷偎了过来，把嘴凑到我的耳朵旁，小妮子呵出的气让我耳朵直痒。

“那个小白象和川辣子都说咱山东好，她们还说要找个山东小伙嫁了呢！”

我不由地笑出声来，望了望湖南妹子和四川妹子，心想现在的孩子真敢说。

“李煜婷，你又告黑状！小心我撕了你！”

小煜婷下意识地往旁边躲了躲，吐了下舌头。

“她说这两位小美女愿意找个山东小伙儿，是不是这事？”

“就是！就是不知道那个家伙还在哪里藏着呢。凤哥哥，要不你就从了吧？”

这些孩子！

第四十七章　分红利，李小慧再提心魔

每年十二月二十日，是七里香酒馆盘点当年账目的日子，小郑会把各种报表和数据交给我和小慧。

“老板，按往年的惯例，我已经给李姐转账了！”

我看着报表，对小郑点头微笑，赞许她做得漂亮。

就在这时，电脑上 QQ 的头像抖动起来。我点了头像，是李姐。

“在吗？你怎么又把钱转过来了？我说过多少次，我不要！”

我回她一个调皮的表情：“光依着你？你说不要就不要？必须得要！这是你的红利！”

“那点钱你早还清了，我不早跟你说过吗，第一次就够了，怎么年年给，钱没地儿放，扔了吗？”

“只要这个酒店在，只要它给我们挣一天钱，就必须有你的红利！”

李姐的电话打了过来。

“不正聊着吗，还非得打电话过瘾？”我笑着回了一句。

“二妮子，这事不对！姐当初给你钱不为这，你让我过意不去。”

我当然知道李姐当初借给我钱不为这。

“姐，你有你的原则，我有我的杠杠，咱谁也别为这事叨叨了行不？给，你就接着，名正言顺！”

想当年婆婆和刘树先后去世，一年当中我失去两位最亲近的人，而我作为逃离老家五六百里的弱女子，把苦水咽进了肚子里，没有告诉老家任何人这事。

那是我生命中最难熬的日子：没了婆婆，没了男人，拉扯着一个小学五年级的女儿，因为刘树卧床两三年，婆婆生病又欠下了一堆债，这种痛苦和黑暗几乎能把我生生压死！

是小慧和李姐两家人，不光安慰我、陪伴我，还借给我钱，甚至替我向他们的亲戚张嘴借，帮我还上逼得最急的账，替我担保，让催债的缓一些时日……

我无法忘记。

借钱难，难到一个人万念俱灰，恐怕没有谁比我更明白这里面的事！

小慧和李姐虽然和我一样穷，拖家带口靠摆路边小摊过日子，但她们是我韦二妮的贵人！

当我决心租下一间门面开饭馆而不再摆摊时，李姐和小慧二话没说，回家拿来了两千块钱给我。

我死活不收她们的钱——她们已经帮我太多，而且本身也过得也极不容易，李姐的一个孩子在大城市里读大学，第二个正读高中，正是费钱的时候；小慧两口子大家小家拖累也不少。我不想再拖累她们！

可她们当时就急了，甚至以翻脸相威胁——见惯了催债翻脸的，这姐妹俩却是拿着自己的钱逼着借给我……

小门面干了不到一年，房东闹着收房，正无计可施的时候，刘树所在的建筑队上的那个包工头找了过来，他告诉我县木器厂院子正空着，要是我有想法，他帮我联络一下承包下来。

那个包工头大哥是好人，刘树一直到去世也没抱怨他半个字，倒愧疚于他自己拖累了人家。

院子承包下来了，租金一时凑不齐。包工头大哥说如果实在困难就张口，可我怎么好意思向他张口？这时候又是李姐和小慧来帮忙了。李姐拿来了五千块：“妹妹，姐实在凑不了更多……”

李姐说这话的时候满脸歉意，好像她前辈子欠我多少钱似的。我哽咽着接过李姐的钱，我还能说什么？

小慧先是从自己家里拿来了三千块，第二天李允又送来了五千。李允说小慧不让告诉我，这五千块钱是小慧去她娘家哥那里借来给我的：“姐，小慧还怕我生气，劝我说姐妹就得帮着姐妹……”

所以这个酒店赢利的第一天起，我就做了这个决定，只要它给我挣一天钱，我就必须给我的姐妹分红利，可李姐和小慧都不同意，她们一再说拿这笔钱心里过意不去。

“那点钱你早就还清了，再说，就那点小钱不够塞牙缝的，根本没给你顶事！”李姐絮叨着。

顶了大事。正是你们姐俩顶起了我的脊梁骨，没让我在苦水里倒下去！

“二妮啊，姐跟你说一句，从今往后别再给姐了。姐也不缺钱，当年那些钱就是不借给你也早没影了，也早揉搓得没了样子。”

“是的，姐，那些钱可能真会被揉搓得没了样子，可我们的姐妹情不能被揉搓得没了样子。”

李姐还叨叨了许多闲话，不外乎男人女人和孩子。

“抽空来泰安玩玩，别光忙着挣钱，钱这玩意儿没个够，人这一辈子不能光让钱指使，咱也指使指使钱，姐领你们爬泰山！”

“一定去，作为泰安人，混了半辈子还没见过泰山，一定去！”

李姐笑着说都忘了我是泰安人：“你不说，我真忘了。那可真得来，逛逛泰安城，爬一爬泰山，人家外国人都大老远过来，咱在家门口，不去多丢人！”

李姐说泰安这几年大变样，楼一座一座起，路一条一条修，简直一天一个样。

我知道李姐说的是真话，老爹上次打电话还说村里都变得让人认不出来了，不光有了小花园，建了小广场，老头老太太竟然也像城里人一样扭秧歌。

聊了几句后，李姐突然旧话重提。

“得找个人了，二妮，别光苦熬自己。我听说你有个老同学常来，肯定对你有意……”

我笑话李姐长了个驴耳朵，离这么远，怎么就听到了这琐碎事。

“嘿嘿，挂心当然耳朵长。小慧说的，她可是好意！”

我当然知道小慧是好意。这话她最近跟我说过几回了，她说樊川肯定对我有意思。

樊川这两个多月已经来过四五次，傻子也能猜到他想什么。

小慧在我耳边念叨樊川好也就罢了，那个辛梦远竟然也有意无意夸樊川，这让我心里很不是滋味。

“到这年龄了，别什么都一个人硬扛着，遇到合适的，还是结个伴过吧。儿女也罢，爹娘也罢，谁都顶替不了那个人。听姐的，别那么拧！”

我叹了口气，心里一团乱麻。

我忍不住把心里的苦闷告诉了李姐。

“你这人千好万好，二妮，可就一点让姐姐实在没法赞成你。你太拗，拧了二十多年，难道心里那道弯还没有拧过来？无论一个人跑出多远，回娘家的路是不能断的！就算当娘的有一万个不是，这二十多年的折磨还不够吗，你不想一想，他们老了，要是哪一天一口气上不来，你就真不后悔？”

李姐这句话让我心里一颤：是啊，爹娘老了，万一哪一天他们生了病，难道我就真能不闻不问?

我想起了婆婆，想起了刘树，作为儿媳妇和妻子，我陪伴他们走完生命最后那段路。可我作为女儿，万一哪天爹娘……他们也是七十岁的人了啊，难道他们就不该得到闺女的一碗水、一勺饭、一声呼唤吗?

李姐说我这几年给老家的钱是不少，可钱再多也是凉的，终究暖不了人心。

我知道李姐说得对，我也想过回去，可大门上娘"咣当"挂上的那道铁锁早已锈在我心里。

"你心中有魔，二妮，你得杀死那个魔，它会害你一辈子！"

心中有魔？这是一天之内第三个人这样说我了！

樊川在电话里说过，小慧当着我的面说过，现在李姐又在电话里这样说。莫非我心中真藏着一个恶魔，难道那个所罗门国王把我的心当成了瓶子吗?

挂断了李姐的电话，我把小慧叫了过来。

"我心里真有魔障吗？"

"当然。怎么问起这个？"

"你觉得魔障在哪里呢？"

小慧看了我一眼："你莫名其妙把我叫过来就为了问这个，很魔障。"

我骂了她一句，让她正儿八经说一说。

"那我可真说了，不生气？"

"当然，我发誓。"

"我们在青岛打工，就凭你的模样，追你的男人那么多，可你最后选择了刘树，别忘了当时我们都叫他'刘呆呆'，关键还是你倒追，那是不是魔？现在我刘树大哥已经去世了七八年，你也就这么单了七八年，不论别人怎么劝，你都从不吐口，现在你这个老同学明显对你有意思，你也不烦人家，却还是不迈步，这是不是魔？最重要的一点，这几年光你给爹娘的钱也足够他们在县城买上一个院子了，这牵挂明眼人都知道，可你竟然就二十多年不回一趟老家，你自己说这是不是魔！"

她的话戳中了我的痛处，我沉默了好久。

"你确定你姓李？你是小慧？"我歪着头瞧了她一眼，挖苦道。

"不光我姓李，我闺女也姓李，我男人也姓李，怎么了？"

"那我问你，魔在哪里，大法师？"

"你不如索性叫我巫婆！我要真有那本事，早把你那魔毙了一万次，我怎么知道魔在哪里！"

"忙你的去，麻利地！"我烦恼地叹了口气。

小慧走出几步，却又回头："自己的魔自己除，谁也救不了你。"

第四十八章 好奇怪，岳芳的网名

"老板，菜可要实实在在的，辛老师把你们介绍得那么好！"

我笑着点头。

"好不好吃一次便知，肯定不后悔！"小慧招呼着客人。

"那个辛老师和你到底啥关系？他可真没少给咱拉客户！"

辛梦远带人过来吃过几次饭，也常常介绍熟人来店里，结账的时候常有人说"优惠点，俺可是辛老师介绍过来的"，所以小慧才会这样问。

我白了她一眼。

"他对咱这个店很上心，"小慧也许意识到那句话不妥，连忙解释，"听他们说，为了让同事们来这儿吃饭，辛老师还专门请过客。"

"这个老同学估计也怕我混不下去。"我自嘲，心里却一阵温暖。

"你们的关系肯定不一般……"

嗯，确实不一般，但那已经是老掉牙的故事。

前几天余小红建了个刷锅中学复读班班级群，她想拉我入群。

"一巧，我刚刚建了个群，咱那个复读班的，名字叫'回望青春'，好多同学都加进来了呢，你加进来吧？"

我问余小红加入了多少人。她说四十多个了，还有一小半在联系。

我拒绝了。

小红问我为什么，好不容易建立了联系，入群聊一聊多热闹。

热闹什么啊，眼看三十年过去了，聊也无非是显摆、攀比和八卦。真正的朋友肯定不会在群里聊，没意思。

"你们真默契，心有灵犀，连这事都商量好了似的！"

难道辛梦远也不入群？他又是为什么？

"啥？"

"那个呆子辛梦远也不入，连理由都几乎一个模子倒出来的。你敢说不默契？"

"牛夫人，我的事就是你告诉樊胖子的吧，看热闹不嫌事大，你是王婆啊？"

这话被余小红逮着了漏洞："那你是潘金莲喽，樊胖子可不是西门大官人！娘子，你瞅中了谁？"

余小红说那次樊川和他们两口子一起喝酒，闲谈时当然聊到了辛梦远和我。没想到樊川当时就追着她要我和辛梦远的电话。

"至于谁看上了谁，那可不关俺两口子的事。人家老牛郑重其事地跟我说过一句话，不让我操闲心。"

我问老牛说了句什么话。

"稻子的事交给稻子，谷子的事交给谷子。"

"不愧是校长，明白人。"我由衷地赞叹了一句。

我们聊了一阵子樊川，最后话题又落到辛梦远身上。

"你们怎么样？老同学，又都离家那么远，应该多联系。"

还能怎么样？

我们平常几乎没有联系，就连他和他的同事或者朋友来店里吃饭，也就打个淡淡的招呼，几乎从来没有聊过什么。

我能感觉得到，他似乎小心翼翼地躲着什么。

我们似乎都给自己画出了一道线。而我内心的微妙也恰恰就在这里：我们毕竟拥有一段刻骨铭心的记忆。即使过去了二十多年，但面对对方，我们实在无法把对方看得和其他人完全一样。至少我每次见到他，或者从别人嘴里听到他的名字，心里总会产生一种说不出来的感觉——有一种亲近可能缘于肌肤，最终却烙进心里，镌刻成彼此生命里的甲骨文。

染缸里无法再倒出白布来。想让相爱过的人完全退守成朋友很难，也许这中间只隔着一步，男女之间的友情就像薄薄的鸡蛋壳，一旦敲碎这薄壳，就会变成暧昧甚至更不堪的东西。

他是一个骄傲的人。不论是在刷锅中学当学生还是现在当老师，我都能比任何人更清楚地感受到他这种骄傲。

"鸟儿都懂得爱惜自己的羽毛。"他说过这样一句话。

就在那天樊川喝醉的晚上，辛梦远给我打电话时幽幽地说道："呆鸟也罢，蠢鸟也好，都有自己的羽毛。韦一巧，我敢说的只有一句，你的不易我能够体会，你的骄傲我永远懂。"

我从没抱怨过辛梦远，即使那个疯狂的晚上他当了逃兵。尤其是当我听说辛梦远当年不止一次去我们村打听我的消息，我心里除了酸涩，还夹着几丝安慰和欣喜。

我甚至不止一次地想过，假如时间真能像书本一样被翻来翻去，我真想把生命重新翻回到二十多年前，我和辛梦远会不会是另外一种结局？

“当年，我们为那张薄薄的纸片付出的代价太大了！”他既像安慰我，又像是感慨自己。

我的头又疼了起来，心里那个恶魔又一次醒来。

我狠狠地掐着自己，强迫自己不再想那黑色的过去。

“你为什么不入群，韦一巧？”有一天樊川问我。

“我为什么要加入？”

樊川说很多同学打听我的消息。

“过去这么久了，你难道还真想把自己隐藏一辈子？岳芳、王利、江燕子和孟蝶都在那个群里。”

我知道。我已经和岳芳、王利通过 QQ 恢复了联系。岳芳有个奇怪的网名：阳光下的老鼠。

“为什么起了这么一个奇怪的名字，芳？”

“奇怪吗？我本来就是一只老鼠，怕光亮、怕动静、更怕人的老鼠。”

王利现在已经是县中心医院神经外科的副主任医师，还当上了科长，号称科里的“一把刀”。

王利和我经常视频聊天。没受过苦的王利很年轻，脸蛋丰润，身材丰腴，周身透出一种安闲端庄的气质。虽然她也夸我没大变样，但我知道，这二十多年的波折怎么可能不给我留下特殊的纪念？就连小慧都说我鱼尾纹太密，双眉间总藏不住忧伤的痕迹。

岳芳虽然不和我视频，但从她空间的照片来看，她简直老得像上一代人——世间有一种沧桑和苦痛无法隐藏，那种憔悴并不是画在脸上，而是从里往外渗了出来。

虽然我无法具体知道岳芳经历了什么，但从她的照片里能够想象。

再也没有什么记录比一个人的容颜更真实，它是生命给我们的证书。

年轻时，我们不懂沧桑，却总把沧桑挂在嘴上，似乎那是成熟的装饰；饱经沧桑之后再回眸，却只有苦笑，竟然无语。

少年不识愁滋味，爱上层楼。爱上层楼。为赋新词强说愁。

而今识尽愁滋味，欲说还休。欲说还休。却道天凉好个秋。

不知怎的，辛弃疾这首词一下子涌上心头。

二十多年前我们三姐妹在同一个教室、同一个宿舍里，我们骑着自行车一路嘻嘻哈哈，谁能想到二十多年时间竟然让我们变成这个样子！

我以为岳芳会跟我吐一吐这些年吃过的那些苦。然而没有，她一个字也没提。

唯一的话题是孩子。

她觉得自己这个当娘的对不起她们，她们一个个老鼠似的在土里泥里钻来钻去，三年两载看不到爹娘的影子。

在岳芳嘴里，“老鼠”这个词反复出现。说到她，说到孩子，说到男人，甚至她的公公婆婆，“老鼠”便一次又一次蹦出来。

她坚决地供孩子上学，在这件事上她执拗得完全不讲任何道理，不管是公婆还是亲戚邻居，谁要敢对她说不让孩子上学，她恨不得露出尖牙咬断他们的脖子。

人们都骂她泼妇。她说自己就是泼妇，不讲道理、不知好歹的泼妇。

即使田里的地荒了，别人的庄稼早收到家里，她的烂在地里，即使婆婆拍着大腿跳着脚呼天喊地在大街上骂她，她也绝不允许任何人说让孩子放下作业，去地里帮忙。

婆婆在大街上大骂她，她聋子似的不闻不问，逼急了就跑到大街上与婆婆对骂厮打，甚至公公威胁要揍她的时候，她拦腰抱住公公……她在村里坏了名誉，她是见人就咬的狗，她是护犊不要命的母狮子。

她说自己的男人进了监狱，她就得把自己变成男人，不管是老鼠、疯狗还是神经病，她必须硬着心肠活下去。但她并没有跟我说更多细节，除了樊川零碎的叙述，更多源于我在脑子里的还原和想象。我能想象得到岳芳经历了什么，也许正因为经历太多，她才一字不提。

“我活着的意义就只有一个，我要让我的三个女儿都上学，想上多高就多高，能去多远就多远，谁敢拦我，我就和他们拼！”

我心里突然就蹦出来一个词，这个词最近出来的频率实在太高，高得我都不好意思惊动它：魔障。

我不由得打出来：妹子啊，你简直着了魔。

“嗯？你怎么知道，村里人都说我中了邪，招了祟，撞着了鬼神。我就是着了魔，让孩子上学就是我命里的魔。”

“你现在好了，芳。听你表弟说，两个女儿都考上了大学，你也算没有白受这些年的罪。”

岳芳高兴地说大女儿考进曲阜师范大学，二女儿上了山东农业大学，数最小的女儿成绩好，今年高三了，几乎门门课都拿过第一。

“她们就是考不上，我也愿供。只要她们想上，我头拱地也让她们上。”

我感慨着我们这代人受了太多的苦。

“提那些烂事干什么，我从不敢想那些事，一想揪得整个心疼，气都不够喘的，浑身都是冷汗，连死的心都有。幸亏我那三个女儿，我得活着啊，她爹已经进了监狱，不能再让她们成为没娘的孩子。是她们，逼着我得喘这口气。”岳芳反过来安慰我，“再长的黑夜总会过去。你苦啥，一巧？咱姐妹俩相比，至少你正儿八经地考过中专，至少你曾经爱过，也有个人真正爱你！”

她指的当然是辛梦远。可是岳芳，你难道真不知道樊川爱过你吗？

“你也有人爱啊，岳芳！”

岳芳发过来一个省略号，然后是一串尴尬的表情：“在娘家，我唯一的价值就是给哥哥换了个媳妇；在婆家，我应该给他们生个带把的儿子，可是我无能，生了三个都是闺女……”

隔着屏幕我都能感受到岳芳的悲哀。

“我从来没有爱，可我得活着。活到这个年龄，我算看明白了一件事，人不单是为了爱，你必须得活着，拖累也罢，牵挂也罢，这一辈子总会有很多无奈的东西。当那个埋怨我生不出儿子，恼得揪住我的头发劈脸就扇的男人被送进了监狱，当我从阎王爷手里挣出半条命来看到灰头土脸的老鼠似的三个孩子……我必须活着。”

我终于没有忍住问岳芳难道真不知道樊川对她的暗恋。岳芳沉默了好久，最终打出一行短短的文字：“他……喊我表嫂。”

我盯着这行字，琢磨着这行字藏着的无尽的含义。她后来应该是知道的，或者说这种觉察对她来说成了另一种折磨。我草草地结束了聊天，不想带给她更多的情绪波动。

第四十九章 不由己，死胖子爱上了哥们初恋

呆五刀不止一次问我，韦一巧也很疑惑，但她不会问我。

可当我从老牛两口子那里知道了韦一巧的事，尤其是见到了韦一巧还有她的女儿，冷了多年的那颗心突然又热起来。我管不住自己的脚，一次次跑到她这里来。

她肯定知道了我的心思。

是的，我爱上了韦一巧，爱上了这个饱经苦难却从不服输的女人。

当初我们在刷锅中学，韦一巧和辛梦远的恋爱曾让我万分羡慕，我佩服他们并因此自卑：我喜欢岳芳，但这种喜欢只敢发酵在心里，结果岳芳成了我表嫂，自己的暗恋长成心里一辈子的刺。

我必须先清理好自己，心里清扫干净了，才有资格追求新的爱情，尤其是追韦一巧。

新的爱情？我有过爱情吗？

没有，我只不过有过婚姻。少年时代的暗恋算不上爱情，爱应该是两个人的事，而我的暗恋不过是独舞。

如果这样说，那我对岳芳的暗恋是什么？如果不叫爱情，为什么那颗小芽儿从一露头就再也没有消失？我真的没有付出吗，可二十多年过去了，为什么一听到岳芳的名字就甜蜜裹着忧伤的洪流汹涌而至呢？

唉，最苦的爱恋不是被拒绝，而是连被拒绝的机会都没有得到就已经失去。

因为岳芳，我已经失去了一个女人，现在我准备追求韦一巧了，她可是我兄弟的初恋，岳芳和我共同的同学，岳芳同村的姐妹。

人这一辈子真有意思。我真应该梳理梳理。

再一次见到婚后的岳芳是春节走亲戚时，岳芳的婆婆是我亲姑，我这当侄子的去姑家再正常不过，所以遇见她是自然而然的事儿。

姑父、表哥和我三个人在大桌子上喝酒，姑和岳芳在厨房里忙活。最后在我的一再要求下，姑和岳芳都上桌吃饭了。

我们爷仨已经喝光了一瓶，第二瓶喝了一半。酒很冲，喝得三人红脸，上头，平时不大说话的也变得有些绕舌——这就是白酒的魅力。

“表弟，咱继续……喝！把这一瓶干了！好酒呢，两块六一瓶子！”

是好酒，平常待客我姑绝对舍不得买这样的酒，我知道。可这酒也确实有劲儿，我的头开始有些晕。

“好酒也得省着喝，小川又不是外人，少喝点，喝醉了侄子我没法走娘家！”

姑叨叨着为我这娘家侄才专门买好点的酒：“你哥终于娶上了媳妇，娘家侄第一次来姑家喝酒，你表嫂又怀上了孩子，过年生个胖孙子，多好的事！”

姑眉开眼笑，她确实有理由开心，二十七八岁的表哥终于把媳妇娶进家，媳妇又这么争气，这么快就怀了孩子。

“你咋知道生孙子，姑？”我逗了她一句。

姑紧张得变了脸色：“你这熊孩子，当然是孙子，必须是孙子！孙子才能传宗接代哩！”

“咱庄稼人娶个媳妇多不易！媳妇娶进门当然得生孙子，有了孙子才能盼重孙子……”

我不由地看了看屋里，虽然是新屋，但除了一个空架子，几乎没有一件像样的家具，姑倒盼得长远，孙子还没见面，已经想到了重孙子。

我知道不光姑家这样，几乎家家都这样，养头猪还得先垒圈，何况给儿子娶媳妇。东借西借哪怕到处是窟窿，也得把这空架子屋盖起来，这样才有人给说媳妇。

姑说一家人都没本事，当初盖屋欠了一屁股债，娶媳妇又借了一大圈，好不容易娶进门，媳妇怎么能不生孙子？

“媳妇可是全家宝，自打怀了孩子，你姑不让她干重活，她只管安心养身子，只要生孙子，全家人再累也值。”姑一边说着一边瞧岳芳。

岳芳低着头吃饭，似乎不看任何人。

本来已有几分醉意，姑的一番念叨让我肚子里的酒又多了几分，尤其当我看到岳芳低头吃饭，脸上完全没有表情的样子，肚子里的酒好像结成了一块大石头堵在心里。

“她……原本是我喜欢的女孩……”一个声音响在我心里。

我不能见到岳芳，既见不得她的幸福，又见不得她不幸福。她的忧伤和快乐都让我发堵。

我喝醉了，醉得很丢人。

表哥把我弄到他的床上，一边给我盖被子，一边笑话我第一次走亲戚就喝醉。

一觉醒来，天都快黑了，我掀开被子坐在床上，心里很下作地想这是岳芳睡的床，这被子有着岳芳的气息。

后来岳芳生了女儿，听娘说姑一家人对岳芳变得很不好，摔摔打打甩脸子不说，表哥竟然还和岳芳动过手，我心里特别不是滋味，对着爹娘骂姑一家人不是东西，骂表哥自己没本事就知道打老婆：“连个老婆都娶不上，用自己亲妹妹换来的媳妇还有脸打人家，简直窝囊废！”

爹笑话我自己还没娶媳妇倒替人家操闲心，娘说日子越穷事越多，家家有本难念的经。

岳芳第二胎还是女儿，她的日子更难熬了，全家人没有一点好脸子，好像她是丧门星，娶进家来晦气。

我终于还是和姑吵了一架，骂表哥不是个东西，最窝囊的男人才打老婆。姑一家和我翻了脸，我三四年没登过姑家大门。

姑背着我向我爹娘告状，说我不应该为了她儿媳妇而不理他们一家人，骂我分不清近远，姑侄伤皮不伤骨，怎么能向着外人？

那时候我已经结了婚。辛五刀定亲不久，我就定了亲，也就是他回高中上学那一年春节，我把媳妇娶进门，不久就有了儿子。

我和媳妇说不上甜蜜，也许是因为我心里一直有个人影吧，我对媳妇说不上亲近，但日子还算安稳。

问题出现在岳芳偷生了第三个女儿之后，她们两口子四处流浪生孩子，三个女儿几乎没人管——我姑和姑父嫌弃女孩子，觉得是她们耽搁了孙子的到来。我受不了岳芳的女儿受苦，隔三岔五去看看她们，给她们买点衣服或者零食。

我那时留在了县招待所，工资待遇都还好，给岳芳的孩子花钱的事也没告诉媳妇，多一事不如少一事，我总担心她知道了会多心。

当表哥因故意伤害工作人员被判刑，岳芳又刚从阎王爷手里扒出一条命，我能想象她在家里的处境，我担心她，所以去的次数比以往更多。

岳芳当然很感激，她说没想到我这老同学竟然成了孩子的恩人。我看着三个灰头灰脸的女孩子，心里非常不是滋味。

媳妇开始一遍遍地唠叨我，甚至跑到招待所打听我的工资，每次发工资，她都翻我口袋，彻底地检查一番。

她说我心不在家里，说我不要脸，竟然和自己的亲表嫂有一腿。

她如果光叨叨我也就罢了，这家伙竟然跑到姑家去闹岳芳，指着岳芳的鼻子骂她不正经，勾引自己的小叔子。

媳妇一把鼻涕一把泪，扯着嗓子跟姑闹，怨她管不住自己的儿媳妇，然后逮着岳芳不撒手，指着她的鼻子骂她贱货。

从屋里闹到院里，从院里闹到街上，人迅速围满了。

听娘说生了三个女儿后的岳芳活生生一个泼妇，谁都敢闹，有次我姑父吓唬她，说要揍她，竟然被她撂倒在院子里。

可不知怎的，面对我媳妇的撒泼耍赖，岳芳竟然没耍泼，最后被骂急了，拿起剪子就往自己手脖子上扎，血滴滴答答淌了一大片……

岳芳的忍让让我媳妇更坚定了她的判断：做贼心虚，不然这泼妇怎么不还口？

就连我姑也觉得我和岳芳肯定不清白，凭岳芳的性子，我媳妇那么羞辱她，她还不撕碎我媳妇的嘴？

我第一次打了女人。是的，我曾经骂表哥，打女人的男人最浑蛋，好男人不应该打自己的女人。

我宁愿不当好男人。

我再去姑家，岳芳就躲着不见我，即使见面也冷着脸子。见了我，她总是一板一眼地称我“表弟”，而不像以前那样叫我名字。当我和她说话的时候，她总是板着脸让我叫她“嫂子”。

我在心里发了毒誓，表哥出狱前我绝不去姑家，我觉得自己很委屈，没做半点瞎事却成了两家人眼里的“瞎包人”。

后来老婆还是不停地叨叨，一遍遍地骂岳芳狐狸精，骂她泼妇不说，还成天勾搭男人。

我已经懒得吵架，打骂完全是一种浪费。

我把她的叨叨当成空气，鼻子里喷出的烟雾徐徐升腾在寂寞的空气里。

打她骂她，她生气；不打不骂不理睬她，她更生气。只要我一回家就狼烟四起、鸡飞狗跳。

当两口子连吵架都没有心情的时候，日子便没了半点意思。

她认定这一切都是岳芳闹的，因为我心里装着那个女人。

“她有什么好？长得没有我好看，我哪点不如她？她哪像刚三十的女人？她走到大街上，说她四十五十也有人信！”

她咆哮如雷。这无休止的咆哮让我心如死灰。

我们终于离了婚。在众人眼里，我不正经，和自己的亲表嫂有不正当的关系，我成了标准的“烂人”。

我很少再回村里的家，在城里租房，把儿子接到了城里。

惹不起，我躲。烂人不能混在好人堆里，烂人自个儿烂下去。

我从招待所辞了职。其实辞职也有被动的意味，我的名声早已臭大街，不如辞职换个地儿清静。

我把所有的郁闷发泄在做生意上。爹娘毕竟心疼自己的儿子，他们虽然恼我离婚，但最终还是放不下自己的儿子。

爹娘帮我贷了款，我租了门面开起了饭店。

晚上睡不着觉的时候，我也不止一次反思：我和岳芳到底清白不清白，假如让我娶岳芳，我会不会娶？

不会，绝对不会。岳芳已经不是岳芳，表嫂现在的样子已经完全没了当初上学时的一点影儿，即使给我一万个可能，也没有一个可能让我选择和她在一起。

可我为什么忘不了她，为什么不见她的时候心里总会浮现出在刷锅中学上学时她那圆脸微胖的样子？

我不知道。

岳芳是岳芳，表嫂是表嫂，两个影子无法合在一起。

“你已经入了魔道，那个烂女人成了你的魔！”老婆咆哮的声音一次次回荡在耳畔。

也许我中了魔，但使我中魔的绝对不是表嫂。

可是这些话我能跟谁说？

如果韦一巧真的问我，我敢说自己心里没有岳芳的影子？

我不怕辛五刀。他多少能够理解我的心思，即使他嘲笑我，我也能回击他：我就不信此时的辛呆子真的完全放下了韦一巧，人活一辈子，放不放下是一回事，清白不清白是另一回事。

可我知道，为了我的新生，我必须跟岳芳做个了断：这和表嫂完全无关，这事只关联到我自己。

大结局：谁能料解心魔的竟是她？

几天后的某个晚上，客人们已经散得差不多了，员工们忙着收拾房间，我和小慧正喝着茶聊天，辛梦远的电话打了过来。

“明天有空吗，老板？”

“什么事？”

“想借你一天宝贵时间。”

“凭什么借我一天，干啥？”

小慧的目光探了过来。

“有个公益活动，如果你有兴趣，想让你一起去。”

怎么平白无故地拉我做起了公益，他想干什么？我心里浮起大大的疑问。

“多少人？”

“两个。我和你。”

我答应了他，然后跟小慧说明天我出去一趟，店里交给她。

“店里没问题。你往哪里去，就你们俩？”

“就我们俩，你批准吗？”

小慧笑了笑，连忙点头：“批，批，绝对批！”

第二天吃完早饭，辛梦远便赶了过来。

“去趟大石崮。对了，你这当大老板的，去小山村干活能行吗？”

“不行你找我干吗？”我瞥他一眼，带着自己的小包上了车。

“你们什么时候回来？”

辛梦远望着小慧笑了笑：“半天，或者一天。放心，李老板，我保证把她全毛全翅带回来，交到你手里。”

小慧捂着嘴笑。

大约半个多小时后，车停在了公路旁边的空地上。辛梦远下车，从后备厢里拎出一箱牛奶、一提兜青菜。

锁了车，辛梦远招呼我：“走，这段土路咱得走过去。”

我望了望不远处的村庄。确实是小山村，几乎就在山根里，落光叶子的树像青魆魆的烟雾笼着小村。

“为什么不开过去？”

他没有回答，只说走走也锻炼身体。我们便往村里走去。

“为什么叫我过来？”

“散散心嘛，总不能成天钻到钱眼里。”

我“嘁”了一声。

“就是不知道你嫌不嫌脏和累……毕竟，你是当老板的，我倒真担心放不下架子。”

“那你还叫我来？”

“你都是县里挂名的企业家了，大照片都登上市报的企业家。想让你了解一下公益……”

我总觉得这家伙没完全说实话。

我曾经担心和他接触会很尴尬，可今天一路走过来，突然觉得他说话的样子和二十多年前相比，并没有太多变化，而我也并没什么拘束的感觉。

“你想让我感谢你吗？”

他连忙摆了摆手：“啥呀，别那么敏感好不好，韦二妮老板！”

“你比我小一岁，老老实实叫姐！真应该感谢你！”

辛梦远确实帮了不少忙，这一点小慧几乎天天在我耳边念叨。

我也没想到七里香酒馆今年竟然被评上了县里“金口碑十大商户”，而我也被评为县里的优秀企业家。

我非常忐忑，一个酒馆老板而已，算什么企业家，我韦二妮啥时和企业家搭上了关系？

小慧说多亏了辛梦远和他朋友的那几篇报道：“这可是大好事，很多商家花钱买也买不来这样的名誉，打出去就是金字招牌！”

后来我才知道，包括市里报道的那篇文章，也是源于辛梦远暗中牵线搭桥。也许因为这，昨晚辛梦远打电话，我毫不犹豫就应了。

进了村，辛梦远在一个破败的大门前停了下来。

我四处望了望，确实是大石崮，村紧挨着山根，几排房屋后面就是山石，脚下的小路也到处露出青白色的石头。我真纳闷这辛梦远怎么就摸到了这里。

我望着眼前这铁锁挂着的大门，木头门板虽然刷着黑漆，可这黑漆早被风雨剥蚀得有了古董气息，门板子裂出粗细不等的缝隙。即使在这个偏僻的山村，如此低矮的石头院墙，陈旧得接近古老的木头大门也不多见。

“吴大娘干什么去了？”辛梦远向路旁边坐着晒太阳的老太太打听。

“她还能干什么去，肯定又出村口了，不在村东就在村西，你们没遇到？”

辛梦远折了回来：“走，我们去村西口找她。”

她是谁？辛梦远为什么来找她？又为什么拉着我来到这里？我脑子里满是问号。

我们走到村西口，辛梦远给我指了指前面的人影：“就是她。那儿，她在那儿。”

一个佝偻的背影出现在眼前。

宽大得略显臃肿的灰色衣服，拄着拐棍、身子微微前倾的身影，蓬乱的白发被风吹起，这让我一下子想起沙漠里死了百年却还没有倒下的胡杨树。

我们走过去，辛梦远扯了扯老太太的袖子：“大娘，你又在迎她？”

那灰色的身影转过脸来，先是木然，紧接着便露出惊喜：“你来了！又到星期天了吗？”

我这才看清楚那老太太的脸，额头上爬满皱纹，眼窝深深地陷了进去，有几分吓人。

辛梦远扶着吴老太：“咱回家，烧茶喝，大娘，我渴了！”

老太太稍一犹豫，头下意识地往前探了探：“回家。我就怕二妮子来了找不到家……”

一声响雷在我心底炸开：二妮子！

“你放心，你的二妮子能找到家，哪有闺女找不到自己家的？大娘，你看，这个是不是你的二妮子？”

辛梦远指着我。

我呆在路旁，似乎也长成了一棵树。

那老太太蹒跚地走到我前面，盯着我看了很久，围着我转过来转过去，还伸出枯瘦得像榆树皮一样的手抚摸我。

我突然后悔不该跟着什么辛梦远来做什么公益。我恼怒地瞪了辛梦远一眼，任凭老太太牵着我的手不停地抚摸。

“是二妮子吗？这是俺那二妮子吗？这么大了，二妮子……”

我怀疑老太太神经出了问题，我怎么就成了她的二妮子？

“不是，不是俺二妮子，俺二妮子才十一岁……不是。”

老太太自言自语。

老太太终于还是跟着我们回到了她家。她掀起大襟，从里面的口袋里掏出钥匙摸索着递给我：“开门，二妮子，开门。”

我打开了铁锁，进了院子。

“吴老太七十七了，孤寡老人。这里有点问题，一会儿清醒，一会儿迷糊。你别往心里去！”

我能不往心里去？她几乎不放开我的手，嘴里翻来覆去喊着“二妮子”，絮叨二妮子在家时的那些事。

我怨恨地瞪辛梦远，他却笑了笑，去了院子。

一只大白鹅从墙根跑了过来，“嘎嘎嘎”地叫着伸长了脖子，头几乎紧贴地皮向辛梦远跑了过来。

“二妮子，别叫，你老实回去！”老太太吼着大白鹅，人已在屋里，眼睛却好像看到了院子里发生的事。

我一惊，马上就明白过来她嘴里的二妮子是指大白鹅。

那鹅被老太太一吼，竟然受到了什么威吓似的退回了墙根。

我这才发现院子里不光有鹅，有鸡，墙根的木柱子上还拴着一只小山羊。

辛梦远像回到自己家似的，从墙角的小屋里抱出了干草喂羊，从屋门前的石台子上端起盆将粮食撒给鸡和鹅。

喂了鸡和羊，辛梦远拿起扫帚打扫了院子，整理了零乱的东西，抹了一把汗，站在院子里。

我一时有些恍惚，辛梦远熟悉得就像回到了自己家，而这院子又多么像我家三十年前的院子：那石头垒成的低矮院墙，那陈旧的像栅栏一样的木头大门，还有那把挂着的大铁锁，可不就是我的家？

我听着老太太的絮叨，也学着辛梦远的样子收拾着老太太的屋子。

“你不是我的二妮子，对吧，二妮子，你真不是我的二妮子？”

我没有办法回答她的话。

“茶泡好了，是吧，他不是渴了吗，我叫他喝茶。”

辛梦远进了屋，端起茶一口气喝了两碗。

“二妮子，他喝干了，给他倒茶！”

我真不知道老太太到底是真迷糊还是装迷糊，她说了我不是她的二妮子，嘴里却不停地叫我二妮子，还指派着我给辛梦远倒茶。

我心里有些气，愣愣地望着辛梦远，不想给他倒茶。

辛梦远抱歉似的笑了笑，自己倒满了茶，讨好地给我一杯，又端起一杯递给了老太太。

“亏得有你们，还挂着我老太太……”

辛梦远笑了笑。

一只鸡从院子里跑了进来，“咕咕咕”地在屋里转悠。

“你给我出去，二妮子，就你不听话！”

她奓起两手往外撵鸡，鸡奓着翅膀歪着脖子跑出屋去。

“都怪娘。娘不该不给你买那个花书包，娘就是不吃饭也不该不给你买书包，人家都有哩！”老太太颠三倒四地念叨着。

辛梦远小声对我说，这个吴老太有一个儿子、一个闺女，她那闺女上小学五年级那年看小伙伴都背着时尚的花书包，跑回家也闹着要买，老太太没给她买，她竟然生气跑出了家，自那以后再也没有回来。她那个大儿子到了娶媳妇的年纪跑到山西小煤窑挣钱，钱没有挣回来，命却扔在了黑煤窑里。前几年，老头子也死了，家里就只剩下她一人……

“你个坏熊！”

我突然想起三十年前我骂辛梦远的那句话。当他第一次吻我的时候，当他还想更不老实的时候，我咬了他的胳膊一口，恶狠狠地骂了他这句。此时那话突然就冒了出来，但我没有骂出来。

辛梦远说他们爱心联盟的伙伴们经常到吴老太太这里来。她虽然时不时迷糊，但平时还能勉强照顾自己，只是迷糊劲儿上来，她就疯了似的什么也不做，拄着拐棍跑村口去迎她的二妮子。

“都怪娘，娘迷糊哩，怎么就没给你买那个花书包……”

“她闺女跑到哪里去了，怎么就没了半点音信？”这话一出口，我心里猛然咯噔一下：我怎么能问这话呢？我又有什么脸面问出这话呢？

我猛地闭嘴，低下了头。

辛梦远却像没注意到我似的：“大娘，那边有菜，你收拾收拾菜，一会儿咱们做饭吃！”

老太太松开了我的手，很听话地摸索到小矮桌旁择菜。

“后来我们打听到了，她闺女当年跑出去被人贩子拐走卖了，卖得倒也不远，就在咱县城西面的一个小村里，她还不到十七岁就生了孩子……她恨她娘，觉得要不是因为书包的事，她不会跑出去，也不会落得这样的结局。前几年我们找到了她，三番五次劝说，还把老太太在村头等她的照片拍给她看，最终她也答应我们回来认亲。谁知道亲还没有认，突如其来的一场大病就夺去了她的命，最终她也没能回到大石崮。”

“所以你叫我来……”我简直要发怒。

但辛梦远显然会错了我的意。

“不，我不是叫你来冒充，你别急。我没说你是她的二妮子……”

“我当然不是她二妮子。可我是二妮子！”

辛梦远一脸卑微的样子，卑微得近乎可怜。我还是第一次看见他这种讨好的神情，我不由心一软，怒气渐渐平息下来：是啊，四十多岁的人了，我毕竟不再是小孩子。

我慢慢弄明白了，这位头脑不大清楚的老太太不光叫她的鹅、鸡、羊为二妮子，就连屋里的桌子、板凳，在她的絮叨里也都是二妮子。

我又一次端详老太太那张苍老的脸：深深浅浅的皱纹，松弛的面皮近乎棕红色，两手枯瘦得像鸡爪子，深深陷进去的眼窝时不时淌出浑浊的泪水，她不停地揪起大襟去擦拭，嘴里的牙应该没剩几颗，整张嘴往里瘪了进去。

哦，她七十七岁了，她有个闺女跑出去了，叫二妮子。

我突然心里酸酸的，似乎受了天大的委屈，嘴唇不停地抖动，泪几乎就要掉下来。

“看，这个才是二妮子！”老太太指着相框里一张略微有些发黄的照片。

这是张一寸照片，看样子好像办什么证件用的那种，照片上的小姑娘眼睛挺大，薄嘴唇，脑后扎两根羊角辫，模样挺周正。

我一边听老太太絮叨二妮子小时候的事，一边洗菜做饭。当我端着洗菜盆去院子倒水的时候，辛梦远竟然和那只拴在柱子上的小山羊头顶着头玩，他弓着身子，头向前伸着，顶着小山羊往后退，小山羊则四只蹄子使劲挺着，整个身子往前拱，一进一退，谁也不让谁。

我回屋跟老太太说这事。老太太瘪着嘴笑开了，我们娘儿俩站在屋门口，看辛梦远和山羊顶架的傻样。

“你几岁了？”我大声嘲笑。

“还没到五十呢！”

“看你这样子也就五岁！”

老太太扯我的胳膊，悄悄问：“你们两口子？”

我赶紧摇头，谁跟他两口子？

就在我们三人吃饭的时候，我的手机响了起来，是小慧打来的。

我接通了电话，她说樊川来了，一起来的还有一个皮肤黑黑的，以前也来过，好像姓牛。

“我没说你和辛老师在一块儿。”小慧压低声音，“你们别一块儿回来。”

“为什么不一块儿回去？”我一时没转过弯来。

“樊川在啊，他再想多了……”

我几乎笑出声来，这个小慧啊，操的心可真宽，我和辛梦远一起回去怎么了，他多什么心？

辛梦远的电话也响了起来。

“老牛……什么？你在韦一巧店里？我现在就和她在一块儿呢……好好好，一会就回去。”

告别老太太，走出村子很远。我又忍不住回头望了一眼，那个被大山环绕的村子。我知道在那个陈旧的木头大门前，一定有个拄着拐棍白发凌乱的老太太，弓着身子望远方……

“刚才小慧不让我和你一块儿回去。”

辛梦远瞥了我一眼：“为什么？”

“她说樊川在店里。”

“我知道啊，那个死胖子和老牛一起来的。”

说到这里，辛梦远突然明白过来：“哈哈，有意思啊，怕那胖子想歪了是不是？还醋缸啊！看来我该改口了，以后得叫你弟妹，我可成了你的老大伯！哈哈哈哈！”

辛梦远笑得车子几乎都颤了起来。

“有病！”我白了他一眼。

“人不是想歪的，大都是长歪的。胖子不至于那么小心眼，你放心！”

见了牛波和樊川，辛梦远自然和那两个男人不荤不素地开了一阵玩笑。

我故意看了小慧一眼。她笑了笑，朝那边努了努嘴：“他俩可等了好一会儿。”

“把你家那位叫来！”

“叫他干吗？一来就喝多，喝起酒来没个人样！”

辛梦远冲着樊川笑了起来：“樊胖子，你听到了吗，这个妹妹都骂你喝起酒来没人样！”

“死呆子，人家明明骂的你，别不好意思！”樊川回击。

“我骂的是俺家那个，见酒不要命，馋鬼。”小慧赶紧解释，大家都笑了起来。

“你怎么又来了？”我问樊川。

这话被辛梦远和牛波逮住了把柄，他们两个几乎不约而同地问樊川：“你小子来过很多次了啊？”

牛波是埋怨樊川偷偷来，不叫上他，辛梦远则是骂樊川来了也不叫他过来蹭饭吃。

樊川一时不知道该回击哪一个。

“那谁，别凉了人家胖子一片心。”辛梦远阴阳怪气。

“胖子，到时候你别忘了请我吃大鲤鱼！我老牛可是你小子的月老！”

“你们胡咧咧什么！老牛，稻子的交给稻子，谷子的归于谷子，你说是不是？”

别人一头雾水，老牛则尴尬地咧着大嘴笑。

不大一会儿，李允被小慧一个电话召来，大家就座。

“我这次来其实是当说客的。”牛波开门见山。

“班里几个老同学一直商量着搞个三十年聚会，把当年的老师也请来。有些老师已经不在了，有几个同学也已经走了。一辈子很短，该聚聚。俺家小红说整个班里就你们俩最有个性，属于最难剃的头。怎么样，二位？”

是该回家了。我低下了头，小山村西头小路旁，那株弯曲得不成样子的胡杨再一次浮现在我眼前。

那扇陈旧的木头大门上挂着的铁锁也该打开了，我知道。

“咱们班出了两个不回家的人，一个岳芳，一个你。”牛波说这话时转向我，“岳芳已经回家了，三四年前人家已经走起了娘家，有什么放不下的。别怪老哥哥多嘴，树欲静而风不止，子欲养而亲不待，那才是一辈子的遗憾！”

“我姐一直和老家通电话，小慧说的。是不是，姐？”李允望着我，似乎在替我争理。

是，我经常打电话，给爹娘和哥嫂。但那声“娘”从来没有喊出口，那个魔障一直纠缠着我。

“想想我们，这一路走啊转啊，跑出了多远。我们到底在找寻什么，也许每个人都在寻找。没找到固然遗憾，可有人明明找到了，到头来心里为什么反而遗憾更多？唉，人这一辈子，哪里是开头，哪里又是终点？只怕该找的没有找到，不该丢的倒丢了。”樊川哲人似的感慨。

“你怎么比老师更像老师？”牛波望着樊川，“多情自古是墨客。”

樊川的话让我陷入了沉思：我在找寻什么？我似乎一直在寻找，路走了不少，可找着找着更加迷糊。但我此时猛然发觉自己确实丢失了什么。

我忘了回家的路，丢了自己出发的原点。我到底为什么不敢回家？我猛然发觉当初逃离就是一种躲避，一次次回眸却不敢承认这也是一种逃避。

我到底在躲避什么？躲避不堪回首的往事，躲避当初为梦想而迷失了本心的自己，恶魔毕竟是恶魔，可归根结底我不敢面对自己！那指标，那铁锁，那恶魔的狞笑，那染了血污的床单……难道我要怪恶魔，难道我这二十多年来把一切不幸都归罪于娘就万事大吉？

当初不敢面对，那时我还可以说年轻懦弱没有见识，可这二十多年过去了，我难道还要像十八岁时那样一味逃避？

不，不该逃避。我就应该大大方方回去，错也罢，伤也罢，恨也罢，我都得面对。只有那样，我才敢说自己长大了，才能对得起韦一巧这个名字。

“我支持，该聚！一巧，咱都回去！”辛梦远举起酒杯。

爹娘也七十多了，爹的背驼得更厉害了吧，娘是不是也和吴老太太一般白发被风吹得凌乱？她是不是也常常坐在桥头，听着邻居谈着儿女，出神地望着远方？

二妮子是该回家了！

我突然想起了刘树，想起他临终的那个晚上，他跟我絮叨着他的真名的含义。

最难的是放下，是宽恕，最难的是宽恕自己，宽恕自己最亲最近的人。这是刘树留给我的最后一句话，也许天上的刘树也时时盼望我回老家喊出那声“娘”……

我又想起了那个离家出走被拐卖的二妮子。她最后也是准备回娘家的，她最终也是放下了，可疾病没有给她回家的机会。

“聚！回去！”

我抬起头，眼里蒙着泪花。

听到我的回答，所有人不约而同鼓起了掌。我的泪一下子就流了出来。

我颤抖着拿起手机，拨通了那个熟悉的号码。

“爹，我是二妮。家里没事吧？”

爹说一切都很好，他和我娘身子骨都挺壮实。

“我娘呢？你把电话给我娘。”

电话那边一阵忙乱：“你过来！快点！你二妮子叫你！”

娘的声音传了过来。

那个被我封锁了三十年的字眼像雷一样在我喉咙里炸开：“娘！我是二妮！等你外孙女放了假，我们回家……”